너를 열다

초판 1쇄 인쇄일 2014년 06월 25일
초판 1쇄 발행일 2014년 06월 27일

지은이 | 령후
펴낸이 | 김기선
펴낸곳 | 와이엠북스(YMBOOKS)

출판등록 | 2012년 7월 17일 (제382-2012-000021호)
주소 | 경기도 의정부시 의정부동 490-4 삼승프라자 10층 102호
전화 | 031)873-7768 / **팩스** | 031)873-7764
E-mail | ymbooks@nate.com

ISBN 979-11-5619-223-7 03810

값 9,000원

너를 열다

령후 지음

YMBOOKS ROMANCE STORY

목차

프롤로그

요즘은 마약을 하는 애들이 얼마나 기승을 부리는지 다들 신경이 예민해져 있었다. 그렇지 않아도 대통령이 학교폭력, 가정폭력, 주취폭력들을 처단하자고 하는 통에 학교에서부터 시장통까지 나다니느라 정신이 없었다.

그 와중에 그녀의 관할구역에서 강간살인 사건까지 일어났다. 용의자는 마약상습범 김형식이었다. 어떤 형사든 자신이 맡은 지역에서 살인만은 피해가라 주문을 외울 정도였다. 거기다 하필 제일 먼저 출근을 해 서류를 훑어보았던 나래는 그 죄로 김형식을 잡아야 할 담당이 되고 말았다.

"아이고, 두야."

이 모든 것은 훈민으로부터 시작되었다. 그때 술을 먹이지 않고 이상한 각서만 쓰지 않았더라도 그녀는 아마 경찰이 아닌, 못

해도 변호사가 되었을 것이다. 실제로 그녀는 사시 1차에 이른 나이에 합격을 하기도 했었고 곧 있을 2차 시험에도 자신이 있었다. 그런데 그 각서를 쓸 때쯤 나래는 사춘기 때에도 하지 않았던 고민에 한창 빠져 있었던 때였다.

과연 지금 가는 길이 똑바로 가고 있는 게 맞는 것인지, 진짜 하고 싶은 게 무엇인지 알 수 없어 고민을 하던 차였다. 누군가는 하던 공부를 포기하지 않아서 후회하지 않느냐고 묻기도 했다. 그럴 때마다 그녀는 고개를 저었다. 말장난으로 훈민이 이 길로 끌어들였다 말하고 있었지만, 그녀는 충분히 자부심도 갖고 있었고 이 일을 사랑했다.

범인이 얼마나 신출귀몰한지 사방으로 수소문을 하고 돌아다녀도 머리카락 한 올 찾을 수 없었다. 간만의 휴가가 주어졌는데 하필 바로 옆 서(署) 교통순경으로 근무를 하고 있던 훈민과 딱 휴일이 겹치고 말았다.

같이 바다를 가자고 하는 통에 속초로 끌려갔을 때까지만 해도 나래는 휴일에 피곤이 더 쌓이겠다고 생각했다. 하지만 정말 예상치 못하게 그곳에서 김형식을 만났고 두 사람은 체포를 하는 데 성공했다.

거기까진 참 운이 좋다고 생각했다. 훈민과 함께한 20여 년의 세월 중 처음으로 제일 운이 따랐다고 생각했는데 직접 김형식을 잡은 사람은 훈민이니 특진은 그에게로 향했다. 그리고 훈민과 나래는 같은 서, 같은 팀의 파트너가 되었다.

"신고합니다. 오늘부로 수사 5팀으로 발령받은 경장 신훈민입니다. 잘 부탁드립니다."

말 그대로 태어나면서부터도 모자라 이제 정년을 할 때까지 거의 붙어 다녀야 하는 그런 처지가 되고 만 것이다. 수사팀이 떠나가도록 소리를 지르는 훈민을 보고 나래는 고개를 푹 숙였다. 지옥의 시작이었다.

1장. 친구의 거리

왠지 모르게 고등학생은 중학생과는 다르게 정말 어른이라는 생각이 들었지만 그건 단지 그녀만의 착각이었다. 교복만 달랐지 여전히 그녀는 어린애에서 벗어나지 못하고 있었다.

입학 전 학교 홈페이지에서 알게 된 하늘과 나래는 벌써부터 단짝친구가 되어 있었다. 훈민은 여러 남자애들에게 둘러싸여 스타크래프트 이야기를 나누고 있었다. 중학교 때까지 훈민 주위의 여자애들 때문에 나래는 왕따가 될 수밖에 없었다. 또래의 질투란 무서운 것임을 나래는 유치원 때부터 알고 있었기 때문에 그다지 마음에 두지 않았다.

꼭 그럴 필요 없다는데도 불구하고 훈민은 혼자 처량하게 밥 먹는 건 안 된다며 그녀와 같이 등하교를 하고 점심도 같이 먹었다. 그래서 어떻게든 고등학교는 여고를 가리라 다짐했지만 집에서의 거리가 너무 멀어 아빠인 은우가 반대를 했다. 그래서 훈민 몰래 고등학교 원서를 넣었지만 그것도 들키고 말아서 같은 학교에 입학을 하고 말았다.

"급식 되게 맛없지 않아?"

"그러니까. 매점가자."

고등학교에 들어와서도 훈민의 인기 질주는 계속되었다. 이번에도 역시 왕따겠구나, 생각을 했는데 학교 홈페이지에서 만나게 된 하늘은 유일하게 훈민을 좋아하지 않았다. 잘생긴 남자는 얼굴값을 한다면서. 어쩌면 그래서 나래도 훨씬 빨리 하늘에게 마음을 열게 된 건지도 몰랐다.

"1학년?"

신나게 웃으며 걸어가는데 갑자기 어떤 남자가 달려와 멈춰 섰다. 이목구비가 굵직하고 키가 큰 남자의 체육복을 보니 3학년이라 두 사람은 재빨리 고개를 숙여 인사를 했다.

"너 이름이 뭐야?"

"박하얀나래인데요."

"이름도 예쁘네. 난 장성민. 나래, 남자 친구는?"

"없는데요."

그 말에 성민이 주머니에서 쪽지를 꺼내 그녀의 손에 쥐어주었다.

"나하고 사귀자."

"네."

쪽지가 뭘까 궁금해하는 차에 성민이 기습적으로 질문했고, 나래는 무심코 '네'라는 대답을 하고 말았다.

"그럼 오늘부터 1일."

"네?"

"그거 내 번호니까 문자 남겨. 이따 보자."

성민이 마치 바람 같다고 생각했다. 하늘 역시 같이 넋이 나간 듯 다시 운동장으로 돌아가 축구를 하는 틈으로 파고든 성민을 보며 입을 벌렸다.

"대박."

하늘의 그 말 한마디에 나래의 정신도 완전히 돌아왔다.

"저 선배 뭐야?"

"너 찍었나 봐."

"나 진짜 1일인 거야?"

"잘생겼던데? 이 기회에 신훈민 좀 물리치고 사귀어봐."

"그래, 나쁘지 않더라. 연락 좀 해보지, 뭐."

"그럼 라면은 네가 사는 거?"

"좋아, 기분이다. 내가 쏜다."

조금은 황당하지만 느낌이 나쁘지 않았다. 그렇게 나래는 처음으로 연애를 시작하게 되었다.

성민은 고3임에도 불구하고 꽤 그녀에게 신경을 잘 써주었다. 주로 점심시간에 교내 데이트가 이어졌지만 나래는 그것만으로도 좋았다. 남들은 풋내기의 연애라고 할지 몰라도 그녀에겐 즐거웠다.

사귀게 된 와중에 알게 되었지만 성민 역시 훈민과 만만치 않게 인기가 많은 사람이었다. 잘생긴 데다, 매너도 좋고 2학년 땐 학생회장까지 했을 정도로 근면성실한 사람이었다. 그러니 처음엔 어떨떨하던 나래도 점차 성민에게 마음을 열게 되었다.

훈민이 엄마 정하와 나래의 엄마 소연도 그녀에게 남자 친구가 생겼다며 즐거워했다. 하지만 유일하게 저기압인 사람이 있었으니, 다름 아닌 훈민이었다.

"뺏기기 싫어서 그래."

"그런 거 아니거든? 그냥 그 자식이 구려서 그래."

정하의 말에 훈민이 강하게 반발했다. 나래 역시 장난기가 발동했다.

"자식, 이 누님 많이 좋아하는구나?"

훈민은 기가 막힌 얼굴로 탄식을 내뱉었다.

어쨌거나 훈민이 그런 식으로 나오니 훈민과 성민은 서로를 껄끄러워했다. 하지만 그녀의 연애는 아주 순탄하게 이어졌다.

고등학생이 되니 학교에서 보내는 시간이 많아서 반 친구들과 친해지지 않을 수가 없었다. 처음엔 훈민 때문에 그녀를 경계하던 여학생들도 두 사람이 정말 친구인 사실을 알고는 그녀에게 호의적으로 다가왔다.

더분에 리더십도 있고, 훈민을 상대하는 것만 빼면 성격도 무난한 데다 공부도 잘하는 나래는 친구들의 추천으로 학생회장이 되었다.

어려서부터 그랬지만 바로 옆집에 사는 주제에 늘 학교 학생들과 염문을 뿌리고 다니는, 농염한 18세의 신훈민의 잘난 척은 점점 더 심해지고 있었다.

생김새가 워낙 화려한 탓도 있겠지만 피아노까지 잘 치는 남자라니.

거기다 말수가 많지도 않은 데다, 요즘 늦은 사춘기가 온 건지 반항기까지 있어 정말 10대 소녀들의 '왕자님' 조건에 부합했다.

같은 학교 학생들뿐이면 좋은데 근처 여학생들까지 와서 훈민을 보겠다고 아우성이었다. 나래는 교문 앞에 행렬을 이룬 여학생들이 이해가 가지 않아 다시 한 번 고개를 내저었다. 게다가 처음엔 훈민과 소꿉친구라는 이유로 다가왔다가, 나중엔 질투로 변하는 여자들을 너무나 많이 봐왔다. 하지만 그건 유치원 때부터 워낙 익숙해져 요즘은 정말 친구가 되고 싶어 다가오는지 아닌지 쉽게 알 수 있었다. 그건 신학기가 되면 유독 심해졌는데 하늘을 사귀고 나서 그것도 많이 잠잠해졌다. 나래의 눈에 하늘은 정말 천사 그 이상이었다. 어쨌거나 그녀가 까칠한 성격이 된 건 8할은 그의 탓도 있었다. 물론 훈민은 거기에 대해 미안한 마음은 전혀 갖고 있지 않았다.

게다가 같은 반이 된 박우석이라는 친구 역시 외모가 출중한 데다 조용한 성격을 지니고 있었는데 어느 순간부터 훈민과 같이 다니기 시작했다. 여학생들은 그림들이 걸어 다닌다면서 좋아했고 나래는 그런 반응에 혀를 차며 고개를 내저었다. 그런 반응 덕분에 '나래는 우리의 적이 아니다.' 라고 훈민의 추종자들이 더 그녀를 믿는 계기도 되었다.

훈민은 한 달 전쯤 감기에 걸려서 꽤 심하게 앓았었다. 타고난 건강 체질인 훈민이 그렇게 아프다는 것이 왠지 믿기지 않아 엄마인 소연과 그의 엄마인 정하의 등쌀에 병문안을 가고 나서야 심각성을 파악했다.

처음엔 무슨 감기로 입원까지 하냐고 했는데 그때 훈민의 아빠인 세륜은 장관이 주최한 파티에 초청을 받고 가서 긴장과 몸살이 겹쳐 그렇다고 말해주었다. 아무리 훈민이라고 해도 정·재계 사람들 앞에선 긴장이 된 모양이었다.

하긴, 낮이면 피아노, 바이올린 레슨에 저녁이면 싸움질까지 하고 다녔으니 저 몸이 저 정도에서 남아나는 게 다행이었다.

가만 보면 공부로 취미를 돌리면 꽤 잘할 것도 같은데 훈민은 별로 뜻이 없어 보였다. 그렇다고 바이올린에 애착이 있는 것도 아니었다. 그건 그냥 정하가 아들이 하는 바이올린 연주가 듣기 좋다고 말해서 취미 삼아 계속 켜고 있는 것뿐이었다.

그나마 애착이 있다면 피아노와 싸움 정도라고 해야 하는 걸까?

공부도 못하고 싸움만 일삼는 것은 물론, 자신을 시기해 남자애들이 시비를 거는 거라며, 자신은 남자이기 때문에 피하지 않고 정면으로 부딪친다고 했었다.

그나마 대학은 피아노 특기생으로 갈 수 있을 것 같은데 손을 너무 함부로 놀리는 것 같아 걱정이 됐지만 나래는 굳이 말할 생각이 없었다. 또 걱정해주는 자신을 보고 '박하가 날 좋아한다.' 라고 소문을 내고 다니면 곤란하기 때문이었다.

처음엔 왜 훈민이 그녀를 박하라고 부르는 줄 몰랐다. 대부분 그녀의 이름을 나래라고 불렀지만 훈민은 꼭 박하라고 불렀다. 어른들이 물어보았을 때 훈민은 심드렁한 얼굴로 '박하사탕 생각나서요.'라고 말을 했다. 그 뒤로 훈민은 유일하게 그녀에게 박하라고 부르고 있었다.

"박하, 내일 꼭 와라."

훈민이 창문을 열고 두드릴 때부터 알아보았다. 두 사람의 방은 서로 마주 보고 있어서 베란다로 나와 마음만 먹으면 뛰어넘을 수 있는 거리였다. 이 두 집을 설계한 건 바로 그녀의 아빠인 은우였는데 어릴 땐 물론 친구와 집이 가까워 좋긴 했지만 지금은 불편하기 짝이 없었다.

훈민은 용건이 생기면 전화나 문자를 하기보다 무조건 베란다를 넘어와 창문을 두들기곤 했다. 그래서 여름엔 마음대로 창문을 열어놓고 살 수가 없었다. 언젠가 그녀가 옷을 갈아입을 때 들이닥쳐 민망한 상황에 처했으면서도 그는 계속 그 버릇을 버리지 못하고 있었다.

확, 동생 놈 방과 바꿔버려?

하지만 그건 늘 생각에서만 그쳤다. 짐을 옮기는 것을 동생이나 훈민이 도와줄 리가 없었다.

"안 어울리게 너 듣는 귀는 뚫렸잖냐. 그리고 이 오빠 마지막 연주회야."

"뭐?"

나래의 커다란 눈이 부풀어 올라서 살짝만 건드려도 떼구르르

굴러떨어질 것만 같았다. 훈민은 티켓을 앞으로 뻗으며 그녀의 눈을 받쳐주는 척했다. 나래는 신경질적으로 얼굴을 뒤로 당기며 티켓을 받아 들었다. 그녀의 가족이 모두 볼 수 있는 4장이 들어 있었다.

"너 피아노학과 갈 거 아니었어?"

"다른 길 찾아보려고."

"너 싸움질 말고 그나마 잘하는 게 피아노잖아."

"난 질긴 놈이라 너무 빠져들어서 지겨워질까 봐. 그건 싫을 것 같고, 혹은 피아노를 부숴버릴지도 모르지. 그래서 좋아하는 완급을 조절하는 거야."

왠지 저렇게 말하는 훈민이 처음으로 굉장히 어른스럽다고 느껴졌다. 아마 그녀는 10대가 되기 전부터, 그리고 10대 후반이 되어서까지 꾸준히 해온 한 가지를 저렇게 쉽게 포기할 수는 없을 것이다. 그녀의 성격상 아까워서라도 버리지 못할 터. 하지만 훈민은 우선 누구보다 재능이 있었고, 세계적인 피아니스트인 아버지가 있었다.

아니, 어쩌면 훈민이 현명한 것일지도 모른다. 정식 피아니스트가 되면 그는 평생을 사람들에게 아버지와 비교를 당해야 할지도 몰랐다.

어쨌거나 저렇게 또 다른 꿈을 가질 수 있다는 것 자체가 부러웠다. 그녀는 태어나 무엇인가를 꿈꿔본 적이 없었다. 어릴 때 박사, 건축가, 변호사가 꿈이라고 했지만 그게 실제 꿈은 아니었다. 그저 남들이 말하니 앵무새처럼 따라 말하는 것뿐이었다.

"왜? 안 믿겨?"

"아니, 네가 대단하다고 생각해서."

생각도 없이 대답하고 나래는 아차 싶었다. 이건 또 신훈민의 잘난 척 2% 정도를 높여주는 데 기여를 할 것이다.

하지만 그녀의 생각과 다르게 훈민은 꽤 놀란 얼굴을 하고 있었다.

"너 공부도 열심히 하잖아. 되고 싶은 게 있어서 그런 거 아니야?"

"아니, 당장 하고 싶은 게 없어서 공부를 하는 거야. 나중에 그러니 아무것도 못하는 거지, 그런 말을 듣고 싶지 않거든."

그 말에 어느 정도 이해하겠다는 얼굴로 훈민이 고개를 끄덕였다. 어쩌면 훈민을 너무 쉽게 봤는지도 모르겠다. 늘 세상 편히 단순하게 산다고 생각했었는데 그녀보다 훨씬 앞서 나가고 있었다. 저도 모르게 부러운 눈으로 훈민을 보고 있던 나래는 고개를 숙이고 다시 티켓 장수를 보았다.

"한 장이 비었다?"

"뭐가? 너희 식구 딱 맞게 줬는데."

"성……."

"그 자식 오면 너 친구 인연 끊는 거다."

"너 왜 그렇게 싫어해?"

그녀의 남자 친구를 훈민은 무척이나 싫어했다. 싫어한다고 말은 한 적 없었지만 하는 게 딱 그랬다.

"안 그래도 오늘 농활 갔어."

"조심해라. 그런 데서 은근히 눈 많이 맞는다더라."

그래도 친구가 차일까 봐 걱정은 하는 모양이었다. 아니, 어쩌면 자신의 친구가 차이는 꼴을 보기 싫은 것일지도 몰랐다.

"그럴 사람 아니거든?"

"아니긴. 야, 원래 아랫도리 달린 놈들은 믿으면 안 돼. 물론 나 빼고."

"주위에 여자들 정리하고 그런 말을 하세요, 오늘 제가 받아 온 선물이 몇 개인 줄 알고 그러십니까?"

그녀의 하굣길의 양팔은 늘 무거웠다. 하루에 적게는 서너 개, 많을 때는 열댓 개의 선물도 들고 와야 할 때가 있었다. 무슨 연예인도 아닌 주제에 선물이 이렇게 많은지. 그런데 그가 대회에 나가 상을 타는 모습이 몇 번 TV를 통해 비치기도 했고, 잡지에 실리기도 해서 그렇다는 것을 얼마 전에야 깨달았다. 그러니 학교 이외의 학생들이 그를 한 번 보려고 오지 않겠는가.

인정하고 싶지는 않지만 훈민의 허우대는 꽤 근사했고 그 점은 그녀도 인정하고 있었다. 하지만 많은 여자들이 그의 겉모습에 속고 있었다.

"이번 콩쿠르에서는 뭐 치는데?"

"리스트, 탄식."

그 말에 나래가 오, 하며 박수를 쳐주었다. 대체적으로 훈민은 러시아 거장을 좋아하는 편이었다. 그래서인지 거의 무거운 분위기의 곡들을 많이 연주했는데 이번엔 낭만적인 곡이라고 하니 왠지 기대가 되었다.

물론 그녀는 훈민이 연주하는 라흐마니노프의 보칼리제를 가장 좋아했다. 그래서 마지막 무대가 될 거면 라흐마니노프를 연주해주기를 원했었다. 하지만 훈민이 마지막으로 정한 연주곡을 인정해주기로 마음먹었다.

"자신 있어?"

그 말에 훈민이 베란다를 훌쩍 뛰어 넘어왔다. "이 오빠가 언제 자신 없을 때가 있었냐?"

그래, 그녀의 친구 신훈민은 늘 언제 어디서나 그렇게 자신만만한 남자였다.

훈민은 그녀를 보고 무려 18년이나 된 친구라며 소개를 하곤 했다. 반대로 나래는 이제 그만하고 싶지만 무려 13년이나 알고 지내왔으니 어쩔 수 없다고 말을 했다. 왜 서로 우정이 시작된 시기가 다르냐고 물으면 나래는 기억이 나던 5살 때부터라고 대답을 했다.

어쨌거나 두 사람은 태어나기 전부터 알고 지내온 것과 다름없었다. 아마 부모님들이 절친한 친구 사이가 아니었다면 알고 지낼 일도 없었을 테지만.

훈민은 그녀의 앞에선 보일 꼴, 못 보일 꼴을 다 보여주면서 남들 앞에서는 과묵한 척을 하기 좋아했다. 정말 가식적인 녀석이라며 나래는 포기했다는 듯 고개를 내저었다.

그리고 1학기 시작을 알리는 선도가 시작되었다.

나래는 자타공인 모범생이었고 겨울방학 전 선거에 출마해 많은 지지를 받고 현재 전교회장까지 맡고 있었다. 2학년 학기 첫날이니 모범적으로 일찍 나와 선도 부원들과 함께 교문 앞에 서서 아침인사를 만끽하는 중이었다.

아무리 1학기 첫날이라 8시 30분까지 등교라고 했다 하더라도 여전히 훈민은 머리카락 한 톨도 보이지 않았다. 선도부장인 하늘이 혀를 끌끌 차며 나래에게 말했다.

"옆집 사는데 좀 데리고 나오지 그랬어. 매일 같이 다니더니 오늘은 왜 안 데려왔어?"

"이제 혼자 서서히 일어나보라고, 적응기간을 준 거지."

"그래도 훈민이 지각한 적은 한 번도 없지 않아?"

"될 대로 되라, 이건가?"

말은 그렇게 했지만 나래도 은근히 신경이 쓰였다. 비록 훈민이 이번 콩쿠르를 끝으로 피아노를 그만둔다고 하더라도 본래 정규수업만은 늘 열심히 받는 편이었다. 그리고 사고를 꽤 치고 다녔지만 그녀와 같이 학교를 다니면서 지각을 한 적은 없었다. 물론 그건 그녀가 늘 그를 끌고 다녔기 때문이었다.

다음 학기부터는 너도 더 이상 예술을 하지 않으니 알아서 오라고, 하고 처음으로 훈민의 집에 들르지 않았다. 사실 들르려고 했지만 정원에서 물을 주고 있는 정하가 그녀를 만류했다. 훈민도 이제 스스로 학교를 다닐 줄 알아야 한다면서. 사실 그녀가 의무적으로 훈민을 데리고 다닌 것은 정하의 부탁 때문이기도 했었다. 결국 고개를 끄덕이고 아침에 혼자 등교를 했지만 아무래도 들렀어야 했다며 후회를 하는 중이었다.

결국 8시 30분이 되자 하교까지 세상과의 단절을 뜻하는 교문이 닫혔다. 모두에게 인사를 하고 다들 흩어지기 시작했다. 하늘은 배가 아프다며 재빨리 화장실로 달려갔고 나래는 고개를 갸웃거리며 설마 하는 마음에 화원을 향해 걷기 시작했다.

학교 이사장이 워낙 원예에 관심이 많아 조경에도 꽤 많은 신경을 썼다. 그리고 학교 맨 안쪽에 화원을 만들어놓았는데 그 뒤쪽으로 사람들이 모르는 길이 뚫려 있어 몇 번씩 훈민이 그쪽으로 온다는 것도 알고 있었다.

화원 뒤쪽으로 다가가자 두런두런 말소리가 들려왔다. 남자들의 목소리는 두껍고 낮아서 웅얼거리는 느낌이 들지만 제법 대화가 잘 들렸다.

"바이크는 갑자기 왜 바꾼 거야?"

"속도 좀 더 내볼까 해서."

역시, 그럼 그렇지. 신훈민과 박우석은 또 둘이 모여 작당을 하고 있는 게 틀림없었다. 그녀가 왁, 소리를 내며 두 사람 앞에 모습을 드러내자 훈민은 마시고 있던 오렌지주스를 뿜었다.

"아, 진짜. 더럽게."

"박하, 애 떨어질 뻔했다."

"애는 무슨. 내가 너희들 이러고 있을 줄 알았어. 그리고 왜 만날 개구멍으로 다녀? 잠깐, 그러고 보니 오토바이가 왜 두 대야?"

나래의 눈이 휘둥그레 커졌다. 훈민이 씩 웃더니 하얀 바이크를 두 번 두드렸다. 그리고 엄지를 척 치켜들었다. 아니다, 그럴

리가 없다.

하지만 설마 하는 그녀의 눈빛에 훈민이 맞다는 듯 순진난만하게 고개를 끄덕였다.

"아저씨가 허락하셨어?"

"아니, 엄마가 사줬는데."

"아줌마가? 허락을 했다고?"

"사내자식이 이런 거 한 번쯤 타고 싶을 거라면서 사줬어. 물론 그 아줌마가 속도까지 정해줬지만."

사실 훈민이 오토바이를 타고 싶다고 할 때 제일 반대할 줄 알았던 사람은 정하였다. 세륜은 늘 엉뚱하고 무슨 일이든 해봐야 한다는 주의였기 때문에 당연히 사줄 거라고 생각했다. 나래뿐만이 아니라 다른 사람들 모두 그렇게 생각했다. 하지만 막상 위험하다며 반대를 한 사람은 다름 아닌 세륜이었다.

정하는 바이크라는 것에 별 흥미를 보이고 있지 않은 것 같았는데 아들이 타고 싶다고 하니 허락을 해준 모양이었다. 열흘 전 훈민이 드디어 원동기 면허를 땄다고 자랑했을 때 맛 좀 보라며 정하에게 고자질한 사람은 나래였다. 당연히 혼날 거라고 생각했는데 전혀 의외의 결과가 나왔다.

"아저씨는?"

"지금 난리 났다. 우리 부모님 싸우는 거 태어나서 오늘 처음 봤거든."

나래의 입이 쩍 벌어졌다. 그런 나래의 반응을 이해한다는 듯 훈민은 팔짱을 끼며 고개를 끄덕였다.

하긴, 생각해보니 이상했다. 원래 아침에 정원에서 늘 물을 주는 사람은 세륜이었다.

그래, 어쩌다 정하도 정원에 물을 주곤 했었다. 하지만 그건 세륜이 해외 공연이 있어 어쩔 수 없을 때였고 거의 그럴 땐 늦은 오후 시간이었다. 정하가 아침 일찍 정원에 물을 주고 있는 모습은 태어나서 처음 보았다.

"아저씨 가출하신 거야?"

"어떻게 알았냐?"

"아침에 너 깨우려고 대문 열었는데 아줌마가 정원에 물을 주고 계시더라고. 그거 원래 늘 아저씨 몫이었잖아."

"어젯밤부터 거하게 싸우시더니 아빠 연습실로 짐 싸서 들어가신 모양."

아빠가 가출했다는데 훈민은 별 관심도 없는 모양이었다. 그저 불면 날아갈까, 안으면 깨질까 바이크만 그저 애지중지하고 있었다. 하여간 겉멋은 들어서 별 이상한 건 다 하려고 들었다.

"너 사고 나면 어쩌려고 그래?"

"재수 없는 말 그만하고, 학생회장님은 그만 갈 길이나 가세요."

그 말에 나래는 손으로 V 자를 그려 훈민의 눈을 찌르려는 시늉을 했다.

"확, 이런 싸가지."

그때 두 사람을 보고 있던 우석이 웃음을 터트렸다. 팔짱을 낀 자세로 바이크에 기댄 채 웃고 있는 우석을 보면 하늘은 사진을 찍어 보존해야 한다고 난리였을 것이다.

하늘의 짝사랑도 벌써 1년이 넘어가고 있었는데 우석은 받아줄 생각이 전혀 없는 모양이었다. 어떻게 그렇게 티가 나게 좋아하는데 깔끔하게 무시를 하는지 나래는 이제 우석이 존경스러울 지경이었다.

“꼭 만담부부 보는 느낌이라니까. 두 사람 워낙 오래되어서 그런가?”

“우리 사귀는 거 아니거든?”

“박나래 또 오버한다. 같이 보낸 시간 말이야.”

저도 모르게 발끈하고 말았다. 괜히 무안해진 나래는 목을 가다듬는 척하며 손가락으로 바이크를 가리켰다.

“어쨌거나 오토바이로 등·하교하는 거 교칙위반이거든? 이 개구멍 없애버리기 전에 오토바이는 얌전히 팔도록 해.”

“너 그거 학생회장의 권력 횡포다. 그리고 교칙위반이라고? 오토바이에 대해 언급한 교칙을 본 적이 없는데?”

“하여간 저 신훈민 말은 뻔지르르하게 잘해요. 교칙위반이라면 위반인 줄 알아. 아니면 지금 학주 데려다 지옥의 맛을 보여줘?”

“아이, 우리 회장님 왜 이러실까. 9시다. 빨리 들어가서 수업 들어야지.”

훈민이 그녀의 팔을 붙잡고 괜히 엉덩이를 강아지처럼 살랑거리며 애교를 부렸다. 그래, 본인이 그렇게까지 타고 싶어 한다면야.

그리고 그런 훈민의 모습에 우석이 또다시 웃음을 터트렸다. 훈민은 대체적으로 사람들 앞에선 과묵한 편이었다. 하지만 나래는 훈민의 실체를 그 누구보다도 잘 알고 있었다.

훈민은 대체적으로 말을 많이 하는 것도 귀찮아했고, 행동을 하는 것도 귀찮아했다. 하지만 워낙 격의 없이 친하게 자라서 그런지 그녀에게만은 예외였다. 이런 훈민의 애교 있는 모습을 처음 우석이 보았을 땐 믿기지 않는다며 거의 뒤로 넘어갈 뻔했었다.

그런 반응에 훈민은 우석을 지나가던 닭 쳐다보듯 했다. 아무래도 훈민은 자신이 남들 앞에서 그렇게 행동하지 않는다는 것을 모르는 것 같았다. 아마 훈민의 추종자들이 이런 그의 실체를 안다면 반은 나가떨어지지 않을까? 아니, 애교까지 많다며 더 좋아할지도 몰랐다.

세 사람은 교실로 가기 위해 걷기 시작했다.

"그나저나 언제 태워줄 건데?"

바이크가 신기하기도 해서 은근히 기대가 되기도 했다. 하지만 나래의 물음에 훈민은 콧방귀를 뀌었다.

"안 돼."

"뭐?"

"위험해."

모순적인 말에 나래가 걸음을 멈추고 훈민을 바라보았다. 뒤통수가 서늘해졌는지 훈민도 가던 걸음을 멈추고 슬쩍 뒤를 돌아보았다.

"왜?"

"위험한 걸 너는 타면서 왜 난 안 태워준다는 건데?"

"원래 뒤에 타고 있는 사람이 더 위험한 거 몰라? 절대 안 태울 거야. 그리고 헬멧도 딱 하나야."

"쪼잔하다."

"내가 태워줘?"

우석이 나래의 옆에서 슬쩍 고개를 숙이며 말했다. 왜 여자애들이 우석을 보고 좋아하는지 이해가 될 것도 같았다. 이렇게 가까이에서 보는데 우석은 모공 하나 없이 깨끗한 피부와 말끔한 이목구비를 자랑하고 있었다.

"예쁘게 생기긴 정말 예쁘게 생겼다니까. 남자 주제에."

"너도."

"역시, 박우석이 사람 볼 줄 알아요."

"오늘 일찍 끝나니까 태워줄게."

그 말에 훈민이 인상을 찌푸렸다. 그리고 나래 역시 싱겁다는 얼굴로 고개를 저었다.

"하늘이한테나 그 말 해줘. 네 오토바이 뒤에 타보는 게 소원이라더라."

이제껏 장난스럽게 웃고 있던 우석의 얼굴이 순식간에 굳었다. 우석은 하늘을 싫어하는 건 아니었다. 정말 싫어했다면 아예 피했겠지만 네 사람은 꽤 잘 붙어 다니는 편이었다.

아니, 우석에게 친구가 훈민밖에 없어서 어쩔 수 없이 붙어 다니는 건가? 훈민은 늘 그녀와 붙어 다녔으니까 네 사람이 붙어 다니는 건 필연이었다.

딱 봐도 우석은 부잣집 도련님처럼 생겼다. 물론 실제로 집이 부유하기도 했고. 특히나 우석의 엄마의 치맛바람은 꽤나 유명했다. 공부도 그럭저럭 상위권에 들고, 여자애들도 우석을 꽤나 좋아했다.

남자애들은 원래 편을 가르는 여자애들과는 달라 두런두런 잘 지낸다고 생각했는데 훈민과 우석을 보니 그런 것도 아니었다. 훈민이야 워낙 어려서부터 사람들에게 시달려 뭉쳐 다니는 걸 좋아하지 않았다. 그래서 거의 그녀와 붙어 다녔는데 다른 친구와 이렇게 다니는 건 우석이 처음이었다.

학교에서 부동의 인기는 역시 훈민이었지만 우석도 만만치 않게 인기가 많았다. 하늘의 말에 의하면 약간 어둡고, 우수에 찬 눈빛이 훌륭하다고 했다.

하늘은 유일하게 훈민을 좋아하지 않는 여자애였고 늘 주위에서 나래를 괴롭히려는 훈민의 팬클럽들을 열성적으로 막아주었다. 하지만 훈민 다음으로 인기가 많은 우석에게 푹 빠져 현재 열렬히 사모하는 중이었다.

"우석이 너 따로 좋아하는 사람 있어?"

나래의 물음에 대답할 가치도 못 느끼겠다는 듯 우석이 언짢은 얼굴로 고개를 돌렸다.

하긴, 딱 봐도 여자에게 별로 관심이 없어 보이긴 한다. 으레 이 또래의 남자애들이 모이면 하는 게 반은 게임이고 반은 여자였다. 하지만 두 사람은 그런 이야기를 거의 하지 않았다. 분명 처음엔 훈민도 스타크래프트에 빠져 있었던 것 같은데 우석과 친해지고 나서부터는 바이크에 지대한 관심을 보였다.

잠깐, 그럼 설마…….

우석은 의외로 눈치가 빠른 타입이었다. 나래의 표정을 보고 인상을 확 구겼다.

"무슨 말도 안 되는 상상하는 거야?"

정말 불쾌하다는 우석의 표정에 나래의 장난기가 스물스물 올라왔다.

"설마 너희 둘이 그렇고 그런……."

두 사람을 놀리는 것에 맛이 들린 나래가 웃으며 손가락으로 가리키자, 훈민이 그녀의 이마를 손가락으로 쭉 밀었다.

"하여간 상상하는 것도 저질 같지."

나래는 밀리지 않기 위해 머리에 힘을 주고 훈민의 손가락을 버텼다. 그러자 훈민이 '어쭈?'하는 얼굴로 손가락에 더 힘을 주고 집중을 하며 고개를 숙였다.

그때였다. 우석이 훈민의 손가락을 위로 탁 쳐냈고 덕분에 나래의 고개가 앞으로 확 쏠린 건 순식간이었다. 물컹한 게 이마에 확 느껴졌다.

"악, 내 이마!"

"아나, 입술 썩겠네."

"누가 할 소리를!"

훈민의 입술이 그녀의 이마에 마치 문어의 빨판처럼 딱 붙었다 떨어졌다. 서로 썩는다며 이마와 입술을 문지르는 두 사람을 보고 우석이 고개를 저으며 웃었다.

"박우석, 너!"

"너 이딴 식으로 날 배신하냐?"

훈민이 정말 억울한 모양인지 우석을 향해 소리를 버럭 질렀다. 입술 박치기도 아닌데 뭐 저렇게까지 화를 내나 싶어 나래는 괜히 무안해졌다.

그러다 이내 알게 되었다. 주변 여학생들의 눈초리가 매섭게 빛나고 있는 것을.

역시 얄팍한 우정이라도 몇 안 되는 친구를 사수하기 위해 훈민이 일부러 큰 소리를 내며 노력한다는 것을 알고 나래가 흐뭇하게 웃곤 고개를 끄덕였다.

그리고 다짐했다. 언젠간 신훈민의 오타바이 뒤에 타고 말 거라고.

처음으로 훈민과 하교를 같이하지 않았다. 처음엔 천천히 걷던 그녀의 옆에서 바이크를 속도에 맞게 타더니 너무 느려서 넘어질 것 같다며 결국 먼저 가겠다며 눈앞에서 사라지고 말았다.

평소엔 제발 좀 떨어지라고, 속으로 빌었는데 막상 이렇게 되고 나니 허전했다. 역시 습관이란 무서운 것이었다. 무거운 가방을 늘 훈민에게 맡겼었는데 없으니 이렇게 아쉬울 수가. 아니, 이럴 줄 알았으면 가방을 좀 들고 가라고 할 걸 그랬다.

게다가 하늘과 헤어지고 집 앞에 거의 도착했을 때 나래는 잠시 걸음을 멈추었다. 세륜이 대문 앞에 서서 집 안을 보며 서성이고 있었다.

"아저씨."

"쉿!"

그래, 훈민의 부모님은 부부싸움이 현재진행형이었다. 세륜이 재빨리 손가락으로 입을 가리자 나래가 알겠다는 얼굴로 고개를 끄덕였다.

그런데 입술을 가리고 있는 세륜의 손가락에서 피가 나고 있었다.

"어? 다치셨어요?"

"러브레터에 면도칼이 숨겨져 있네?"

세계적인 피아니스트인 세륜은 팬레터도 많이 받았다. 세륜을 진심으로 좋아해주는 사람들도 많았지만 와이프와 헤어지라는 꽤 악질적인 팬레터도 많다고 들었었다. 하지만 피아니스트가 보는 편지에 면도칼이라니.

"언제부터 이런 편지 왔어요?"

"에이, 이런 거 자주 있는 일이야."

"저번에도 면도칼이 봉투 안쪽으로 붙어 있어서 손 다치셨었잖아요. 똑같은 사람짓 아니에요?"

"어지간히 내가 싫은 모양이지."

세륜이 웃으며 말했지만 나래는 심각하다고 생각했다. 저런 팬레터를 받고서도 세륜은 직접 그 편지들을 관리했다.

그때 배기통 울리는 소리가 나면서 훈민의 바이크가 점점 가까워졌다. 나래의 눈이 크게 부풀어 올랐다. 이렇게까지 인상을 찌푸리고 화가 난 모습을 한 세륜은 처음이었다. 그녀는 이제껏 화가 난 세륜은 단 한 번도 보지 못했었다.

훈민이 차마 차고로 들어가지 못하고 담벼락 옆에 바이크를 멈춰 세우며 헬멧을 벗었다. 역시 세륜에게 완전한 허락을 받지 못해서인지 훈민은 살짝 긴장한 표정이었다.

세륜이 앞으로 걸어가 거칠게 키를 뽑아내었다.

"압수야."

"아빠!"

"그래, 난 네 아빠다. 그러니까 안전이 걱정되는 수밖에 없어. 바이크 타고 싶어 하는 나이라는 건 알겠다. 하지만 이거 정말 목숨 내놓고 타는 거라는 거 모르겠어?"

"안전운행 할게요."

"너 혼자 안전운행 하면 사고 안 나? 사고가 왜 사고인 줄 알기나 하고 그런 말 하는 거야!"

세륜은 바이크에 대해서 강경한 입장이었다. 세륜의 말에도 일리가 있다는 것을 아는 것인지 훈민은 그저 고개를 숙인 채 아무 말도 하지 못했다.

"그리고 너희 야간자율학습 하느라 늦게 끝나는데 나래와 같이 다녀야 할 거 아니야? 요즘 얼마나 세상이 무서운지 몰라서 그래?"

"재가 태권도하고 검도만 해도 몇 단인데……."

"나래는 여자야!"

나래는 속으로 '아저씨, 파이팅!'을 외쳤다. 가끔가다 훈민은 그녀가 여자라는 것을 잊을 때가 있었다. 어려서부터 나래는 악기보다 움직이는 것을 좋아해서 태권도학원과 검도 학원을 열성적으로 다녔다. 덕분에 그녀는 현재 태권도 3단 검도 중급 2단이었다. 사실 목검 하나만 있으면 밤길이 무섭지 않았다.

그때 대문이 열리며 정하가 나와 세 사람을 바라보았다.

"애들 학교에서 여기까지 5분밖에 안 걸려. 속도도 얼마 내지 못하니까 내가 딱 거기까지만 허락한 거야."

"이놈이 얼씨구나 하고 그 말 듣겠어? 그리고 그걸 믿고 오토바이를 사준 거야? 신훈민을 그렇게 몰라?"

"거짓말 안 하는 당신 아들이라는 거 잘 알고 있어."

결국 정하의 말에 세륜이 졌다는 얼굴을 했다. 예전부터 느꼈지만 세륜은 정하에게 정말 약했다. 조금이라도 정하가 화난 기색이 있으면 당황해 어쩔 줄을 몰라 전전긍긍했다. 세륜은 정말 유쾌하고 솔직한 사람이라 감정을 숨기는 법이 없었다. 의외로 부부싸움은 싱겁게 끝났지만 여전히 세륜과 훈민 사이의 불편한 기류는 계속 흐르고 있었다.

"신훈민 들어와서 각서 써."

"각서?"

"오토바이는 등하교길만 타고 다닌다. 그 외의 도로는 나가지 않는다."

"아빠!"

훈민이 소리를 빽 지르자 세륜의 눈이 커졌다.

"안 그럼 오토바이는 절대 용납 못한다. 타기 싫어?"

"아니."

정말 타지 못하게 될까 봐 겁먹었는지 훈민의 목소리가 개미처럼 줄어들었다.

"나래도 같이 들어와."

"저, 저요?"

"나래도 각서 써. 등하굣길에 늘 신훈민을 지켜보겠습니다, 시간 체크 정확히 하겠습니다. 알겠어?"

또 괜한 불똥이 그녀에게로 튀었다.

그럼 그렇지. 훈민과 엮이면 뭐 하나 제대로 되는 일이 없다.

결국 거부하지 못함을 알고 있는 나래가 고개를 숙이고 세륜과 정하의 뒤를 따라 훈민의 집으로 들어섰다. 훈민은 땅이 꺼져라 한숨을 내쉬며 그녀의 뒤를 따랐다.

훈민이 마지막으로 참가하는 콩쿠르가 열렸다. 어려서부터 세륜의 피아노를 많이 들어온 터라 나래의 귀도 꽤 많이 열려 있었다. 훈민은 정말 피아노를 그만두기에는 아까운 인재였다.

리스트 곡 중 탄식은 정말 흔치 않은 아름답고도 잔잔한 곡이었다. 아라우나 마갈로프의 연주보다 훨씬 더 좋게 들리는 건 친구이기 때문인 걸까? 햇병아리에 불과하다고 다른 사람들은 말할지도 모르겠지만 훈민의 피아노 연주는 아름다웠다.

훈민의 연주가 끝나고 아주 잠깐의 정적이 흐르다 이내 우레와 같은 박수가 터져 나왔다. 기립박수를 치고 있는 사람들이 절반은 넘는 것 같았다. 고개를 돌려보니 세륜도 꽤 만족한 얼굴로 고개를 끄덕이고 있었다.

훈민은 자리에서 일어나 한 손을 배에 다른 한 손은 허리 뒤로 돌려 마치 신사가 된 듯 깍듯이 인사를 하곤 무대에서 내려갔다. 하필 마지막 순서라며 훈민은 투덜댔다. 어차피 결과는 상관없으니 빨리 집에 가서 쉬고 싶다고 말하는 훈민을 보며 세륜이 혀를 끌끌 찼다.

발표를 할 때까지 세륜은 이미 팬들에게 둘러싸여 있었다. 옆으로 살짝 자리를 피하자 훈민이 보타이를 풀며 다가오는 것이 보였다. 이럴 때 보면 연미복도 꽤 잘 어울린다는 생각이 들었다. 하긴 패션의 완성은 얼굴이라고 하지 않던가.

18살의 훈민은 어른과 미성년자의 경계에 모호하게 서 있는 것 같았다. 하지만 깔끔한 연미복을 입고 머리를 깔끔하게 올린 훈민은 왠지 모르게 친구라기보다는 훨씬 큰 어른 같아 보였다.

"이 오빠 연주가 어때?"

"솔직히 나는 라흐마니노프를 듣고 싶었는데, 이번엔 정말 곡 자체가 아름답다는 생각이 들었어."

이건 그녀가 하는 엄청난 칭찬이라는 것을 훈민은 알아챘는지 꽤 놀라워하면서 이내 거만한 표정으로 고개를 끄덕였다. 하여간 이 순간조차도 훈민은 장난을 치는 걸 좋아했다.

"신훈민 학생, 다음 행보는 어떻게 되는 겁니까? 역시 아버지와 같은 길을 걸을 겁니까?"

"이번 우승자는 오스트리아 유학 특전이 주어진다는데 생각해보신 적 있으십니까?"

기자들은 이번 콩쿠르의 우승자가 당연히 훈민일 것이라고 생각하고 있는 듯했다. 이미 대강당 내의 기자들이 훈민을 둘러싸고 이런저런 질문을 쏟아내고 있었다.

나래는 인터뷰가 길어질 거라는 것을 눈치채고 그 뒤로 빠져 비어 있는 자리로 걸어갔다. 짙은 보랏빛의 드레스를 입고 있는 여자가 눈에 들어왔다.

드뷔시의 '물의 반영'을 연주했던 여자였다. 훈민만큼 피아노를 잘 친다고 생각했지만 들으면서 왠지 욕심이 과하다고 생각되는 그런 연주였다.

원망이 가득한 눈으로 훈민을 바라보고 있는 것을 보니 이번 콩쿠르의 우승을 정말 노리고 있었던 모양이었다. 마침 고개를 돌리던 여자와 나래의 시선이 공중에서 부딪쳤다.

여자는 이내 고개를 돌렸지만 나래는 그러지 못했다.

그때, 기자들을 어떻게 물리치고 나왔는지 훈민이 옆으로 앉으며 한숨을 길게 내쉬었다.

"예뻐서 쳐다보냐?"

"뭐?"

"나 아팠을 때 쇼팽 치던 애야, 쟤."

얼마 전 감기에 혹독하게 걸려 훈민은 입원 직전까지 갔었다. 그 상황에서 장관 주최 파티에 초대되어 꽤나 걱정을 했었다. 훈민은 그날 바이올린을 켰다고 말했고 대신 예쁜 여자가 피아노를 연주했다며 꽤나 만족스러워했었다. 나래는 슬쩍 눈을 깐 채로 훈민을 위아래로 쭉 훑어보았다.

"왜 도둑놈 보듯 그런 눈빛이야?"

"신훈민도 남자구나 싶어서."

"원래 남자란 생물은 그렇게 태어난 거야. 장성민은 안 그러나 보지? 원래 옆에 여자 친구 있어도 옆에 지나가는 여자들에게 눈 돌아가는 게 남잔데."

그 말에 나래가 '신훈민이 그렇지.'라는 눈빛으로 얼굴을 흘겼다. 그러자 훈민은 고개를 저었다.

"오빠는 절대 안 그러거든?"

"오빠는 무슨."

"너 말 좀 높여. 그러니 오빠랑 사이가 안 좋지. 계속 그럴래?"

"계속? 너 설마 그놈이랑 결혼할 거냐?"

"뭐?"

기가 탁 막혔다. 이제 겨우 18살인데 갑자기 웬 결혼드립? 나래가 어이가 없다는 얼굴로 훈민을 노려보았다.

"어차피 결혼까지 가지도 않을 거 대강 부르면 어떻다고. 그리고 너 잘 생각해봐. 평생 갈 사람이 누군지."

그건 물론 훈민의 말이 맞다. 그녀는 아마 큰 이별이 없는 한 훈민과는 죽어도 떨어지려야 떨어질 수가 없는 사이라는 것을 알고 있었다.

결국 나래가 졌다는 듯 두 손을 들었다. 어차피 훈민을 입으로 이길 수 없다는 것을 아주 오래전에 터득했기 때문에 포기도 빠를 수 있었다.

곧 앞에서 심사위원들이 훈민에게로 다가와 인사를 건네기 시작했다. 그렇게 콩쿠르의 우승자는 훈민으로 정해졌고 나래는 진심으로 박수를 보냈다.

또다시 기자들이 훈민의 곁으로 마치 물고기처럼 몰려들었다.

"우승을 축하합니다. 그럼 바로 유학 준비 하시는 겁니까?"

"마이스트로들의 러브콜이 잇따르고 있다고 들었습니다. 결정하셨습니까?"

정신없이 기자들의 물음이 꼬리에 꼬리를 물고 늘어지기 시작했다. 훈민은 답답했던지 보타이를 떼어내고 단추까지 풀었다.

"전 다른 꿈이 있기 때문에 더 이상 피아노를 치지 않을 것입니다. 우승에 따른 각종 특혜도 받을 생각이 없습니다."

그 말에 심사위원들은 물론 기자들의 얼굴도 사색이 됐다. 잠시 눈치를 보던 기자들은 다른 사람들과 인사를 하고 있는 세륜이 있는 쪽으로 뛰어가기 시작했다. 결국 한바탕 소동을 세륜의 매니저가 모두 처리하게 되었고 식구들은 홀에서 모두 빠져나왔다.

하늘은 하필 콩쿠르가 있는 날 할아버지 제사라며 부산으로 내려갔고, 우석은 갑자기 생긴 집안일 때문에 세륜이 마련한 식당으로 뒤늦게 도착했다.

"오, 박우석 이게 뭐냐?"

"새로운 길을 가게 됐으니 내가 주는 선물."

우석은 훈민에게 로보캅 미니어처를 건네주었다. 그러고 보니 어릴 때 훈민은 로보캅을 무척이나 좋아했었다. 그리고 다음에 크면 로봇 경찰이 되어 악당들을 모두 물리칠 거라며 포부가 큰 꿈을 가지고 있기도 했었다. 그러고 보면 정말 영락없는 어린애였다.

"참, 훈민이 너 무슨 다른 꿈이 있는 건데? 아까 그랬잖아."

"알면 다쳐."

훈민이 나래의 물음에 픽 웃으며 입을 봉했다. 어차피 궁금해하지 않고 놔두면 훈민은 자연히 말을 해올 터였기 때문에 더 이상 묻지 않기로 했다. 정말 이때까지는 나래는 훈민과 같은 길을 걷게 될 거라고 주변 사람들은 물론 본인조차도 상상하지 못했다.

콩쿠르가 끝난 지도 벌써 두 달이 넘어섰다. 그리고 의외로 훈민은 착실했다. 더 이상 피아노 연습을 가지 않으니 야간자율학습을 해야 한다는 것은 참 많이 아쉬운 듯 보였다. 하지만 군소리 없이 착실히 야간자율학습을 마치고 하교를 했다. 그리고 정말 각서에 쓴 대로 등하교에 정해진 길로만 바이크를 타고 다녔다.

물론 나래 역시 각서를 썼으니 등하교에 걸리는 시간을 정확히 체크했다. 그리고 그 일로 세륜은 나래에게 일급의 탈을 쓴 용돈을 듬뿍 주었다.

그녀의 부모님인 은우와 소연은 경제관념이 철저해 일정 수준의 용돈은 주지 않았다. 실제로 학생이 무슨 돈이 필요하냐고 했고 나래도 딱히 불만은 없었다. 하지만 세륜이 주는 용돈은 꽤나 쏠쏠했다.

어쩌면 그래서 어려서부터 불만이 없었을지도 모른다. 어려서부터 세륜이 일주일에 한 번 정도 주는 용돈이 그녀의 한 달 용돈

보다 훨씬 많았기 때문이었다. 물론 돈에 대한 개념이 없기도 했다.

"너 우리 아버지한테 받는 돈 엄청 쏠쏠할 텐데 어떻게 한턱도 안 쏘냐?"

"너 감시하느라 이 누나가 얼마나 힘이 드는데."

"오늘은 밥 사라."

오늘은 학교 사정에 의해 정규수업만 하고 끝나는 날이었다. 비록 우석의 자리가 비어 있긴 했지만 훈민은 신경도 쓰이지 않는 모양이었다.

"우석이는 어디 갔어?"

"저번 주가 아는 형 기일이었는데 못 갔다고 오늘 간다더라고."

"그럼 우석이 오면 밥 사줄게. 그래도 넷이 같이 먹는 게 좋잖아."

"오늘 사고, 다음에 또 사면 되는 거지 추접하긴."

"알았어. 뭐 먹고 싶은데?"

"피자?"

나래는 고개를 끄덕이며 허락의 뜻을 비쳤다. 그리고 하늘에게 오늘 학교 끝나고 피자 먹으러 가자는 문자를 남기고 수학 교과서를 꺼내 들었다. 점심을 이제 막 먹고 났는데 피자라니……. 하긴, 뒤만 돌아서면 배고플 나이였다.

그리고 그녀는 점심시간이 끝나고 이어지는 5교시 중에서도 수학을 유난히 힘겨워했다. 천하장사도 이길 수 없다는 눈꺼풀이 서서히 내려왔다. 하필 오늘 수학시간이 2시간이나 붙어 있을 줄이야. 그래도 정규수업만 있는 게 다행이라고 생각하며 나래는 기지개를 펴고 몸을 움직였다. 취약한 과목인데 졸고 있을 수는 없었다.

슬쩍 고개를 돌려보니 훈민은 의외로 공부에 열중하는 모습을 보이고 있었다. 뭐, 의외일 것도 없었다. 훈민은 어려서부터 수학을 꽤 좋아했었고 늘 만점을 맞았으니까. 집중하기 위해 다시 고개를 돌리는데 앞문이 벌컥 열렸다.

올해 처음 부임해온 27살의 담임인 남선생은 얼굴이 하얗게 질려 있었다. 게다가 눈물이 그렁그렁한 눈으로 말을 하지 못하고 있었다.

수학선생은 남선생 앞으로 걸어가 무슨 일이냐고 물었다. 남선생은 몇 번이나 말을 하기 위해 입술을 움직였지만 목소리가 나오지 않는 모양이었다. 벨소리가 울렸다.

"여보세요?"

그때였다. 벨소리가 꺼지고 조용한 교실 한가운데에서 훈민의 낮은 목소리가 울려 퍼졌다. 불길한 느낌이 엄습했다. 꼭 이런 느낌은 들어맞는다.

"제가 신훈민인데요. 네, 우석이 제 친굽니다."

순식간에 훈민의 얼굴이 굳었다. 휴대폰을 쥐고 있는 손가락이 하얗게 질려가고 있는 것도 보였다. 왠지 모르게 심장이 쿵, 떨어지는 느낌이 들었다.

"한국대병원 영…… 안실이요. 네, 지금 가겠습니다."

말은 그렇게 하고 있었지만 훈민은 잠시 멍한 얼굴로 휴대폰도 얼굴에서 떼지 못하고 있었다. 자리에서 일어섰지만 이내 휘청거리며 책상을 짚고 다시 주저앉고 말았다. 나래는 숨을 크게 내쉬고 자리에서 일어나 훈민의 팔을 잡아당겨 일으켜 세웠다. 그리고 울고 있는 남선생과 훈민을 이끌고 걷기 시작했다.

교문을 나서고 택시에 올라타 목적지를 말할 때까지도 훈민은 정신이 나간 사람 같았다. 여전히 휴대폰을 손에 꽉 쥔 채 초점 없는 눈으로 멍하니 앞만 보고 있었다. 정확히 들었다. 우석은 훈민의 친구이고, 한국대병원 영안실이라고 하는 것은 '죽음'을 뜻하는 것이었다.

6월 18일.

나래는 고개를 돌려 창밖을 보았다. 얄미울 정도로 푸른 하늘은 눈이 시릴 만큼 깨끗했다. 그리고 아팠다. 손등으로 떨어지는 것이 눈물이라는 것을 깨닫고 나래는 어린아이처럼 목 놓아 울고 말았다. 그녀가 우는 소리에 정신을 차린 듯 훈민은 팔을 뻗어 나래의 어깨를 감싸 안고 자신의 품에서 울 수 있게 해주었다.

방금 전까지만 해도 멍하니 정신을 놓고 있던 사람이 맞던 것인지 훈민은 병원에 도착해서 무척이나 침착한 얼굴로 경찰들과 이야기를 하고 있었다.

"주머니에 휴대폰이 있어 다행이었습니다. 지갑을 보니 학생증이 있어 학교로 연락을 했고, 저장된 전화번호는 학생 번호뿐이었습니다. 가서 확인해주시겠습니까?"

훈민이 고개를 끄덕이자 영안 실문이 열렸다. 나래와 남선생은 훈민의 뒤를 따라 조용히 들어갔다. 하얀 가운을 입고 있는 사람은 무표정한 얼굴로 냉장고 같아 보이는 곳의 손잡이를 잡고 쭉 끌어내었다. 길쭉한 무언가가 하얀 시트로 덮인 채 누워 있었다. 천을 벗기자 하얗게 질린 우석의 얼굴이 드러났다.

나래는 두 손으로 입을 막았다. 분명 눈을 감고 누워 있는 사람은 박우석이었다.

우석은 꼭 잠을 자는 것 같았다. 이름을 부르면 금방이라도 눈을 뜰 것 같았다. 하지만 평소의 얼굴이 아닌 것도 같았다. 하얗다 못해 파랗게 질려 있는 얼굴은 정말 더 이상은 우리와 같이 뜨거운 피가 돌고 있는 사람이 아니라는 것을 알려주고 있었다.

"어떻게…… 병원에 와서……."

막상 덤덤해 보이던 훈민도 우석의 얼굴을 확인하자 머릿속이 정리가 되지 않는 모양이었다.

"현장에서 사망했습니다. 트럭기사가 중앙선을 넘어와 정면으로 부딪쳤습니다. 얼굴이 온전한 건 헬멧을 단단히 쓰고 있어서이고 목 아래로는……."

경찰은 더 이상은 말을 하지 못하고 입을 다물었다.

"박우석 학생이 맞습니까?"

"네."

그 말을 끝으로 다시 우석의 얼굴 위로 하얀 천이 씌워졌다. 그리고 우석은 차가운 저장고 안으로 모습을 감추었다.

"선생님, 우석이 부모님껜 연락드렸습니까?"

"드렸는데……."

"그런데 왜 아직도 안 옵니까?"

"두 분이 지금 이혼소송중이시고 외국에 계셔서 연락이 쉽지 않다고."

여전히 놀란 표정을 감추지 못한 채로 남선생이 대답을 하고 있었다. 훈민은 어이가 없는지 한숨을 길게 내쉬었다. 그러다 이내 분을 참지 못하겠던지 주먹으로 벽을 내리쳤다.

결국 형사의 인도로 영안실을 빠져나왔다. 병원관계자가 다가와 장례절차에 대해 물었지만 남선생은 곤란하다는 듯 훈민을 바라보았다.

"보통 학생들은 하루만 장례를……."

그때 훈민의 휴대폰이 울렸다.

"여보세요. 네, 그렇습니다. 아니, 어떻게 아들이 죽었다는데 그렇게 말씀을 하실 수 있습니까? 됐습니다. 편하실 대로 하십시오."

훈민이 거칠게 휴대폰을 끊었다. 그리고 기가 막힌지 실소를 터트렸다. 훈민의 두 눈에 눈물이 그렁그렁 맺혔다. 그러다 이내 눈을 질끈 감았다 뜨며 스스로를 진정시키듯 고개를 끄덕였다.

"삼일장으로 할게요."

"네?"

"준비해주세요."

"이쪽으로 따라오세요."

분명 전화를 한 건 우석의 부모님 중 한 분이었을 것이다. 그러고 보니 치맛바람으로 대단했던 우석의 엄마가 모습을 보이지 않은 건 올 초부터였다.

이혼소송 중이라니……. 아무리 이혼을 한다고 해도 자식과는 떼어놓을 수가 없는 사이였다. 나래는 이해가 가지 않아 고개를 내저었다. 그런 그녀의 마음을 알아차린 건지 훈민도 씁쓸하게 웃으며 한숨을 길게 내쉬곤 고개를 내저었다.

병원 내에 있는 장례식장으로 자리를 옮겼다. 그렇게 두 사람은 멍하니 앉아 있기만 했다. 갑작스러운 죽음에 영정사진도 준비하지 못했다. 그저 학교에서 보낸 장례화환과 나래와 훈민의 부모님이 보낸 화환 세 개가 전부였다.

저녁에야 하늘이 급하게 우석의 증명사진을 확대해 영정사진으로 대체했다. 날카로운 이목구비에 입술을 꾹 다물고 있는 사진 속의 우석이 죽었다는 게 도무지 믿기지 않았다. 하늘은 얼마나 울었는지 두 눈이 퉁퉁 부어 있었고, 훈민은 경찰이 건네주었던 우석의 작은 가방을 손에 쥐고 있었다. 그리고 이내 우석 아버지의 비서라는 사람이 와 장례식 비용과 절차에 대한 것들만 훈민에게 설명해주고 돌아갔다.

우석은 외동이라고 했다. 부모님의 사이가 좋지 않아 늘 집에서도 혼자인 시간이 많다고 했었다. 짧은 기간이었지만 훈민과는 깊은 우정을 쌓았고, 훈민만큼은 아니었지만 나래 역시 우석과 많은 우정을 쌓았다고 생각했었다. 하지만 정작 우석의 주변 환경이 어떤지는 알아보려고 하지 않았다는 것을 깨달았다.

우석이 자주 훈민의 집에 와 자거나, 밥을 먹는 것도 그저 학교에서 집이 가까워 그런 것뿐이라고 생각하고 넘겼던 것이 후회되었다. 그저 모든 것이 후회일 뿐이었다. 왜 사람은 다른 사람이 떠나고 난 뒤에 소중함을 깨닫는 것일까. 같이 어른이 되지 못한 친구의 죽음이 믿어지지 않고 서글펐다.

가까운 사람의 죽음을 처음 겪는 거라 충격은 무척이나 커서 나래는 3일 내내 제대로 자지도 못하고 영정 앞을 지켰다. 친구들은 3일 내내 장례식장에 들러주었고 훈민은 묵묵히 자리에 앉아 우석의 사진만 바라보았다.

"나래야."

정하와 소연 역시 장례 마지막 날까지 옆에 있어주었다. 세륜과 은우도 장례 마지막 날에 와주었다. 우석의 부모님이 너무하다는 말을 입 밖으로 꺼내진 않았지만 네 사람은 많이 화가 난 모습이었다. 오랜 기간은 아니었지만 훈민의 친구라며 자주 집에 들르던 우석을 정하와 세륜은 무척이나 반가워했었다. 특히 세륜은 우석과 자주 이야기를 나누었고 클라리넷도 가르쳐주었다고 했다. 세륜은 영정사진 앞에 서서 한참이나 고개를 숙인 채 흐느꼈다.

화장터로 가기 전 학교에 들렀다. 영정사진을 들고 훈민은 천천히 학교 운동장을 돌고 있었다. 그리고 우석과 자주 시간을 보내던 화원 뒤로 걸어갔다.

두 대의 바이크가 있어야 할 그 자리엔 훈민의 바이크만이 세워져 있었다. 그 모습을 본 훈민이 몸을 돌려세웠다. 3일 내내 울지 않던 훈민의 눈에서 눈물이 흘렀다.

다시 차에 올라타 화장터로 가는 중에도 훈민은 영정사진을 품에 안은 채 꿈쩍도 하지 않았다. 버스가 멈춰 서고 훈민은 말없이 자리에서 일어났다. 하지만 3일 내내 먹지도, 자지도 않았던 훈민이 휘청거렸다. 나래는 말없이 훈민의 팔을 잡아 부축했다.

"괜찮아?"

훈민은 말할 기운도 없는지 그저 고개를 끄덕이는 것으로 대신했다. 초여름의 날씨는 거짓말처럼 구름 한 점 없이 맑고 화창했다.

버스에서 내리자 리무진 트렁크가 열리고 우석이 잠들어 있는 관이 모습을 드러냈다. 그와 동시에 여기저기서 울음소리가 터져 나왔다.

운구 하는 관을 보며 나래도 더 이상 참지 못했다. 관이 건물 안으로 들어가고 문이 닫히고 우석은 화염 속으로 모습을 감추었다. 친구들과 그 모습을 보고 있던 나래의 눈이 곧 바로 훈민을 찾았다.

제일 앞에 서 있다고 생각했는데 훈민의 모습이 보이지 않았다. 친구들 틈에서 빠져나온 나래는 멀지 않은 곳에서 훈민의 모습을 찾아내었다.

병원에서 빌려 입은 새까만 정장을 입은 채 화단 앞에 주저앉아 훈민이 두 손을 앞으로 그러모은 채 울고 있었다. 훈민의 어깨가 간헐적으로 흔들리고 굵은 눈물은 턱을 타고 내려와 바닥으로 떨어지고 있었다.

나래는 훈민이 우석의 죽음을 오늘에야 인정하고 있다는 것을 깨달았다. 그리고 옆으로 걸어가 훈민의 앞에 무릎을 꿇고 앉아 머리를 감싸 안아주었다.

소리 없이 울고 있던 훈민은 그녀의 허리를 껴안아 당기고 어린아이처럼 엉엉 소리를 내고 울기 시작했다. 18살, 친구의 죽음을 받아들이기에는 너무나 어린 나이였다.

우석의 아버지는 화장이 마무리되고 유골함이 나왔을 때야 모습을 드러냈다. 우석의 아버지는 나래에게도 익숙한 사람이었다. 신문이나 뉴스에도 자주 나오는 국회의원 박원진이었다. 원진은 유골함을 잠시 응시하더니 이내 고개를 들어 올리고 훈민을 한참이나 바라보았다.

"자네 손으로 보내주게."

"이것 보십시오!"

세륜이 참지 못하고 원진의 앞으로 걸어갔다. 하지만 훈민이 손을 들어 올려 세륜을 막아 세웠다.

"우린 살갑지 못한 부자 사이였네. 올해 초쯤인가, 녀석이 그러더군. 왜 친구가 좋은 것인지 이제 알겠다고."

훈민은 천천히 고개를 끄덕였다. 사실 우석의 아버지가 나타나면 훈민이 한 대 치지 않을까 걱정을 했었다. 하지만 훈민은 이제 화도 나지 않는 것처럼 보였다.

"그런 말을 꺼냈다는 건 녀석 나름대로 내게 다가오는 중이었을 텐데…… 나는 받아주지 못했어."

"우석이 어머니는 안 오십니까?"

"쓰러지기를 몇 번이나 반복해 병원에 있네. 계속 정신을 못 차리고 있는 중이야."

그래, 부모는 역시 부모다. 자신의 배로 낳아 키웠던 존재가 갑자기 죽었다는 이야기를 듣고 제정신일 사람이 몇이나 되겠는가.

"왜 바로 오지 않으셨습니까?"

"국가를 위해 일하는 사람 아닌가. 자세히 말은 못하겠지만 외국에서 일이 있었네."

이제야 나래는 원진의 모습이 제대로 눈에 들어왔다. 까칠해 보이는 피부에 면도를 며칠이나 하지 못했는지 수염이 듬성듬성 자라 있었다. 귀국하자마자 모두 젖혀두고 이곳으로 온 모양이었다.

"아뇨, 우석이는…… 저보다 아버님이 보내주시는 것이 좋겠습니다."

훈민은 하얀 보자기에 싸인 유골함을 앞으로 내밀었다. 우석은 키가 컸다. 훈민과 비슷했으니 180센티미터는 넘었을 것이다. 그런 우석은 지금 한 줌의 재가 되어 저 작디작은 유골함에 담겨 있었다.

물끄러미 유골함을 바라보고 있던 원진의 손이 올라갔다. 원진의 팔의 떨림이 점점 거세지고 결국 다시 떨어지고 말았다. 훈민이 3일 내내 그랬던 것처럼 원진 역시 아들의 죽음을 인정하지 못하고 있었다. 결국 조금 시간이 지난 뒤 원진이 유골함을 받아 들었다. 그리고 이내 무릎을 꿇고 유골함을 품에 안은 채 눈물을 흘렸다.

훈민은 집으로 돌아오자마자 쓰러졌다. 고열로 온몸이 펄펄 끓었고 정신을 제대로 차리지 못했다. 의사는 극심한 스트레스와 피로라고 진단을 내렸다. 나래는 정규수업만 마치고 곧 바로 달려와 훈민의 곁에 있어주었다.

침대에 누운 채 정신을 차리지도 못하고 끙끙 앓는 훈민을 보며 나래는 시트 속에서 손을 빼내었다. 뜨거운 손을 잡고 아무 말 없이 훈민을 바라보았다. 벌써 사흘째였다. 훈민은 링거를 맞으며 그렇게 사흘을 누워 있었다.

친했던 사람의 죽음을 받아들이고, 떠나보낸다는 게 훈민에겐 무척이나 힘든 일인 모양이었다. 우석이 죽고 벌써 일주일이 흘렀다. 세상은 변한 게 없다는 것이 돌아가고 있었고 우석의 빈자리엔 국화꽃이 아직 남아 있었다. 쉬는 시간이면 늘 달려오던 하늘은 그녀의 반엔 얼씬도 하지 않았고, 하루에도 몇 번이나 눈물을 흘린다.

나래 역시 수업을 받으면서도 몇 번이나 우석의 자리와 훈민의 자리를 번갈아 보곤 했다. 눈물이 나올 것 같으면 입술을 꾹 깨물고 참아보지만 그건 참아지는 게 아니었다. 몇 번이나 눈물을 훔쳤다.

점심시간이 되면 화원 쪽으로 절로 발걸음이 향한다. 아직 그대로 남겨진 훈민의 바이크에 기대어 늘 우석이 바이크를 세워두었던 자리를 바라본다. 금방이라도 '너희 만담부부 같아.'라고 말하는 우석의 목소리가 들릴 것 같았다.

죽음이라는 것을 상상해보지 못하던 나이라 어쩌면 그 충격이 더 큰 것일 수도 있다. 우석의 죽음은 훈민에게도 그렇겠지만 그녀에게도 참 많은 생각을 남겨주었다.

우석이 죽고 열흘이 지났다. 오늘도 정규수업만 받고 바로 온 나래는 훈민의 방을 열었을 때 놀라고 말았다. 오늘 아침까지만 해도 침대에 누워 잠을 자고 있던 훈민이 자리에서 일어나 창밖을 보고 있었기 때문이었다.

"신훈민."

나래가 부르자 훈민이 천천히 뒤를 돌아보았다. 한쪽 입매가 슬쩍 올라가는 훈민은 예전과 같았다. 신훈민이 돌아왔다. 예전처럼, 삐딱한 웃음을 지을 줄 아는 그런 친구로.

"남겨진 사람은 살아야지."

훈민이 걸어와 그녀를 천천히 끌어안았다. 나래는 말없이 훈민의 허리에 팔을 둘러 껴안아주었다.

"일주일이나 잔소리 안 하던 박하는 처음이었어."

"지금부터라도 해줘?"

"고맙더라."

어깨가 뜨거웠다. 그게 훈민의 눈물이라는 것을 알고 나래는 그의 등을 천천히 두드려주었다. 이제 정말 훈민은 우석을 마음속에 묻어둘 준비를 하고 있었다.

"오트메 데 키클릭 베민 데르팀 예티요르."

"무슨 뜻이야?"

"내 슬픔만으로도 충분하니 자고새여, 울지 마라."

나래의 말에 훈민이 픽 웃음을 터트렸다.

"내가 자고새야?"

"우리 친구 맞지?"

"갑자기 무슨 소리야?"

"왠지 갑자기 무서워져서. 늘 내 곁에 있던 신훈민이 어느 날 갑자기 사라질까 봐 무서워서."

그 말에 훈민이 그녀를 안았던 팔을 풀고 똑바로 마주 보았다.

"아니야. 그럴 일 없어. 절대, 그러지 않을게."

나래가 고개를 끄덕였다. 훈민은 약속을 하면 무슨 일이 있어도 지키는 사람이었다. 나래는 훈민이 떠나지 않을 것임을 약속 받고서 고개를 숙여 그의 어깨에게 기대었다.

무서운, 또 두렵기도 했던 18살의 여름이 그렇게 지나가고 있었다.

2장. 미묘한 감정

훈민은 정말로 대학 진학을 하지 않았다. 나래는 다름 아닌 그게 용기 있는 행동이라고 정의했다. 은근히 마음속으로 훈민이 멋지다고 생각했지만 겉으로 티를 내지는 않았다. 왠지 그렇게 말을 하면 훈민에게 지는 느낌이 들 것 같았기 때문이었다.

그녀가 대학에 진학한 이유는 간단했다. 주변 사람들이 모두 대학을 가고, 또 그게 그녀의 상식선에선 당연했고, 사회에 나가 무시를 당하기 않기 위해서였다.

정작 꿈도 없이 대학을 가는 사람들이 한심하다고 훈민이 말할 때면 속으로 뜨끔하기도 했다. 사실 그녀도 성적에 맞춰 법대에 진학을 했고 그 안에 속한 사람들이 그렇듯이 사법시험을 준비하고 있었기 때문이었다. 그리고 실제로 1차 시험에 합격을 해놓은 상태였다.

군 제대를 하고 돌아온 훈민은 훌쩍 여행을 떠났다. 훈민이 군대에 간 사이 나래는 성민과 헤어졌고, 하늘과 제주도 여행도 다녀왔다.

하늘은 첫사랑인 우석을 잊지 못해 그 뒤로 아무도 사귀지 않았으며 또한 관심도 없었다. 사람은 사람으로 잊는 거라고 주위 사람들이 말했지만 나래도 굳이 하늘에게 다른 사람을 소개해주지 않았다.

우석이 떠나고 하늘은 정말 많이 울었다. 그리고 앞으로 이렇게 좋아하는 사람이 생기지 않을 거라며 첫사랑이 참 서글프다고 말했다. 우석이 죽고 많이 힘들어하던 하늘은 잠시 성적이 떨어졌다. 집안사람들 모두가 의사라 간신히 의대를 진학하고 그곳에 들어가 하늘은 갖고 있던 근성을 발휘했다.

거의 꼴등으로 들어갔다고 말했던 하늘은 정말 공부에 열중했고 지금은 장학금을 타며 과 톱으로 군림하고 있었다. 주변에서 하늘에게 피안성, 즉 피부과, 안과, 성형외과 어디를 고를 거냐고 벌써부터 물어보는 중이었다. 하늘은 우선 무사히 졸업하고 그 뒤에 생각하겠다며 딱 잘라 말했다.

나래는 그런 하늘이 대견하면서도 아예 마음을 꽉 닫아버린 것이 아닐까 걱정이 되었지만 졸업할 때까지는 시간이 흘러가는 대로 두자고 마음먹었다.

나래는 4학년이 되었고, 하늘은 본과 2년이 되면서 정신없이 바빠지기 시작했다. 나래는 사법시험 2차 준비에 열을 올리고 있었다. 그러면서도 휴학했던 과 동기가 놀러 와 여행 이야기를 들려주는데 귀가 쏠렸다.

그녀는 스트레이트로 4년을 달려왔다. 주변에서 휴학을 권한 사람도 없었고, 당연히 학교는 바로 끝내야 한다고 생각했기 때문이었다. 하지만 동기의 말을 듣다 보니 1년 정도는 휴학을 해서 세상의 견문을 넓히는 것도 중요할 것 같았다. 4학년 1학기를 마치고 돌연 휴학을 할까 생각이 들었다.

동기 때문에 싱숭생숭해진 마음으로 터벅터벅 집으로 걸어오는데 뒤에서 자신을 부르는 소리에 고개를 돌렸다. 언제 왔는지 세륜이 차에서 내리며 트렁크 쪽으로 걸어가 상자를 꺼내고 있었다.

"귀국하셨어요?"

"우리 나래, 왜 그렇게 힘이 없어? 아저씨가 바나나우유 사줄까?"

세륜은 아직도 나래가 5살의 꼬마로 보이는 모양이었다. 하지만 나래는 이내 웃으며 고개를 크게 끄덕였다.

놀이터 앞 슈퍼에서 바나나우유와 초코파이를 사들고 온 세륜은 친절하게 스트로까지 꽂아 나래에게 건네주었다. 우유를 받아 든 나래를 보며 세륜은 바로 옆 그네에 앉았다. 순식간에 초코파이 4개로도 모자라 우유까지 모두 해치운 세륜을 보며 나래가 웃고 말았다.

"배고프셨어요?"

"입이 심심해서. 그러고 보니 너희 어릴 때 초코파이 사주면

겉만 먹고 마시멜로는 다 아저씨 줬었잖아."

"사실 지금도 그다지 맛있는 건 아니에요."

"그래도 같이 먹으면 조화가 되는 거지?"

나래가 고개를 끄덕였다. 다른 사람들에게 세륜은 위대한 피아니스트였지만 나래에겐 그저 따뜻하고 편히 기댈 수 있는 옆집 아저씨였다. 정하는 세륜이 아직 철이 들지 않아 자식들과 정신연령이 비슷해서라고 말했지만, 그건 세륜이 순수했기 때문에 가능한 일이었다.

"그런데 오늘 우리 나래는 왜 그리 힘이 없었을까?"

세륜이 작은 스트로를 입에 물며 말했다.

"너무 꿈 없이 달려온 것 같아요, 무작정 공부만 했고. 왜 휴학할 생각을 한 번도 하지 못했을까요? 사실 아무것도 하지 않고 1년 정도는 보내도 됐을 나이인데, 왜 앞만 보고 걸었던 걸까요?"

"나래야."

"네."

"세상엔 빨리 걷는 사람이 있고, 느리게 걷는 사람이 있어. 정답은 없지. 거꾸로 걷지만 않으면 되는 거야."

세륜의 말에 나래는 고개를 끄덕였다. 그래, 남들과 비교하는 건 미련한 짓이었다. 후회와 실패가 있어 사람은 성장하는 것이었다. 퇴보만 하지 않는다면 스스로에게 당당할 수 있지 않을까?

왠지 웃음이 지어졌다. 세륜은 사람을 기분 좋게 만드는 힘이 있었다.

"저는 이렇게 아저씨랑 하는 데이트가 좋아요."

"아쉽다. 아저씨가 20년만 젊었어도 우리 나래 낚아채는 건데."

그 말에 나래가 크게 웃음을 터트렸다.

그래, 아마 세륜이 젊었다면 나래는 쫓아다녔을지도 모른다고 몇 번인가 생각했었다.

"아저씨, 그거 범죄거든요? 쇠고랑 차고 싶습니까?"

뒤에서 들리는 소리에 두 사람의 고개가 돌아갔다. 거기엔 책가방을 맨 훈민이 삐딱하게 서서 팔짱을 낀 채 두 사람을 보고 있었다.

곧 훈민이 걸어와 나래의 손에서 우유를 빼앗아 한꺼번에 마시고는 나머지 초코파이도 먹어치웠다.

"갑자기 웬 가방? 너 어디 다녀? 수능 보게?"

"수능은 무슨. 그나저나 두 사람은 왜 여기서 청승이야?"

훈민이 툭 물으며 골반으로 세륜의 어깨를 쳤다. 세륜이 픽 웃으며 자리에서 일어나자 훈민이 그 자리에 앉았다. 세륜은 뒤에서 두 사람의 그네를 천천히 밀어주었다.

"늙은 아빠는 이렇게 장성한 아들딸 그네나 밀어주고. 이거 뭔가 반대가 된 거 아니냐? 그리고 이건 청승이 아니라 데이트라고 하는 거란다, 아들아."

"엄마한테 이른다?"

"안 돼. 그랬다간 일주일 내내 또 된장국이야."

그 말에 나래가 픽 웃었다. 세륜과 훈민은 다른 찌개나 국은 잘 먹으면서 된장국엔 이상하게 거부반응을 보였다. 이유는 정하가 훈민의 동생인 정음을 가졌을 때 입덧으로 8개월 내내 된장국을 먹어서 질린 것 때문이었다.

"이 상자는 뭐야?"

"아, 공항에서 팬이 주라고 했다면서 주더라."

훈민이 발치 옆에 있는 상자를 주워 들었다. 참 예의 없는 아들이다 싶었다. 아버지가 받은 선물을 멋대로 열어 보는 아들이라니.

하지만 워낙 자주 있는 일이라 세륜은 그저 웃으며 훈민이 하는 양을 보고 있었다.

상자가 열리고 내용물이 보이는 순간 훈민과 세륜의 얼굴이 무섭게 굳었다. 나래는 그 안에 든 것을 보고 헛구역질을 하고 말았다. 안에 들어 있는 건 고양이의 사체였다. 그것도 목을 잘라 넣고 방수 비닐로 상자를 덮어 피가 새어 나오지 않게 만들어놓은 상태였다. 상자 안쪽 표면에 붙여놓은 면도날 때문에 다친 훈민의 손가락에서도 피가 나고 있었다.

"이 새끼 악질이네. 얼굴 기억해?"

"공항 스튜어디스가 줬는데. 비행기가 연착되는 바람에 누가 부탁했다면서."

두 사람의 목소리는 놀란 기색도 없이 무척이나 덤덤했다. 그동안 협박 편지를 몇 번인가 받아왔다더니 적응이 된 것일까? 아니면 저런 동물 사체를 받아본 적이 있는 걸까? 아니, 그녀가 알기로 처음이었다.

"그 여자일 수도 있지. 어떻게 생겼어?"

"아냐, 그 스튜어디스는 꽤 오래된 내 팬이거든."

세륜의 확신에 찬 대답에 훈민이 답답하다는 듯 한숨을 내쉬며 머리를 쓸어 넘겼다.

"아저씨, 팬레터에 면도칼 들어 있는 것 주는 그 사람 아니에요?"

"그래, 수법 비슷하네."

훈민이 그렇게 말하며 면도날에 베인 손가락을 보았다. 나래는 서둘러 가방에서 마시던 물을 꺼내 훈민의 손가락을 씻겨내고 연고를 발라주었다.

"너 이런 것도 가지고 다녀?"

"내가 좀 잘 다치잖아. 아저씨, 그나저나 신고해야 하는 거 아니에요?"

나래가 훈민의 손에 연고를 다 바르고 나서 세륜을 보며 말했다. 세륜은 난처한 얼굴로 이마를 긁적이고 있었다. 고등학교 때부터 그 편지를 봐왔으니 벌써 6년 가까이 되어가는 협박성 선물이었다.

"폭탄이 아닌 게 어디야, 괜찮아. 그리고 이 정도는 감수해야지."

"그래도 그렇지 이딴 식으로 사람 다치게 만들어도 되는 거야? 그냥 신고하자니까."

"그냥 좀 심한 장난이지 직접 와서 해코지한 적도 없고. 괜히 이곳저곳 오르내리고 그러면 말만 많아지니까."

세륜은 한국이 배출한 천재 피아니스트였다. 전 세계적으로 팬도 많았고, 공연도 많았다. 당연히 좋은 사람이니 안티 같은 건 없을 것 같았다. 실제로 세륜은 늘 겸손하고, 정직해 존경하는 사람으로 자주 뽑혀 언론에 거론되기도 했다.

"사람을 너무 짜증 나게 괴롭히니까 그렇지."

"직접적 피해는 없었으니 그냥 넘어가자."

"정신적 피해잖아. 스트레스 받지 않아? 그리고 아들 손 봐. 이렇게 다쳐서 피가 철철 나고 있어요."

"이 정도는 괜찮아. 빨리 들어가자, 엄마 거하게 저녁상 차려놓았다고 난리더라. 나래 식구들하고 오랜만에 모여 먹는 거니까 아빠가 오늘 아끼던 와인도 개시할게."

훈민은 더 하고 싶은 말이 많은 듯했지만 결국 세륜의 말에 따르기로 한 모양인지 자리에서 일어섰다. 밖에 동물 사체를 묻는 건 불법이라는 말로 훈민은 집으로 돌아와 정원 화단에 직접 무덤까지 만들어주었다.

정하가 상다리가 부러지도록 차려놓은 저녁을 먹은 지 한 시간밖에 되지 않았는데 훈민은 소주 한잔하자며 나래를 끌고 밖으로 나왔다. 고급 와인을 마신 여운을 오래 간직하고 싶다고 했지만 훈민은 그 말을 그대로 씹어주었다.

하여간 독불장군이었다.

동네 포장마차로 들어와 꼼장어에 소주를 시킨 뒤 두 사람은 천천히 술을 마시기 시작했다.

그런데 배부르다고 말해놓고 꼼장어를 열심히 주워 먹는 나래를 보며 훈민이 혀를 끌끌 찼다. 나래는 실실 웃으며 젓가락을 놓고 괜히 물을 마시며 훈민에게 물었다.

"그런데 너 어디 다녀? 요즘 바빠 보인다? 오늘은 못 데리러 간다는 말까지 하고."

"그래서 빨리 와 늙은 아저씨랑 데이트하냐?"

"오늘 좀 심란해서. 그런데 아저씨하고 대화하고 많이 풀렸어."

"그 아저씨랑 무슨 말이 통한다고."

"너보단 훨씬 잘 통하거든?"

"이 오빠 요즘 학원 다닌다."

"학원? 너 정말 수능 볼 거야?"

훈민이 소주를 한 잔 들이켜고 고개를 저었다.

대체 훈민이 무슨 학원을 다니는 것일까? 설마 다시 피아노를 하기로 마음먹은 것일까?

궁금함에 잔뜩 물든 나래의 눈을 보고 훈민은 다시 소주를 들이켰다.

맨정신엔 도무지 말을 하기 힘든 것을 보니 정말 상상도 하지 못하는 일을 배우는 모양이었다.

설마 미용?

왠지 여자들 뒤에 서서 머리카락을 말고 있는 훈민을 상상하자 웃음이 튀어나왔다.

결국 한참 동안 말없이 소주를 마시는 훈민 덕분에 나래도 보통의 주량을 초과하고 말았다. 세상이 빙글빙글 돌고 기분은 좋아졌다.

"넌 왜 그렇게 공부를 열심히 하냐?"

"예전에도 물어봤잖아."

"참 열심히 한다 싶어서. 아직도 꿈이 없냐?"

"음, 아직도 없는 거 같아."

"꿈이 없는데 공부를 열심히 해?"

"나중에 내가 꿈이 없는 그저 그런 어른으로 살면 사람들이 노력하지도 않아서 그렇다고 손가락질 할까 봐 공부라도 열심히 해두려고."

"그럼 굳이 판검사가 되겠다는 마음은 아닌 거네?"

나래가 고개를 크게 끄덕였다. 정말 하고 싶은 것이 딱히 없었고 덕분에 공부를 열심히 한 것뿐이었다.

"나 경찰시험 준비한다."

그 말에 막 소주를 마시려던 나래가 그대로 입가에 질질 흘리고 말았다. 그 모습을 보며 훈민이 고개를 저었다.

"하여간 조신한 맛이 없어요."

훈민은 티슈를 뽑아 그녀의 턱 주위를 닦아주었다. 그럼에도 불구하고 나래는 한참 동안이나 그렇게 굳어 있었다.

그러다 갑자기 박수를 치며 웃고는 손가락으로 훈민을 가리키며 '네가? 경찰?'이라는 말을 한참동안이나 중얼거렸다.

"순경?"

"웃기냐?"

"너 그거 붙을 수나 있겠어? 그거 들어보니까 수능보다 더 어렵다던데?"

"대강 가르쳐줘 봐."

학교를 다닐 때 보면 훈민은 공부를 열심히 하지 않았다. 그래도 기초가 꽤 탄탄해 늘 중위권이었다. 가르치면 잘 따라올 것 같기도 했다. 그래도 이건 아니었다.

"웃기시네. 신훈민이 경찰? 너 되면 내가 손에 장을 지져요. 그리고 차라리 내가 시험 본다면 모를까."

"너 지금 말 다 했냐? 내가 어디가 어때서?"

"경찰복 입고 교통경찰 하는 신훈민이라. 이야, 상상이 안 되네."

"나 형사 지원할 거거든?"

"형사도 경장 이상부터 할 수 있거든요?"

그 말에 훈민이 눈썹을 치켜떴다. 설마 정말 모른 모양이었다. 무작정 순경이 되면 바로 수사팀에 지원이 가능한 줄로 알고 있던 것 같았다. 나래는 훈민을 가리키며 웃음을 크게 터트렸다.

"아무것도 모르면서 형사는 무슨. 야, 형사가 아무나 되는 줄 알아? 그거 운동신경도 엄청 좋아야 하거든?"

"그럼 네가 더 가망 없지. 박하 꼴에 경찰은 무슨. 너 100미터 달리기도 20초 넘잖아."

"웃기지 마! 내가 20초? 고등학교 때 17초였거든?"

"그땐 10대 때지. 한창 체력이 좋은 10대."

훈민이 슬슬 약을 올리고 있었지만 나래는 그것도 모르고 넘어가고 있었다.

“내가 너 꼴 보기 싫어서라도 경찰시험 본다!”

“너 그 말 진짜지?”

“진짜야. 내가 내 자신을 걸고 맹세한다!”

“안 보면 내 종이 되겠다는 소리?”

“좋아.”

그깟 시험 보는 게 뭐가 어려운 일이라고. 못 볼 것도 없었다. 어차피 형법은 비슷할 테니까 시간을 쪼개서 경찰시험지를 보면 될 거라고 생각했다.

“그럼 각서 써.”

“누가 부자지간 아니랄까 봐 그놈의 각서 엄청 좋아해요. 쓰자, 써!”

쓰지 못할 것도 없었다. 곧 훈민이 종이와 볼펜을 나래의 가방에서 꺼내 각서를 쓰기 시작했다. 나래는 훈민이 쓴 각서를 보았다.

1. 박하얀나래는 경찰시험을 본다.
2. 보지 않을 시 신훈민의 평생 종이 된다.
3. 또한 취직한 뒤 월급 3분의 1을 신훈민의 통장에 자동이체한다.
4. 이 계약은 각자 정년퇴임을 할 때까지 계속된다.

누가 신훈민 아니랄까 봐 각서 내용도 참 유치하다고 생각했다. 두 사람은 각서에 사인을 하고 그녀의 립스틱을 엄지손가락에 발라 지장까지 찍고 한 장씩 나누어 가졌다. 훈민은 만족한 듯 웃었고 나래는 왠지 모르게 당한 느낌이라며 고개를 갸웃거렸다.

물론 술이 깨고 각서를 본 뒤에 후회를 하기는 했다. 하지만 약속은 약속이고, 각서까지 남아 있는 마당에 시험을 보지 않을 이유는 없었다. 한 번 하면 이루어내고 마는 나래는 정말 두달 만에 시험에 합격했다.

나래는 더 이상 내기를 하지 않기로 결심했다. 그리고 술도 적정 수준 이상 마시지 않을 것이라고 또 다짐을 했다. 쓸데없는 내기 때문에 그녀는 경찰이 되어 수사팀에 재직 중이었다. 그리고 한번 발을 담근 이상 빠져나갈 수도 없었다.

순경인 훈민은 바로 옆 경찰서 교통과에 배치되어 꽤 유연한 시간을 보냈다. 2주 만에 겨우 비번을 얻은 나래는 하루는 미친 듯 자고 하루는 정말 미친 듯 먹기로 마음을 먹었다. 하지만 훈민은 그런 그녀를 가만히 두지 않았다. 영화를 보러 가자며 아침부터 쳐들어와 결국 그녀를 깨우는 데 성공했다.

"이 누나 지금 얼마 만에 쉬는 건 줄 아니? 2주 만이거든?"

"영화 보고 와서 자면 되잖아."

"보면서 잘걸?"

샤워를 하고 나왔지만 머리카락 말리는 건 더욱 귀찮은 일이었다. 그런데 훈민은 정말 영화가 보고 싶은 모양이었다. 직접 뒤에서서 그녀의 머리카락을 말려주는 것을 보니. 이건 그가 꼭 영화를 보고 싶다는 의미였다.

"그냥 혼자 가서 보면 되잖아."
"그럼 쓸데없는 파리들 꼬여."
"그러게 누가 그렇게 생기래?"
"가서 우리 부모님께 말해보시지?"
그 말에 나래는 가만히 훈민에게 머리카락을 맡겼다. 확실히 훈민은 껍데기만 보자면 대한민국 상위 1%에 들어갔다. 실제로 길거리를 돌아다니면 연예 기획사에서 명함도 많이 받았고 연습 필요 없이 바로 데뷔하자는 사람들도 많았다. 그리고 나래가 옆에 떡하니 있음에도 불구하고 여자들은 그를 보며 수군대고 과감하게 번호를 알려달라며 다가오는 사람도 한두 명 있었다.
그래서 훈민은 주로 혼자 다니는 것보다 나래와 함께 다니는 것을 좋아했다.
어쨌거나 나래도 외모가 화려한 편이니 연예 기획사는 몰라도 다른 여자들의 방어막은 될 수 있다는 것이 이유였다. 그녀가 옆에 있으면 열 명 꼬일 것도 한 명으로 준다나 뭐라나.
다른 남자라면 콧방귀를 뀌었겠지만 상대가 훈민이니 믿지 않을 수도 없었다.
"하늘이도 있잖아."
"걔 지금 본과 4년이거든?"
그래, 의대생은 원래 바쁜 몸이었으니 이해해주자 마음먹었다.
나래의 머리카락을 물기 하나 없이 탈탈 말려준 훈민은 그것만으로 만족하지 않았다. 깔끔하게 묶어주고 나서야 만족한 듯 웃으며 고개를 끄덕였다. 훈민은 어려서부터 정음의 머리카락을 많이 만져주어 꽤 손끝이 야무졌다.

"신훈민, 실력이 녹슬지 않았는데?"

"이 몸은 천재거든."

"가자."

하여간 무슨 말을 못했다. 나래는 포기한 듯 고개를 저으며 훈민이 옷장에서 꺼내놓은 흰 셔츠에 검정 바지를 보았다. 그러고 보니 훈민도 오늘 흰 셔츠에 검정 정장바지를 입고 있었다. 거기다 평소엔 잘 하지 않는 검정 넥타이까지 매고 있었다.

"남의 옷장도 멋대로 뒤지더니. 우리 오늘 커플입니다, 광고하고 싶어?"

"이러고 나가면 여자들 안 들러붙고 좋잖아. 옷 갈아입고 나와."

훈민이 먼저 방을 빠져나가자 나래는 침대 위에 있는 옷을 보고 한숨을 푹 내쉬었다. 훈민의 말대로 이렇게 맞춰 입고 나가면 추파를 던지는 여자들이 거의 없었기 때문이었다.

"이거 무슨 상갓집 패션이야."

나래는 그렇게 말하면서도 훈민이 꺼내 놓은 옷들을 차례대로 입고 방에서 나왔다. 훈민은 그녀의 코디가 마음에 든다는 듯 먼저 집을 나섰다.

두 사람은 집을 빠져나와 번화가로 걷기 시작했다. 걸어서 15분 정도의 거리였으니 굳이 차를 가지고 움직일 필요가 없었다. 금요일 조조타임임에도 극장엔 사람이 많았고 두 사람은 표를 끊어 상영관으로 입장했다.

이병헌의 연기를 제대로 본 적은 없었지만 잘하는 배우라는 것은 알고 있었다. 하지만 1인 2역을 정말 다른 사람을 보듯 연기하는 이병헌을 보고 나래는 몇 번이나 고개를 크게 끄덕였다. 이래서 사람들이 이병헌, 이병헌 한다는 것을 알게 되었다.

"슬펐나 보다?"

영화가 막을 내리고 나오는데 훈민이 나래를 보며 물었다. 영화는 감동도 있고, 또 여러 가지를 떠오르게 만들었다. 그래서 저도 모르게 울고 말았다. 나래는 얼굴을 슥 닦으면서 훈민을 보았다.

"가서 세수 좀 해야 할 것 같아?"

"괜찮아, 그 정도면."

"여기서 좀만 기다려. 화장실 좀 들렀다 올게."

"괜찮다니까. 오빠 말 못 믿어?"

왠지 의심이 가기는 했지만 정말 옆에 데리고 다닐 수 없을 정도라면 훈민이 먼저 화장실 좀 가라고 했을 것이다. 나래는 훈민을 믿기로 하고 휴대폰 액정에 얼굴을 비추며 대충 눈가를 문질렀다.

"뭐 먹을래?"

"오늘은 왠지 돈가스가 땡기는구나, 돌쇠야."

"그거 먹고 나하고 갈 곳이 있어."

"어디?"

"바다."

훈민이 또 무슨 꿍꿍이인가 싶어 나래는 고개를 갸웃거렸다.

오늘 훈민은 정말 이상했다. 옷 코디도 마음대로 하지 못하게 하더니 영화도 보여주고 밥까지 사주었다. 그리고 차는 이미 영화관 주차장에 가져다 놓은 뒤였다. 분명 두 사람은 집에서 걸어 영화관에 왔었다.

"뭐야, 영화관까지 왔다가 다시 우리 집 온 거였어?"

훈민이 고개를 끄덕였다. 나래가 왠지 수상쩍다는 눈초리로 훈민을 흘겨보았다. 하지만 훈민은 픽 웃으며 직접 조수석 문을 열어주었다. 찝찝하지만 설마 멀리까지 가진 않을 것 같아 나래는 차에 올라탔다.

그래, 오늘 확실히 훈민은 뭔가 이상했다. 남들 앞에선 늘 과묵했지만 그녀의 앞에선 아니었다. 여자인 그녀보다 훨씬 말도 많았고, 장난을 치는 것도 좋아해 하루에 몇 번이나 놀리기 일쑤였다.

저렇게까지 조용하고, 무게를 잡는 훈민은 정말 오랜만이었다. 저런 모습을 언제 봤더라. 고등학교 시절 보고 처음 보는 것 같았다.

"너 무슨 일 있어?"

"일은 무슨."

아무래도 수상하다고 생각했지만 딱히 어디가 아파 보이는 것 같지는 않았다. 사람이 살면서 저럴 때가 있을 수도 있지, 생각하며 나래는 눈을 감았다.

"대체 어딜 데려가려고. 도착하면 깨워, 좀 잘게."

"차에서 잘 못 자잖아."

"이 누님이 엄청 피곤해서 그래. 요즘 아주 그냥 난리야, 난리. 그놈의 마약살인범 때문에 아주 사람 죽겠다."

나래는 그렇게 말하고 그대로 곯아떨어졌다. 요즘 계속 잠도 제대로 자지 못하고 잠복근무를 하는 바람에 몸 상태가 말이 아니었다. 그녀의 피부가 예민한 편이었다면 벌써 열두 번은 뒤집혔을 것이다.

얼마나 잤는지는 모르겠지만 몸이 꽤 개운한 느낌에 눈을 떴을 때 나래는 눈을 몇 번이나 껌뻑였다. 처음에 훈민이 바다를 말했을 때는 가까운 인천을 말한 줄 알았다. 하지만 무척이나 높은 파도와 새파란 저 색은 이곳이 동해임을 알려주고 있었다.

훈민이 보이지 않아 나래는 주위를 둘러보았다. 차 키를 뽑아 들고 내린 뒤 앞을 보자 훈민은 모래사장에 우두커니 서서 바다를 보고 있었다.

겨울바람은 차고, 바다는 눈이 시릴 만큼 파랬다. 바람은 파도 치는 것에 비해 잔잔했지만 그래도 셔츠 하나만 걸치고 있을 훈민이 추워 보여 차에서 재킷을 꺼내 들고 모래사장을 밟았다. 생각해보니 나래는 겨울 바다는 처음이었다. 사람들이 왜 겨울 바다를 보러 오는지 이해가 되기도 했다.

바다는 정말 눈이 부실 만큼 아름다웠고, 그것은 왠지 모르게 눈물이 고일 만큼 눈에 충만감을 주었다. 시큰해진 코를 훌쩍이며 훈민에게 재킷을 걸쳐주고 옆으로 서서 바다를 바라보았다.

"여기 어디야?"

"삼척."

"바다 간다고 해서 나는 인천 가는 줄 알았지."

"여기가 우석이 고향이래."

그 말에 나래가 살짝 입을 벌리고 훈민을 바라보았다. 늘 6월 우석의 기일이 다가오면 훈민과 나래, 하늘은 우석이 잠들어 있는 납골당을 찾아갔었다. 그리고 훈민은 한 번씩 답답할 때면 납골당을 찾아가는 것을 알고 있었다.

"어제 우석이 아버지한테 전화 왔더라."

원진은 국회의원에 더 이상 출마하지 않고 교수로 다시 돌아가 있었다. 그래서 더 이상 언론매체에서 얼굴을 볼 수 없었다. 싫어할 거라고 생각했는데 예상외로 훈민은 원진과 가끔씩 연락을 하고 있던 모양이었다.

"연락하고 지냈어?"

"가끔씩. 우석이 방에서 일기장을 발견하셨대. 눕게 된다면 고향 바다로 돌아가고 싶다고 쓰여 있어서 이곳으로 와서 보내셨다더라."

처음엔 누군가의 죽음이 익숙지 않아 영원히 잊지 못할 거라고 생각했다. 하지만 시간이 흐르고 나래는 우석이 없다는 것에 차차 적응해갔다. 아마 훈민과 하늘이 아니었다면 나래는 우석의 기일을 기억하지 못했을지도 몰랐다. 훈민은 여전히 우석을 그리워하고 있었음이 틀림없었다.

"열심히 살아야겠다는 생각이 들더라. 녀석 몫까지 열심히."

훈민은 한쪽 무릎을 꿇고 앉아 비닐봉지에서 소주를 꺼내 들었다. 그러고 보니 우석의 기일엔 늘 국화꽃만 들고 갔었지 술을 가져가 본 적은 없었다. 훈민은 소주 뚜껑을 따고 바다로 천천히 흘려보내기 시작했다.

"쓸 거다. 한 번도 안 마셔봤을 테니까."

훈민의 말이 맞다. 처음 마셨던 소주는 지금도 기억날 정도로 몸서리치게 썼다.

"네 꿈을 내가 이어가고 싶다."

우석의 꿈은 뭐였을까? 그리고 훈민은 어떻게 이어가고 싶은 것일까?

나래는 묻지 않기로 했다. 남자들만의 우정을 지켜주는 것도 좋겠다는 생각이 들었다.

훈민은 한참 동안이나 그 자리에 주저앉아 바다를 보았다. 나래는 훈민이 지금 우석과 대화를 하고 있다는 것을 깨닫고 자리를 피해주었다. 차 안으로 들어와 앉아 바다를 보고 있는 훈민을 한참 동안 바라보았다.

우석이 죽고 훈민은 꽤 많이 변했다. 다른 사람들은 잘 몰랐지만 나래는 확실히 느낄 수 있었다. 시답잖은 농담을 하는 것도, 그녀를 놀리기 좋아하는 것도 그대로였지만, 그는 한 번씩 표정이 없어졌다.

처음엔 이유를 알지 못했지만 나중에는 알게 되었다. 그건 우석이 좋아하는 음식을 보았을 때나, 우석과 함께했던 곳을 지날 때 그러했다.

"여기 녀석이랑 한 번씩 들르곤 했었는데."

"언제?"

"너 학생회 일로 바쁠 때?"

"둘이 은근히 놀러 잘 다녔다? 나 빼놓고 다니니까 좋았나 봐?"

나래의 말에 훈민은 픽 웃었다. 그런데 그 웃음이 왠지 서글퍼 보여 나래는 아무 말도 하지 못했다.

"피는 나누지 않았는데 왠지 모르게 친형제 같은 느낌이 들었었거든. 전생에 아마 우린 형제나 부부가 아니었을까? 살아 있을 때 이 말 해줬으면 좋았을 텐데."

"부부는 무슨."

"하긴, 그렇게 생각하니 징그럽네. 부부는 아니고, 물론 내가 형이었을 거야."

농담식으로 훈민이 말했지만 그때 나래는 솔직히 충격을 받았었다. 은연중 훈민에게 가장 친한 친구는 자신이라고 생각했었는데 왠지 모르게 그 자리를 빼앗긴 기분이 들었다. 그건 정말 미묘한 감정이고 유치한 생각이라 결국 아무에게도 말하지 못했다.

"출발하자."

언제 돌아왔는지 훈민의 목소리와 함께 차 문이 닫혔다. 겨울 특유의 차가운 바람 냄새가 훈민에게서 확 느껴졌다.

"집?"

"회 먹으러."

아주 간단히 말한 훈민은 바로 RPM을 올렸다. 얼마 지나지 않아 도착한 곳은 속초였다. 강원도는 훈민이 102보충대에 입대를 할 때 딱 한 번 와봤기 때문에 나래는 피곤함보다 설레는 마음이 더 컸다. 하지만 훈민은 정말 회를 먹으러 온 건지 구경을 할 생각도 않고 바로 횟집으로 들어섰다. 자리에 앉자마자 바로 회와 소주를 시키는 훈민을 보며 나래는 입술을 툭 내밀었다.

"그 입술은 뭐야?"

"구경 좀 하는 줄 알았지."

"해 다 지는데 구경은 무슨, 내일 하면 되잖아. 옆에 봐, 바로 바다네."

훈민의 말대로 커다란 통유리 바로 옆은 바다였다. 바다의 파도, 소리, 냄새를 맡고 싶다는 것이었는데 훈민은 역시 감정적으로 어딘가가 결여된 인간임이 틀림없었다. 그렇지 않고서야 저렇게 무신경할 수가 없다.

"자고 가게?"

"소주 안 마실 거냐?"

그렇다. 회를 먹는데 소주를 마시지 못한다는 건 벌칙을 받는 것과 똑같은 것이었다. 결국 나래는 콜을 외치며 소주를 받아 들었다.

"소주엔 역시 회야."

"오늘 좀 많이 마신다?"

"그러게, 오늘따라 술이 잘 받네. 신훈민이 사줘서 그런가?"

"많이 먹어라."

훈민이 그녀의 빈 잔에 다시 소주를 채웠다. 간만에 숙면을 취하고, 안주가 좋아서 그런지 오늘은 술도 꽤 잘 받았다. 많이 취하지는 않았지만 적절한 취기 때문인지 잠이 솔솔 몰려왔다.

하지만 낭패는 숙소였다. 두 사람은 횟집에서 나와 잠시 차에 기대어 섰다.

"너 오늘 기분 안 좋은 거 알겠어. 우석이 생각 많이 나는 것도 알겠고. 내가 이건 정말 창피해서 말 안 하려고 했는데."

훈민이 물끄러미 그녀를 바라보았다. 나래는 입을 다물고 싶었지만 이미 술이 과해 멋대로 입술이 움직이고 있었다.

"유치하게 생각해도 할 말이 없는데, 너 우석이하고 전생에 형제였니, 부부였니 이런 말 할 때마다 이상하게 속 쓰리고 짜증 났어."

"뭐?"

"나는 우리가 제일 친한 친구라고 생각했는데 너는 아닌 것 같잖아."

"인마, 남자랑 여자랑 같냐?"

"어쭈? 그럼 내가 여자라서 진정한 우정을 못 나눈다, 이거야? 나 섭섭해지려고 한다."

훈민이 그녀의 시선을 먼저 피했다. 이래서 말하고 싶지 않은 것이었는데. 그녀 혼자 그를 친구로 생각하는 것 같아 왠지 모를 배신감이 느껴졌다.

"넌 나 친구로도 생각 안 해?"

"그런 거 아니야."

"그럼 왜 대답을 못 해?"

"잠 온다며, 빨리 따라오기나 해."

더 따지고 싶었지만 훈민의 얼굴이 무척이나 피곤해 보여 나래는 입을 다물 수밖에 없었다. 두 사람 모두 술을 마셨기 때문에 운전은 절대 불가였다. 그런데 이 근처에 숙소가 많지 않은 데다 금요일이라 꽉 차 있었다. 겨우 세번째로 간 곳에서 방 하나를 얻어낸 두 사람은 잠시 눈치를 보다 다른 커플이 오는 것을 보고 재빨리 돈을 지불했다.

"너 차에 가서 자면 안 되겠지?"

"내외하냐?"

"뭐?"

"몇 년을 못 볼 꼴을 보고 살았는데. 왜? 잘생긴 오빠하고 같은 방에 단둘이 있다고 생각하니까 떨려?"

조금 전까지 그의 기분이 안 좋아 보이고, 평소와 다르다고 생각한 건 다 착각이었다. 그럼 그렇지. 신훈민이 어디 갈 일이 있나.

"꼴값."

그래, 애초에 훈민은 친남매 같은 친구였다. 나래는 잠시 스스로 미친 생각을 했다며 고개를 흔들고 훈민을 이끌어 엘리베이터 위로 올라탔다.

모텔 안은 무척이나 따뜻하고 포근했다. 두 사람 모두 같이 화장실로 들어가 이를 닦고 세수를 한 뒤 그대로 나와 침대로 쓰러졌다.

"박하."

"왜."

잠이 와 죽겠는데 훈민은 또 무슨 장난을 걸 생각인지 자꾸 입으로 바람을 불어대고 있었다. 민트의 화한 향이 코끝을 간지럽혔다.

"나 진짜 술 취했냐?"

"뭐?"

그걸 나한테 물어보면 어떡하냐고 물으려고 했는데, 바로 이어지는 훈민의 말에 나래가 픽 웃었다.

"박하가 예뻐 보이다니."

"나 원래 예뻐."

"방금 그 말을 한 내 주둥이를 뽑아내 버리고 싶다."

"자식, 누나가 너한테나 이런 취급을 당하지 나가면 얼마나 인기가 많은데. 알지? 누나, 서에서 무려 2명한테 고백을 받았어요."

"박하."

"또 왜?"

"경찰 된 거 후회하냐?"

그 말에 나래는 무거운 눈꺼풀을 겨우 들어 올리고 훈민을 바라보았다. 그래, 경찰이 된 이유 중 8할은 훈민 때문이었다. 그렇다고 지금 직업을 후회하는 건 아니다. 힘들기는 했지만 보람찬 일이고 좋은 사람들을 많이 만났기 때문이었다.

"좋아."

"좋아?"

"응, 좋아하는 것 같아."

"야…… 박하."

"그래, 맞아. 좋아하는 것 같아. 확실해."

"박하, 왜 주어를 빼먹어. 이 오빠 착각한다?"

눈꺼풀은 더 이상 들어 올리는 신경을 잠재우고 말았다. 나래는 그렇게 깊은 잠 속으로 빠져 들어갔다.

시끄러웠다. 생전 처음 들어보는 벨소리에 나래는 인상을 찌푸리며 팔을 뻗으려고 했다. 하지만 몸이 무엇인가에 꽁꽁 묶인 것 같았다.

정신을 차리고 눈꺼풀을 겨우 들어 올렸을 때 나래는 기겁을 하며 몸을 쭉 펴고 말았다. 덕분에 그녀의 정수리에 턱을 맞은 훈민이 윽 소리를 내며 잠에서 깨어났다. 훈민의 품에서 벗어난 나래는 재빨리 수화기를 들었다.

"여보세요?"

–퇴실 시간입니다.

"네? 네."

수화기를 내려놓고 시계를 보자 12시가 되기 50분 전이었다. 나래는 재빨리 훈민을 깨우고 화장실로 달려가 칫솔에 치약을 짜고 걸어 나왔다. 여전히 비몽사몽인 얼굴로 침대에 앉아 있는 훈민의 입속으로 칫솔을 넣어주었다.

"안 일어날 거야?"

훈민은 정신을 차리기 위해서인지 고개를 좌우로 흔들며 겨우 칫솔을 손에 쥐었다. 나래는 그 모습을 보며 욕실로 들어갔다. 샤워를 하면 잠이 확 깰 것 같은데 시간이 없어 이를 닦고 세수를 하는 걸로 대신했다.

그녀가 세수를 끝내자 훈민이 안으로 들어와 입을 헹구고 세수를 하기 시작했다. 보통 자고 일어나면 퉁퉁 붓기 일쑤인데 훈민은 붓기 하나 찾아볼 수 없는 얼굴이었다. 역시 세상은 불공평했다.

"뭘 그렇게 쳐다봐?"

"그렇게 태어나서 좋겠다고."

"부러우면 말로 하지. 그만 봐, 닳아."

역시 왕자병은 불치병인 모양이다. 훈민의 왕자병은 영원할 거라고 생각했다. 사실 오늘 아침 잠이 든 훈민의 얼굴을 정면에서 마주 보고 심장이 쿵, 내려앉았다. 이래서 무작정 술을 마시면 안 된다고 했던 건데. 이상하게 요즘 훈민이와 함께 있는 게 예전처럼 편하지가 않았다.

대체 왜 그러는 걸까.

아무래도 요즘 스스로가 이상하다고 생각하며 나래는 고개를 미친 듯 저었다.

"나가자!"

"왜 그렇게 성질이 급해. 아직 얼굴도 다 안 닦았다."

느긋하게 말하는 훈민을 보며 나래가 빨리 재촉했다. 결국 훈민이 알겠다고 말하며 재킷을 손에 든 채 다음 모텔 방을 나섰다. 두 사람은 엘리베이터 앞으로 걸어갔다.

해장을 어떤 걸로 해야 하나 생각을 하면서 나래가 바닷가니 간만에 해물탕을 먹자고 했다. 훈민은 뭐니 뭐니 해도 해장국을 먹어야 한다고 했고 나래는 절대 해물탕을 먹어야 한다고 강력 주장했다.

결국 두 사람은 만인의 결정 게임인 가위바위보를 했고 나래의 승리로 끝이 났다. 훈민이 '칫.' 소리를 내며 불만족을 표할 때 엘리베이터 문이 열렸다.

좁은 엘리베이터 안에는 이미 한 쌍의 커플이 타 있었고 두 사람이 올라타자 옆으로 비켜섰다. 해물탕을 먹는다는 생각에 고무되어 있던 나래는 뭔가 이상한 느낌에 고개를 슬쩍 돌려 옆을 보았다. 이상하게 옆에 있는 남자가 낯설지 않았다.

어디에선가 봤나 힐끔 보는데 남자와 눈이 마주쳤다. 자신에게 관심이 있다고 착각을 한 것인지 남자가 코웃음을 치며 그녀를 빤히 쳐다보고 있었다. 남자의 옆에 있던 여자는 기분이 나쁘다는 듯 나래를 노려보았다. 나래는 괜히 헛기침을 하며 고개를 돌렸다.

그때 엘리베이터 문이 열렸고 나래는 그 남자가 누구인지 정확히 떠올렸다.

"야! 김형식!"

분명 히로뽕에 취해 강간살인을 저지른 용의자 김형식이었다. 그 외침에 김형식이 옆에 있던 여자를 나래에게로 휙 밀쳤고 그 반동에 의해 뒤로 밀린 나래는 엘리베이터 벽에 쾅 소리가 나게 등을 찧혔다.

저 자식을 잡으려고 한 달 내내 얼마나 고생을 했던가. 신발을 구겨 신고 나온 것을 후회하며 뛰기 시작했다. 미친 듯이 뛰는 김형식을 따라 훈민이 스프린터처럼 달려갔다. 얼마나 빠른지 나래는 눈앞에서 보면서도 믿기 힘들 정도였다.

김형식은 중 · 고교 시절 육상부 선수로 활동하며 뛰어난 성적을 보였던 놈이었다. 게다가 400미터 한국 신기록도 가지고 있는 놈이었다. 그런데 훈민은 그런 김형식 뒤를 거의 비슷하게, 아니 조금씩이었지만 가까워질 만큼 빠른 속도로 쫓고 있었다. 나래는 뛰던 것을 다시 포기하고 뒤로 돌아가 도망치려는 여자를 붙잡고 휴대폰을 꺼내 들었다.

한 달 내내 고생하며 잡으려 애를 썼던 김형식은 결국 순경 신훈민에게 붙잡혔다. 나래와 훈민은 같이 인터뷰를 했지만 직접적으로 김형식을 잡은 사람은 결국 훈민이 되었다. 덕분에 훈민은 1계급 특진을 했고 그녀가 근무하고 있는 수사팀으로 발령받았다. 그리고 나래와 짝이 되었다. 훈민만 특진을 하고 그녀는 경찰청장에게 공로상을 받는 것으로 끝이 났다. 상으로는 만족할 수가 없어 배가 아픈 것도 잠시였다.

훈민은 수사팀으로 발령되어 오자마자 경찰계의 아이돌로 각광을 받았고 나래는 또다시 학창 시절의 압박을 받게 되었다. 게다가 두 사람이 왜 속초까지 가서 모텔에서 나왔냐는 질문에 나래는 배가 아플 틈도 없었다. 이상한 소문이 도는 것을 잠재워야 했기 때문이었다. 모두에게 태어났을 때부터 친구고 옆집에 산다고까지 공개를 했다. 다른 사람은 다 의심을 한다고 해도 믿었던 민 반장 역시 계속 두 사람을 놀리며 재미있어했다.

"박 형사, 두 사람 그렇고 그런 사이 정말이야?"

"아니에요, 저희가 보고 자란 세월이 몇 년인데요. 거기 친구 유해 뿌려져서 갔다가 우연치 않게 잡은 거라니까요. 억울합니다, 정말."

정말 해명을 하지 않으면 여경들 사이에서 왕따가 되는 건 시간문제일 것 같았다. 그리고 이렇게 해명을 하는데도 다른 사람들이 믿지 않으니 속이 답답했다. 거기다 더 속이 터지는 건 훈민이 제대로 된 해명을 하지 않고 있다는 것이었다.

"야, 신훈민. 뭐라고 말 좀 해."

"모텔에서 나온 건 사실인데 무슨 말을 해?"

"야!"

이렇게 그녀의 고난이 시작되었다.

3장. 우리 사고 쳤어요

압구정 발바리.

그 말만 들어도 몸서리가 쳐졌다. 처음 희생자를 발견한 것은 2년 전. 웬 사이코의 소행이냐며 훈민은 고개를 절레절레 저어댔고 그녀 역시 금방 용의자가 나올 거라고 생각했다. 하지만 웬걸. 온갖 과학기법으로도 범인은 정말 인간이 아닌 것처럼 단 하나의 흔적도 남기지 않았다. 과학수사대에서도 이런 놈은 처음이라며 고개를 내저을 정도였으니까.

용의자의 몽타주조차 그릴 수 없어 목격자를 찾는다 걸어놓았지만 시신이 발견된 곳은 외진 하수구 처리장 근처의 산길로 평소 사람의 발길이 전혀 없는 곳이었다. 그리고 시신은 매장된 지 최소 1년.

그때까지만 해도 압구정 발바리라는 별명이 붙지 않았다. 하지만 피해자가 셋으로 늘어나고, 점점 시신의 발견 장소가 경찰서에서 가까워지는 것, 게다가 피해자의 집이 모두 압구정이라는 것 때문에 그런 별명이 붙었다.

비밀 수사를 하던 중 공개수사로 전환이 되고, 전국 방방곡곡에 압발 수색명령이 떨어졌다. 목격자 보상금도 점점 커져갔지만 범인의 행방은 오리무중이었다.

압발 하나만을 잡기에도 바빴으나 오로지 그 일에만 신경을 쓰지도 못하는 게 현실이었다. 형사는 모자라고, 각종 범죄 사건은 연이어 터지고, 얼마 전에는 조직폭력배들과 연예인, 재벌 3세들의 마약 공급자이자 살인강도를 했던 용의자가 잡히면서 그야말로 몸이 세 개라도 모자랄 지경이 되었다.

누가 대한민국이 마약 청정국이라고 했던가. 아마 그녀는 경찰이 되지 않았더라면 정말 우리나라에 마약의 어두운 그늘은 없을 거라고 생각했을 것이다. 겨우 그 사건을 끝내고서야 겨우 한숨 돌릴 수 있었다.

"박 경사, 오늘 칼퇴한다고 하더니 왜 아직도 앉아 있어?"

"주인공이 안 오셔서요."

오늘은 훈민의 생일이었다. 간만에 친구인 하늘도 볼 수 있나 싶었는데 하필 어제부터 2주일간 태국 봉사활동 기간이라고 했다. 그렇게 의사는 하기 싫다더니 그래도 배운 게 도둑질이라고 의사면허증으로 봉사활동을 다니고 있는 모양이었다.

"양반은 못 되는 모양이네."

장 형사의 말에 고개를 돌리자 통화를 하며 훈민이 사무실 안으로 들어서고 있었다.

"그래, 그럼 거기서 보자. 자식, 필요한 거 없어. 여기서 한 20분 걸려. 알았다."

"누구야?"

"이든이."

이든이라면 나래도 잘 알고 있었다. 현재 알아주는 바이올리니스트이자 세륜과 친한 후배의 아들이었다. 나래는 이든을 어려서부터 무척 귀여워했지만 바이올린에 워낙 두각을 나타내 한국에서 시간을 거의 보내지 못했었다. 광고 건으로 오랜만에 한국에 들어왔다더니 훈민에게 연락을 한 모양이었다.

"잘 지낸대?"

"가서 보면 될 거 아니야, 일어나."

훈민이 의자에 걸쳐두었던 재킷을 들며 말했다. 훈민과 나래는 사무실 사람들에게 먼저 퇴근한다는 말을 하고 경찰서를 빠져나왔다.

세륜이 해주는 미역국은 절대 먹을 수 없다며 훈민은 아침에 그녀의 집으로 피신을 왔었다. 소연은 훈민이 올 줄 알았는지 이미 그가 좋아하는 소고기 미역국을 걸쭉하게 끓여놓고 맞이해주었다. 누가 보면 정말 이 집안 아들인 줄 알겠다고 한마디 했다가 훈민에게 입술을 잡혔었다. 그녀의 입술이 두툼한 것의 9할은 정말 신훈민 때문이었다.

생일기념으로 맛있는 걸 사준다고 했더니 훈민은 인당 가격이 꽤 나가는 참치 전문점으로 예약을 해두었다. 쥐꼬리만 한 공무원

월급으로는 감당하기 어려운 가게였지만 공무원의 고혈을 빼먹는 자식이라고 하기에는 어폐가 있었다.

그녀의 아버지는 이름을 대면 알 만한 건축가였고 그녀는 한 번씩 꽤 큰 용돈을 받고는 했다. 이제 돈도 버는데 용돈은 괜찮다고 말했지만 은우는 직장인인 딸에게 주는 게 아니라 자식인 딸에게 주는 거라며 소연 몰래 몰래 봉투를 찔러주고는 했다.

그녀가 학생일 때까지만 해도 은우는 소비습관이 잘 들어야 한다며 세륜이 용돈 주는 것도 눈치를 주곤 했었다.

물론 세륜은 그런 은우의 눈치를 보지 않고 그녀만 보면 신이 나서 용돈을 쥐여주곤 했었지만. 농담으로 훈민은 '우리 아버지한테 받은 돈으로 자동차 한 대 사고도 남았겠다.'라고 말을 했었다.

하긴, 차곡차곡 모아두면 훈민의 말대로 그러지 않을까 생각도 했었다. 그래서 훈민이 처음에 차를 사려고 할 때 보태주려고 했었는데 절대 자기 돈으로 살 거라며 쿨하게 거절하지 않았던가. 물론 그녀는 현명했으므로 한 번만 권하는 사람이었다.

"형, 누나 왔어요?"

먼저 와 있었던 건지 이든이 재빨리 일어나 두 사람을 반겼다. 4살 차이였지만 제법 의젓하고 어려서부터 사회생활을 해서 그런지 또래보다 훨씬 어른스러운 것도 같았다. 거기다 20살이 되자마자 군악병으로 들어가 군복무까지 마쳐서 그런지 어떻게 보면 훈민보다도 훨씬 어른 같았다. 그렇다고 해서 이든이 노안이라는 것은 아니었다.

"아버지하고 연주회 한다며?"

"스승님이 제안하셔서."

"제안은 무슨, 협박이었겠지."

그 말에 이든이 웃음을 터트렸다. 나래는 팔을 뻗어 이든의 손을 잡으며 올려보았다. 원래 훈민보다 살짝 작았던 것 같은데 지금은 더 큰 것 같기도 했다.

"너 키 컸니?"

"조금?"

"하긴, 아저씨 아주머니께서 키가 크니까. 그런데 20살 넘어서도 크는구나? 너 원래 훈민이보다 작았잖아. 몇이야?"

"글쎄요, 마지막 쟀을 때 186센티미터였나?"

나래가 고개를 끄덕이며 고개를 돌려 훈민을 위아래로 쭉 훑었다. 훈민의 키가 184센티미터이니 이든과 저 정도 차이가 나는 것 같기도 했다.

"뭐야, 나도 나가면 다 키 크다고 그래."

"알아. 그리고 실제로 더 커 보인다는 것도."

"그러게 왜 잴 듯이 쳐다봐?"

"내가 언제?"

두 사람을 보고 이든이 다시 웃음을 터트렸다. 그러고 보면 이든도 웃음이 꽤 헤픈 남자였다. 하긴, 이든의 아버지가 원래 웃음이 헤픈 남자였다.

"앉자. 그래, 이든이 너 이번에 무슨 연주하는데?"

"이번에 하이든과 베토벤이요."

"부모님은?"

"지금 스위스에 계세요."

"나도 스위스 가고 싶다."

"저번에 오시지. 저 그때 시간 많이 남아서 가이드 잘할 수 있었는데."

이든이 그렇게 말하며 훈민에게로 시선을 옮겼다. 애피타이저로 나온 전복죽을 먹던 훈민이 시선을 느꼈는지 손을 까딱거리며 순순히 잘못을 인정했다.

그녀가 대학생이던 시절 두 사람은 유학여행을 가기 위해 이미 숙소와 비행기까지 다 예약을 해놓은 뒤였다. 떠나기 불과 이틀 전 훈민은 워낙에 정의감이 투철해 길거리에서 시비가 붙은 고등학생들의 패싸움에 끼어들어 무려 여섯을 때려눕히고 다리가 부러지는 영광을 얻었다.

혼자서라도 유럽여행을 강행하겠다는 나래를 보며 훈민은 대대손손 저주를 내릴 거라고 했다. 그 저주가 무서워 유럽여행을 캔슬한 건 아니었다.

유럽은 두 사람 모두 10살 전에 가족끼리 여행을 다녀왔지만 너무 어릴 때라 기억이 나지 않았다. 그녀보다 훈민이 더 가고 싶다고 하여 다리가 다 낫는 대로 같이 가자고 했지만 결국 갑자기 경찰시험을 보고 이렇게 된 통에 가지 못했다.

"하늘 누나는요?"

"봉사활동 가셨댄다. 이대로 있으면 뭐, 잉여인간이 될 것 같다나?"

"사람이 하고 싶은 대로 살아야죠."

확실히 이든이는 세상 모든 것에 긍정적이었다. 하긴, 이든의 아버지가 워낙 긍정적이라고 했으니 보고 배운 게 당연하다고 생각됐다. 그에 비하면 훈민은……. 뭐, 훈민도 긍정적이다. 워낙 생각 없이 무조건 앞으로 돌진만 해서 그렇지. 따지고 보면 세륜도 정말 긍정인간이 아니던가.

은우는 우스갯소리로 세륜은 스트레스라는 것을 받지 않는다고 했었다. 그리고 세륜 역시 그 말에 긍정을 했다.

그러다 문득 나래는 생각에 빠졌다. 그녀 역시도 부족함 없이 사랑을 받고 자랐는데 왜 걱정을 달고 사는 걸까? 나래의 눈길이 자연스레 훈민에게로 향했다.

걱정 많은 성격이 형성된 것엔 역시 훈민이 9할 정도를 보태주었을 것이다. 워낙 잘난 인사다 보니 옆에서 얼마나 괴로웠었던가. 학창시절로 다시 돌아가라고 한다면 그녀는 무조건 훈민과 다른 유, 초, 중, 고를 선택할 거라고 다짐했다.

무신경하게 참치가 좋다며 입으로 마구잡이로 가져가는 훈민을 보자 절로 한숨이 새어 나왔다.

"왜? 먹는 모습만 봐도 배부르냐?"

이건 눈치가 없는 걸까, 아니면 없는 척을 하는 걸까? 나래는 고개를 저으며 없는 척을 하는 거라고 결론을 내렸다. 하여간 여우 같아서 세상 참 편히 살겠다 생각했다.

"연주회가 언제랬지?"

"내일이요."

"이런, 우리 내일 남해 가야 하는데."

"남해요?"

"마약살인범이 무려 4층에서 뛰어내리셨어. 떨어지면서 머리를 차에 부딪쳤는데 뇌부종이 좀 심한 상태라던가? 부모님이 남해에 계시다는데 연락도 안 되고, 공범자도 남해에서 봤다고 제보 들어오고."

형사는 대체적으로 3D업종을 넘어섰다. 아니, 그나마 수사과 강력팀이라서 다행이라고 해야 할까? 마약수사과는 말 그대로 정말 조폭이 되지 않으면 더 위험해진다고 하니 그녀로선 훈민이 차라리 강력팀이라 다행이라고 생각했다.

만약 훈민이 마약수사를 하고 다녔다면 정말 조폭들과 구분이 되지 않을지도 몰랐다. 아니, 어쩌면 더 나았을지도 모르겠다. 워낙 싸움박질하고 다니던 걸 좋아했었으니 거기에 가서도 잘했을 것이다.

"마약사범은 마약수사과에서 잡지 않나요?"

"이번에 거물들이 모조리 잡혀주신 데다가 그놈이 살인, 강간, 사기, 절도 아주 그냥 안 엮인 게 없어."

훈민은 한꺼번에 설명을 해주며 더 이상 말하기도 귀찮다는 듯 회를 와사비장에 찍어 볼이 터지도록 넣어댔다. 아직 그녀와 이든이 단 한 점도 먹지 않았는데 벌써 접시가 깨끗이 비었다. 훈민은 곧바로 직원을 불러 회를 더 부탁했다.

"회 못 먹어서 죽은 귀신이 붙었어?"

"참치는 느끼해서 많이 못 먹겠더라."

"한 접시 깨끗이 해치운 게 누군데. 그걸 믿으라고?"

"이거 먹고 2차는 막창 어때?"

배가 전혀 차지 않는 모양인지 훈민이 입맛을 다셨다. 어쩐지 참치를 먹으러 오자고 할 때부터 알아봤다. 훈민은 확실한 육식파였다. 생각해보니 회를 좋아하는 것은 이든이었다.

어쨌거나 오랜만에 만나는 동생이다 보니 1차로는 좋아하는 것을 먹여주고 싶었던 모양이었다. 결국 나래는 참치 단 두 점을 맛본 다음 훈민이 좋아하는 막창집으로 향하기 위해 일어섰다. 그래도 미안하기는 했던 모양인지 훈민이 먼저 자리에서 일어서더니 계산을 했다.

"형, 제가 살게요."

"너 나보다 몇십 배 버는 거 아는데 오늘 특별히 생일이라서 내는 거다. 다음엔 국물도 없어. 오늘 너 소주 마시면 내일 연주회에 지장 있냐?"

"한두 잔쯤은 뭐."

"그럼 각 한 병으로 통일!"

말은 그렇게 했지만 훈민은 혼자 소주 2병을 말끔하게 비웠다. 그것만으로도 모자랐는지 이든이 딱 세 잔을 마시고 남긴 소주까지 모조리 입으로 부어넣었다. 저렇게 술을 마시다간 언젠간 길에서 급사할 거라는 나래의 말에 훈민은 재수 없는 말 그만하라며 막창을 질겅질겅 씹어댔다.

"리허설은?"

"오늘 최종 리허설 끝났고 내일 오전에 한 번 더 있어요."

"무리하면 안 되겠다. 빨리 들어가서 좀 쉬어."

"참, 선물 샀는데. 잠시만요."

세 사람은 대리를 부른 뒤 바로 옆 블록에 있는 참치 집으로 향했다. 막창집으로 이동하면서 차는 참치집에 두고 갔기 때문이다. 가게 바로 앞 주차장에 세워진 차 앞으로 간 이든이 트렁크를 열어 두 사람에게 쇼핑백을 건넸다.

"훈민이 생일인데?"

"언제는 꼭 제가 누나 선물은 안 사온 것처럼 말하네요?"

하긴, 이든은 귀국을 할 때면 늘 이렇게 선물을 사와서 안겨주곤 했다. 연주가로서의 수입이 상당한 모양인지 이든은 주로 신경을 썼다며 명품을 선물해주기도 했다. 공무원의 월급으로는 꿈도 못 꾸는 것이라 나래는 무척이나 고맙게 이든의 선물을 받았었다. 그럴 때마다 훈민은 코찔찔이에게 받는 선물이 참 좋기도 하겠다며 놀려댔었다.

종이백 안에서 상자를 꺼내 내용물을 확인한 나래는 저도 모르게 입을 쩍 벌렸다. 이 가방은 하늘이 갖고 싶다고 했던 그 신상이 아니던가. 거기다 가격도 그녀의 한 달 월급에 며칠을 더 보태야만 했다.

"아무리 생각해도 내가 동생을 참 잘 둔 것 같아."

"마음에 들어요?"

"완전 대박."

나래가 가방에서 눈을 떼지도 못하고 감탄사를 내뱉자 훈민이 살짝 입술을 삐죽거렸다.

"오늘 주인공은 난데 어째 박하 선물이 더 비싼 것 같다?"

"그냥 주는 대로 받아. 그나저나 너는 명품 같은 거 하지도 않는데 우리 거만 이렇게 사줘서 어떡해?"

"저야 어차피 협찬 들어오는 거 하면 되는 거고."

"공무원이 이런 거 하고 다니면 욕먹어."

"그래서 로고 없는 걸로 고르려고 했는데."

"에이, 안 되겠다. 그냥 엄마 드려야지."

나래의 말에 이든이 픽 웃었다. 이미 이든은 훈민이 안의 물건을 챙긴 뒤 남은 쓰레기를 차 트렁크에 넣은 뒤였다.

"참, 형."

"왜?"

"스승님이 말하지 말라고 하셨긴 하지만 걱정돼서. 어제 협박……."

"면도칼?"

훈민이 소리를 버럭 질렀다. 하지만 이든은 당황하지 않고 고개를 끄덕이며 말을 이었다.

"고양이 사체도."

그 스토커는 아직도 세륜의 뒤를 쫓는 모양이었다. 하지만 세륜은 계속 신고를 할 생각이 없는 모양이었고 훈민은 그게 계속 신경 쓰이고 있음이 틀림없었다. 하긴 나래 역시도 계속 신경이 쓰이는데 훈민이라고 오죽할까.

"우리끼리 뒷조사 좀 할까?"

나래의 물음에 훈민이 잠깐 솔깃하는 듯 보였다. 하지만 이내 고개를 젓는 훈민을 보고 나래가 답답한 듯 가슴을 두드렸다.

"그 자식 너무 집요하잖아. 지금 몇 년째인 줄 알아? 거의 10년 넘지 않았나?"

"아버진 직접적 피해 주는 게 없다고 하시는데 저번에 그 편지 잘못 뜯었다가 다쳐서 건반이 거의 피바다였다면서?"

그 말에 나래가 눈을 크게 뜨고 이든을 바라보았다. 이든은 입술을 슬쩍 깨물며 고개를 끄덕였다.

종이에 살짝만 베어도 아픈데 면도칼로 다친 상태에서 격렬한 피아노 연주를 했으니 얼마나 아팠을까.

게다가 면도날에 약품처리라도 했다면?

범인은 늘 다른 필체와, 다른 방식으로 물건들을 보내곤 했다. 세륜은 앞으로 절대 손으로 뜯지 않고 도구를 이용한다고 했지만 약속을 지키지 않는 모양이었다.

"그래서? 아저씨 다치셨어?"

"아뇨, 이번엔 매니저가 뜯어봐서 괜찮지만 고양이가 무려 9마리나 들어 있었어요."

그래, 고양이는 보내질 때마다 한 마리씩 더 늘어나고 있었다. 소포만 보낸 것이 벌써 아홉 번째라는 소리였다. 편지는 대체적으로 분기에 한 번씩 보내지만 소포는 일정한 간격이 없었다.

"싸이코 같은 새끼."

"형이 스승님 몰래 뒤 좀 캐보면……."

"안 나와."

그럴 줄 알았다. 훈민은 몰래 뒤를 캐고 다녔던 모양이었다. 어찐지 과학수사대 쪽과 계속 가까이 지낸다 했다. 어쩔 땐 혼자서도 현장 좀 보고 온다며 나간다고 하지 않던가. 그게 다 혼자 몰래 그 사이코 뒤를 쫓던 게 틀림없었다.

"너 엉큼하게 왜 혼자 다니고 그래? 그리고 좀 알려주지."

"나 혼자 해도 되는데 뭘."

"잊은 모양인데 우리 파트너거든?"

"개인 문제야."

"이게 어떻게 개인 문제야? 아저씨 문제지."

"됐어, 서에 일도 많은데 뭐하러 여기까지 신경 써?"

하여간 이럴 때의 훈민은 도무지 마음에 들지 않는다. 두 사람은 거의 가족이나 다름없었다. 물론 그녀가 직접적으로 돕진 않아도 충분히 알려줄 수는 있는 문제였다.

"대리 부르신 분 맞습니까?"

이든이 부른 대리기사가 도착을 했다. 나래는 우선 내일 있을 연주 때문에 컨디션이 흐트러지지 않아야 된다고 판단해 이든을 서둘러 차에 태웠다.

"이든아, 선물 고마워. 그런데 다음부터는 이런 선물 안 사줘도 된다. 내일 연주 잘하고, 시간 나면 보든가 하자."

"누나, 웬만하면 두 사람 결혼해요. 매일 보는 재미가 있을 거 같은데."

"이제 너까지 그러기야? 얼른 들어가."

"갈게요, 몸 조심해요. 형도."

훈민이 고개를 끄덕이자 이든이 웃으며 창문을 올렸다. 곧 이든의 차가 매끄럽게 주차장을 빠져나갔다. 나래는 바로 눈동자를 돌려 훈민을 노려보았다.

"왜, 왜? 알았어. 앞으로 조금의 증거라도 나오면 바로 말할게, 됐지?"

"나도 아저씨 걱정된단 말이야."

"알아, 너 우리 아버지 엄청 좋아하는 거. 괜히 너 신경 쓰일까 봐 그랬던 거야."

이럴 때 보면 묘하게 훈민은 어른스러워 보였다. 그래, 이제 인정할 건 인정을 하자. 훈민은 더 이상 치기 어린 10대가 아니었다. 누구보다 아버지의 안전을 걱정하는 장성한 어른이었다.

"네가 그 사이코 쫓는 거 뭐라 말은 안 할게. 대신 정말 조금의 증거라도 찾으면 말해줘."

훈민이 고개를 끄덕이며 주머니에 꽂아 넣은 손에 힘을 주어 팔과 몸 사이에 공간을 만들었다. 나래가 픽 웃으며 그의 팔에 팔짱을 꼈다. 한 번씩 술을 마시고 나면 훈민은 이렇게 팔짱을 끼고 걷는 것을 좋아했다.

오늘은 그의 생일이었다. 이 정도쯤은 충분히 해줄 의향이 있었다. 그녀는 이든이 선물해주었던 가방을 훈민에게 내밀었다. 훈민이 그것을 다른 손으로 받아 들자 나래는 기분 좋게 웃으며 그에게 팔짱을 꼈다.

"그러고 보면 은근히 박하 너 뻔뻔하다?"

"내가 뭘?"

"선물."

이럴 줄 알았다. 그녀라고 친구의 선물을 그냥 지나갈 수가 있나. 당연히 며칠 전 시간을 내 직접 그 물건이 있는 곳까지 다녀왔다. 저번 주에 1년 단기 적금을 타기도 했고, 정말 큰마음을 먹고 준비를 한 선물이었다.

"집에 가서 줄게."

"샀어?"

"그럼 홀랑 넘어갈 줄 알았어?"

"박하, 너 구두쇠잖아."

물론 그녀가 아끼기는 했다. 그래도 쓸 때는 쓸 줄 아는 여자였다.

사실 가족이나, 친구의 선물은 늘 가격을 보지 않고 골랐다. 하지만 그녀는 물건을 앞에 두면서도 이게 굳이 지금 필요한가, 있는 걸로 조금 더 버텨볼까 하는 생각이 늘 들었다.

하늘은 장녀티는 다 내고 있다면서 그녀를 놀려댔었다. 하지만 그래서 덕분에 그녀는 이미 시집갈 자본을 다 마련해놓은 상태였다.

생각해보면 은우는 그녀에게 자립심을 길러주고 싶은 모양이었다. 사실 학생일 땐 작은 불만이 있었지만 지금은 오히려 감사하게 생각됐다.

"기대한다?"

"야, 그럼 부담되잖아. 나 그렇게 부자 아니거든?"

"언젠 시집갈 자금 다 모아놨다더니."

"그건 시집갈 때 쓸 거고."

말은 이렇게 하고 있었지만 은근히 부담이 갔다. 처음에 선물을 살 때까지만 해도 훈민의 마음에 쏙 들 거라며 기대를 하고 있었는데. 왠지 자신이 없어진 나래는 고개를 푹 숙였다.

선물을 주는데 왜 저희 집으로 들어가냐며 훈민이 투덜거렸다. 하지만 자신의 방을 확인하자마자 헉, 소리를 내며 그녀를 와락 끌어안았다.

이 자식이 오늘따라 왜 이렇게 스킨십을 좋아해.

갑자기 심장이 뛰는 건 훈민이 별로 좋아하지도 않는 스킨십을 했기 때문이라고 나래는 스스로를 설득시켰다.

의외였다. 훈민이 정말 이런 것을 좋아할 줄이야. 선물을 확인하자마자 훈민은 술이 확 깼는지 이리저리 둘러보느라 난리가 났다. 사실 이 선물을 살 때는 거의 장난이 80% 정도 들어가 있었다.

고등학교 때였던가? 훈민은 토토로를 보면서 말 그대로 앓이를 했었다. 얼마나 마음에 들었는지 DVD를 무려 5장을 샀다. 한 장은 플레이용, 한 장은 컬렉션용, 세 장은 무려 보관용. 그러면서도 차마 토토로 침대는 사지 못하는 모양이었다.

불현듯 10년 가까이 된 그때가 생각나서 인터넷을 뒤지다가 주문했다. 다행히 토토로 침대는 오늘 시간에 잘 맞춰 배달이 되었다.

사실 훈민은 독립을 해서 살고 있었기 때문에 그 집으로 보낼까 생각도 했는데, 차마 오피스텔 비밀번호를 알려달라고 할 수가 없었다. 아무리 가족과도 같은 사이고 둘도 없는 친구였지만 네가 뭔데 내 집 비밀번호를 알고 싶냐고 할까 봐, 나래는 그의 본가에 들여놓기로 마음먹은 것이었다.

"너 안 어울리게 인형 같은 거 좋아하잖아. 누님이 큰맘 먹고 대형 토토로 인형도 샀어요. 보이냐?"

나래가 그녀의 몸집의 3, 4배는 될 법한 크기의 토토로 인형을 툭 건드렸다.

훈민은 정말 신이 났는지 다시 나래의 앞으로 다가와 그녀를 있는 힘껏 껴안았다.

그리고 갑자기 그녀의 양 볼을 부여잡더니 반항할 시간도 주지 않고 입술에 입을 쪽 소리가 나게 맞추었다.

"야!"

"박하, 내가 받은 것 중 최고의 선물이야."

"너 집에 자주 안 온다고 아저씨, 아줌마 섭섭해하시더라. 그래서 선물한 거야. 자주 올 거지?"

그 말에 침대에 털썩 앉아 쿠션감을 확인하던 훈민이 픽 웃으며 말했다.

"너무 자주 보면 질려요. 서에서도 매일 보는데 옆집에서 매일 본다고 생각해봐라."

"그런데 갑자기 왜 독립한 거야?"

"감정의 변화?"

의미심장한 말이었다. 훈민이 딱히 질풍노도의 시기를 폭풍처럼 겪은 것도 아니었다. 사춘기도 그저 무던하게 지나갔고 그의 부모님들도 크게 간섭을 하는 분들이 아니었다. 답답했을 리도 없는데 정말 너무나 갑작스런 독립이었다.

사실 그가 결혼을 해서도 늘 곁에 가까이 있을 거라고 은연중 생각을 했을지도 모른다.

"박하, 많이 알면 다쳐."

"좀 가르쳐주면 덧나?"

"너는 상상도 못 할 거다."

"아, 뭔데? 나 궁금해서 잠 못 잔다?"

"전화나 받아."

얼마나 훈민이 독립을 한 이유를 알고 싶었는지 주머니에서 커다란 소리를 내며 울리고 있는 휴대폰 소리도 들리지 않았다. 나래는 은근히 훈민을 흘기며 침대에 앉아 휴대폰을 꺼내 들었다. 훈민은 이미 신이 나서 토토로 입안으로 들어가고 있었다.

"네, 장 형사님."

–박 형사, 좋은 소식과 나쁜 소식. 둘 중에 뭐 들을래?

"굿 뉴스부터."

–내일 남해 갈 필요 없다는 거.

"왜요?"

–공범을 부산에서 잡았어. 박승민이 부모님은 지금 병원으로 오셨고.

"대박. 누가 잡았어요?"

–시민이 용의자 전단지 뿌려진 거 보고 신고한 모양이야.

정말 굿 뉴스였다. 사실 남해까지 언제 내려가서 일일이 뒤지나, 며칠이 걸릴까 걱정을 했었다. 게다가 은근히 입맛 까다로운 훈민을 데리고 다니려면 머리가 지끈거릴 지경이었다.

"배드 뉴스는 뭔데요?"

-내일 전체 회식.

그 말에 나래가 아, 소리를 내며 탄식을 했고 훈민은 박수를 치며 환호했다. 그냥 팀끼리 회식을 해도 소주를 궤짝으로 마시는 판에 전체 회식이면 식당을 털기 위해 가는 것과 다름없었다. 나래가 고개를 푹 숙였다.

나래만 빼고 모두가 신이 났다. 아니, 하필 오늘이 숙직이라며 슬퍼하는 사람들도 있었다. 차라리 숙직을 바꿔드릴게요, 라고 말을 하기도 전에 나래는 훈민의 헤드락에 그대로 질질 끌려갔다.

어제 얼마나 토토로 침대에서 꿀잠을 잔 건지 오늘따라 유난히 훈민의 얼굴이 반짝반짝 빛이 나고 있었다.

"미리 말하는데, 나 오늘 술 안 마실 거다."

"왜?"

바로 옆에서 말하는 통에 고막이 터질 뻔했다. 사실 생리가 끝난 지 얼마 되지 않아 기분이 좋지 않았다. 그녀는 이상하게 남들과 다르게 생리를 하기 전에는 아무렇지도 않으면서 꼭 끝나고 나서 한 이틀은 기분이 좋지 않았다.

"안 되지. 내가 오늘을 얼마나 기다렸는데."

"뭐?"

"아냐, 즐겁게 마시자고."

수사팀 전체 회식은 1년에 한 번이면 정말 자주 하는 회식이었다. 그만큼 모두가 모이기 참 힘들었다. 일이 워낙 고되고 얼굴 보기도 힘들었기 때문에 각자 시간이 맞는 사람들끼리는 자주 술잔을 기울이지만 모두가 만나기는 어려웠다.

나래는 정말 술을 마시지 않으려고 생각했다. 사실 오늘 속도 별로 좋지 않아 거의 먹은 것도 없어 여기서 술을 마셨다간 반병만 마셔도 훅 갈 것 같았다. 말은 그렇게 해도 막상 마시면 한 병은 거뜬히 마시겠지만 속이 비어 알코올이 식도를 타고 내려가는 싸함은 느끼고 싶지 않았기 때문이었다.

하지만 원수 같은 신훈민은 정말 그녀를 술에 확 취하게 만들기 위해 최선을 다하고 있었다. 첫잔은 무조건 원샷이라고 하기에 꿀꺽 삼켰다. 그런데 둘째 잔도, 셋째 잔도 원샷이라고 하는 게 아닌가. 이럴 줄 알았다면 훈민의 옆에 절대 앉지 않았을 것이다.

워낙 여형사가 귀하기도 하고 경찰서 내 최고의 인기장이인 훈민과 성재가 하필 같은 테이블에 앉아 있어 주위로는 모두 여직원들이었다.

5개 팀에서 여 형사는 딱 4명인데 모두 한 군데에 모여 있다니.

그 탓에 나래는 훈민과 성재의 옆에 앉고 싶지 않았다.

"임 경정님은요?"

슬쩍 자리를 옮겨와 민 반장에게 물었다.

"오늘 처갓집 행사가 있다고 하시더라고."

"그래요? 오랜만인데."

"그러게. 그나저나 한잔하지?"

"그게……."

"박하, 어디서 반장님 잔을 거절하려고 그래? 빨리 받아."

잘 피해왔다고 생각했는데 훈민은 어느새 가까이 다가와 있었다.

정말 이 인간이 오늘 왜 이러나.

나래가 한숨을 푹 내쉬었다. 어제 준 선물을 그렇게 마음에 들어 하더니 그럼 오늘 좀 봐줄 수도 있지. 이런 걸 친구라고 옆에 달랑달랑 데리고 다니다니. 배신감에 나래가 잔을 쥔 손을 부들부들 떨었다.

"몸 안 좋으면 안 받아도 되는데."

"반장님, 이런 날이 얼마나 귀합니까? 무조건 원샷입니다!"

민 반장은 그녀를 생각해서 조금만 따르려고 했다. 하지만 훈민이 거기에 힘을 보태며 그녀의 잔은 슬쩍만 움직여도 쏟아질 정도로 소주가 가득 부어졌다.

나래가 이를 꽉 깨문 채 조용조용 말했다.

"너 지금 뭐 하자는 거야."

"마시고 죽자는 거야."

이런 식의 말장난을 치는 걸 보니 오늘 훈민은 꽤나 기분이 좋아 보였다. 나래는 그런 훈민을 보고 에라, 모르겠다 생각하며 소주를 시원하게 들이켰다.

그래, 죽은 사람 소원도 들어준다는데 산 사람 소원 못 들어주랴.

아니, 훈민이 소원이라고까지는 말을 안 했던가?

아무렴 어떤가. 친구가 술 마시다 죽고 싶다는데. 그녀는 또 잔을 채우고 '건배'를 크게 외쳤다.

옆에 앉아 있는 훈민의 입가에 걸린 미소가 신경 쓰였지만 그저 술 마시는 게 즐거워서 저러는 거라고 치부했다.

민 반장은 걱정스러운 얼굴로 나래와 훈민을 번갈아 보았다.

"신 형사, 오늘 정말 박 형사 죽일 거야?"

"완전 죽일 건데요."

"뭐?"

"저도 슬슬 참기 힘들어서요."

"뭘 슬슬 참기 힘들어?"

"그런 게 있어요."

민 반장이 의심이 간다는 얼굴로 훈민을 보며 눈을 가늘게 떴다. 그리고 나래 역시 훈민을 슬쩍 노려보았다.

대체 뭘 참기가 힘들다는 걸까? 근래에 내기를 한 것도 없는데.

"자네들 또 이상한 내기했나 보구만?"

"에이, 반장님도. 그런 거 아닙니다. 나중에 깜짝 놀라지나 마세요."

"적당히들 마셔. 내일도 할 일이 태산인데."

"박하, 어때? 마실 만하지?"

나래는 고개를 끄덕였다.

솔직히 이 정도는 끄떡도 없었다. 그런데 이상하게 쎄한 느낌이 드는 것이 정말 이거 한 잔만 더 마시면 갈 것 같았다.

하지만 그녀는 눈을 질끈 감고 소주를 넘겼다. 어차피 필름이 끊기더라도 훈민이 데려다 줄 거라고 생각했다.

역시 그녀의 예상이 맞았다. 부모님들은 일이 있다며 일주일 전에 뉴욕으로 가셨었다. 오늘 새벽 5시면 한국에 도착한다고 하셨으니 아침이면 볼 수 있었다.

집까지 어떻게 들어왔고, 씻었는지 기억도 나지 않았다. 비치타월로 몸을 가리고 머리를 대충 털며 방으로 들어섰다. 몸이 마구잡이로 흔들리고 정신이 차려지지 않는 게 또 곧 정신이 나갈 것 같았다.

방에 들어선 나래는 뭔가 조금 이상하다고 생각했다.

분명히 집에 온 것 같았는데 훈민의 집이었나? 왜 신훈민이 여기에 있나 싶었다.

아니다, 요즘 아무래도 계속 붙어 있다 보니 이젠 꿈속에까지 나오는 모양이었다.

"어이, 환영은 저리 가라."

이상하다. 꿈인데도 불구하고 목소리가 잘 나왔다. 게다가 꿈에 훈민이 나올 때면 늘 얼굴이 잘 보이지 않는데 오늘은 뚜렷하게 잘 보였다.

그리고 늘 그녀의 꿈속에 훈민은 고등학생 때의 모습이었다. 까만 머리카락이 살짝 이마를 가리고 유난히 웃는 게 밝은 훈민의 모습.

“오호라, 내가 외로울까 봐 꿈에 나타나준 거구나?”

계속 말을 거는데도 불구하고 꿈속의 훈민은 그저 실실 웃고 있을 뿐이었다.

그녀가 이제 막 샤워를 하고 나왔듯 훈민도 샤워를 한 모양이었다. 아직 그의 머리카락이 촉촉하게 젖어 있었다.

“와, 꿈 리얼하네. 젖은 게 다 만져지다니. 내 머리 만져볼래?”

침대로 비틀비틀 걸어간 나래는 훈민에게로 머리를 들이밀었다.

하지만 훈민은 그저 웃으며 그녀를 바라보고 있을 뿐 손을 뻗지 않았다. 이대로 더 이상 서 있거나 앉아 있는 건 무리였다. 나래는 털썩 침대로 누웠다.

앞을 대충 묶어 수건이 헐렁해지며 풀어지는 게 느껴졌지만 어차피 꿈이고 환영인데 뭐 어떠랴 싶었다.

“유혹하는 건가?”

드디어 환영이 말을 걸었다.

나래는 눈을 감은 채 빙글빙글 천장이 도는 느낌을 즐겼다. 그리고 팔을 앞으로 뻗었다.

“이리 와, 같이 자자.”

“분명히 내가 먼저 시작한 거 아니다?”

“알았어, 안아줄게. 빨리 이리 누워봐.”

나래는 여전히 눈을 감은 채 자신의 자리 옆을 팡팡 두들겼다.

따뜻한 체온이 몸을 감싸오고 뜨거운 입술이 이마에서 느껴졌다. 요즘 세상이 좋아져서 그런지 꿈도 좋아졌다.

나래는 팔을 뻗어 안겨오는 환영을 힘껏 껴안았다.

4장. 악마의 선물

인간에게 있어서 백해무익이라는 그놈의 술.

탈무드를 인용하자면 악랄한 악마가 인간에게 주었던 유일한 선물이라는 그 술.

그래, 악마가 왜 선물을 주었겠는가. 분명 인간세상을 타락하게 만들려는 바로 그 술 때문에 그녀는 지금 머리가 돌아버리다 못해 폭발할지도 모를 상황에 도달하게 됐다.

그녀의 나이, 방년이라는 말을 쓰기 뭣하지만, 정확히 스물여덟. 완벽한 어른이라기에도, 그렇다고 어리다고 하기에도 어정쩡한.

아니, 어떻게 보면 딱 좋겠다 싶은 그런 완벽한 나이였다.

그야말로 인생의 황금기라면 황금기라 할 수 있는 그런 나이다.

하지만 그런 그녀가 황금기는 무슨, 미치겠다 생각한 건 바로 자신의 아늑하고 푹신한 침대, 그것도 옆자리에 백설기처럼 새하얀 알몸으로 떡하니 자신의 자리인 양 누워 있는 남자 때문이었다.

이대로 정신을 잃고 싶었다. 아니, 기절하고 싶었다. 하지만 정신은 점점 말똥말똥해져 온다.

눈앞의 모습과 몸의 욱신거림에 그녀는 이게 현실이라는 것과, 인정해야 한다는 것을 깨달았다. 하지만 인정이 되지 않는 건 바로 누워 있는 인간이 다름 아닌 바로 신훈민이라는 점이었다.

말도 안 된다.

어떻게 하필이면 그 많은 사람들 중에 신훈민을.

아니, 어떻게 이런 일을 벌일 수 있었을까? 이제껏 아무리 술에 취해도 실수 한 번 하지 않았었는데.

나래는 절망스러운 얼굴로 입술을 깨물었다. 그렇게 한참을 앉아 한숨을 내쉬던 그녀는 길고 매끈한 두 다리를 이용해 팔자 좋게 누워 있는 그를 침대 아래로 확 밀어버렸다.

쿵, 하는 소리와 함께 눈도 제대로 뜨지 못한 그가 머리를 긁적이며 일어나 다시 침대로 올라오려던 행동을 순간 거짓말처럼 멈췄다.

시원하게 생긴 그의 눈이 번뜩 떠졌고 주위를 둘러보고 몇 번이나 그녀를 향해 눈꺼풀을 깜박이더니 주위를 둘러보기 시작했다. 그리고 입술을 쩍 벌리는 것을 보니 이제야 상황 파악이 되고 있는 모양이었다.

유난히 흰 피부의 그가 오늘따라 더 하얗게 보였다. 새하얗게 질려 핏기도 돌지 않을 만큼 변한 표정 변화가 당황함을 나타내고 있다는 것은 28년 지기인 그녀도 잘 알 수 있었다. 그가 당황해하는 것은 그녀도 거의 보지 못한 것이었으므로 저렇게 티 나는 동요는 너무도 쉽게 눈치챌 수 있었다.

다시 자리에서 일어나려던 그가 순간 괴로운 듯 머리를 움켜잡았다. 슬슬 올라오는 숙취와 함께 말도 안 되는 이 빌어먹을 상황에 절망하고 있는 것이었다.

그래, 어제 소주로도 모자라 맥주를 섞어 먹었고 나중엔 식당 주인이 장어 쓸개까지 가져와 그것을 또 소주에 타 먹었다. 그렇게 몇 번의 폭탄주를 마시고 정신을 확 놓았었다.

뭐라 서로 입을 열기도 전이었다.

똑똑.

문밖에서 노크 소리가 들렸다. 그렇다. 오늘은 부모님이 뉴욕에서 돌아오시는 날이었다.

그녀는 번개와 같은 속도로 자리에서 일어나 시트로 앞을 가린 채 그의 옷을 몽땅 옷장 속으로 밀어 넣었다. 물론 그 옷장 속엔 그도 포함되어 있었다. 그가 뭐라 항변하기 전에 떨어져 있는 셔츠를 입으로 구겨 넣고 옷장을 닫았다.

"네, 들어오세요."

너무 다급하게 말하는 바람에 목소리가 뒤집혔다. 하지만 지금 그녀는 그런 것에 신경 쓸 여유는 없었다. 생각을 한다고는 했지만 머릿속이 제대로 정리가 되지 않아 뒤죽박죽이었으니까.

곧 문이 열리고 소연이 들어왔다.

"엄마, 언제 들어오셨어요?"

"6시 반 조금 넘어 도착했어. 출근 준비 안 하니? 어후, 방에서 술 냄새가 진동을 한다. 속은 괜찮아? 어제 훈민이하고 마신 거야?"

"전체 회식 있었거든요. 죽어라 마셨지, 뭐."

"이제 몸 좀 생각해서 술 좀 줄여. 그나저나 옷은 왜 그렇게 벗고 있어?"

"어? 아, 답답해서 벗고 잤나 봐. 씻고 내려갈게요."

문이 닫히자 그녀는 가슴에 손을 얹고 안도의 숨을 크게 내쉬었다. 거짓말을 하는 것은 그녀에게 있어 굉장히 어렵고 힘든 일이었다. 평소엔 잘 나지도 않는 땀이 등 뒤로 줄줄 흐르는 게 느껴질 정도였다.

이러고 있을 때가 아니었다. 어쨌거나 출근을 해야 했으니 이 머리 아픈 상황을 빨리 수습할 방도도 없었다. 재빨리 옷을 챙겨 입고 마지막으로 바지까지 입었을 때 삐그덕거리는 소리와 함께 옷장 문이 열리며 훈민의 멀건 얼굴이 드러났다.

그녀는 하던 것도 멈추고 책상 의자에 앉아 훈민을 멍하게 쳐다보았다. 그냥 의자에 앉는 것뿐이었는데 확실히 몸이 영 좋지 않은 것이 어젯밤 평소 하지 않던 격렬한 운동 뒤 찾아온 근육들이 통증을 호소하고 있었다.

차라리 기억이라도 나지 않았으면 좋았겠지만 머릿속은 뜨문뜨문 기억을 떠올려 내고 있었다. 분명 머리로는 '친구와 이래선

안 돼!'를 외치고 있었지만 몸은 저도 모르게 쾌락을 원하고 있던 모양이었다.

하긴, 굶은 지 조금 오래되기도 했으니. 그리고 늘 이런 상황에서 이성적인 판단을 하는 건 여자였다.

"뭐, 어젠 서로 취해서 정신없었고 또 본능이란 게……."

그녀가 말끝을 흐렸다. 완전히 잠에서 깬 듯 훈민이 머리를 긁적이며 옷장 속에서 긴 다리를 이용해 성큼 튀어나왔다. 그는 이미 아랫도리는 완벽히 입고 있는 상태였다. 옷장 속에서 꿈지럭거리며 바지는 챙겨 입은 모양이었다. 그리고 너무나 아무렇지도 않은 훈민의 모습에 나래는 기가 턱 막혔다.

"병원 가봐야 되지 않겠냐? 나 어제 콘돔 안 썼는데. 그럴 정신도 없었고. 사후피임약이란 게 몸에 안 좋다고 하긴 해도 싫을 거 아니야. 만약 사태에 대비해서라도."

훈민은 그녀를 쳐다보지도 않고 마저 옷을 입고 있었다. 그녀의 입이 쩍 벌어졌다.

그럼 지금 꼭 생리하듯 느낌이 나는 게…….

저도 모르게 손에 집히는 것을 잡아 그에게 던졌다. 하지만 훈민은 날아간 원데이 렌즈 통을 잡으며 '나이스 캐치.'를 외치고 있었다.

분명 이런 상황이 오면 이성적 사고방식을 가지는 건 여자라고 하는데 아무래도 훈민은 남자가 아닌 모양이었다.

아니, 혹 제3의 생명체?

말도 안 된다고 생각하며 그녀는 고개를 흔들었다.

물론 그녀도 출근하기 전 병원에 들를 생각이었다. 하지만 사과도 하지 않고 저딴 식으로 말하고 있는 얼굴을 보자니 핵주먹을 날리고 싶은 생각이 절실했다.

"지각할 것 같으니 이야기는 근무 끝나고 하자. 먼저 나간다."

훈민은 너무나 자연스럽게 창문을 통해서 그녀의 방을 빠져나갔다. 그건 고등학교 시절부터 잘하던 짓이었다. 둘이 몰래 이 방에서 술을 마셨던 적이 꽤 많았으니까.

술은 이성을 집어삼켰다. 술김에 한 말 때문에 그녀는 그와 함께 경찰 시험을 보게 되었다. 결국 경찰 준비 2개월 만에 그녀는 단번에 경찰에 합격했다. 그리고 1년 간 준비했던 그는 똑 떨어졌다.

처음엔 경찰이라는 직업에 별 의의가 없었지만 그녀는 우선 합격했기도 했고 자신 때문에 떨어진 사람이 있을 것 같아 체력도, 면접도 열심히 준비했다. 그리고 단번에 합격했다.

그녀의 학교에선 왜 간부시험을 보지 않고 순경시험을 보았냐고 했다. 차석으로 입학한 데다 입학한 뒤로 줄곧 1등 자리도 놓치지 않던 그녀였다. 그래서 그녀에게 기대를 하고 있던 교수들은 모두들 그냥 포기하고 사시를 준비하기를 원했었다.

물론 그녀도 이렇게 한 번에 딱 붙을 거라곤 생각도 하지 못했다. 하지만 어쩌면 그녀의 자리는 지금 이 자리일지도 모른다고 생각해서 시작하고 싶다고 했다. 모두들 아쉬워했지만 그녀는 최소 이수 학점만을 취득해 결국 졸업할 수 있게 해준 교수님들께

감사인사를 드렸다.

물론 그다음 시험에 그도 당당히 합격했다. 그가 합격하게 된 것에 대해선 그녀의 공도 상당했다. 없는 시간을 쪼개고 쪼개서 그에게 공부를 가르쳤기 때문이었다. 그를 가르치면서 알게 되었지만 분명 공부가 싫어서 하지 않았음이 틀림없었다.

그는 정말 하나를 가르치면 열을 이해했다. 어쨌거나 선생이 특출하니 학생도 쉽게 시험에 붙은 거라고 자위했다. 그런데 신훈민이라는 남자는 어찌나 뻔뻔한 것인지 이제껏 4년이 넘도록 밥 한 번 산 적이 없었다. 늘 밥은 선배님이 사야 한다며 그녀에게 빌붙는 빈대 같은 남자였다.

그녀는 머리를 몇 번이나 헝클었다. 이 모든 것이 술 때문이었다. 이번에야말로 술에서 벗어날 때가 되었다는 것을 인지했다. 직장이 직장이니만큼 다들 말술로 마셨고, 덕분에 그녀는 술을 마실 때는 자제력을 잃어버린 것 같았다. 말 그대로 술을 마시는 게 아니라 푸는 것 같았다.

말로만 술을 끊겠다고 했는데 이제는 행동도 그렇게 해야만 했다. 1분 동안 심장이 철렁 내려앉았다가, 다시 올라붙기를 반복하고 있었다. 정말 심장에 좋지 않은 일을 벌인 스스로를 벌하고 싶었다. 제일 일어나서는 안 되는 일이 일어나고 말았다.

솔직히 말하자면 나래는 당장 훈민의 얼굴이 보기 두려웠다. 하지만 같이 일을 하고 있는 데다 파트너였기 때문에 보지 않기는 불가능이었다.

온몸 구석구석 깨끗이 샤워를 하고 나서 무심결에 고개를 돌렸을 때 나래는 두 눈을 질끈 감으며 주먹을 불끈 쥐었다. 말 그대로 온몸이 불긋불긋했다.

오늘 출근을 해서 신훈민을 만나면 어퍼컷을 날려주리라.

그리 다짐한 나래가 옷을 갈아입고 1층으로 내려왔을 때 식구들이 모두 부엌에 모여 있었다. 작은 강아지들 4마리는 그녀의 뒤를 졸졸 쫓아다니고 있었다.

"아빠, 오랜만에 뵙네요."

"네가 집에 잘 못 들어오는 것은 아니고?"

은우의 말에 괜히 무안해진 그녀가 머리를 긁적이며 웃었다.

그리고 강아지 한 마리를 안아 들었다. 처음엔 작고 약하게 태어나 새벽에도 2시간에 한 번씩 일어나 우유를 먹이고, 배변을 유도해야 했다. 그 정도로 애간장을 태웠는데 이제는 제법 살도 올라 통실해진 엉덩이를 툭툭 두드렸다.

"아빠 설계 때문에 엄마하고 뉴욕 가신 김에 여행도 하셨잖아요. 그리고 설계도 좋지만 딸내미 얼굴은 좀 보고 살자고요."

"별일은 없었고?"

은우의 물음에 나래는 강아지를 떨어뜨릴 뻔했다. 아주 커다란 일이 있었다. 방금 전까지만 해도 믿을 수 없어서 현실을 부정할 정도로.

하지만 사실을 부모님 앞에서 이야기할 수도 없는 것 아닌가.

"여독 안 풀리셨을 텐데 바로 출근하세요?"

"오래 비워뒀으니까. 대신 일찍 들어와서 쉬어야지."

"저도 오늘은 별일 없으면 일찍 들어와서 쉬어야겠어요."

"그나저나 나래 너 사법시험 공부하겠다면서?"

"이번 경위 시험 보고 결정하려고. 이대로 쭉쭉 올라가서 총감까지 한번 노려볼까? 하하, 이 박하얀나래가 또 한다면 하잖아요."

은우가 나래의 의기양양한 모습에 웃고 말았다. 소연이 밥이라도 한술 뜨고 가라고 했지만 그녀는 늦었다며 고개를 내저었다. 인사를 하고 나오자마자 언제 화사하게 웃었냐는 듯 그녀의 표정이 굳었다.

식구들 앞에선 아무렇지 않은 척했지만 그건 말 그대로 연기였다. 그녀의 마음속은 현재 분노, 불안이 뒤섞여 있었다. 그리고 발길이 향한 곳은 산부인과였다.

이미 서에는 조금 늦겠다는 연락을 해놓은 차였다. 몇 번이나 병원 앞에서 나래는 망설였다. 머리를 쥐어뜯어 보아도 답이 나오지 않았다. 이럴 줄 알았다면 훈민과 함께 올걸. 아니, 같이 와봤자 그가 도움이 될 일은 없었다.

술을 마시고 사고를 친다는 건 말로만 들어왔지 그녀가 그 이야기의 주인공이 될 거라곤 상상을 하지 못했다. 그것도 다름 아닌 평생을 봐왔던 친구와. 마음이 진정이 되질 않는다. 이런 일이 생겨도 누구보다 담담할 수 있을 거라 여겼었다. 하지만 그건 오만이고, 잘못된 생각이었다.

그 앞에서 망설이다 나래는 결심한 듯 문을 열고 당당하게 안으로 들어섰다. 카운터에 기대어 접수를 하고 앉아 있는데 간호사가 다가왔다.

"혹시 성 경험이 있으신가요?"

아주 조그맣게 말하고 있었는데 왠지 그게 더 낯부끄러웠다. 그녀는 대충 고개를 끄덕이고 간호사가 들어가라는 방으로 들어갔다. 거기엔 젊은 남자 의사가 앉아 있었다. 나래는 목 근처를 긁적이며 의사가 권유하는 의자에 앉았다.

"무슨 일로 오셨죠?"

"사후피임약 처방이요."

"관계 가지신 시간은요?"

"24시간 안 됐을 거예요. 사실은 술김에 한 거라 기억도 잘 안 나지만. 됐죠?"

성인으로 당연히 남녀 간의 관계를 맺을 수 있었다. 무책임했던 게 문제였지만. 그래서 미리 생길 불미스러운 일을 처리하려는 건데 왜 이리 낯이 뜨거운지 알 수가 없었다.

"네, 처방전 받아가세요. 박하얀…… 너?"

귓가를 매만지던 나래가 의사를 쳐다보았다. 놀란 얼굴로 자신을 보는 사람을 의사를 보며 나래 역시 눈이 커지고 말았다. 자신에게 손가락질을 하고 있는 남자는 다름 아닌 그녀의 친구인 하늘의 오빠였다.

하늘의 집엔 늘 무언가 구경할 게 잔뜩 있어 자주 놀러 가곤 했는데 그때마다 봤던 오빠였다. 두 남매의 이름이 이어져서 권푸른이라는 이름까지 기억하고 있었다.

하필 그 많고 많은 산부인과 중 이곳에 들어오다니, 낭패 중의 낭패였다. 그냥 눈에 보이는 내과나 가정의학과를 갈 것을. 이제 하늘의 귀에 이번 사건이 들어가는 건 시간문제였다. 거기다 하늘은 그녀와 훈민을 엮지 못해 안달이 났었다. 두 사람의 인연은 하늘이 정해준 거라며 고등학교 때부터 지금까지 줄곧 꼭 결혼을 해야 한다며 난리였다.

그럴 거면 네가 훈민을 데리고 가라고 했다가 하늘에게 등짝을 몇 번이나 내주어야만 했다. 하늘은 나래의 옆에 훈민이 없는 게 아예 상상이 되지 않는다고 했었다. 그리고 언젠가 둘이 그렇게 붙어 다니다 사달이 날 거라며 예언까지 했었다.

그래, 하늘의 예언이 들어맞았다. 두 사람은 정말 술을 마시고 돌이킬 수 없는 사고를 쳤으니까.

"진찰내용 다 비밀이죠? 히포크라테슨가 뭔가 선서하면서 약속했을 거 아니에요. 하늘이 귀에 들어가면 절대 안 되는 거 아시죠? 오빠, 제발요. 저 한 번만 봐주세요."

그녀는 저도 모르게 반 협박조로 말하고 있었다. 그러면서 뒤에는 정말 불쌍하게 두 손을 모으며 부탁을 했다. 그런 나래의 모습을 본 푸른은 싱긋 웃으며 고개를 끄덕이고 있었다.

"상대는 그 친군가? 신훈민?"

워낙 셋이 고등학교 때부터 붙어 다닌 통에 푸른도 훈민을 잘 알고 있었다. 푸른 역시 늘 그녀와 훈민은 절대 떼려야 뗄 수 없는 사이니 그만 포기하고 결혼하라고 놀려먹곤 했었다.

"아니니까 신경 끄시죠, 권푸른 의사 선생님! 이만 갑니다."

치부를 들켰다는 생각에, 그리고 거짓말을 해 절로 목소리가 커졌다. 나래가 자리를 벅차고 원장실을 빠져나왔다.

처방전을 받자마자 근처 약국으로 가 소화가 잘 안 된다며 소화제와 함께 약을 받고 그 자리에서 먹었다. 사실 생리가 엊그제 끝나서 몸에 좋지 않다는 사후피임약을 먹어야 하나 고민을 했다. 그래도 혹시 모르니 먹는 게 좋을 듯해 병원을 들른 거였는데 거기서 하필 푸른을 만나다니.

이럴 줄 알았다면 푸른의 다니고 있다는 병원 이름을 자세히 기억해둘 걸 후회하며 그녀는 경찰서로 향했다. 그래도 명색이 히포크라테스 선서를 한 의사인데 비밀을 발설하진 않을 거라고 생각했다. 그래도 자신이 뒤로 넘어져도 코가 깨지는 불운의 여자라는 것을 아는 나래는 불안했다. 오늘만 하늘에게서 전화가 오지 않으면 이것은 비밀로 남게 될 것임을 의심하지 않으며 사무실 앞으로 다가섰다.

하지만 재수도 더럽게 없었다. 어떻게 문을 열고 들어서자마자 마주친 얼굴이 다름 아닌 신훈민이란 말인가. 아무래도 삼재인 모양이었다. 재수가 정말 더럽게도 없었다. 그는 들어가려는 그녀 앞에 바로 서 있었다.

아니, 솔직히 이야기하자면 놀라서 심장이 떨어지는 느낌이었다. 아, 정말 더 솔직히 이야기하자면 훈민을 며칠간 보지 않았으면 좋겠다고 생각했다. 차라리 땅으로 꺼졌으면 좋겠다고 생각했으니까.

사람의 기억을 마음대로 지워버릴 수 있다면 얼마나 좋을까. 하지만 그건 정말 말도 안 되는 허무맹랑한 상상일 뿐이었다.

"뭐냐? 좀 비켜라? 들어가자?"

"병원 다녀왔어?"

"다녀와서 약까지 먹었으니 걱정 끄십시오, 신 경장님."

누가 들을까 두려워 조용히 말한 뒤 그녀가 그의 어깨를 툭 치고 걸어가 자신의 자리에 앉았다. 책상 위에 올라온 조서들을 보며 머리가 복잡한 듯 머리를 긁적였다.

"야, 박하!"

"왜."

"밥 먹었냐?"

그러고 보니 배가 고프긴 했다. 원래 술을 먹고 난 다음 날 식욕이 더 당기는 법이었다. 어제 회식에서 워낙 두 사람이 많이 마신 걸 아는 사람들은 급한 일도 없으니 가서 해장이라도 하고 오라고 말했다. 결국 자리에서 일어난 그녀는 그와 함께 경찰서 앞 순대국밥집으로 향했다.

그러고 보면 참 신기했다. 아무리 술에 취했던 상황이라지만 서로 물고 빨고 했던 그런 민망한 짓을 해놓고도 비위 좋게 같이 마주 앉아 밥을 먹을 수 있다니.

불과 경찰서에 오기 전까지만 해도 심장이 몇 번이나 떨어졌다가, 다시 올라와 붙었다 했는데. 그런데 또 막상 이렇게 훈민의 얼굴을 계속 보고 있자니 아무렇지도 않아 그녀는 스스로가 이렇게 쿨한 여자였나 싶어 놀라는 중이었다.

굳이 주문을 하지 않아도 국밥집 이모는 곧 뚝배기 2개를 가져와 놓았다. 훈민은 냉장고로 걸어가 물통을 빼와 그것을 순식간에 절반이나 비워냈다. 숙취로 인해 계속 갈증이 나는 모양이었다. 펄펄 끓는 국물을 보면서 그녀는 양념을 풀고, 몇 번이나 후후 불며 국물을 마시기 시작했다. 역시 술 먹고 난 뒤의 해장으로 순댓국의 맛은 일품이었다.

훈민은 앞에 있는 수저는 들지도 않고 마치 눈치를 보듯 주위를 둘러보고 있었다. 아직 점심을 먹기엔 아주 이른 시간이었으니 손님은 거의 없었고, 식당 이모님들도 모두 주방에서 점심 반찬 준비를 하는 모양인 듯 홀엔 두 사람밖에 없었다.

"어제는 뭐, 서로 실수했으니. 내 책임도 있고. 혹시라도 무슨 일 있으면 말해라."

"아, 됐어. 그럴 일 절대 없어."

별것 아니라는 투로 그녀가 말했다. 사실 신경 쓰이고 복잡했으나 이미 저지른 일 주워 담을 수도 없는 노릇이었다. 그녀는 현실적인 여자였다. 하룻밤의 실수로 인생을 저당 잡힐 수는 없는 일 아닌가.

"그만 먹어라."

훈민은 고개를 숙이고 그때부터 국밥을 먹기 시작했다. 그릇째 씹어 먹을 정도로 열중하고 있는 훈민을 보며 나래는 한숨을 얕게 내쉬었다. 사실 나래는 왠지 근친상간(近親相姦)을 한 느낌까지 들어 죄책감을 느끼고 있는 중이었다. 하지만 그가 아무렇지도 않게 넘어가고 있으니 그녀로서도 악몽 정도로 치부해야만 할 것 같았다. 솔직히 그렇게 되길 원했지만 왜 가슴이 조이고 눈물이 차고 올라올 것 같단 말인가. 눈물을 참기 위해 나래는 몇 번이나 입술을 질끈 깨물어야 했다.

하늘은 밤과 술이 있는 한 남녀는 절대 친구가 될 수 없다고 했었다. 세상에 훈민과 단둘이 남아도 그럴 일 없다고 하늘에게 그리 큰소리를 쳐놨다. 하지만 귀신같은 하늘의 예언은 정말 맞아떨어졌다. 이 사실을 하늘이 알게 된다면 분명……. 상상도 하기 싫었다. 그러니 어젯밤의 일은 무조건 비밀로 묻어두어야 했다.

어차피 훈민도 저렇게 나온다면 어제 일을 신경 쓰고 싶지 않다는 뜻이 아닌가.

머리가 복잡하다. 좋아야 하는데 이게 또 완전히 좋은 것도 아니었다.

이 모순된 감정은 대체 뭐란 말인가?

아니, 어떤 여자든지 원나잇, 아니 친구와 술을 마시고 그런 일을 벌였다면 이렇게 계속 생각하지 않으려고 해도 날 것이고 잊으려고 해도 잊혀지지 않을 커다란 일이었다.

그래도 훈민이 저렇게 어제 아무 일이 없었다는 듯 있는 걸 다행이라고 해야 하는 걸까? 아니, 이건 태풍의눈도 아니고. 훈민이 너무 아무 반응이 없자 두렵기까지 했다.

그때였다. 그가 살짝 몸을 들었다. 하얀 얼굴이 그녀의 귀 가까이로 다가왔다.

"근데 너 엄청 느끼던데? 내 테크닉이 그렇게 죽였냐?"

귓가 바로 옆에서 소곤대는 그의 낮은 목소리에 목덜미 쪽으로 닭살이 쫙 돋았다. 그래, 이제껏 훈민이 조용했던 건 확실히 태풍의눈이었다. 그녀는 들고 있던 숟가락으로 그의 머리를 탁, 소리가 나게 쳤다. 그가 악, 소리를 내며 머리통을 부여잡고 뒤로 물러섰다.

"너 이 순간부터 그거 싹 다 잊어라."

하지만 훈민에게 전혀 안 먹히는 모양이었다. 그가 머리를 문지르며 변태스럽게도 하얀 이를 드러내며 씨익 웃었다. 왠지 기분이 나빠졌다.

"너 보기보다 그래도 올, 꽤 빵빵하던데? 우리 그쪽으로는 잘 맞는 것 같지 않냐?"

훈민은 마치 다시 기억을 떠올리듯 그녀의 몸을 위아래로 쭉 훑었다. 그녀가 머리를 헝클어트리기 시작했다. 그건 그녀가 열 받기 시작했다는 증거였다. 그걸 잘 알고 있었기 때문에 훈민은 자리에서 일어나며 괜히 부르지도 않은 납작한 배를 문질렀다.

"아, 배부르다. 들어가서 일이나 좀 해볼까? 일 많이 밀렸던데."

채 반도 비우지 않았으면서 배부르다니. 저건 이 상황을 모면하기 위해 하는 말이 분명했다.

하지만 어젯밤의 일은 빨리 기억에서 지우는 게 좋았으니 나래는 굳이 상기시키지 않기로 했다. 그래도 양심은 있었는지 훈민이 계산을 하고 식당을 나섰다.

훈민은 경찰서 내에서도 인기가 꽤 많았다. 아니, 대놓고 많았다. 현재 서울경찰청장인 시륜의 조카로, 그리고 세계적 피아니스트인 신세륜의 아들로도 유명했다. 게다가 미남미녀로 유명한 아버지와 어머니의 외모 중에서도 장점만 물려받은 최적의 바람직한 외모 때문에도 그는 인기가 많았다.

그리고 성격.

그녀가 보기엔 절대 좋은 성격이 아니었다. 한마디로 정의하자면 더러웠다. 신경질적이고, 충동적이고. 오죽하면 고등학교 시절 별명이 개지랄이었을까. 그런데 어떤 한 여순경이 그랬다. 원래 나쁜 남자가 여자에게 인기가 좋다고.

그 말을 들었을 때 그녀는 속으로 비웃었다. 실상을 알아봐라, 과연 좋다는 말이 나올까? 하지만 그럼에도 불구하고 그는 경찰서 내에서 연애하고 싶은 남자 1위로 계속해서 뽑히고 있었다.

그래, 인정한다. 여자들은 연애할 때 나쁜 남자를 좋아한다는 것을. 하지만 훈민은 나쁘다기보다는 약은 남자라고 해야 하는 걸까? 여순경은 그녀를 보고 친구로 너무 오래 봐서 객관성을 잃었다고 말했었다.

객관성을 잃긴. 제대로 충고해주고 있는 것이었다. 물론 다들 그녀의 충고를 무시했지만.

180센티미터가 넘어가는 큰 키를 자랑하며 긴 다리를 이용해 어기적어기적 걸어가는 그의 뒷모습을 물끄러미 바라보았다. 밤톨같이 깎아놓은 작은 머리통을 한 대 쳐주고 싶다고 생각하면서도 그녀는 속을 누를 수밖에 없었다. 이날 이때껏 말싸움으로는 그를 이겨본 적이 단 한 번도 없었다. 물론 남자와 여자이니 몸싸움을 해도 마찬가지일 것이다.

사무실로 들어오자 훈민은 이미 자리에 앉아 책상 위에 올라와 있는 커피를 마시고 있는 중이었다. 그리고 오늘은 꽤 많이 받았는지 그녀에게 베푸는 아량까지 보였다.

그가 바닐라라테를 좋아한다고 하자 여경들은 사무실 사람들이 지나갈 때를 이용해 훈민의 책상에 놓아달라 부탁을 했었다. 물론 그 심부름꾼에 그녀도 섞여 있었다.

기분이 진짜 오묘했다. 여자는 남자와 자고 나면 수만 가지 가정을 세우는 걸까?

나래는 손에 들고 있는 커피와 샌드위치를 보고 이상하게 속에서 무엇인가가 울컥 올라와 도저히 삼킬 수가 없었다. 훈민의 인기를 몰랐던 것도 아닌데 새삼스레 왜 이런 기분이 드는 걸까. 역시 그건 훈민과 더 이상 예전과 같이 돌아갈 수 없기 때문에 그런 것인지도 모른다.

"어이, 박 경사! 수사 과장님이 좀 보자시는데?"

"알겠습니다."

자리에 앉기도 전에 들려오는 목소리에 나래는 훈민에게서 받은 커피와 샌드위치를 책상에 올려두고 발걸음을 옮겨야 했다. 마음은 갈피를 잡지 못하고 계속 한숨만 토해낼 수밖에 없었다.

수사 과장실 앞에서 옷매무새를 단정히 하고 노크를 했다. 문을 열고 들어가자, 앉아 있는 사람은 그녀의 과외 선생님이었던 임호람이었다.

원래 천재로 유명했고, 의학도로 주목도 받고 있었지만 원래 하고 싶었던 일이 있다며 대학을 그만두었다. 경찰대학을 가게 되었다며 더 이상 가르쳐주지 못한다며 미안해했었다.

그는 경찰대학 재학 중 사법고시에 합격을 했다. 졸업 후 특채로 경정에 뽑혀 경찰 생활을 시작했고 이 경찰서로 발령을 받고 온 2년 전부터 수사 과장을 역임하고 있었다. 그리고 그녀가 제일 존경하는 선배이기도 했다. 호람은 늘 친절하고, 매너 있기로 유명한 선배였었다.

재학 중 사법고시에 합격을 했다는 소문을 들어 당연히 검사나, 판사가 되어 있겠다고 생각을 했는데 경찰서에서 만나고 놀라서 저도 모르게 억, 소리를 내기도 했었다. 호람은 예나 지금이나 웃는 모습이 무척이나 잘 어울리는 남자였다.

몇 번이나 헛기침을 했는데도 불구하고 호람은 고개를 들지 않고 있었다. 얼마나 보고 있는 서류에 집중하고 있는지 거기로 빠질 것 같아 결국 나래가 손바닥으로 탁자를 툭툭 쳤다. 그제야 그가 고개를 들었다.

"어, 왔어? 앉아."

"무슨 일이세요?"

"압구정 발바리 있지?"

"네."

"이번에 또 나타났어."

벌써 압발에게 당한 피해자가 9명째였다. 그렇게 잡으려고 애를 썼지만 3년째 압발은 증거조차 남기지 않고 유유히 사건 수사망을 빠져나가고 있었다. 말이 9명이지 신고하지 않은 여자들도 많으니 피해자는 상상을 초월할 것은 틀림없었다.

그러고 싶진 않았지만 그녀의 입에선 절로 답답한 한숨이 새어

나왔다. 그 모습을 보고 호람이 고생이 많다는 듯 나래의 어깨를 툭툭 두드리며 부드럽게 웃었다.

"피해 여성 만나보고 오겠습니다. 아, 그 새끼 진짜 징그럽네. 웬만하면 증거 좀 남기지는 서장님 또 신경 곤두서셨겠네요."

"아침부터 장난 아니었어. 그나저나 속은 좀 괜찮아? 어제 많이 마셨다던데."

그렇게 말하며 호람이 준비해두었는지 그녀를 향해 꿀물이 든 유리병을 내밀었다. 나래는 감격한 얼굴로 호람을 바라보았다. 그리고 귀한 것이라도 받듯 두 손을 받쳐 병을 받아 들었다.

"그냥 그렇죠, 뭐. 신훈민 그 새끼 때문……. 아무튼 다녀오겠습니다."

"신훈민 데리고 가."

"왜 자꾸 붙이려고 하세요."

"두 사람 그래도 잘 맞는 한 팀이잖아."

그랬다. 두 사람이 붙어 다니면서 꽤 많은 공을 세웠다. 그리고 훈민이 경장이 될 수 있었던 이유도 두 사람이 붙어 다니면서 생긴 일로 얻은 특진 때문이었다.

그녀와 같이 공을 세웠는데 그가 잡았다는 이유로 훈민만 특진을 했다. 그때 그녀가 얼마나 배 아파했는지는 호람도 잘 알고 있었다.

그녀는 애써서 시험 쳐가며 경사까지 올라왔는데 그는 발군의 운동 신경으로 그녀를 제치고 살인범을 잡은 것이었다. 그때 그녀가 얼마나 술을 마시며 한탄을 했는지 모른다. 남자로 태어나야 했다고 외치며. 덕분에 훈민은 몇 날 며칠 그녀에게 붙잡혀 술을 마셔야 했다.

사무실로 투덜투덜 걸어가는데 복도에서 어떤 여자에게 종이 가방을 받고 있는 훈민의 모습이 보였다. 하여간 저 여자들도 훈민의 실체를 알아야 한다. 그럼 저렇게 쓸데없는 돈을 쓸 일도 없겠지. 절대 질투라고 부르고 싶지 않은 무엇인가가 그녀의 가슴을 훅 치고 올라왔다. 나래는 고개를 흔들며 훈민을 불렀다.

"신 경장, 나가자."

여기는 지금 직장이었고, 일하는 시간이었다. 하지만 여자의 원망 어린 눈초리가 돌아오자 꼭 그녀가 청춘남녀의 데이트를 방해하는 악인이 된 것 같았다.

생각보다 피해자의 상태가 심각해 결국 시간을 미루고 나래와 훈민은 목격자의 증언대로 동네 구석진 곳에 있는 골목에서 잠복 대기하고 있는 상태였다. 오늘 또 집에 못 들어갈 걸 생각하니 머리가 다 아파오고 있었다.

거기다 옆자리에선 훈민이 배고프다며 패스트푸드점에서 사온 햄버거를 맛있게 뜯고 있었다.

"왜 쳐다봐? 맛있어 보이냐? 한 입 줄까?"

훈민이 그녀를 향해 먹고 있던 햄버거를 들이밀었다. 잇자국은 선명하게 나 있고 마요네즈는 범벅이 되어 있는 햄버거의 모양에 나래는 인상을 확 쓰며 그를 노려보았다.

하지만 훈민은 신경도 쓰지 않고 그저 맛있다는 듯 햄버거만

우적우적 씹고 있었다. 콜라까지 깨끗이 비워낸 그는 트림까지 시원하게 하며 배를 두드렸다. 속으로 넌 어쩜 그렇게 아무렇지 않을 수 있냐고 소리를 치고 싶었다. 하지만 나래는 꾹꾹 눌러 참았다.

"너 좋아하는 감자튀김도 사왔는데 왜 쳐다도 안 보냐?"

"며칠째 라면만 먹어서 속 안 좋다고 했지? 어째서 이런 놈이 연애하고 싶은 남자 1위야?"

"멋있지, 잘생겼지, 키 크지."

"지랄을 처 하세요."

갈피를 잡지 못하는 마음을 숨기기 위해 일부러 거칠게 말을 내뱉었다. 거친 그녀의 언행에 훈민이 포기했다는 듯 고개를 저으며 말했다.

"너 어려서부터 나만 보고 살아서 잘 모르는 모양인데, 나 진짜 보기 쉽지 않은 외모거든?"

"아, 그래그래. 이래서 대한민국 아줌마들은 안 돼. 세상에서 우리 아들이 제일 잘생겼지, 라는 말을 하는지 세뇌받아서 다 저러는 거 아니야."

"너 아무래도 안경 좀 껴야겠다. 오빠가 하나 사줄게."

"오빠 같은 소리 하고 있다, 아주."

더 이상 대화하기도 피곤해서 나래는 고개를 돌렸다. 계속되는 기다림은 지루했다. 늘 있는 일이었지만 오늘따라 더 했다. 이젠 지루한 것도 모자라 잠까지 슬금슬금 오고 있었다.

그래, 잠을 제대로 자지 못했다. 거기다 오늘 하루 종일 훈민에

대한 생각이 머리에서 떠나지 않았다. 그것만으로도 이미 많은 에너지를 소비했다.

"아까 뭐 받았냐?"

"아, 잊고 있었네. 좀 먹어."

그가 팔을 뒤로 하더니 종이 가방을 앞으로 가져왔다. 그리고 그녀의 허벅지 위로 도시락을 올려주고 보온병을 열어 생강차를 따라주었다. 도시락 뚜껑을 열자 유부초밥과 문어 모양을 한 소시지들이 자리를 잡고 있었다.

"너 먹으라고 받은 건데 내가 먹어도 돼?"

"언제는 안 먹은 것처럼 이야기한다?"

하긴, 학교를 다닐 때도 무슨 데이들이 많았는데 훈민이 받아오는 것들은 거의 그녀와 훈민의 동생인 정음의 차지였다. 심지어 화이트 데이에도 훈민은 사탕을 받아왔었다. 그때마다 레몬맛 사탕을 골라내어 나래에게 주곤 했었다. 사탕을 별로 좋아하지 않는데 레몬맛 사탕만 먹는 나래의 식성을 잘 알고 있었기 때문이었다.

"이거 놔두고 넌 왜 햄버거를 먹어."

"그런 거 별로."

"하여간 식성 독특해."

밖에서 사 먹거나 시켜 먹는 게 지겨워 이런 게 있으면 사람들은 게 눈 감추듯 해치웠었다.

가만, 훈민도 그러지 않았던가? 그런데 왜 이걸 안 먹고 그녀를 주는 걸까? 얼마 전까지만 해도 햄버거 물린다며 일주일만이라도 헤어지고 싶다고 했으면서.

그녀가 먹지 않자 훈민은 직접 유부초밥을 들어 그녀의 입으로 집어넣어주었다. 보통 보는 세모 모양의 유부초밥이 아닌 네모난 큰 유부초밥이었다.

어쨌든 입에 들어왔으니 먹기는 먹지만 생각이 이상한 쪽으로 빠진다. 반 틈을 베어 물고 '에이, 설마 아니겠지.' 하면서 훈민을 바라보았다.

"왜? 별로?"

맛이 없다는 뜻으로 알아들었는지 훈민은 들고 있던 나머지 반을 입으로 집어넣었다. 우물우물 씹더니 알겠다는 듯 고개를 끄덕였다.

"안에 당근이랑 고기가 많이 들어갔네. 너 당근 싫어하잖아."

그래, 그녀는 당근을 싫어한다. 하지만 초밥 속에 든 당근은 잘게 다져져 있었고 볶아서 그런지 맛도 나지 않았다. 아무래도 훈민이 수상했다.

"너 뭐 찔리는 거 있어?"

"무슨 소리야?"

"그것도 아니면 왜 이렇게 잘해줘?"

"야, 받은 거 먹으라고 주는 것도 잘해주는 거냐?"

요점은 이게 아니었다. 하지만 말하지 않는 게 낫겠다 싶었다. 왠지 식욕이 돌지 않아 도시락을 들어 다시 훈민에게 건네주었다. 먹지 않는 그녀를 보고 놀란 듯 훈민의 눈이 살짝 커졌다.

"웬일이야, 먹는 걸 마다하고? 시간 나면 무조건 먹느라 바쁘면서?"

"입맛이 없네."

"가서 커피 좀 사올까?"

"진하게, 물 조금만."

훈민이 알겠다는 듯 차에서 내렸다. 이럴 때면 꼭 순박한 진돗개처럼 말도 잘 듣는다. 왠지 커다랗고 순둥순둥한 진돗개를 보는 느낌이었다.

바로 앞이 편의점이었고 커피를 타오는 데 시간이 오래 걸리진 않겠지만 결국 무거운 눈꺼풀을 이기지 못하고 그녀가 눈을 감았다. 이러면 안 된다고 가물대는 눈꺼풀을 들어 올리려 했지만 쉽지 않았다.

천하장사도 이 세상에서 제일 무거운 게 있다면 바로 눈꺼풀이라고 했다. 그녀라고 쉬운 상대는 아니었다. 왜 꼭 5교시 수학시간이면 저도 모르게 눈이 감기곤 했는데 오늘이 딱 그런 날 같았다.

그런데 그때, 눈앞이 어두워졌다. 갑작스러운 어둠에 놀라 눈을 번쩍 떴을 때 훈민의 멀건 얼굴이 바로 앞에 있었다.

"뭐 해?"

"야, 박하."

"얼굴 치우지? 나 지금 속이 안 좋거든?"

그래. 훈민과 사고를 치고 나서 계속 그렇지 않은 척하고는 있었지만 신경을 쓰고 있는 탓에 어마어마한 스트레스가 쌓인 모양이었다. 그래서 계속 몸은 긴장을 하고 있었고, 따뜻한 차 안에서 계속 잠이 오고 있었던 것이다.

시간이 날 때 뭐든 먹어둬야 힘을 쓰는 법인데 그녀는 오늘 거짓말처럼 식욕이 없었다. 뭘 먹으면 그대로 토할 것 같아서 아침에 해장국집에서 밥을 먹은 이후로 계속 굶고 있었다.

머리는 복잡하고, 훈민의 행동에 화가 나다가도 또 이러면 안 되지 하는 생각으로 마음을 눌렀다. 짜증이 솟구치고, 계속 속이 울렁거리는 건 꼭 생리 전 증상 같다. 사후피임약이 호르몬을 마음대로 내뿜는다는데 나래는 그것 때문이라고 생각하고 싶을 정도로 마음이 심난했다.

"나 지금 키스하고 싶은데 해도 되냐?"

절로 입이 떡 벌어졌다. 두 사람은 분명히 오랫동안 친남매처럼 지내온 친구 사이였다. 아무리 어젯밤 그런 일이 있었다고 하더라도 어떻게 이렇게 분위기가 180도 반전될 수 있단 말인가?

"뭐? 이상한 소리 하지 말고 너 얼굴 저리 치워라."

나래는 훈민이 미쳤다고 생각했다. 설마 한 번 잤다고 이제 마음대로 해도 되나 생각한 건가? 설마 그렇게 쉬운 여자로 보였던 건가? 그래도 30년 가까이 친구였었다. 아주 가까운 친구. 서로 잡아먹을 듯 굴어도 언제나 곁에 있는 가족 같은 사람이었다. 왠지 실망스럽기도 하고 어이가 없어 저도 모르게 헛웃음이 튀어나올 뻔했다.

사실 아무렇지 않은 척, 그리고 덤덤한 척하고 있지만 그녀도 여자인지라 복잡하기도 하고, 또…… 밀쳐내야 한다고 생각했다.

하지만 이런저런 생각 때문에 그를 밀쳐내는 건 결국 실패하고 말았다. 그의 거칠고 단단한 입술이 조금의 틈도 없이 그녀의 입술을 완벽히 차지했다.

그녀는 입을 앙다물었다. 절대, 이건 친구 사이에서 절대 있을 수 없는 일이었다. 그러나 그는 집요했다. 얼굴은 틀면 그쪽으로 따라 들어온다. 고개를 들어도 마찬가지다. 너무나 집요해서 그녀는 미쳐버릴 지경에 이르렀다.

그동안 그가 만나는 여자들이 몇몇 있었다는 것은 그녀도 잘 알고 있었다. 저 나이에 만나본 여자가 없을까. 딱히 누군가를 오랜 기간 동안 사귀는 것을 본 적은 없었지만 그가 만나고 다니는 여자들은 꽤 많았었다. 딱히 가는 여자 붙잡고 오는 여자 막는 타입은 아니었다. 그래서 이렇게 테크닉이 뛰어난가 생각했다.

그런데 생각했던 것과 다르게 그의 혀는 천천히 입안으로 들어와 부드럽게 움직이고 있었다. 입 안쪽을 그대로 훑는 느낌에 머릿속이 멍해지고 말았다. 움찔하는 것을 느꼈는지 그가 더 깊게 입 안으로 침입했다. 왠지 모르게 웃는 것도 같았다. 저도 모르게 잡고 있던 그의 팔뚝에 있는 힘껏 힘을 주었다.

숨이 가빠졌다. 고개를 돌리자 그의 입술이 자연스럽게 따라왔다. 그는 아직 놓아줄 생각이 없는 모양이었다. 크고 검은 그의 눈동자가 바로 눈앞에 있었다. 왠지 그 눈동자에서 눈을 뗄 수가 없었다. 그는 심통 난 어린아이처럼 계속 피하려고 하는 그녀의 입술을 질기도록 따라붙고 있었다. 숨이 안정되었던지 그녀가 손아귀의 힘을 풀었다.

입술을 잘근잘근 깨물던 그가 갑자기 안으로 침입해와 강한 힘으로 혀를 옭아맸다. 뜨겁고 거친 입술은 그녀를 온전히 삼켜버릴 것만 같았다. 입술을 빨아 당기는 것으로도 모자라 이젠 깨물기까지 하고 있었다.

뭔가 낯선 감각이 느껴지는 것 같아 놀라 그녀가 버둥거렸다. 그때였다. 무엇인가에 눌렸는지 경적 소리가 크게 울렸다. 그와 동시에 그의 얼굴이 멀어졌다. 발버둥을 치다 발로 클랙슨을 누른 모양이었다. 언제 넘어갔는지 모를 시트를 똑바로 세우며 그녀가 그를 노려보았다.

옷도 헝클어져 있었다. 얍삽한 놈, 언제 단추를 푼 거야. 그녀는 입술을 질끈 깨물며 4개나 풀어져 있는 단추를 차근히 채웠다. 키스를 하면서 얼마나 입술을 깨물었는지 살짝 부푼 느낌도 들었다.

아직도 키스의 기운이 남아 있는지 살짝 흐리멍덩한 시선을 가진 훈민과 눈이 마주쳤다. 그녀와 눈이 마주치자 정신을 차린 듯 훈민의 입매가 살짝 뒤틀렸다.

"너무 빨리 느끼는 거 아니야?"

"야! 신훈민! 너 돌았냐? 우리 친구거든?"

그가 아직 키스의 잔해로 인해 반짝이는 입술을 혀로 내밀어 살짝 쓸었다.

"정상인데. 그리고 너 진짜 맛있다니까."

마, 맛있다니. 더 이상 얼굴이 붉어지다 못해 폭발할 지경이 되었다. 그녀는 재빨리 휴지를 꺼내 그의 얼굴을 잡고 입술을 박박 닦아주었다.

"그리고 햄버거를 먹은 입으로 감히 키스를 해?"

"너도 즐겼잖아."

"그거야, 테크닉이 좋……. 아무튼, 너 한 번만 더 해봐. 죽어."

그녀가 주먹에 강하게 힘을 실어 그의 배를 쳤다. 꽤 강한 힘이었던지 그가 기침을 해대며 배를 어루만졌다. 정말이지 이런 식으로 그와 그런 말도 안 되는 일들을 하게 될 거라곤 생각도 못 해봤다.

"근무태만이로군."

"뭐? 먼저 키스해온 건 너잖아."

"누가 눈 감으래? 어때? 잠은 완벽히 깼지?"

이걸 고맙다고 해야 하는 건지, 미친놈이라 욕을 해야 하는 건지. 어쨌거나 확실히 잠이 깬 건 맞았다.

"고맙긴 한데, 다신 이런 짓 하지 마. 친구끼리 이러는 게 어디 있어."

"어젯밤 이후로 우린 친구와는 다른 무언가의 성질을 갖게 된 것 같은데?"

"뭐?"

"친구도 아니고, 연인도 아닌 어중간한 사이?"

얄밉게도 웃으며 저렇게 말하고 있는 것을 보자 나래는 픽 웃고 말았다.

"웃기지 말지? 넌 내 친구야. 그러니까 다신 이런 짓 하지 마."

"싫은데. 나 너랑 하는 키스가 좋거든."

진심으로 미친놈이라 생각됐다. 이딴 걸 이제껏 친구라고 달고 다녔다니. 그녀는 왠지 모르게 인생에 대한 회의가 느껴지고 있었다.

"난 너랑 죽을 때까지 친구 할 거야."

"임호람은?"

"거기서 호람 선배 이야기가 왜 나와?"

"너 그 사람 좋아했잖아. 아니야? 내가 알기론 박하의 첫사랑이었지?"

과외선생님이라고 인사를 받았을 때 어떻게 저렇게 남자가 웃는 모습이 예쁠 수 있는 걸까, 생각을 했었다. 보기엔 물렁해 보이지만 호람은 가르칠 때만큼은 냉정하고, 유능했다.

사실 그때는 호람을 정말 선생님으로 보았었다. 우선 몇 살 차이가 나지 않는다고는 하지만 그는 대학생이었고 그녀는 이제 중학교에 막 입학한 어린아이였다.

예전부터 이상하게 훈민은 호람을 보고 이상형이냐며 깐죽거리곤 했다. 그런게 아니라고 해도 계속 밀어 붙여 꼭 그녀에게 한 대씩 맞곤 했었다.

"야, 선배 유부남이거든? 그리고 그때 동경이었다. 너 내 신성한 감정을 왜곡하지 말아줄래? 이 쥐새끼 같은 놈."

그녀는 거칠게 머리를 쓸어 올렸다. 어찌 되었건 더 이상 그와의 육체적인 관계가 있어서는 안 되었다. 아마, 시간이 조금 더 흐르면 예전으로 돌아갈 수 있을 것이다.

분명…… 그렇게 생각했었다. 그런데 왜 휴게실에서 젊디젊은 여순경들과 깔깔거리며 수다를 떨고 있는 그를 보니 괜한 부아가 치밀어 오르는 건지. 정말 질투라고 정의하고 싶지는 않은 감정이었다.

설마 한 번 같이 잤다고 해서 소유욕이 생기는 건가? 그냥 신경을 끄자, 생각하면서 그녀는 발걸음을 옮겼다. 하지만 미련을 버리지 못하고 계속 고개를 옆으로 돌려가며 보이지 않을 때까지 그를 노려보며 걷고 있는데, 누군가가 갑자기 팔을 확 낚아챘다. 놀라서 고개를 돌렸다. 그 주인공은 다름 아닌 호람이었다.

"왜 그렇게 신 경장을 노려보면서 걸어? 나 아니었으면 너 기둥하고 헤딩했다."

정확히 그녀의 왼쪽 20센티미터 옆에는 굵디굵은 기둥이 있었다. 나래는 부딪쳤다는 상상만으로도 머리가 아파오는 것 같아 괜한 이마를 문지르면서 괜히 멋쩍은 웃음을 지었다. 정말 호람이 아니었으면 우스운 꼴을 보일 뻔했다.

같이 점심이나 하자는 호람의 말에 나래는 고개를 끄덕였다. 그런데 두 사람이 있는 것을 보았던지 훈민이 마치 먹이를 발견한 하이에나처럼 어슬렁거리며 다가왔다. 그리고 그도 아주 자연스럽게 점심식사에 끼게 되었다.

간만에 몸보신 좀 해야겠다며 훈민의 주도하에 근처에 있는 삼계탕 전문점으로 왔다. 그녀가 삼계탕을 싫어하는 것은 그도 잘 알고 있었다. 그의 제의를 받아주지 않아 지금 항의하는 것이 분명했다. 하지만 호람 앞이라 차마 욕도 못하며 결국 그녀는 혼자 물냉면을 시켰다.

쩝쩝거리며 이마에 땀까지 흥건해선 그는 닭고기를 잘도 발라 먹고 있었다. 그녀는 곁눈질로 그를 보며 고개를 좌우로 흔들었다.

"우리 신 경장은 갈수록 잘생겨지네."

"고맙습니다."

이럴 때 보통 사람 같으면 별말씀을, 혹은 경정님이 그런 말씀하시니 쑥스럽습니다, 이랬을 것이다. 하지만 그는 스스로가 잘생겼다는 것을 너무나도 잘 알고 있었다. 그리고 또 그것을 얼마나 잘 이용해 먹었던가.

나래의 어이없단 반응에 호람이 피식 웃었다.

"나래 넌 왜 그렇게 못 먹어? 그리고 왜 삼계탕 안 시키고 냉면을 시킨 거야. 맛있는 거 먹여서 일 좀 더 시키려고 했는데."

"저 삼계탕 안 좋아해요."

"그럼 제가 그 몫으로 한 그릇 더 먹어도 되겠습니까, 임 경정님?"

"자신 있으면 그렇게 해."

허락의 말이 떨어지게 무섭게 훈민은 한 그릇 더를 외쳤다. 훈민은 거짓말처럼 남김없이 닭 두 마리를 냉큼 해치웠다. 보기엔 꽤 말라서 저게 다 어디로 들어가는지 신기하기까지 했다. 그리고 호람이 건네주는 전복도 마다하지 않았다.

"저번에 아버지 피아노 협주곡 좋던데."

"가셨었어요?"

"피아노 좋아하거든."

"그래요? 예상외네."

"여동생이 피아노 전공을 했어."

"경정님 여동생도 있었나요? 닮았다면 되게 예쁘겠네요. 경정님이 남자치고 좀 많이 곱상하게 생……. 아야! 뭐야, 박하 왜 찔러!"

호람이 여자답게 예쁘장한 외모를 지니고 있는 건 사실이었다. 하지만 그걸 싫어하는 것도 거의 대부분의 사람들이 알고 있었다. 연신 배가 부르다며 잘 먹었다는 말만 남기고 먼저 자리에서 일어서는 훈민 혼자 모르고 있는 것 같았다.

호람은 경찰청 회의가 있다며 계산을 마친 뒤 먼저 갔고 그와 그녀는 다시 경찰서로 쪽으로 향했다. 평소 같으면 옆에 누가 있든 빠른 걸음을 했을 텐데 두 마리는 역시 오버였는지 옆구리를 잡은게 불편해 보였다.

"오늘 삼계탕도 든든히 먹었고, 밤에 어때?"

"어떻긴 뭐가 어때."

"우리 집으로 올래? 내가 갈까?"

"그만하라고 했지? 너 내가 그렇게 싸구려로 보여?"

눈물이 그렁그렁 맺혔다. 훈민의 앞에선 절대 울고 싶지 않았는데 거짓말처럼 눈물이 쏟아지기 시작했다. 이제껏 장난만 치고 있던 훈민의 얼굴이 거짓말처럼 굳고 안절부절못했다. 손수건이 없는 훈민은 셔츠를 들어 올려 그녀의 눈물을 닦아주려고 했다. 하지만 나래는 거칠게 훈민의 팔을 쳐냈다.

"박하, 내가 널 언제 싸구려로 봤다고……."

"지금 하는 게 그렇잖아. 내가 그렇게 우스워 보여?"

나래가 눈물을 멈추고 얼굴에 남아 있는 물기를 지우기 위해 손바닥으로 깨끗이 닦아내었다. 훈민의 얼굴엔 당혹스러움과 미안함이 섞여 있었다.

"내가 언제 우습게 봤다고……. 내가 아무리 발정난 놈같이 굴어도 좋……."

"나래야."

뒤에서 들리는 목소리에 그녀가 뒤로 돌아섰다. 그리고 이내 그녀의 눈이 함지박하게 커졌다.

그 자리에는 다름 아닌 그녀의 전 남자 친구가 서 있었다.

"오랜만이다."

"정말 오랜만이다. 오빠, 유학 갔다 온 거야?"

"그래, 운 좋게 취직해서.

정말 오랜만에 봐 어색함보다는 반가운 마음이 앞섰다. 하지만 서로의 해후를 즐기지도 못하게 훈민이 끼어들었다.

"오랜만입니다, 성민 선배?"

"이게 누구야? 신훈민 아냐? 정말 잘생긴 건 여전하구나? 두 사람, 그런데 아직도 같이 있네?"

"공교롭게도 직업도 같아요. 경찰."

나래가 어깨를 으쓱하며 말했다. 훈민은 정말 보기도 싫다는 듯 성민을 흘겨보고 있었다. 성민이 손을 뻗어오자 훈민은 마땅치 않은 얼굴로 가볍게 성민과 악수를 했다.

"바빠서요. 박하, 지금 일 엄청 많은 거 알지? 빨리 들어와라."

누가 할 일이 더 많은데.

괜한 눈치를 주던 훈민은 경찰서로 발걸음을 옮기고 있었다. 그러면서도 몇 번이나 뒤를 돌아보는 것을 잊지 않았다.

실은 훈민이 늘 성민을 고깝게 생각하는 걸 나래는 잘 알고 있었다. 옛날 같으면 악수도 하지 않고 그냥 돌아섰을 것이다. 그러고 보면 훈민도 이제 제법 어른답게 나이를 먹어가고 있었다.

훈민의 뒷모습을 쳐다보다 나래가 고개를 돌려 성민을 보았다. 사람 좋은 웃음을 짓고 있는 성민은 여전했다.

두 사람은 가까운 카페로 자리를 옮겨 이야기를 나누었다. 성민이 내민 명함을 받아 들고 나래가 씩 웃었다.

"이야, 멋지다. 유학 갔다는 이야기는 들었었는데 스카우트 받아서 대기업 연구소? 노력 많이 했나 보다."

"그나저나 생각지도 못했네, 경찰이라니. 사실 지금쯤 검사가 되어 있을 거라고 생각했는데."

"사시가 쉽나, 뭐."

"그런가? 참, 그러고 보니 훈민이도 여전하네. 그 녀석 학교 다닐 때 사고 좀 치더니 정신 차렸나 봐?"

나래는 그저 웃고 말았다. 그래, 훈민이 이래저래 싸움을 많이 하고 다녔었다. 친구라는 이름으로 감싸주었지만 확실히 훈민은 남들 눈엔 문제아였다.

하지만 이내 나래의 얼굴에서 웃음기가 사라졌다. 요즘의 훈민을 생각할 때면 머리가 아파왔다.

너무 여러 가지 문제가 얽혀서 그런가? 아니, 실제로 단 한 번도 생각해보지도 않았던 일들이 믿을 수 없게도 벌어져 정리가 되지 않고 있었다.

이런저런 이야기가 흘러가고 있는데 갑자기 휴대폰이 울리기 시작했다. 액정엔 그녀가 얼마 전 이름을 바꿔놓은 또.라.이가 두둥실 떠다니고 있었다.

"잠깐만. 왜?"

–압발 피해자가 만나고 싶다고 연락해왔어.

"지금 갈게. 피해자 집으로 가면 되는 거야? 아, 녹음기 좀 챙겨 와."

–너 어딘데?

"여기? 경찰서 앞 카페, 블루 힐."

–그 앞으로 갈 테니까 바로 나와.

결국 나래는 미안한 얼굴로 성민에게 양해를 구할 수밖에 없었다.

"그 자식은 꼭 결정적일 때 방해를 잘해."

"뭐?"

"우리 다시 시작해보자고 말하려고 했는데. 우선 가. 바빠 보이는데, 연락할게."

그녀가 뭐라 답을 하기도 전 성민이 먼저 자리에서 일어나 사라졌다. 하지만 나래는 쉽게 자리에서 움직일 수가 없었다.

다시 시작하자고?

나래는 고개를 내저으며 카페를 빠져나왔다.

몇 번이나 친구들에게 충고하기도 했었지만 이미 헤어진 연인이 다시 시작하면 결국 예전과 똑같은 문제로 헤어지곤 했었다. 그것도 더 빨리. 그럴 거라면 아예 처음부터 다시 시작하지 않는 게 나았다.

머리를 긁적이고 있는 사이 하얀 승용차가 그녀의 앞에 꽤나 거칠게 섰다. 이렇게 거칠게 운전할 사람이 누가 있겠는가? 당연 훈민이었다. 대체 뭐가 그렇게 불만인지 인상을 팍 쓰고는 휴대폰을 거칠게 집어 던졌다.

"다 깨지겠다."

그녀는 보조석으로 올라타면서 그의 머리를 탁 쳤다. 그러자 훈민이 더 사납게 인상을 쓰며 그녀를 잡아먹을 듯 노려보았다.

"왜 머리를 때려, 기분 나쁘게."

"꼭 머리 나쁜 애들이 머리 때리면 기분 나빠하더라? 빨리 가자. 늦겠다."

"장성민은?"

"갔지. 빨리 나오라며."

갔다는 말에 훈민의 표정이 좀 누그러들었지만 그렇다고 완전히 기분이 좋아진 것도 아니었다. 훈민은 한숨을 팍 내쉬며 물었다.

"그 새끼는 왜 온 거야?"

"그냥, 뭐."

"아직도 못 잊었냐?"

나래가 어이없다는 눈빛으로 훈민을 쳐다보자 그가 픽 웃으며 고개를 돌렸다. 그 비웃는 모습에 나래가 다시 그의 뒤통수를 때렸다.

"너 내가 그렇게 웃지 말라고 했지."

"너 이거 직장 폭력이다."

"그럼 존칭을 써보든가."

"존칭은 무슨, 얼어 죽을."

그는 여전히 말투가 거칠었다. 그러고 보니 훈민은 어릴 때부터 반항심이 강했다. 물론 부모님들에겐 그 누구보다도 잘했지만. 그래, 부모님껜 세상에 하나밖에 없는 효자였고 정음에겐 성격 좋은 오빠였다.

사회에서 무슨 일을 하든 누만 끼치지 않으면 된다고 생각했던 훈민의 부모님들은 그가 싸움을 했을 때도 이유가 있겠거니, 학교를 안 가도 이유가 있겠거니, 늘 그런 식으로 넘어가셨었다. 아주 그냥 속이 편한 부모님들이셨다. 오죽하면 그녀가 더 걱정을 했겠는가. 그럼에도 불구하고 그의 싸가지는 아직도 나아질 기미가 보이지 않고 있었다.

"너 진짜 아니지?"

"뭐가?"

"장성민."

"절대 아니거든?"

"난 정말 그 자식 마음에 안 들어."

한번 싫어하면 정말 끝까지 싫어하는 신훈민다워 나래는 왠지 웃음을 나올 것 같았다.

그래, 이렇게 변하지 않는 게 좋았다.

"이제야 말하지만 네가 백배는 아까웠어."

"그렇게 말해줘서 고맙다."

"몇 번 깽판 놓으려다가 봐줬다."

"깽판?"

"너 대학 막 들어갔을 때 꽤 많이 울었잖아."

그땐 권태기도 겹치고, 예전 같지 않아 몇 번인가 울기도 했었다. 남들 앞에선 울지 않았는데 훈민은 어떻게 알고 있는 걸까? 그녀의 눈이 커지자 훈민이 픽 웃었다.

"내가 너에 대해 모르는 게 있는 것 같아?"

"어떻게 알았어?"

"쌍꺼풀 사라져서 나타난 게 몇 번인데. 그 정도쯤이야."

왠지 별말 아닌데도 그녀는 위로를 받는 느낌이었다. 이럴 때 훈민이 있어 다행이다.

피해자의 모습은 생각보다 훨씬 초췌했다. 다크서클은 거의 턱 밑까지 내려와 있었고 얼굴엔 핏기도 없어 보였다.

일할 때의 나래는 평소의 모습과 확연히 달랐다. 역시 한때 법학을 꿈꿔서 그런지 왠지 모르게 변호사의 냄새까지 살짝 풍기는 모습이었다.

덕분에 반장은 한 번씩 장난으로 그녀에게 '박변'이라고 부를 때가 있었다.

그러나 그는 달랐다. 껄렁한 표정으로 나래의 옆자리에 앉아

주먹으로 탁자만 내려치고 있을 뿐이었다. 반장은 그럴 때의 훈민을 볼 때면 누가 깡패고 누가 형사인지 모르겠다고 했었다.

메트로놈도 아닌 주제에 어찌나 일정한지 저도 모르게 그 소리에 맞춰 그녀도 손가락을 움직이게 된다. 그 똑똑, 거리는 울림이 신경 쓰여 나래가 들고 있던 다이어리로 그의 손목을 가볍게 내리쳤다. 그러자 그 소리가 사라졌다.

"언니, 그놈 꼭 잡아주세요."

"무슨 수를 써서라도 잡겠습니다. 쉬세요. 많이 피곤하실 텐데."

따뜻한 그녀의 음성에 결국 피해자는 울음을 터트리고 말았다. 피해자는 27살로 대기업 사원이었다. 엘리트에 꽤나 예쁜 외모로 칭찬이 자자했다고 한다. 이런 일을 당한 게 안쓰러워 피해자의 부모도 끝내 나래와 훈민 앞에서 눈물을 보이고 말았다.

마음이 무거웠지만 그놈은 어찌나 징그러운지 증거 한 톨 남기지 않았다. 대체 무슨 증거가 있어야 잡든지 말든지 하지.

거기다 통일된 시간도 없어, 장소도 없어.

하지만 조금의 공통점이 있다면 피해자 중 7명이 소위 말하는 일류대 출신에 빵빵한 직업을 가지고 있다는 것일까?

"흠, 머리 좋은 여자 좋아하나?"

"단순한 놈."

"아씨, 생각나는 게 아예 없는데 어쩌라고!"

순간 그가 자리에서 일어나며 탁자 모서리에 허벅지를 박았다. 강하게 흘러나오는 욕설에 아프긴 꽤 많이 아픈가 보다 생각하며 나래도 자리에서 일어섰다. 아무래도 오늘 역시 틀린 모양이었다.

일이 해결되지 않는 동안 인사발령이 있었다. 대체적으로 경정들의 발령이 잦은 편이었는데 호람도 가게 될 줄 몰랐다. 워낙 급하게 발령이 나는 바람에 호람은 아침 일찍 나와 물건을 정리했다고 했다. 그녀가 잠복을 마치고 복귀했을 때 호람은 이미 짐을 차로 다 옮겨놓은 뒤였다.

"멀리 가는 것도 아닌데 배웅은."

호람이 쑥스러워 그런다는 건 나래도 잘 알고 있었다.

"어? 임 경정님, 이제 가십니까?"

주차를 마치고 어슬렁 걸어오는 훈민은 호람의 발령이 반가운 모양이었다. 하긴, 애초에 훈민은 호람을 마음에 들지 않아 했다. 그러고 보니 대체적으로 그녀가 좋아하는 사람들을 훈민은 못마땅해했다. 범생이들을 보면 소름이 돋는다나 뭐라나. 거기다 상관이라 티를 내지 못했지만 분명 성민보다 훨씬 더 호람을 마음에 들어 하지 않았다. 곱상한 얼굴 뒤에 숨긴 게 많을 거라면서. 그럴 때마다 훈민에게 그 말을 고스란히 돌려주고 싶은 걸 나래는 꾹 참아내었다.

"신 경장, 우리 나래 잘 부탁해."

"누가 보면 애인인 줄 알겠습니다?"

꼭 이런 날도 저런 식으로 빈정대야 속이 풀리나 싶어 나래는 그의 발등을 꾹 눌러 밟았다. 훈민은 윽, 소리를 냈지만 다행히 더 이상 아무 말도 하지 않았다.

"내가 결혼 안 했으면 그럴 수도 있었겠지?"

"와, 뭐, 제자와 스승의 사랑 뭐, 이런 거 말씀하고 싶으신 겁니까? 그거 범죕니다. 딸랑딸랑, 수갑 찰 수도 있거든요?"

"누차 말하지만 나래 과외 할 때 원래대로라면 고등학생이었어."

"뭡니까? 그래서 겨우 14살짜리 보고 동하셨다, 이 말씀이십니까?"

"당연히 농담이지. 이럴 때 보면 신 경장이 나래를 참 많이 좋아하는 것 같단 말이야."

"모르셨습니까? 제가 얘 좋아하는 거?"

주위에 있던 사람들이 모두 헉, 소리를 내며 두 사람을 바라보았다. 하지만 나래는 전혀 당황한 기색조차 없었다. 훈민은 이런 식으로 말을 자주 하곤 했었다. '그럼 친구를 좋아한다고 하지, 싫어한다고 하냐?'라고 단순히 답을 할 때가 많았다. 하여간 자기가 듣고 싶은 것만 듣고 말하고 싶은 것만 말하는 단순 대마왕이었다.

"정말? 그런데 왜 안 사귀나?"

"얘가 저 찼잖아요."

그 말에 이제껏 태연한 얼굴을 하고 있던 나래의 얼굴이 드디어 변했다. 저도 모르게 혈압이 오르는 듯 헉 소리를 내며 뒷목을 잡았다. 하지만 이어지는 훈민의 말에 그녀는 정말 이대로 기절할지도 모른다 생각했다.

"주제에."

순간 사람들이 웃음을 터트렸다. 그러니까 이런 장난에 지금 모두 속아 넘어갔다는 거다. 그리고 그가 무슨 장난을 쳐도 넘어가지 않았던 그녀 역시 깜빡 속았다. 그게 억울해 그녀는 훈민에게 아주 짜릿한 어퍼컷을 선사했다.

사실 그녀가 불편해하는 것은 또 있었다. 이상하게 훈민은 자꾸 친구의 관계를 무너뜨리려고 했다. 예전엔 하지 않은 은근한 스킨십, 즉 괜히 어깨에 손을 올린다든가 머리를 쓰다듬는 것 같은 행동을 하기도 했다.

옆자리에 앉아 있을 땐 묘하게 무릎으로 그녀의 허벅지에 대고 문지르기도 했고, 어쩔 땐 또 뚫어져라 바라볼 때도 있었다. 착각하면 안 된다 생각하고 싶었지만, 저런 얼굴로 보니 한 번씩은 넘어가고 싶은 마음이 드는 것도 사실이었다.

호람이 발령을 받아 새로운 곳으로 간 뒤 수사 과장은 공석이 되었는데 며칠이 지나도 이렇다 할 이야기가 없었다. 어차피 누가 온다고 해도 상관은 없었지만 신경이 쓰이는 건 어쩔 수 없었다. 몇몇은 현장출동을 나갔고, 그녀와 훈민을 빼고 남은 사람들은 모두 점심을 먹으러 나가 사무실이 텅 비어 있었다.

"박하, 저녁에 우리 집에서 떡볶이 만들어 먹자."

"떡볶이?"

"다른 건 몰라도 그건 네가 예술로 만들잖아."

"넌 뭐 해줄 건데?"

"찐하게 한번 안아줄게."

그 말에 나래가 못 말리겠다는 얼굴로 고개를 내저었다. 그런 나래를 보고 훈민이 픽 웃으며 화장실이라도 갈 모양인지 자리에서 일어나 사무실에서 나갔다. 문이 완전히 닫히고 훈민의 늘씬한 인영이 사라진 뒤에 나래는 고개를 파묻고 머리를 몇 번이나 헝클었다.

그와의 하룻밤은 꽤나 자극적이었다. 때때로 생각날 때면 저도 모르게 미쳤어, 라고 외치며 머리를 때렸다. 그럴 때마다 그는 이상한 눈으로 쳐다보았지만.

원래 그는 저질스럽게도 야한 농담을 잘 던지곤 했다. 다행히 그도 그 하룻밤을 더 이상 생각하지 않는 눈치였다.

시간이 흐르는 동안 두 사람은 다시 예전처럼 시시한 농담 따먹기도 하는 그런 평범했던 사이로 돌아왔다. 하긴, 그건 아무리 생각해봐도 서로에게 좋은 일은 아니었다.

그때 휴대폰으로 전화가 걸려왔다.

"그래, 하늘아."

–통화하기 참 어려워요. 잘 살고 있는 거 맞지?

"미안, 사건이 끝날 기미가 아니라 정신이 없었어."

–오늘 저녁 시간 괜찮아? 소개해줄 사람 있어. 휴민이도 같이 나오고.

"마침 운 좋게도 우리 둘 다 내일 비번이야. 어디로 갈까?"

약속 장소와 시간을 정하고 전화를 끊은 나래는 한숨을 내쉬며 자리에서 일어나 휴게실로 향했다. 뭔가 시원한 탄산음료라도 들이켜야 할 것 같았다.

그럼 머릿속이 조금은 시원해지지 않을까.

그런데 이미 휴게실에는 훈민이 있었다. 그것도 여직원들 틈 사이에 껴서.

어쩐지 금방 안 돌아온다 싶었다. 하여간 사무실보다 휴게실에서 보내는 시간이 더 많을 것이다. 귀찮은지 의욕 없는 얼굴로 대충 고개를 끄덕이는 그를 보며 그녀가 고개를 절레절레 흔들었다.

"어? 안녕하세요, 박 경사님."

"안녕하세요."

여직원들이 단체로 인사를 해오자 나래도 웃으며 고개를 숙였다. 다들 점심을 먹고 와 티 타임을 갖는 모양이었다. 나래가 자판기 앞으로 걸어가기도 전에 언제 자리에서 일어나 걸어왔는지 그가 동전을 넣더니 음료수를 뽑아 그녀에게 건네주었다.

"뭐야, 나 콜라 안 마시잖아."

"성의를 생각해서 좀 받아주지? 팔 떨어지겠네?"

"됐고, 오늘 하늘이가 보자더라. 할 이야기 있대."

그가 가볍게 승낙했다. 어차피 경찰서 내 직원 모두가 두 사람이 어려서부터 친구인 것은 잘 알고 있었다. 그래서 그녀는 유일한 질투 대상에서 벗어날 수가 있었다. 처음엔 학교 다닐 때와 마찬가지로 묘한 거리감이 느껴지기는 했지만 아무래도 사회인지라 실질적 왕따는 되지 않았다.

사무실로 돌아와 그가 뽑아준 콜라를 구석에 밀어두고 밀려 있는 서류들을 정리하기 시작했다.

"박 형사, 전화."

장 형사의 말에 나래는 얼굴을 모니터에 고정한 채 팔만 뻗어 수화기를 받고 서류를 뒤적였다.

"네, 박하얀나래입니다."

–바쁘니?

"누구세요?"

–섭섭하다. 전화 목소리도 이제 못 알아듣네.

"아, 성민 오빠?"

그 말이 끝남과 동시에 옆에서 탁 소리가 났다. 고개를 돌리니 훈민이 서류를 덮으며 그녀를 노려보고 있었다.

이런, 눈치를 보고 대답을 했어야 했는데.

"휴대폰으로 하지 그랬어."

–그랬는데 전화가 꺼져 있어서.

"충전하는 걸 깜박했네."

–괜찮으면 저녁 같이할까?

안 된다고 딱 잘라 말할 생각이었지만 뚫어지게 바라보고 있는 훈민 때문에 나래는 잠시 갈등을 했다. 물론 성민을 다시 만날 생각은 없었지만 그걸 훈민의 앞에서 말하고 싶진 않았다. 굳이 이유를 말하자면…….

"어쩌지……."

–시간 없구나?

"바빠."

–나중에 다시 전화할게.

나래는 끊는다는 말도 않고 수화기를 내려놓았다. 이 정도면 성민도 눈치를 챘을 것이다. 냉정하게 통화를 끝낸 그녀를 보고 훈민의 시선도 다시 돌아갔다. 왜 여기서 훈민의 눈치가 보이는 걸까. 아니, 누가 보면 꼭 훈민을 두고 바람을 피우고 있는 것처럼 속이 뜨끔하지 않은가. 나래는 다시 서류로 눈길을 돌렸다.

원래 서류 정리란 해도 해도 끝이 보이지 않아 그녀의 이마에 짙은 주름을 졌다. 슬쩍 고개를 돌려 돌아보니 훈민도 별다를 바 없는 모양이었다. 이마에 V 자 모양의 깊은 홈이 생긴 것을 보니 나 지금 여기에서 벗어나고 싶어 죽겠다고 말하고 있음이 틀림없었다.

"박 경사, 퇴근 안 해? 모처럼 쉬는 날이잖아. 휴대폰도 꺼두고 푹 쉬어."

"그럼 집으로 전화하실 거잖아요."

"그러니 그런 날엔 애인하고 놀러 가면 딱 좋잖아."

"그럼 연애할 시간 좀 주시든지요."

"옆에 좋은 사람 두고 왜 멀리서 찾아?"

반장의 손가락이 가리키는 곳은 훈민의 자리였다.

하여간 경찰서 내 사람들이 모두 두 사람의 연애를 반대하는데 꼭 반장은 엮어주지 못해 안달이었다. 그나마 당사자인 훈민은 서류 정리에 집중하고 있어 듣지도 못한 것 같아 다행이었다.

"반장님, 저 매장되고 싶지 않거든요?"

"하긴, 박 경사 정도면 밖만 나돌아다녀도 줄줄이 따라오겠지?"

그 말에 나래가 픽 웃었다. 그래, 그녀도 이 일을 하기 전에는 나름대로 인기가 있던 사람이었다. 그녀가 워낙 주위에 별 관심이 없었던 것뿐이지, 아마 그냥 만나보자고 마음만 먹었다면 한 트럭은 만날 수 있었을 것이다.

처음 발령받아 왔을 때도 총각 직원들이 꽤 관심을 보였었다. 아주 오랜 친구라고 소개된 훈민의 얼굴을 보자 관심은 모두 떨어져 나갔지만. 저런 남자와 오랜 시간을 친구로 지냈으면 얼마나 눈이 높았겠냐는 유언비어가 퍼지면서 그녀에 대한 관심도도 순식간에 사그라지고 말았다.

"거, 왜, 전에 우리 조카 내가 전에 말한 적 있잖나. 이번에 M그룹 연구원으로 스카우트받았다던."

"그 MIT 다닌다고 하시던 조카분이요?"

"저번 달에 들어왔는데 나이도 서른둘에 그 나이까지 공부하느라 연애도 못해서 제법 순진한 구석도 있고, 조카라 그런 건 아니지만 애가 착해. 동생이 참한 아가씨 있으면 소개 좀 해달라고 하던데. 저번에 내가 박 경사 이야기를 하고 나서 잊고 있었거든. 동생이 그거 염두에 둔 거 아닌가 생각이 들어."

"저요?"

반장이 말하는 건 그러니까 선을 보라는 것이었다. 몇 번인가 주변 사람들에게 누군가를 소개받아보지 않겠냐는 말을 들었었다. 매번 당분간은 바빠서 일에만 매진하고 싶다고 거절하곤 했다. 이번 건도 잘 거절해야겠다 싶었다.

"실은 녀석이 우리 집에 왔다가 저번 경찰의 날에 찍은 단체사진 보고 박 경사가 마음에 든 모양이야. 급한 일 없으면 내일 점심 한 끼 먹어보는 게 어때? 너무 부담은 갖지 말고."

부담을 갖지 말라니. 이미 이렇게까지 말이 나왔고 거기다 평소 그녀가 좋아하고, 존경하는 반장님이었다. 여기에서 거절하기도 애매하고, 또 거절하지 않자니 괜히 훈민의 눈치가 보였다.

아니지, 왜 여기서 훈민의 눈치를 본단 말인가. 그와는 그냥 친구를 하기로 했는데.

"괜찮지? 박 경사, 나 전화 번호 알려주어도 되지?"

"아…… 그게……."

반장도 그녀가 훈민의 눈치를 본다고 생각한 모양이었다. 반장의 고개가 훈민을 향해 돌아가자 나래의 시선도 함께 움직였다. 훈민은 여전히 이마에 V 자 홈을 파놓고 서류 정리에 여념이 없었다. 서류 정리를 싫어했지만 한번 저렇게 할 때면 빠져들어 주변에서 무슨 일이 일어나는지도 몰랐다.

"박 경사?"

"네, 네."

얼떨결에 고개를 끄덕이고는 이마를 긁적이며 모니터로 고개를 돌렸다. 모니터 속 시계를 확인하자 하늘과의 약속시간이 불과 30분밖에 남지 않았다. 오늘은 이쯤 하고 퇴근을 해야 할 것 같았다. 나래는 컴퓨터를 끄고 자리에서 일어나 훈민의 어깨를 툭 건드렸다.

"약속시간 다 됐어."

"그래?"

약속시간이 다 되었다는 말에 훈민은 미련 없이 저장 버튼을 누르고 컴퓨터를 종료시켰다. 원래 가방 같은 건 들고 다니지도 않는 성미라 그는 자리에서 일어나 점퍼를 들고 퇴근 준비를 바로 끝냈다.

"그럼 내일모레 뵙겠습니다."

"먼저 가보겠습니다. 다들 수고하십시오."

사람들의 부러워하는 목소리를 들으며 두 사람은 가볍지만은 않은 발걸음으로 사무실을 빠져나왔다. 나래는 이것저것 머리가 복잡해져서 말이 없었지만 훈민은 뭘 생각하는 건지 평소의 가벼운 입을 놀리지 않은 채 여전히 미간에 주름을 잡고 있었다.

"어디로 간다고?"

"아, 월정."

그곳은 두 사람도 가족 모임을 할 때 몇 번인가 가보았던 한정식집이었다. 자연스럽게 그의 차를 타고 월정으로 향했다. 경찰서에서 평소라면 5분 정도 걸리는 가까운 거리였지만 러시아워에 걸려 두 사람은 출발한 지 10분이 지났음에도 이제 겨우 절반 정도 와 있었다.

나래는 하늘에게 10분 정도 늦을 것 같다는 메시지를 남기고 기차처럼 길게 이어진 차들을 보았다.

그때 그녀의 휴대폰으로 메시지가 들어왔다. 당연히 하늘이겠거니 생각을 하며 보던 나래의 눈이 살짝 커졌다.

[박나래 경사님, 전 민형진 반장님 조카 민정우입니다. 내일 1시 경찰서 근처 '하루'에서 괜찮으신가요?]

행동이 참 빠른 남자구나.

반장에게 그렇게까지 말해놨는데 나래는 이제 거절할 수도 없었다. 점심시간이었지만 카페에서 만나자고 하는 걸 보니 결국 그쪽도 등쌀에 떠밀려 나오는 거구나 싶어 왠지 웃음이 나왔다. 딱 보니 반장도 동생에게 떠밀려 조카 장가보내기에 연관된 모양이었다. 결국 나래는 그럼 내일 보자고 말하며 전송을 눌렀다.

"정말 나갈 거냐?"

5장. 어정쩡한 사이

"뭐, 뭘?"

지레 놀라 눈이 번쩍 뜨였다. 그의 눈은 알면서 뭘 물어, 라고 말하고 있었다. 하지만 친절하게 다시 한 번 되짚어주었다.

"반장님 조카."

"너 다 들었어?"

저도 모르게 목소리가 떨리는 게 고스란히 들렸다. 훈민은 귀를 후비며 말했다.

"귀 막혔냐? 바로 옆에 있으니 다 들리지."

낭패다. 아니, 요즘 들어 자꾸 자신이 알고 있는 신훈민이 맞나 헷갈릴 정도였다. 분명 이마에 V 자를 그리고 서류작업에 열중하고 있는 것을 봤는데 그걸 또 언제 들었단 말인가.

어쨌거나 술 취해 하지 말았어야 할 일을 벌인 자신의 잘못으로 훈민과 왠지 예전과 다른 사이가 된 것 같은 느낌이 들 때마다 속이 답답해져 왔다.

어차피 그 일은 실수였다고, 잊자고 해놓고 왜 자꾸 혼자 상기시키고 답답해하는 건지 이해가 가지 않았다. 그렇다고 이걸 다른 사람에게 털어놓을 수도 없고.

"그리고 뭐? 성민 오빠? 그 자식은 왜 또 전화야. 절대 아니라며."

"자기가 전화를 한 건데 어떡해?"

"아, 진짜. 뭐 해? 안 내려?"

"왜 화를 내?"

훈민의 차는 이미 주차장에 세워진 뒤였다. 오늘의 훈민은 이상하게 날이 서 있었다. 나래는 기분 탓이겠거니 하며 차에서 내렸다.

이 한정식집은 가격대가 꽤 나가는 곳임에도 불구하고 주차장은 거의 꽉 차 있었다. 대체 권하늘이 무슨 말을 하려는지 이젠 무서워질 지경이었다.

차에서 내려 식당 안으로 들어서서 예약자의 이름을 말하자 개량한복을 입은 여직원이 친절히 웃으며 방으로 안내해주었다. 거기엔 하늘과 처음 보는 남자가 앉아 있었다.

"말씀 많이 들었습니다, 주지형입니다. 그리고 하늘 씨와 결혼할 사람입니다."

"겨, 결혼이요?"

"너무 급하게 결정되어서 아직 못 들으신 모양이군요?"

결혼이라는 말에 놀라 나래는 얼떨떨한 얼굴로 인사를 하며 하늘을 보았다.

"아, 네. 박하얀나래입니다."

"신훈민입니다."

훈민 역시 놀란 모양인지 거의 경악에 가까운 얼굴로 하늘을 보고 있었다. 하늘은 어깨를 들썩이며 능청스럽게 물을 마시고 있었다.

분명히 한 달 전까지만 해도 하늘은 결혼은커녕 남자 친구도 없지 않았던가. 게다가 하늘은 그녀가 알기로 남자를 사귄 적이 한 번도 없었다. 우석이 떠나고 나서 하늘은 정말 연애에 관심이라곤 쥐똥만큼도 없었다.

지형이 잠시 화장실에 다녀온다며 자리에서 일어난 뒤 문이 완전히 닫히자 훈민이 탁자를 손바닥으로 탁 쳤다.

"권하늘이 결혼?"

"왜? 언제까지고 나는 솔로일 줄 알았나 봐?"

역시 견원지간. 만나자마자 서로를 놀려먹느라 서로 신경전을 벌이고 있었다. 하긴, 둘은 고등학교 때부터 이랬었다. 그렇다고 사이가 나쁜 건 아니고, 오히려 좋은 쪽에 가까웠다. 그래서 고등학교 땐 사실 둘이 좋아하면서 숨기는 게 아닌가 의심을 했었다. 물론, 둘 모두 이성으로서의 관심이 없다는 것을 얼마 지나지 않아 알게 되었지만. 둘은 보면 남매 같은 사이였다.

"이야, 저 남자 대단하네. 권하늘을 와이프로?"

"나밖에 없대."

"와, 권하늘한테 저런 말을 들을 줄이야. 올라오려고 한다."

"하늘아."

"그러게, 나도 이렇게 되더라."

"저 사람…… 좋아해?"

"사람들이 그러잖아. 결혼할 사람은 딱 보면 바로 안다고. 그런 거 다 거짓말이라고 생각했는데 내가 겪어보니 알겠더라. 그나저나 너희는 아직도 그 상태야?"

하늘의 말에 나래가 고개를 들어 올렸다. 아직도 충격이 커서 뭐라 제대로 말이 나오지 않았다.

설마, 푸른이 무슨 말을 한 건 아니겠지?

곧 문이 열리며 교자상이 치워지고 푸짐한 남도 한정식이 올라간 한상이 들어왔다. 누군가를 만나는 것에 회의적이었던 친한 친구가 결혼을 하게 되니 기분이 좋기도 하고, 뭔가 섭섭하기도 한 게 이상하게 속이 울렁거리는 느낌이 들었다.

"우욱."

순간 무엇인가가 치고 올라오려는 것을 멈출 수가 없었다. 재빨리 입을 막자 하늘이 놀란 얼굴을 하고 있었다.

"왜 그래?"

"요즘 쌓인 업무가 많아 스트레슨가 봐. 나 화장실 좀 다녀올게."

자리에서 일어나자 마침 지형이 들어왔고 화장실은 바로 왼쪽에 있다는 것도 알려주었다. 고개를 숙이며 화장실로 들어와 시원한 물로 입안을 헹구고 고개를 들었을 땐 피곤에 찌든 얼굴이 보였다.

하얀 얼굴은 왠지 파리하게 질려 있는 느낌도 들었고 다크서클도 짙게 내려와 있었다. 그것만으로도 모자라 이젠 주름도 하나하나 생기는 것 같았다.

그래, 타고난 피부라도 관리를 해야 한다고 주변 사람들이 누누이 말하곤 했었다. 정말 백화점에 가서 기능성 화장품이라도 좀 사야 할 것 같았다.

대충 얼굴을 정리하고 다시 자리로 돌아왔을 때 훈민은 이미 지형과 함께 맥주를 마시고 있었다.

"너, 운전 안 할 거야?"

"대리 부르면 되잖아."

훈민이 너무 쉽게 말하며 그녀에겐 동의도 없이 잔에 맥주를 채워주고 있었다. 그때 지형이 물어왔다.

"소주로 하시겠습니까?"

"아뇨. 술은……."

"왜? 내일 쉬는 날이라면서."

그녀도 술을 좋아하는 편에 가까웠다. 하지만 업무에 치이고 스트레스가 쌓이다 보니 요 근래는 한번 마시기 시작하면 주체를 하지 못하고 들이붓는 쪽이었다. 게다가 그 술 때문에 지금 훈민과 어정쩡한 사이가 되지 않았던가.

"약속도 있고……."

"무슨 약속?"

"그게……."

"선보신댄다."

시원하게 맥주를 들이켠 훈민이 나래 대신 말을 해주었다. 하늘이 놀란 듯 눈을 동그랗게 떴다. 그리고 지형 역시 놀란 표정이었다.

그런데 지형은 대체 왜 놀란 표정인 것일까?

나래가 지형을 바라보자 하늘이 웃으면서 말했다.

"너하고 훈민이가 언젠가는 결혼할 것 같다고 내가 말했었거든."

말이 끝나기 무섭게 막 반찬을 입으로 가지고 가던 훈민이 컥, 소리를 내며 가슴을 두드리고 있었다. 나래는 싸늘한 눈으로 훈민을 한 번 흘겨주었다.

"너 내가 결혼하자고 하면 죽겠다?"

그 말에 훈민이 들고 있던 숟가락을 떨어뜨렸다. 하지만 워낙에 발달한 운동신경으로 바닥에 닿기 전에 낚아챘다. 자랑하듯 숟가락을 앞으로 치켜 올리는 훈민을 보며 나래와 하늘은 늘 그렇듯 영혼 없는 박수를 쳐주었다.

그런 세 사람의 행동에 지형이 박장대소를 했다.

"세 사람 정말 죽이 딱딱 맞네요."

"함께해온 세월이 10년 넘었거든요. 그런데 하늘이하고는 어떻게 만나게 되신 거예요? 한 달 전까지만 해도 하늘이는 아무 말이 없었는데."

"저희 선봤습니다."

"아, 그러시구나."

들었다. 선이라는 건 결혼을 전제로 만나는 거기 때문에 무척 이야기가 빨리 이루어진다는 것을. 하지만 보통 그래도 1년 정도는 서로 만나보지 않던가?

"다음 달 11일이 결혼식입니다."

"그럼 선은 언제……."

"저희 39일 만에 결혼하는 겁니다."

나래의 입이 쩍 벌어졌다. 훈민 역시 놀란 얼굴을 하고 있었지만 먼저 정신을 차리고 나래가 입을 다물 수 있게 턱을 올려주었다. 아무리 집안이나, 신분이 보장되어 있는 선이라 하더라도 결정이 너무 빠른 게 아닌가 싶었다. 나래는 지형이 건네준 청첩장과 명함을 한꺼번에 바라보았다.

하늘의 직업은 얼마 전까지만 해도 의사였다. 하늘은 집안사람들이 모두 의사라 아무 생각 없이 의대를 지망했고, 의사가 되었다. 하지만 3개월 전에 이 짓을 도저히 못 해먹겠다며 미련 없이 병원을 그만두었다.

옆에서 대부분 전문의까지라도 따라, 그럼 생각이 좀 바뀔 것이라고 말했지만, 하늘은 귓등으로도 듣지 않았다. 그러면서 혼자 여기저기 여행도 다니고, 봉사활동을 하기도 하더니 적성을 찾았다고 말했다. 처음 하늘의 적성 이야기를 들었을 때 나래는 분명히 잘못 들은 것이라고 생각했다.

자신의 적성이 '주부'라니. 그래서 설마 결혼도 이렇게 빨리 정한 걸까? 아니다, 하늘은 즉흥적인 성격이 아니었다. 그리고 첫사랑의 슬픔이 커서 그 누구도 만나지 못했었다. 분명 확신이 있어

저 남자를 선택했을 거라 생각은 했지만 이건 너무 빨랐다. 하지만 지형의 앞에서 이 결혼에 대한 확신이 있냐고 물을 수가 없었다.

28살.

많지도 그렇다고 적지도 않은 나이였다. 하지만 나래에게 결혼이라는 건 정말 머나먼 이야기였다. 평생을 함께할 반려를 만나 새로운 가정을 이룬다는 건 벼락에 맞을 확률보다 더 높다고 생각됐다. 하지만 지금 하늘의 얼굴을 보니 알겠다.

편안해 보인다. 이제 우석의 그림자가 보이지 않는다. 거기다 지형의 직업이 셰프라니. 먹고살 걱정은 없어 보여 다행이었다. 편안해 보이는 친구의 얼굴을 보며 나래는 진심으로 결혼을 축하해주었다.

결국 술을 마시지 않은 나래가 훈민의 차를 운전했다. 이 차는 훈민이 20살에 차근차근 모았던 돈으로 산 차였다. 거의 10년이 되어가지만 워낙 관리를 잘해서 지금도 거의 새 차 같았다. 거기다 군대를 갈 때도 차는 썩혀두는 게 아니라며 그녀에게 거의 떠맡기듯 넘기고 갔었다. 그래서 그녀에게도 아주 익숙한 차였다. 목숨같이 아꼈던 차를 그녀에게 맡기고 군대를 가던 때의 심정은 어땠을까? 왠지 갑자기 궁금해졌다.

"근데 너 왜 경차 안 사고 중형 샀어?"

"확률적으로 여자가 경차 몰고 다니면 남자들 쉽게 봐."

지형과 말이 꽤 잘 통했던 건지 훈민은 맥주에 이어 소주와 과

실주까지 달렸다. 꽤 취한 상태라 그런지 말도 그냥 생각나는 대로 하는 것 같았다. 하지만 그 말에 나래의 눈이 살짝 커졌다.

"너 군대 갈 동안 나한테 맡길 작정으로 정말 샀던 거야?"

"어."

"그럼 군대 다녀와서 샀어도 됐잖아. 뭐하러 일부러 무리해서 샀어."

훈민이 어려서부터 할아버지, 할머니에게 받았던 용돈, 삼촌에게 받았던 용돈 같은 것들과 아르바이트로 모은 돈이 꽤 많다는 것을 알았다. 하지만 중형차를 살 때는 조금 더 무리를 해서 아르바이트를 하던 것을 기억해냈다.

"너네 학교 집에서 꽤 멀었잖아. 너 공부하느라 뻔히 막차 타고 집에 올 거고. 세상 위험해."

왠지 모르게 감동이 밀려왔다. 아무리 훈민이라고 해도 막 20살이 되어 차를 사는 건 신중한 결정이었을 것이다. 훈민의 부모님은 나이도 어린 게 무슨 그렇게 큰 차가 필요하냐고 말을 했지만 훈민은 끝까지 고집대로 밀고 가 이 차를 샀었다. 세륜이 돈을 보태준다고 하는 것도 거절하면서 무리했었다. 그녀도 보태고 싶다고 했었다. 하지만 훈민은 고개를 저었다.

그런데 그게 그녀를 위한 것이었다? 이걸 어떻게 받아들여야 하는 걸까? 그냥, 어려서부터 가족처럼 지내왔던 친구라서?

묻고 싶었다. 왜 자꾸 사람들 헷갈리게 하는 건지. 아니, 어쩌면 처음부터 훈민은 그렇게 행동했었는데 그녀가 느끼지 못했을 수도 있다. 하지만 돌이켜 보면 또 훈민은 그녀에게만 친절했다.

훈민은 근처에서 놀고 있었다면서 그녀가 집에 갈 시간이면 때맞춰 학교로 데리러 와주었었다. 그땐 별 대수롭지 않게 넘어갔었는데 생각해보니 그게 얼마나 힘든 일이었는지 알 것 같았다.

훈민의 말대로 집과 학교는 꽤 멀어서 대중교통을 이용해도 빠르면 1시간이 걸렸었다. 어려서부터 훈민과 함께 태권도나 합기도 같은 것을 배워 그녀도 공인 3단이었지만 역시 밤에 혼자 다니는 건 무서웠다.

그러고 보니 언젠가 한번 밤길이 무섭다고 한 뒤에 훈민이 차를 샀었다. 그리고 늘 그녀를 데리러 와주었었다. 그리고 이 첫 차를 샀을 때 같이 경주로 여행을 갔었다. 도로에서 못에 박혔는지 차 뒷바퀴에 바람이 빠져 고생도 엄청나게 했었다. 원래는 부산까지 다 돌아갔다 올 여행이었는데 겁이 나는 바람에 모두 취소하고 바로 올라온 적도 있었다. 그 차는 산 순간부터 두 사람의 추억이 모두 깃들어 있었다.

"훈민아."

"무섭게 왜 그렇게 불러."

잠이 온 모양인지 훈민의 목소리는 낮고 늘어졌다.

"고마워서."

"뭐가?"

"그냥…… 이것저것."

"그렇게 고마우면 내일 나가서 그 남자 뻥 차고 와."

"뭐?"

그녀가 되물었지만 훈민은 더 이상 대답이 없었다. 아무래도 그렇게 생각 없이 말하고 그대로 곯아떨어진 것 같았다. 그럼 정말 그녀가 선을 보는 게 신경 쓰인다는 건가? 대체 왜? 훈민은 '그날' 이후 별다른 말이 없었다.

물론, 한 번 더 키스를 하며 들이댔지만 그녀가 강력하게 거부한 뒤로는 정말 손가락 하나 까딱하지 않고 있었다. 그래서 정말 없던 일이 되었구나 싶었지만, 오늘 그 훈민의 발언으로 인해 두 사람의 사이가 현재 어정쩡하다는 것이 확인되었다. 나래는 낮게 한숨을 내쉬며 RPM을 올렸다.

조카라고는 해도 어느 정도 민 반장과 닮지 않았을까 생각했지만, 정우는 피가 섞였다고 감히 상상조차 할 수 없을 정도였다. 왠지 멋대로 민 반장처럼 곰처럼 넉넉하고 든든한 느낌일 거라고 생각하고 있었다. 하지만 정우는 샤프하고, 요즘 아이들이 좋아하는 흔히 말하는 예쁘장한 생김새를 가지고 있었다.

아무리 봐도 서른둘로는 보이지 않았다. 많아봤자 스물다섯 정도로 보여 나래는 괜히 노티 나는 정장을 입고 왔다고 생각하며 어색하게 웃었다.

"같이 식사를 할까 하다, 아무래도 처음 뵙는 거라 차 한 잔 정도가 좋을 것 같아서요."

"네, 고맙습니다."

"큰아버지께서 나래 씨 칭찬 많이 하시던데요. 많이 아끼는 후배라면서 잘하고 오라고 어찌나 겁을 주시던지."

"등 떠밀려 나오신 거 다 알고 있어요."

나래가 웃으며 대답하자 정우가 들켰다는 듯 씁쓸하게 웃었다. 그런 정우의 마음이 이해가 가 나래는 고개를 끄덕이며 커피를 마셨다.

"아직 서른둘이고, 직장도 이제 잡았고 아직 정리가 되지 않았는데 어르신들 눈엔 제가 무척이나 나이가 많아 빨리 치워야 하는 그런 존재로 보였나 봐요."

"이해해요."

"지금 하고 있는 일이 좋고, 공부가 재미있거든요."

정우는 보기보다 훨씬 유머러스하고, 여유가 있는 사람이었다. 다만, 아직 하고 있는 일과 공부가 좋아 결혼을 적어도 3, 4년쯤 후에나 생각해보고 싶다고 했다. 그런 정우의 말이 너무나 잘 이해가 가 나래도 동조하며 고개를 끄덕였다.

의외로 정우와는 취향도 맞고, 관심사도 비슷해서 아마 학교를 다닐 때 선후배 사이로 만났다면 참 좋았을 것 같단 생각이 들었다.

"큰아버지가 왜 나래 씨 칭찬을 그렇게 많이 했는지 알 것 같네요."

"네?"

"배려도 잘하고, 친절하고, 근본적으로 사람이 선한 것 같거든요."

"너무 과한 칭찬이신데요?"

"이야기를 하다 보니 알겠어요. 마음 같아선 애프터 신청을 하고 싶은데 그랬다간 저 한 대 맞겠는데요?"

한 대를 맞다니.

무슨 말도 안 되는 소리를 하는 거냐는 그녀의 눈빛에 정우가 슬쩍 고갯짓을 했다. 나래는 왜 그러나 싶어 뒤를 돌아보았다. 나래는 창가 뒤쪽에 앉아 있는 훈민을 보고 입을 쩍 벌렸다.

오늘 그녀가 몇 시에, 어디로 간다고 말을 하지 않았는데 어떻게 훈민이 이 장소에 와 있는 걸까? 설마 집에서부터 따라온 건가.

"저는 먼저 일어나 보도록 할게요."

"그게, 정우 씨……."

"혹시 저분이 쫓아 나오려고 하면 잡아주세요."

할 수 없이 나래는 정우와 함께 일어났다. 그 모습에 훈민이 움찔거렸지만 정우가 혼자 출입구 쪽으로 걸어가고 그녀가 그를 보고 있자 어깨를 으쓱하며 자리에서 일어나 다가왔다. 하도 어이가 없어 나래가 한숨을 내쉬며 다시 자리에 털썩 앉았다.

"아주 입이 찢어지더라?"

"뭐?"

"기생오라비같이 생긴 놈이 뭐가 좋다고."

"사돈 남말 하시네."

훈민은 이목구비가 굵직굵직하긴 했지만 워낙 피부가 희고 얼굴선이 매끄러워서 예쁘다는 생각이 드는 얼굴이었다. 물론 훈민은 그 '예쁘다'는 말에 몸부림을 치며 싫어했지만.

"둘이 완전 즐겁던데?"

"즐거우면 안 되냐? 여긴 어떻게 왔어?"

"어떻게 오긴. 문자 몰래 훔쳐봤지."

"너 지금 하는 거 의처증으로 부인 잡으러 다니는 아저씨 같거든?"

"뭐? 아저씨?"

"어쨌든 내가 지금 너에게 따질게 많은……. 욱."

어제도 속이 좋지 않았는데 오늘도 좋지 않다. 빈속에 커피를 마셔서 그런 걸까 생각했지만 평소에 늘 있던 일이었다. 하긴, 생리 전에 속이 울렁거리는 증상이 몇 번 있긴 했었다.

"가만…… 그러고 보니까 내가 생리를 언제 하고 안……."

순식간에 그녀의 얼굴이 파랗게 질렸다. 그와 자고 나서 벌써 두 달이 흘렀건만 아직도 생리를 하고 있지 않았다. 분명 조그만 부정출혈이 있긴 했었다. 그때 생리가 거의 끝나갈 때였고 그게 사후피임약의 증상이라고 생각하고 넘겼다. 그럼 그건 조금 남아 있던 생리혈이었던 걸까?

사후피임약의 호르몬 문제 때문에 생리가 하지 않는다고 생각했다. 게다가 두 달 보름이 다 넘어가는데 시작할 기미마저 보이지 않았다. 그걸 생각해서 그런 걸까?

또다시 토악질이 시작되었다. 말도 안 된다고 생각하며 그녀는 빠른 걸음으로 카페에서 빠져나왔다.

"미안. 나 먼저 가볼게."

근처에 약국이 없나 둘러보았지만 그녀의 눈앞에 보이는 것은 없었다. 가만히 생각했다. 그때 분명 처방전을 받아 병원을 가서 소화제와 함께 약을 받았다. 이런저런 생각을 하면서 약을 다 꺼내놓고 사후피임약을 먹지도 않고 쓰레기통에 그대로 던졌던 게 이제야 떠올랐다.

스스로 미쳤다고 자책하며 이마를 짚었다. 도로를 건너볼까 생각하는데 누군가가 팔을 낚아챘다. 다름 아닌 훈민이었다.

"뭐야, 갑자기 왜 그래?"

"나 큰일 났어."

"왜?"

"나 생리 두 달째 없어."

그의 눈이 커졌다. 순간 정적이 흐르고 그가 먼저 발걸음을 옮기기 시작했다. 그에게 팔목이 잡혀 있던 그녀도 당연히 이끌려 걷고 있었다. 그녀가 찾을 땐 그렇게 없었던 약국을 순식간에 찾아 낸 그가 임신 테스터기를 샀다. 그리고 근처에 있는 모텔로 향했다.

훈민은 부끄러움도 없는 모양이었다. 구석진 곳이라 사람들이 없긴 하지만 지금은 해가 쨍쨍한 대낮이었다. 그런데 아주 당당하게 현금도 아닌 카드로 결제를 하고선 키를 받아 들고 그녀를 끌고 가기 시작했다. 방에 들어서서 문을 닫자마자 훈민이 머리를 쓸어 올리며 침대에 걸터앉았다.

"그때 처방 받으러 갔다고 했잖아. 약 안 먹었어?"

"소화도 안 되는 것 같고 그래서 소화제도 샀는데 그것만 먹은 것 같아."

훈민의 표정은 심각했다. 이렇게까지 심각한 훈민의 표정은 처음이라 나래는 당혹스러우면서도 계속 멍한 기분을 떨칠 수가 없었다.

모텔 방 안으로 들어와서도 나래는 멍했다. 훈민은 작은 상자에서 테스터기를 꺼내 그녀의 손에 쥐여주며 화장실 안으로 들여보냈다. 문이 탁 닫히고 나서도 나래는 현실이 맞는 것인지 헷갈려 여전히 멍한 상태였다.

"생리 바로 끝나고 나면 거의 임신 가능성 희박하지 않던가?"

"여잔 365일 가임기거든?"

"우선 너 하고 나서 사실대로 말해. 알았어?"

문 바로 앞에 서 있는 것인지 그의 목소리가 엄청 크게 들려왔다. 이래서야 볼일도 제대로 볼 수 없겠다, 라고 속으로 외치고 있었지만 목소리는 입을 타고 나오진 못했다. 어쨌거나 그녀는 지금 무척이나 떨고 있었다.

결국 변기 위에 앉았다.

'안 돼, 안 돼' 를 외치며 살짝 실눈을 떴다. 두 줄이면 임신이고, 한 줄이면 임신이 아니라고 했다.

휴…….

다행이었다. 임신은 아니었다. 분명히 여러 가지 스트레스가 쌓여 생리를 제대로 하지 않고 있던 것이었다. 입 주위에 난 뾰루지가 그 사실을 알려주고 있었다. 두 손을 모아 감사의 기도를 하며 화장실 문을 열었을 때 역시 예상대로 그가 앞에 서 있었다.

"뭐야?"

"한 줄. 아니야."

"진짜야?"

"못 믿겠으면 확인해보든지."

"확인해봐야겠어."

그가 진짜 화장실 안으로 들어가려고 하자 그녀가 저지했다. 정말 임신이 아니었지만 왠지 그 테스터기를 보여주는 것은 싫었다.

갑작스러운 피곤이 밀려왔다. 긴장이 풀려서 그런가? 이젠 잠도 오는 것 같았다.

그녀는 커다란 침대로 가서 털썩 드러누웠다. 철썩거리는 소리는 꼭 파도 같았다. 물침대가 있는 이 모텔은 평소 가던 모텔의 싸구려가 아닌 모양이었다. 잠복이나, 범인 검거를 위해 지방을 갔을 때 갔던 모텔들의 침대와는 차원이 달랐다.

"야, 신훈민."

"왜?"

그는 인상을 찌푸린 채 화장대 의자에 걸터앉아 있었다. 그는 외모만 멋있었다. 절대 외모만. 어떻게 남자가 여자 화장대 앞에 앉아 있는데 잘생겨 보일 수가 있는 것일까? 어렸을 때부터 여자들이 훈민의 얼굴만 보고 좋아했던 일이 새삼 떠올랐다.

무뚝뚝하고 나쁜 남자 기질이 제대로 흐르는 그를 보며 사춘기 시절 여학생들은 더 열광했었다. 물론 그 인기는 지금도 현재 진행 중이었다.

"그러고 보니 너 여자 친구 안 만드냐? 너도 슬슬 연애하고 결혼해야 하지 않냐?"

"뭐, 그래야지."

훈민이 무심하게 대답했다. 그래, 이제 어정쩡한 관계를 끊어내야 했다.

"그런데 나 좋다는 여자가 없다."

"거짓말."

입을 삐죽 내밀며 나래가 몸을 뒤척였다. 이 물침대는 너무나 편하고 따뜻하기까지 해서 사람을 미칠 듯한 잠으로 빠져들게 만들 것 같았다. 눈이 가물가물 감겨오기 시작했다. 맥이 탁 풀려서 그런지 온몸에 힘도 들어가지 않는 것 같았다.

"훈민아."

"또 왜?"

"내가 만약 아주 만약, 임신을 했었으면…… 너 어떻게 하려고 했어?"

대답이 듣고 싶었다. 그런데 이 망할 놈의 눈은 자꾸만 감기려하고 있었다. 그래, 눈꺼풀은 천하장사도 이기지 못한다고 했다. 애써 눈에 힘을 주었지만 그녀의 눈은 여전히 흐리멍덩한 상태로 점점 더 감기고 있을 뿐이었다.

그리고 꿈인지 현실인지 구분이 되지 않을 때쯤 그의 목소리가 들렸다.

"붙잡았을 거야."

모텔에서 들었던 그 목소리가 꿈인지, 현실인지 잘 몰랐지만 나래는 굳이 묻지 않았다. 사실 훈민과 감정적으로 묶여 있고 싶은 생각이 없었기 때문이었다. 알고 있다. 그가 책임감이 없는 사람이 아니라는 것도, 오히려 한번 맡은 일은 어떻게 되었든 완성시키고 마는 인간이었다. 그래서 사실은 무서운 생각이 더 강했다. 혹시나 괜한 발목을 잡는 게 아닐까 하고.

그건 괜한 기우였던 모양이다. 분명 그의 감정이 '그 일'이 있고 난 후 달라졌다고 생각했었다. 하지만 역시나 신훈민은 달라지지 않았다. 분명 저 앞에 있는 여자도 용기 내어 한 고백일 텐데 어떻게 저렇게 무표정한 얼굴로 삐딱하게 서서 난 관심 없으니 사라져라 하는 얼굴을 하고 있는 것일까?

확실히, 아니 정확히 말해 그는 싸가지가 없는 남자였다. 어떻게 관심 있다고 표현하는 여자에게 저리 냉정한 말투로 '난 관심 없으니까 알아서 끊어.' 라고 잘라 말할 수 있는 것일까?

다행히 모텔 사건 이후 마음이 편해져서인지 생리가 시작되었고 조사 결과도 제법 순조로웠다. 그 압발이 쓰던 마티즈를 찾아낸 것이었다. 기쁜 마음으로 한걸음에 달려갔지만 대포차라는 것을 안 순간 그녀는 열이 치밀어 올라 저도 모르게 거친 욕설을 내뱉으며 차를 뻥 걷어찼다.

현재 과장의 부재로 그렇지 않아도 민 반장이 대리로 수사 명령을 내리고 있었다. 쭉 하던 수사라 직원들은 늘 하던 대로 나가고 있었지만 검사는 꽤 불만이 많은 듯했다. 하필 오늘 훈민이 아침에 혼자 사무실에 있던 게 탈이었다.

아침부터 들이닥친 검사에게 한소리를 들었는지 그는 이마에 내천 자를 그리고 무려 참을 인을 서른 번은 삼킨 것 같았다. 오늘 신훈민 상대하기 꽤 까다롭겠구나 생각했지만, 그는 오늘 다른 여직원의 고백을 받고 심드렁해진 듯했다. 그는 화도 내지 않고 현장에 나오면 늘 그렇듯 아주 날카로운 눈매로 더 이상 볼 것도 없을 것 같은데 작은 차를 마치 해부라도 하겠다는 일념으로 안까지 꼼꼼하게 뒤지고 있었다.

"그게 뭐야?"

"이 유류품, 국과수에 좀 넘겨."

그는 직원에게 무엇인가를 건네주고 있었다.

"뭔데?"

"머리카락 같은 거. 혹시 몰라서. 젠장, 지독한 새끼. 걸리기만 해봐. 내가 척추 마디 하나하나를 씹어줄 테니까. 이런, 씨!"

차 문을 쾅 닫다 손가락이 걸린 모양이었다. 훈민의 약지 손톱이 살짝 으깨져 있었다. 보기만 해도 아파 와서 나래는 저도 모르게 자신의 손가락을 잡았다. 그러게 감정적으로 행동하지 말라니까 그는 늘 그렇게 해서 피를 보는 타입이었다.

나래가 고개를 저으며 고개를 돌리다 민 반장과 눈이 마주쳤다.

"반장님, 잘 쉬셨어요?"

민 반장은 겨울에 가지 못한 휴가를 다녀오는 길이었다. 신나게 인사를 하고 민 반장이 사 왔다는 감귤 초콜릿을 받아 들고 신나게 먹었다. 그러다 저번에 있었던 선 생각이 났다. 나래의 낭패감이 짙은 얼굴을 보고 민 반장이 픽 웃었다.

"박 경사, 그렇게 안 봤는데 은근히 엉큼하네?"

"제, 제가요?"

"남자 친구 있는 거 왜 말 안 했어?"

"남자 친구요?"

그래, 생각해보니 정우는 훈민을 보고 남자 친구라고 오해를 했을 수도 있었다.

하여간 저 녀석은 왜 하필 그곳을 쫓아와서.

아니, 그때는 그럭저럭 넘겼지만 정말 훈민은 왜 거기까지 쫓아왔던 걸까. 정말 방해를 하고 싶어서?

요즘의 훈민은 생각을 읽을 수 없을 때가 훨씬 많았다. 원래 단순해서 다루기 쉽다고 생각했었는데. 아니, 어쩌면 그녀의 머릿속이 복잡해져서 조그만 것도 괜히 크게 부풀려 생각하고 있을지도 몰랐다.

"언제 소개 좀 시켜줘 봐."

"그게……."

이럴 땐 잔머리도 돌아가지 않는다. 어떻게든 피해야 된다는 생각은 하지만 막상 댈 핑계가 없었다.

"그거 전데요."

이럴 때의 훈민은 정말 때려주고 싶다. 민 반장은 놀란 건지 눈을 크게 뜨며 훈민과 나래를 번갈아 보았다.

"뭐야, 신 경장이 따라갔었어? 내 조카가 그리 못 미덥던가?"

"우연히 만난 겁니다, 우연히. 반장님 조카가 오해한 거예요."

방금 전 때려주고 싶다는 건 보류해야 할 것 같았다. 웬일로 훈민이 그녀 대신 핑계를 대주다니. 아무래도 조만간 고깃집에 데려가 한우를 사주어야 할 것 같았다.

"저녁은?"

"오늘 가족모임 있어서요."

"두 사람 가족들은 참 친해서 보기 좋아. 그럼 내일 보자고."

"들어가세요."

민 반장에게 인사를 하고 두 사람은 차에 올라탔다. 오랜만에 있는 두 가족의 모임이었다.

아니, 원래 한 달에 한 번씩은 있었지만 늘 두 사람이 현장 추적 때문에 바쁘다 보니 다 함께 모이는 건 어려운 일이었다. 러시아워에 걸리기 직전 레스토랑 앞에 도착한 게 다행이었다. 아마 오늘 또 지각을 했다간 벌금을 어마어마하게 물었어야 했을 것이다.

사실 저번 여름 휴가여행도 그녀와 훈민이 모임에 지각을 하거나 빠져서 낸 벌금이 경비의 절반 정도는 됐었다. 하여간 모든 건 신훈민이 문제였다. 뭐하러 벌금제 같은 걸 도입해서. 물론 벌금을 제일 많이 낸 사람은 훈민이었다.

이번 모임엔 얼마 전 외국 콩쿠르에 나가 1등을 한 정음도 와 있었다. 유학 중이라 만나기 쉽지 않았는데 한국에서 콘서트가 있어 들어온 모양이었다. 같은 배에서 태어났는데 어찌 저렇게 두 남매가 다른 것인지 나래는 혀를 끌끌 찼다.

아니, 사실 피아노를 계속했으면 훈민도 이렇게 옆에 없었을 수도 있었다. 왠지 옆에 훈민이 없다는 게 상상이 가지 않았다. 하지만 그런 생각을 하고 있는 자신이 더 싫어져 나래는 고개를 빠르게 내저었다.

"우리 나래는 가면 갈수록 예뻐지네."

"고맙습니다."

아마 훈민이 정하의 반만 닮았어도 성격이 정말 좋았을 것이라 생각되었다. 하지만 그는 대체 누구를 닮은 건지 도무지 알 수가 없었다. 주변 사람들을 보지도 않고 묵묵히 앉아서 입안으로 계속 듬성듬성 썬 고기를 집어넣는 것만 봐도 절로 고개가 흔들어졌다. 어떻게 인사를 하고 단 한마디도 없이 그저 밥만 먹으러 왔다는 것을 여실히 보여줄 수 있는 걸까.

"만나는 사람은?"

세륜이 물어왔다. 나래는 살짝 웃으며 고개를 좌우로 흔들었다. 지금은 일이 바쁘기도 했거니와 누군가를 만나서 신경 쓸 여유 따윈 전혀 없었다. 물론 거기에 8할은 신훈민이 얹어주었다.

"우리 훈민이는 경찰서에서 인기 없지?"

정하는 정말 아무것도 모르고 있음이 분명했다. 물론 모를 테지. 그가 자신의 사생활을 떠벌리고 다니는 타입도 아니었고. 의외로 훈민은 그녀가 아닌 다른 사람들 앞에선 꽤 무뚝뚝한 편이었다.

아니, 사실 거의 없는 취급을 할 때도 있었다. 아마 친구가 아니었다면 나래 역시 훈민에게 그저 지나가는 여자 1쯤으로 보였을 것이다. 이런 친구인 걸 다행으로 여겨야 하는 걸까?

"모르셨구나. 훈민이 경찰서 내에서 연애하고 싶은 남자 1위예요."

그제야 훈민이 먹던 것을 멈추고 나래를 쳐다보았다. 거의 찢어 죽일 듯한 표정으로. 그래, 오늘 훈민은 그녀를 위해 민 반장에게 핑계까지 대주었는데.

훈민이 입맛이 떨어졌다는 듯 냅킨을 치워내고 포크와 나이프를 한손으로 꽉 쥐었다. 그리고 거기서부터 정하의 호들갑이 시작되었다.

“어머, 정말? 그런데 왜 여자 친구 안 데리고 오는 거야? 우린 빨리 며느리가 보고 싶단다, 아들.”

“그래, 좀 데려와 봐.”

이번엔 세륜까지 거들고 있었다. 계속 노려보고 있는 훈민을 보고 나래는 재미있다는 얼굴로 웃고 있었다. 그래, 한우를 사주면 언제 그랬냐는 듯 화가 풀릴 것이다. 나래가 별말을 할 생각이 없어 보이자 결국 귀찮다는 듯 훈민은 목덜미를 쓸어내리며 말했다.

“아, 관심 없어. 여자 같은 거. 아직 서른도 안 됐는데 결혼은 무슨. 그리고 밥을 땐 밥만 먹읍시다, 체하겠네. 아들이 밥도 못 먹고 범인 잡아들이느라 얼굴 홀쭉해진 거 안 보여요?”

“그래, 밥 먹자. 훈민이가 이런 거 싫어하는데.”

결국 은우가 제지에 나섰다. 훈민은 은우를 조금 무서워했었다. 아주 어렸을 때부터. 은우는 훈민을 친아들처럼 귀여워했는데 말이다. 싫은 것과 별개로 그냥 무서워한다는 게 재미있었다. 훈민이 잠시 먹던 것을 멈추고 마치 구세주라도 본 듯 두 손을 끌어모으고 은우를 쳐다보았다. 꼭 애니메이션 장화 신은 고양이를 보는 느낌이었다.

그럼에도 불구하고 세륜은 계속해서 아들의 심기를 건드리고 있었다.

"이러다 아버진 죽기 전에 손주 하나 못 보고 죽겠구나."

"그만하시죠, 아버지?"

"손녀는 꼭 보고 싶었는데."

결국 훈민이 들고 있던 포크를 턱 내려놓고 자리에서 벌떡 일어섰다.

순간 정적이 흘렀다.

그러나 세륜은 신경도 쓰지 않는 듯했다. 그건 정하 역시 마찬가지였다.

"그러고 보니 오랜만에 우리 아들이 쳐주는 피아노가 듣고 싶네?"

"그래, 엄만 꼭 듣고 싶다."

진정 저 부모는 아들의 속을 헤아릴 마음도 없는 건가? 저렇게 신경질 난다는 것을 온몸으로 표현하고 있는데.

"그래, 오빠. 나도 간만에 듣고 싶다."

그건 그의 여동생도 마찬가지였다. 저 식구들은 마치 우주에서 온 생명체 같았다. 어떻게 정음이까지 오빠의 속을 헤아리지 않는 것일까? 게다가 그는 우석이 죽은 뒤로 한 달간 미친 듯 피아노를 치고 그 뒤론 그 근처에 얼씬도 하지 않았다.

"손 많이 굳어서 안 될 텐데."

이제껏 화를 냈으면서 또 당연하다는 듯 피아노 앞으로 걸어가는 그는 뭐란 말인가? 하여간 생각을 읽을 수 없는 종족들이었다.

콩쿠르를 끝으로 피아노를 거들떠보지도 않던 훈민은 우석이 죽고 나서 마치 화풀이를 하듯 피아노를 두들겨댔다. 나래는 정말 훈민이 피아노를 상대로 화풀이를 하고 있다고 생각했다. 피아노를 정말 좋아해 완급이 쉽지 않다고 해놓고선 망치려고 드는 사람 같았다.

악기를 함부로 다루는 것을 좋아하지 않는 세륜이 말릴 거라고 생각했다. 하지만 세륜은 그저 얌전히 훈민이 치는 연주를 들었다. 그리고 그때 이후로 훈민은 피아노를 치지 않았다. 간혹가다 바이올린이나 기타 정도는 치곤 했지만 피아노 근처엔 얼씬도 하지 않았다.

그가 하얀 그랜드 피아노 앞에 앉았다. 옷을 갖춰 입지는 않았지만 '패완얼'이라는 말이 있지 않던가. 패션의 완성은 얼굴. 다른 사람들은 정복에 대해 감탄의 시선으로 보았지만 나래에겐 그냥 무딘 패션으로 보였다.

레스토랑 안에 있는 모든 사람들이 갑작스런 그의 돌발행동에 기대하는 눈빛으로 우러러보고 있었다. 세륜이 매니저에게 뭐라 말을 하자 곧 홀 안의 음악이 꺼지고 잠시 정적이 흘렀다. 나래는 시선을 돌려 훈민을 바라보았다.

뭐, 은은한 조명 아래 앉아 있으니 그가 조금 멋있어 보이기도 했다. 게다가 오늘은 경찰서에서 오전에 행사가 있어 정복까지 입고 있으니 더욱 그럴듯했다. 평소엔 별 감흥 없던 정복을 이곳에서 보니 또 다르게 보이는구나 싶어 신기하기도 했다.

그가 연주하는 곡은 스메타나의 몰다우 강이었다. 정확히 피아노를 그만둔 지 10년이 되었지만 다시 연주를 시작한 그는 여전히 화려하고 기교가 넘쳤다.

오리지널 오케스트라 버전에서 좀처럼 듣기 힘든 수많은 음표들이 얼마나 매력적인가를 그는 직접 그 손으로 들려주고 있었다. 오케스트라의 음과 이토록 다를 수도 있다니. 역시 그가 그 길로 가지 않은 것은 조금 많이 아까웠다. 하지만 듣기 좋았던 그의 연주는 채 2분도 되지 않았다. 그가 자리에서 일어서자 모든 사람들이 앙코르를 외치며 박수를 치고 있었다.

"죄송합니다, 악보가 기억나지 않아서. 오늘은 여기까지만."

너무나도 거만한 표정으로 피아노 무대에서 내려오는 그를 보고 나래는 픽 웃어버렸다. 그 모습을 그도 본 모양이었다.

"야, 넌 악기 연주할 줄 아는 거나 있냐? 없는 주제에 비웃긴."

사실 그녀는 예술에 별 재능이 없었다. 그래서 도레미만 배우고 피아노를 때려치웠다. 그렇게 소연이 피아노 학원에 보내주겠다고 말했었지만 그녀는 고개를 내저으며 거절했었다. 피아노를 사준다는 말에도 넘어가지 않았다. 하지만 훈민이 연주하는 것을 듣는 것은 좋아하는 편이었다. 그래서 듣는 귀의 수준만 높아졌다.

이후로 계속되는 식사시간은 화기애애했다. 그때 소연이 훈민의 손을 자세히 보더니 아픈 표정을 지었다.

"어머, 훈민아, 손가락이……."

"아, 별거 아니에요, 아주머니."

저거야 지가 부주의로 인해 차 문에 찧인 것 아니던가. 소연은 그 아픈 손으로 어떻게 그런 연주를 했냐며 대견하다는 듯 그를 쳐다보았다. 이럴 때면 나래는 왠지 꼭 그가 꼭 부모님의 친아들이 된 것 같아 은근히 기분이 나쁘곤 했었다.

버젓이 박찬빛나리라는 아들이 있으면서도 저렇게 훈민을 예뻐하다니. 그래서 나래는 어릴 때 훈민이 그녀의 집에 놀러 오는 것을 유난히 싫어했다. 그녀 역시 훈민의 집에 놀러 가면 그가 받는 대우와 똑같이 받았지만 사람 욕심이란 게 원래 다 그렇지 않던가.

그때 그녀의 휴대폰이 진동을 울리기 시작했다. 여전히 눈으론 그를 흘겨보며 전화를 받았다. 다름 아닌 동료의 연락이었다.

"네, 박하얀나래입니다."

–박 형사, 빨리 서로 와줘야겠어.

"무슨 일이신데요?"

–압발에게 당한 피해자 같아.

"지금 당장 가겠습니다. 죄송해요, 먼저 가보겠습니다. 다음에 뵐게요."

그녀는 뭐라 말할 새도 없이 손에 휴대폰만 들고 뛰기 시작했다. 이렇게 빨리 다음 피해자가 나온 것은 처음이었다. 어쩌면 놈이 무언가를 흘렸을지도 모를 일이었다.

"야! 택시 타고 갈 거냐?"

"빨리! 빨리!"

"거, 자식. 되게 성질 급하네."

정작 성질 급한 사람은 그였다. 신호도 거의 무시할 기세로 얼마나 세게 밟아댔던지 차에서 내렸을 때 그녀의 단정하게 묶었던 머리는 거의 풀린 뒤였다.

하지만 그것에 신경 쓸 시간도 없이 사무실을 향해 뛰기 시작했다.

"헉, 헉! 피해자는요?"

"들어가 봐."

장 형사가 고갯짓을 했다. 나래는 몇 번이나 숨을 고르며 머리를 다시 깔끔하게 묶고 상담실 안으로 들어갔다. 순간 나래는 잠시 멈칫했다. 피해자인가 싶을 정도로 너무나 멀쩡했던 모습 때문에 그랬다. 하지만 이내 부드럽게 웃으며 의자에 앉았다.

"안녕하세요. 담당을 맡고 있는 박하얀나래입니다."

"김민경입니다."

검은 단발머리에 단정한 이목구비를 가지고 있어 상당한 미인인 여자는 딱딱한 말투로 인사를 대신했다. 나래는 최대한 침착한 표정으로 조사서를 살피며 민경과 이야기를 나누었다. 굉장히 침착해서 정말 피해자가 맞나 싶을 정도였다. 게다가 그녀 역시 일류대 출신에 현재 대기업 팀장으로 재직 중에 있었다. 산부인과에서 벌써 검사까지 마치고 경찰서로 찾아왔다고 했다.

"전 수사에 적극 협조할 생각입니다."

"얼굴을 보셨나요?"

"네, 그리고 턱 근처를 손톱으로 긁었어요. 결과는 국과수에서 2, 3일 후쯤 나올 거라고 하더군요."

"저희도 최선을 다해서 잡겠습니다. 많이 힘드시겠지만 협조에 많은 참여를 해주신다……."

"미친개한테 한번 물렸다 하고, 그리고 남들 눈도 있어 넘어가려고 했지만 그건 영혼살인이잖아요. 용서할 수 없는 거겠죠. 대한민국의 남자들에게만 유리하게 돌아가는 법. 이번 기회에 좀 바꾸자고요, 박하얀나래 경사님. 피곤해요, 오늘은 이만하죠."

정말 당당한 여자라고 생각했다. 말까지 끊으며 저렇게 할 말 다 하고 일어나다니. 순간 얼굴이 굳었을지도 모른단 생각에 재빨리 웃었다. 국과수에서 결과가 오는 대로 연락을 하겠다고 말하고서야 나래는 상담실에서 나올 수 있었다.

별로 많은 일을 한 것도 아닌데 극심한 피로가 몰려오고 있었다. 뭐랄까, 범인을 잡는 데 협조를 하겠다고 말하는 민경이 고마우면서도 부담스럽다고 해야 하나? 그냥 오늘 하루는 공치고 이대로 잠이나 잤으면 좋겠다 싶었다.

"신 경장은요?"

"현장에."

"아, 나 좀 데리고 가지."

"참, 이거 맡기고 가던데?"

장 형사가 건네 준 것은 그의 차 키였다. 대체 이것을 왜 준 것일까 생각하다 나래는 주차장으로 발걸음을 옮겼다. 사람들이 왔다 갔다 하는 숙직실보다 나을 것 같아 보조석에 드러누웠다. 그러고 보면 훈민이 은근히 이런 머리가 잘 돌아간다고 생각하며 천천히 잠이 들었다.

누군가가 조심스럽게 이마를 만지는 느낌에 나래가 천천히 눈꺼풀을 들어 올렸다. 그 손길은 이마에서 코로, 입술로 흘러 내려갔다. 시야가 흐릿했지만 어차피 이 차에 들어올 사람은 훈민뿐이었다.

"야, 너 뭐 하냐?"

원래 차에서 잘 자지 못하던 나래임에도 불구하고 워낙 피곤해 저도 모르게 숙면을 취한 탓인지 목소리가 낮게 깔려 있었다. 그는 검지를 이용해 그녀의 앞머리를 빌빌 꼬고 있었다.

"아주 그냥 잘도 자더라. 차 문은 잠그고 자야지 누가 들어오면 어쩌려고. 계집애가 겁도 없지."

"경찰차에 누가 들어오겠냐? 경찰이겠지. 뭣 좀 건져냈어?"

시계를 보니 벌써 새벽 1시가 넘어가고 있었다. 이 좁은 차 안에서 무려 3시간이나 쪼그리고 잤다는 게 신기할 지경이었다.

"건져내긴 뭘. 야, 그만 자. 집에 가서 자."

"안 돼. 집에 가면 나리 자식 시끄럽게 군단 말이야. 제대한 지 한 달이 다 되어가는데 게임 때문에 시끄러워 죽겠다."

"그럼 우리 집으로 가자."

비몽사몽 잠에 취해 있어 나래는 고개를 끄덕였다. 얼마나 잠에 취해 있었는지 꼭 술에 취한 느낌이었다. 흔들거리는 발걸음으로 훈민의 어깨에 기대어 집 안으로 들어왔다. 그깟 거리가 얼마나 된다고 훈민은 그녀와 같이 침대로 벌러덩 누워 숨을 몰아쉬고 있었다.

그때 훈민과 눈이 마주쳤다.

"싫어?"

"뭐가?"

그녀가 대답을 끝내자마자 몸을 확 당겨 안더니 이내 훈민이 입을 맞춰오기 시작했다. 그녀는 몸을 꼬면서 힘이 들어가지 않는 다리로 그를 밀어내려고 했다. 하지만 훈민은 그녀의 두 다리를 자신의 다리에 끼우고 아예 움직이지 못하게 만들었다. 마구잡이로 입안으로 파고드는 그의 혀를 피하자 더 오기가 나는 모양이었다. 결국 더 이상 도망치지 못한 채 서로의 혀가 얽혀들었다.

겨우 입술이 떨어지자 입에서 진한 한숨이 새어 나왔다. 그러면서도 살짝 아쉬운 느낌이 드는 건 무슨 심리인 걸까? 정말 그동안 너무 굶어서?

아니, 사실 '그날' 이후로 없던 일로 하자던 건 자신이 아니었던가. 문득문득 떠오르는 '그날'의 일 때문에 스스로 미쳤다고 생각하면서 몇 번이나 머리를 쥐어박기도 했었다.

이번엔 그녀가 먼저 그의 목을 감싸 끌어당겼다. 이젠 없었던 일로 하자고 하기엔 서로의 기억이 너무나 선명해 더 이상은 외면할 수가 없었다. 결국 나래는 지금까지와는 달리 노선을 조금 틀어보기로 마음먹었다.

확실히 그의 키스는 뭐랄까, 깊고 강하다고 할까? 이젠 잠도 완전히 깨버렸겠다, 거칠 게 없었다. 그녀는 침대에 손바닥을 잡고 천천히 일어났다. 그도 그녀를 끌어안으며 자신의 무릎 위에 앉혔다. 그녀가 받아들이겠다는 자세를 취하자 그의 혀는 더 이상 거침이 없었다. 그녀의 입술을 살짝 끌어당겼다가 입 안쪽 깊은 곳까지 샅샅이 맛보았다.

"좋은가 본데?"

훈민의 목소리엔 웃음기가 배어 있었다.

"재밌어?"

그녀의 물음에 입을 맞춰오던 훈민이 혀를 빼내고 그녀의 윗입술을 살짝 훑었다. 반사적으로 그녀가 혀를 빼내 훈민이 방금 전 훑었던 윗입술을 핥자 그의 표정에서 웃음이 사라졌다.

"많이 늘었다, 박하."

"야, 까놓고 말해봐. 여자 얼마나 만나봤어? 내가 모르는 여자들도 많지?"

스스로 이런 질문을 한 입을 때리고 싶었다. 이런 이상한 곳에서 질투라니.

아니, 질투?

하늘의 말대로 정말 남녀 사이에 친구는 없는 모양이었다. '술과 밤이 있는 한 남녀 사이에 친구는 없다.'는 말은 진리고 법이었다.

"아, 몰라."

"모르긴 뭘 몰라. 빨리 말……."

그가 다시 다급하게 입을 맞추어 오기 시작했다.

"아, 젠장. 너 진짜 예쁘다?"

"뭐?"

잘못 들은 게 아닐까 싶어 되물었는데 그는 더 이상 말을 하지 않았다.

"안기고 싶다고 말해."

나래는 저도 모르게 고개를 좌우로 흔들었다.

"젠장, 내가 못 참겠네."

그는 강하다. 정말 속궁합이라는 게 있는 것일까? 이대로 잡혀 먹어버리는 것 같은 느낌이 들 정도다. 왠지 무서운 느낌이 들었다. 그래서 나래가 단단한 그의 가슴을 두 팔로 밀었다. 하지만 그는 그 거부 자체를 용납하지 않는 듯했다. 오히려 그녀의 어깨를 강하게 끌어안으며 몸을 밀착해올 뿐이었다.

정말 이대로 지내도 괜찮은 걸까? 훈민은 사귀자고 딱히 말을 하진 않았지만 이미 그런 식으로 해석한 모양이었다. 하지만 그녀가 두려운 건 그 뒤였다. 사귀게 되었지만 역시 우린 친구가 좋겠다며 다시 돌아가자고 한다면? 그녀는 솔직히 다시 예전으로 돌아갈 자신이 없었다.

그때 턱이 아릿하게 아파왔다. 훈민이 강한 힘으로 그녀의 턱을 붙잡아 시선을 맞춘 것이었다.

"나랑 할 땐 나한테만 집중해."

그가 다시 입을 맞추어왔다.

아무래도 정신 나간 짓이었다. 친구 사이에 이런 짓이 어떻게 가능하단 말인가? 물론 그가 비주얼적으로 완벽한 건 사실이었다. 그와 함께하는 것에 대해 만족감을 느끼는 것도 사실이었고. 이대로도 좋지 않을까 싶었지만 그럴 유혹에 넘어갈 만큼 그녀는 어린애가 아니었다. 그럼에도 불구하고 떨리는 마음은 뭐란 말인가? 이러다 변태가 되는 건 아닌지.

"뭐 해? 출근 준비 안 해?"

어젯밤 그렇게 뜨거운 밤을 보낸 사람이 맞는 걸까? 훈민은 여전히 예전과 다름이 없는 모습이었다. 왠지 실망스럽기도 하고, 화가 나는 건 대체 왜일까? 나래는 한숨을 내쉬며 욕실로 들어갔다.

결국 머리 감는 건 포기해 경찰서에 와서 해야 했다. 대충 머리를 닦아내고 폐인의 모습으로 사무실로 돌아왔을 땐 책상 위에 산더미처럼 쌓인 자료들이 그녀를 반기고 있었다. 결국 그녀는 오전 내내 서류를 훑느라 정신이 없었다.

"커피 한잔하자? 밥도 좀 먹으면서 해야지, 인간이. 먹고살려 하는 짓인데."

훈민의 말에 시계를 보았을 땐 오후 12시 40분을 가리키고 있었다. 자리에서 일어나는데 다리 사이가 묵직한 느낌이 들었다. 몸이 왜 이러는지는 그녀가 가장 잘 알고 있었다. 사무실을 빠져나와 휴게실로 들어서자 그녀가 그를 막아 세웠다.

"확실해야 할 것도 있지 않겠어?"

"뭐?"

"다른 사람이 생기면 제일 먼저 말해주기. 웃긴 사람 되긴 싫으니까. 진짜 사랑하는 사람을 만나면 축하해주기. 좀 질투 날지도 모르겠지만. 그리고 제일 중요한 거. 서로의 사생활엔 터치 안 하기."

“다 알고 있는 사실이네. 잔소리 좀 그만해라. 귀 따가워.”

그가 더 이상 듣기 싫다는 듯 귀를 후비며 휴게실에서 빠져나갔다. 하긴, 그는 집착이나 통제를 싫어하는 타입이었다.

그리고 지금 저렇게 말한다는 건 설마…….

나래는 아닐 거라고 머리를 흔들며 그를 따라나섰다.

“설마 사귀는 걸로 알고 있는 건가? 그리고 내가 너무 마누라처럼 굴었나? 야! 신훈민, 같이 가! 야! 밥 사준다며!”

그녀의 목소리에 그가 픽 웃으며 뒤돌아섰다. 나래는 괜히 훈민의 어깨를 툭 쳤다. 그런데 갑자기 훈민이 고개를 숙이며 말했다.

“야, 목 좀 가려라. 나 어젯밤 황홀한 밤을 보냈어요, 하고 광고하고 다닐 일 있냐?”

그 말에 놀라 그녀는 재빨리 화장실로 향했다. 목, 아니 정확히 말해 쇄골 부근에 그가 남긴 키스마크들로 가득했다. 나래는 이를 갈면서 단추를 채워야 했다.

그리고 하나 더 규정을 세우기로 했다. 절대 몸에 흔적을 남기지 말기로!

감식 결과가 나왔다는 말에 훈민은 먹던 밥도 팽개칠 정도로 바쁘게 움직였다. 재빨리 국과수로 향했지만 결과는 예전과 똑같았다. 훈민은 열이 받는지 발로 벽을 뻑 차며 괜한 짜증만 부리고 있었다.

“신 형사, 우리가 못 잡고 싶은 것도 아닌데 그렇게 화내지는 말지?"

종욱은 훈민과 나래의 고등학교 선배였다. 의사로서 어쩌면 편히 갈 수 있었던 길을 두고 이 길로 들어와 제일 많은 고생을 하고 있었다 보면 되었다.

"그나저나 그놈 무슨 특수 분장이라도 하고 있었던 거야? 어떻게 얼굴에서 물감이 나올 수가 있는 거냐."

"국과수 건물이 너무 낡은 것 같네. 빌어먹을 나라님은 뭐 하시나? 이런 거나 좀 해주시지. 친인척 비리에 뻥뻥 쏟아져 나오는 돈만 투자해도 미국 수사 따라잡고도 남아 우주까지 날아가겠네."

"야! 누가 들으면 어쩌려고."

"뭐, 어때? 민주주의 나라에서 욕 좀 하면."

훈민은 조금 전보다 훨씬 크게 목소리를 내며 다시 건물 벽을 걷어찼다.

"그건 훈민이 말이 맞네. 부탁이니까 빨리빨리 승진해서 좀 그래줘 봐라. 머리도 좋은 녀석이."

"머리 좋으면 제가 지금 이 짓 하고 있겠습니까? 사시 합격해서 초고속 엘리트 길을 걷고 있지."

엘리트 검사뿐이겠는가? 그라면 나라를 벌컥 뒤집어엎을 일도 하루가 멀다 하고 뻥뻥 터트렸을지도 모른다. 워낙에 무대뽀 같은 성격 때문에 민 반장도 늘 마음 졸이시지 않던가? 덕분에 유전에도 없는 대머리가 되게 생겼다며 머리 아파했었다. 어쨌거나 오늘도 머리 아파하며 돌아서는 수밖에 없었다.

훈민은 묘하게 감이 좋았다. 또 뭔가 감을 잡은 것인지는 몰랐지만 피해자의 집에 가봐야겠다며 뛰기 시작했다. 나래도 종욱의 떠밀림에 그를 쫓을 수밖에 없었다. 정말 이럴 땐 인간이 아니라 야생동물이 아닐까 싶을 정도로 힘이 넘쳐난다. 누구는 어제 그런 그를 받아들이느라 몸이 부서질 것 같은데.

순식간에 도착한 원룸 앞에서 훈민은 주차도 하는 둥 마는 둥 대충 세워두고 안으로 튀어 들어갔다. 결국 제대로 주차를 하는 건 나래의 몫이었다.

주차를 하고 위로 올라갔다. 당연하겠지만 피해자의 원룸은 텅 비어 있었다. 하긴, 이곳에 누가 있고 싶을까. 3층이라 방심하고 창문을 열어둔 게 화근이었다. 도시가스 배관을 타고 15층도 왔다 갔다 한다는 놈들이 아니던가.

여기저기 둘러보고 있는데 그가 창문을 미세하게 살피더니 이젠 긁어내기 시작했다. 나래는 머리를 긁적이며 그의 옆으로 다가섰다. 얼마나 열중하고 있는지 미간에 주름이 세워져 있었다.

"뭐 하냐?"

"여기 미세하게 긁힌 자국이 있어."

꼭 먹이를 잡는 표범처럼 강렬한 눈빛을 하고 그가 말했다. 미세하게 긁히는 것 정도야 있을 수 있는 일이었다. 윗집에서 뭘 떨어뜨리거나 새가 쪼았을지도. 만약 여기서 정말 대박을 터트려 준다면 사건 종결뿐만이겠는가? 지나친 억측이겠지만 그건 1단계 특진할 수 있을지도 모를 일이었다.

그가 다 파내었을 때 휴대폰이 울리기 시작했다.

"네, 신훈민 경장입니다. 네, 뭐가요? 아뇨, 시간 없어요. 아, 진짜 작은아버지 왜 그러세요."

아마 대한민국 경찰청장을 상대로 저렇게 신경질을 낼 수 있는 인간은 아마 신훈민뿐일지도 모른다고 생각됐다. 뭐가 그리 마음에 안 드는지 머리를 헝클며 전화를 받고 있는 것을 보자 보통 일은 아닌 모양이었다.

"작은어머니만 해도 그래요. 저한테 뭘 바란다고 그러세요. 저 일개 경찰이에요. 그런 대단한 집안 딸을 어떻게 소개받아요. 아, 몰라요. 안 가요. 네? 물론 만나는 사람이야 없지만……."

순간 훈민과 눈이 마주쳤는데 그가 시선을 피하며 말끝을 흐렸다. 분명 그의 말이 맞았다. 그가 현재 만나고 있는 여자는 없었다. 물론 이 시점에서 나래의 속이 살짝 뒤틀리는 것도 사실이었지만.

묘하게 그가 그녀의 눈치를 보는 것이 느껴졌다. 아니, 대놓고 눈치를 보고 있었다. 그래, 혼자 착각하고 있었다. 휴게실에서 그런 말을 할 때는 훈민이 확실히 말을 하지 않아서 그렇지 사실 사귀고 있는 사이가 아닌가 생각했었다. 사귀는 사이에서나 해야 할 일을 두 사람은 했었으니까.

"아무튼 저 지금 바빠요. 제가 다시 전화 드릴게요, 끊어요."

훈민이 거칠게 휴대폰을 끊었다. 그녀가 그를 보고 픽 웃었다.

"너 설마 내 눈치 보냐?"

"내가 눈치를 왜 봐?"

"어떤 여잔데?"

"몰라, 무슨 레스토랑 집 딸이라는데. 내가 알 게 뭐야."

"한번 보지 그래? 너도 적은 나이 아니다."

마음에도 없는 말을 했다. 사실 이런 말을 하고 싶은 건 아니었는데.

그때 갑자기 그가 그녀의 앞으로 다가왔다. 위험을 감지한 나래가 한 발자국 물러섰지만 뒤는 바로 벽이었다. 더 이상 물러설 곳이 없었다. 고개를 들어 올렸을 때 그의 크고 검은 눈동자가 바로 앞에 있었다.

"야, 너 왜 이래?"

"진심이냐?"

"또 뭐가?"

"내가 아무나 만나도 돼?"

절대 안 된다고 외치고 싶었다. 하지만 왠지 그녀만 자꾸 심각한 분위기로 가려는 것 같아 자존심이 상했다. 정작 훈민은 그녀의 몸 말고는 별 관심이 없어 보이는데.

"네 몸이 죽이는 건 사실이지."

이럴 때면 꼭 친구가 아니라 변태를 보는 기분이었다. 뭐, 뻔한 그의 수법에 알면서도 속아 넘어가고 있다는 게 죽일 일이던가? 그녀는 머리를 벅벅 긁었다. 정말 이 모호한 관계를 어떻게 생각해야 한단 말인가. 절로 한숨이 터져 나왔다.

"네 몸이 나쁘지 않다는 건 인정할게."

질 수 없단 느낌에 나래가 살짝 비꼬면서 말했다. 훈민이 픽 웃으며 나래의 얼굴을 슬쩍 쓸어내렸다. 그래, 이런 다정다감한 행동들이 그녀의 가슴을 마구 어지럽혔다. 훈민은 전혀 그걸 모르는 것 같았지만.

저녁 식사자리는 여간 불편한 게 아니었다. 사실 세륜이야 워낙 어렸을 때부터 보고 자라서 편한 느낌이었지만 시륜은 달랐다. 세륜의 동생이고 많이 닮긴 했지만 경찰청장인 데다 묘하게 서슬 퍼런 느낌이 있어 가깝게 대하기기 쉽지 않았다.

사적인 자리에서 만나면 시륜은 편하게 삼촌 정도로 부르라고 했지만 나래에겐 어려운 일이었다. 물론 시륜은 은우에게도 형님이라고 하며 잘 따랐지만.

"나래는 아직도 내가 불편하가 보구나?"

"아니요, 아저씨. 하하, 사실은 네."

나래 역시 솔직한 성격이었다. 그래서 거짓말은 전혀 못 했고 늘 잔머리를 굴리는 훈민과 그녀는 대조적이었다. 훈민은 여전히 먹을 것들을 입에 집어넣느라 정신이 없었다. 나래는 한숨을 내쉬었다.

'내가 미쳤지. 저런 놈하고 어떻게 잘해볼 생각을 했을까. 내 눈이 잠시 미쳤었던 게 틀림없어.'

저 이기적인 유전자를 가진 집안사람들을 보라. 다들 출중한 외모에 품위, 능력까지 가지고 있었지만 훈민에게는 외모 빼고는 하나도 없었다. 그는 경찰중앙학교 시절 때도 겨우 간당간당한 성적으로 발령받아 왔었다. 시골로 빠지지 않고 바로 서로 발령받아 왔다는 것은 여전히 남아 있는 미스터리였지만.

"재희 아저씨가 작은어머니 제일 친한 친구인 것도 알겠고, 그 집 딸이 예쁘다는 것도, 엄청 큰 레스토랑 후계자인 것도 알겠는데요. 저하고는 격이 안 맞잖아요. 게다가 의사라면서요? 머리도 엄청 좋을 텐데. 전 그냥 저하고 맞는 사람 알아서 만나 갈 테니까 신경 쓰시지 말라니까요. 진짜, 귀찮게."

"녀석, 말하는 것하곤. 그렇지 않아도 오늘 오기로 했다."

훈민이 먹던 것을 딱 멈췄다. 물론 그의 집에서 빨리 장가가기를 원한다고는 했지만 훈민은 이제 28살이었다. 여자라면 몰라도 남자는 이제부터가 시작이라고 했다. 어쩌면 주위 가까운 사람들 중 결혼을 한 사람이 없어 먼 일이라고 생각했는지도 몰랐다.

"약속 정하면 너 분명히 안 나갈 거 아니냐."

어느 날 갑자기 훈민이 결혼을 한다. 나래는 뭔지 모를 묘한 감정을 느낄 것 같았다. 뭐, 다 큰 아들을 떠나보내는 어머니의 마음? 아니면 친구를 이제 아무렇지도 않게 불러내지도 못할지도 모른다는 불안함? 그것도 아니면 여동생이 느끼는 오빠의 여자 친구에 대한 질투감? 그것도 아니면 정말 여자로서…….

그때였다. 문이 열리며 살짝 상기된 얼굴로 들어오는 여자는 상상 이상의 미인이었다. 딱 봐도 저 여자가 오늘 훈민의 맞선 상대라는 것을 잘 알 수 있었다. 그녀가 미인이라는 것은 그의 행동에서도 느낄 수 있었다. 입을 딱 벌리고 뚫어질 듯 쳐다보는 모습을 보라. 나래는 고개를 좌우로 흔들었다.

"너!"

하지만 미인이라 그런 반응을 한 건 아닌 모양이었다. 그는 그녀를 알고 있는 듯했다. 입도 다물지 못한 상태로 직접 손가락으로 그녀를 가리키고 있었으니까.

대체 어떻게 아는 사이인지 궁금해졌다. 나래는 훈민의 생활 반경 내에 있는 사람들을 거의 모두 알고 있었다. 하지만 앞에 서 있는 여자는 처음이었다.

"인사해라. 지우와 훈민이는 잘 알 테고."

"네, 아저씨. 오랜만이야, 훈민 씨. 아, 박하얀나래 씨? 맞죠? 이야기는 많이 들었어요. 만나서 반가워요. 김지우라고 해요."

"안녕하세요. 박하얀나래입니다."

뭐가 어떻게 된 건지는 몰라도 지우는 나래를 알고 있었다. 하긴 훈민과 지내온 시간이 몇 년인데. 어렸을 때부터 자석 혹은 바늘과 실이라는 건 모든 사람들이 알고 있을 정도로 유명했었다.

"훈민 씨가 여전히 나래 씨에게 붙어 지내고 있는 모양이죠?"

"네?"

"이제부터 저하고 그래야 할 것 같네요. 어쩌죠? 아직 10년이 지났는데 저 훈민 씨 좋아하고 있는데. 이제 훈민 씨도 한 말에 책임을 져야죠."

10년? 10년 전에 김지우라는 여자를 훈민이 알고 있었단 말인가?

그렇다면 나래가 모를 리가 없었다. 10년 전에도 여전히 훈민과 나래는 가까웠으니까.

훈민은 낭패라는 듯 얼굴을 찌푸리고 있었다.

"야, 그거야 철없는 고등학생 때 했던 이야기 아니야!"

"주민등록증까지 나온 사람들인데 철없는 이야긴가? 나 충실히 유학도 다녀왔고 의사인 데다 이제 레스토랑 물려받을 자격도 되는데 남자라면 약속은 지켜야지, 신훈민 씨."

"젠장, 저 먼저 일어날게요. 뭐 해? 일어나!"

훈민이 팔을 뻗어 거칠게 나래를 일으켜 세웠다. 얼떨결에 훈민에게 끌려 나가면서 나래는 시륜을 향해 고개를 숙였다.

"신훈민, 너 미쳤어? 아저씨, 죄송해요. 다음에 인사드릴게요."

"저 녀석, 성질 급한 거하곤. 나래야, 조심히 들어가라."

그리고 지우를 향해서도 인사를 해야겠다 싶어 고개를 돌리는 순간 지우와 눈이 마주쳤다.

지우는 웃고 있었다. 분명 웃고 있었지만 눈가는 서늘했다. 아니, 서늘하다기보다는 관찰하는 눈빛이었다.

나래는 등골이 오싹했다.

계속 끌려가면서도 이건 너무한다고 생각했다. 손목이 저릿하다 못해 이젠 아파올 지경이었다. 얼마나 꽉 쥐었는지 손은 하얗게 질려 있었다.

"야! 신훈민!"

그녀가 꽥 소리를 지르자 그가 자리에서 멈춰 섰다. 그리고 손에서 힘도 풀었다. 그녀는 손을 풀며 그를 노려보았다.

"미쳤어? 이렇게 끌고 나오면 어쩌자는 거야? 그 여자 누구야? 10년 전에 무슨 약속을 했는데?"

"넌 몰라도 돼."

맞는 말이다. 친구라고 해서 모든 걸 알 필요는 없었다. 그런데 괜히 기분이 나빠졌다. 그녀는 그에게 비밀이 없었다. 성민과 사귈 때만 해도 무슨 일이 있었는지, 왜 싸웠는지, 무슨 선물을 받았는지 모든 것을 털어놓았었다.

그러고 보니 훈민은 아니었다. 늘 그는 비밀이 많았다. 아니, 비밀이 많은 것보다도 자신의 이야기를 잘 늘어놓지 않았다. 여자를 만나도 그냥 만났다는 말만으로 끝냈다.

어쨌거나 레스토랑에서 그녀의 집은 가까웠으므로 훈민과 나래는 같이 걷고 있는 중이었다. 뭔가 묻고 싶은 말은 많은데 정리가 되지 않아 머리가 어지러웠다.

"뭐냐, 이건? 장성민은 왜 또 너희 집 앞에 있어? 저 새끼가 그때 뭐라고 했어?"

"어?"

"장성민이 너네 집 앞에 있다고."

정말이었다. 성민과 할 이야기가 남아 있긴 했었다. 그런데 이렇게 집까지 찾아올 줄은 꿈에도 몰랐다. 나래는 얼떨떨한 얼굴로 계속 걷고 있었지만 훈민이 그녀를 붙잡았다.

"저 새끼가 그때 뭐라고 했냐고."

"다시 시작해보자고."

"그래서."

"뭐가 그래서야."

"너 시작할 거냐?"

당연히 그럴 마음은 없었다. 첫사랑은 그냥 추억으로 남겨두는 게 좋았다.

"난 진짜 저 새끼가 묘하게 싫어. 가만히 기다려봐. 이 오빠가 해결해줄 테니까."

하여간 예나 지금이나 사고치는 덴 선수라고 생각하며 나래가 훈민을 붙잡았다. 훈민이 대체 왜 잡느냐는 눈빛으로 나래를 쳐다보았다. 나래는 혀를 쯧쯧거리며 훈민을 밀쳐내고 앞으로 걷기 시작했다.

성민이 곧 나래를 발견하곤 웃었다. 성민이 환하게 웃는 건 나래가 좋아했던 것이었다. 나래는 밝게 웃는 사람을 좋아했었다. 입매가 시원하게 올라가는 그런 사람들을.

"오빠, 연락도 없이 무슨 일이야?"

"한번 놀래주려고. 너무 실례한 건가?"

"뭐, 딱히 실례라고 할 수도 없는 거지만 반갑지도 않네."

솔직한 나래의 반응에 그럴 줄 알았다는 듯 성민이 소리를 내며 크게 웃었다. 나래가 어깨를 으쓱하자 성민이 한 발자국 더 앞으로 걸어왔다. 나래가 뒤로 피하려고 했지만 성민의 손이 더 빨랐다. 그는 나래의 어깨를 가볍게 감싸 쥐었다.

"그때 우리가 헤어졌던 건."

"오빠, 내가 말한 적 있지? 한번 깨진 사람들은 또 깨져, 같은 이유로. 그 당시에 오빠를 좋아했던 건 틀림없는 사실이야. 하지만 지금은 아니야. 그리고 사귀었던 사람들끼리 이렇게 또 만난다는 것도 웃기네. 그냥 추억으로 갖자."

"사실 궁금했어. 네가 어떻게 살고 있는지 궁금할 수는 있잖아. 그래도 명색이 첫사랑이었는데. 한 번 정도 얼굴을 볼 수도 있다는 거 내 욕심이었니?"

"욕심이야. 그리고 달갑지도 않고."

"예전이나 지금이나 확실하네. 외국 생활을 오래 하다 보니 네 생각이 많이 났어. 그래서 한번 찾아와 봤던 거고. 여기도 우리 이모 집 근처가 온 김에 혹시 몰라 들러본 거고. 부담 줬다면 미안하다. 신훈민이 잡아먹기 전에 난 가볼게."

나래가 고개를 끄덕였다. 성민이 사라지고 나서도 나래는 한참 동안이나 그 자리에 멍하니 서 있었다. 확실히 첫사랑이라 그런지 다른 남자들보다 마음이 복잡하기는 했다. 아니, 사실 지금 처한 상황 때문에 심란한 것일지도 몰랐다. 그러고 보니 성민이 언젠가 한번 이런 말을 했었다.

"넌 왜 신훈민 안 좋아해?"

"내가 신훈민을 왜 좋아해야 하는데?"

"여자애들 다 좋아하잖아. 멋있다고."

"허이구, 개폼 잡는 그놈이 뭐가 멋있어. 내가 평생을 보고 자라왔는데 걔 허세에 다 개폼이야, 개폼."

그때 성민은 왜 그런 걸 물었던 것일까? 외양적으론 물론 훈민이 멋있긴 했었다. 하지만 그녀는 철없는 10대의 소녀들과는 달랐다. 사람은 외모가 다가 아니었다. 성격이 중요했다, 성격이.

“야! 박하! 정신 차리지?”

“어?”

어느새 다가왔는지 훈민이 바로 앞에 서있었다. 얼굴이 조금이라도 가까워지면 바로 입술이 닿을 만큼 가까운 거리였다. 나래가 식겁하며 뒤로 한 발자국 물러섰다.

“얼굴은 왜 들이밀어.”

“아까부터 이러고 있었거든? 정신 못 차린 건 너지.”

훈민이 그녀의 손목을 잡고 끌기 시작했다. 얼떨결에 그의 힘에 의해 끌려간 나래는 이곳이 음침한 골목이라는 것을 깨닫게 되었다.

“왜 이래?”

“말했지. 장성민 정말 싫다고.”

“그냥 궁금해서 왔던 거야. 딱히 나쁘게 헤어졌던 것도 아니었고.”

뭐라 말할 새도 없이 그가 그녀를 벽으로 밀치며 입술을 부딪쳐오기 시작했다.

6장. 감정 깨닫기

혀가 가볍게 입술을 스치고 안으로 미끄러지듯 들어왔다. 나래는 밀어내려던 것을 포기했다. 그는 키스를 할 때면 거부는 절대 용납하지 않는 것 같았다. 더 강한 힘으로 밀어붙이며 그녀의 몸을 압박했다. 그녀가 더 이상 거부하지 않는 것을 알았는지 그의 키스가 조금씩 부드러워졌다. 그녀의 혀가 살짝 뒤로 물러서면 그는 재빨리 다가와 휘감으려고 했다. 나래의 입에서 웃음이 터졌다. 그 웃음소리에 훈민이 가쁜 숨을 내뱉으며 먼저 멀어졌다.

"왜 갑자기 덮쳐."

"볼라, 화나."

"뭐가?"

"그냥 화나. 키스 한 번 더 해도 돼?"

"안 돼."

그녀는 그의 요구를 간단히 무시하며 골목에서 빠져나오려고 했다. 하지만 역시나 빠른 건 그였다. 이렇게 키스를 좋아하면서 그동안 어떻게 참고 살았을까?

나래는 나 몰라라 하며 집으로 돌아와 씻자마자 자기 시작했다. 얼마 만에 자는 단잠인 건지 그녀는 다음 날 오후가 되도록 잠에서 깨어날 줄을 몰랐다. 걸려온 전화만 아니었어도 더 잠을 잤을 것이다.

결국 그녀는 세수도 제대로 하지 못하고 서둘러 양치만 한 뒤 집에서 빠져나왔다. 모자를 깊게 눌러쓰고 영화관에 도착했을 땐 훈민이 티켓 박스 앞에서 표를 끊고 있었다.

"대체 뭐야."

"공포영화 보고 싶은데 같이 볼 사람이 너밖에 없잖아."

"왜 나밖에 없어. 경찰서에 많잖아. 아함, 잠 안 깨서 죽겠네. 야, 머슴. 가서 오렌지 주스 진한 걸로 한 잔 뽑아와."

그는 이럴 때면 군말 없이 잘 사다주었다. 그리고 훈민은 영화를 좋아하는 편이었다. 무척이나 의외라고 생각했지만 어쨌거나 그는 영화를 좋아했다. 반면 그녀는 영화를 좋아하지 않았다. 천만 관객이 들었다는 영화들도 훈민이 아니었으면 아마 보지 않았을 것이다.

그녀는 해운대를 볼 때 졸았다. 그뿐인가? 아바타를 볼 때도 잤다. 그리고 왕의 남자를 볼 때도 잤다. 그건 다 전날 숙직 때문에 피곤해서 그런 거라고 변명을 하긴 했지만. 그나마 공포영화는 졸지 않는 편이었다. 그녀는 공포영화를 정말로 무서워했다.

팝콘도 제일 큰 걸로, 그리고 나초에 오징어까지 사들고 들어간 그녀는 먹으면서 스크린에 집중했다. 한 번씩 잔인한 장면이 나올 때면 그녀의 입에선 악 소리가 나왔다. 분명 볼 때는 무서웠으나 끝이 너무너무 허무하여 나오면서 투덜거렸다.

"야, 돈 아깝다."

"그러네. 나름 평점 좋다고 해서 봤는데."

"나름 흥미진진하더만. 끝이 다 망쳤어. 일본 감독이라고 했지? 일본 애들이 무서운 거 잘 만들어서 기대했더니. 쳇, 그럼 그렇지. 한국 영화 만만세다."

그도 꽤 아쉬운 모양이었다. 뭐라도 먹고 들어갈까 하다 고기를 먹자는 그의 제안에 그녀가 콜을 외쳤다. 그녀는 고기를 사랑하는 사람이었다.

그런데 막 고깃집으로 들어가려고 하는데 어디선가 웅성거리는 소리가 나며 한 남자가 뛰기 시작했다. 본능이 발휘됐던 것인지 훈민이 그 뒤를 따라 미친 듯 뛰어갔다. 뒤를 돌아보니 한 여자가 배에 피범벅이 된 채 쓰러져 있었다.

"뭐 해요! 앰뷸런스 불러요!"

사람들이 신고를 했다. 그리고 현직 의사라는 사람이 다가와 재빨리 지혈을 했다. 그때부터 나래도 뛰었다. 날도 더운데 미친 놈들 참 많다고 생각하며 뛰었지만 대체 어디까지 갔는지 둘의 모습을 찾기가 힘들었다.

하지만 금방 알아챌 수 있었다. 막다른 골목 쪽에 많은 사람들이 모여 있었기 때문이었다. 그녀는 신분증을 제시하며 사람들을 뚫고 앞으로 걸어갔다.

"야, 너 그 칼 놔! 좋은 말 할 때 놔라?"

"비켜! 다 죽여버릴 거야!"

그렇지 않아도 요즘 데이트 폭력이 문제라며 언론에서도 크게 떠들고 있었다. 이건 분명 치정사건이었다.

"너 잘못하면 손목 나간다."

훈민이 재빨리 다리를 날렸지만 그 남자가 가까스로 피했다. 몸집도 컸고 근육도 보아하니 운동을 꽤 한 모양이었다. 훈민도 그걸 알아차렸는지 평소와 다르게 쉽게 제어하지 못하고 있었다.

"강동구 소속 박하얀나래 경사입니다. 이미 경찰들 오고 있는데 그러고 있어봐야 손해니까 그냥 갑시다."

"됐어! 나도 이 자리에서 죽으면 돼!"

"이 미친 새끼! 너 오늘 나한테 죽어봐라."

그 말과 동시에 훈민이 남자의 손목을 걷어찼다. 동시에 칼이 떨어져 나갔고 두 사람이 뒤엉켰다. 나래는 우선 증거품인 칼을 잡았다.

그때였다.

"악!"

그 남자가 칼을 하나 더 가지고 있던 모양인지 훈민의 허벅지를 찔렀다. 훈민의 목에 핏줄이 불거져 나왔다. 하지만 순식간에 팔을 뻗어 남자의 칼을 빼앗고는 포박했다.

"야! 뭐 해? 수갑 채워!"

나래가 얼떨결에 달려가 수갑을 채웠다. 칼을 하나 더 가지고 있었다는 건 우발적 범행이 아닌 계획된 것이었음이 명백했다.

"아, 별 거지 같은 새끼가. 너 새끼 경찰서 가서 두고 보자. 젠장! 뭘 봐요! 사람 찔린 거 처음 봐요? 비켜요!"

그는 허벅지에서 피를 뚝뚝 흘리며 걸었다. 나래는 가방을 뒤져 손수건을 찾아내었다. 스포츠 브랜드 손수건이라 커서 다행히 그의 허벅지를 감을 수 있을 것 같았다.

"야! 우선 지혈하자!"

나래가 말을 내뱉기 무섭게 경찰차가 앞에 멈춰 섰고 장 형사에게 남자를 넘겨주며 훈민이 거짓말처럼 자리에서 쓰러졌다. 순식간에 많은 피를 흘린 게 문제였다. 119가 도착하자마자 훈민은 앰뷸런스에 태워졌다. 보호자 자격으로 같이 올라탄 나래는 훈민의 손을 꽉 잡아주었다.

"정신 차려, 죽으면 안 돼."

"누가 들으면 진짜 나 죽는 줄 알겠다. 좀 놀라서 그래."

위로해야 할 사람이 바뀐 것 같았다. 나래는 너무 놀라 울음도 터트리지 못했다. 앰뷸런스는 최대 속도를 내 근처에 있는 대학병원으로 향했다. 그의 주위에 의사들이 몰렸다.

"칼에 찔렸어요. 피가 많이 났구요."

"가족이십니까? 혈액형이 뭔지 아세요?"

"O형이요!"

의사들이 응급처치에 들어갔고 나래는 그제야 의자에 앉을 수 있었다. 두 다리에 힘이 풀렸다. 두 사람 다 쉬는 날이라 밥이나 먹을까 했는데 순식간에 일어난 상해사건이라니. 그것도 대낮에 길거리에서. 이 나라가 대체 어떻게 돌아가는지는 몰랐지만 이 정도까지의 막장은 아니라고 생각했었다. 하지만 두 손에 가득 묻은 피는 사실을 알려주고 있었다.

그때 나래의 눈앞에 검은 구두가 들어왔다. 한숨을 내쉬며 천천히 고개를 들자 흰 가운을 입고 있는 의사였다. 그러다 이내 나래의 눈이 커졌다. 앞에 서 있는 여자는 어제 봤던 사람이었다.

"어떻게 된 거죠?"

"아, 범인을 제압하는 과정에서 칼에 찔렸어요. 훈민이는 괜찮은 건가요?"

"다행히 뼈를 다치진 않아요. 운이 좋은 건지. 근육에 조금 손상이 있긴 하지만 괜찮을 거예요. 그리고 갑작스런 출혈로 쇼크가 온 모양이에요. 곧 깨어날 거니까 걱정하지 않아도 돼요."

"아, 네. 아저씨, 아줌마한테 연락드려야 할 텐데."

"제가 연락드렸어요."

훈민에게 지우에 대해 자세히 물어본다는 것을 깜빡했다. 훈민의 주위에 있는 사람들이라면 분명 다 알 텐데 아무리 생각해도 지우에 대해서는 들어본 적도, 본 적도 없었다.

저기서부터 웅성거리는 소리와 함께 연미복을 입은 채 바쁘게 들어서고 있는 사람이 보였다. 다름 아닌 세륜이었다.

"여기 신훈민이라는 환……. 나래야."

"아저씨."

"훈민이는?"

"다행히 괜찮대요."

"녀석, 좀 조심하지는."

말은 그렇게 하고 있었지만 세륜의 눈에는 아들을 걱정하는 기색이 역력했다. 훈민이 회복실에서 빠져나와 세 사람은 같이 입원실로 올라갔다. 나래와 세륜이 훈민의 곁으로 다가갔을 때 그가 인상을 찌푸리며 눈을 뜨고 있었다.

"아, 졸라 아프네."

"괜찮은 거냐?"

"아버지, 오늘 연주회 있다고 하시지 않으셨어요?"

그래도 아직은 제정신이긴 한 모양이었다. 세륜의 연주회 날짜도 알고 있고.

세륜이 손바닥으로 훈민의 머리를 살짝 쳤다.

"녀석! 조심했어야지!"

"아버지! 저 환자거든요?"

"머리는 안 다쳤을 거 아니냐!"

"엄마한테는 말하지 마세요. 괜히 걱정만 하시니까."

"그래도 엄마 걱정은 하는 게냐?"

훈민이 머리를 긁적였다. 사실 정하가 훈민에게 바라고 있던 것은 그냥 사무직이었다. 이런 형사 같은 게 아니라. 위험하기도 했고 워낙 훈민이 다혈질에 욱하는 성격을 가지고 있어 걱정을 했던 것이 사실이었다. 하지만 몸이 피가 남아도는 건지, 혈기가 좋은 건지 그는 무조건 이 길이 자신의 길이라며 자청했다.

"이럴 거면 그냥 집으로 들어와."

"언젠 독립 안 하냐고 난리시더니. 그리고 제가 명이 질기니까 괜찮아요. 야, 그 새끼는? 넘겼냐?"

"그래, 이 기회에 너 좀 푹 쉬어라. 그래야 경찰서가 조용하지."

나래가 피식 웃었다. 다행이었다. 그래도 괜찮아 보여서.

나래는 조용히 입술을 깨물었다. 그렇지 않았다간 긴장이 풀려 눈물이 왈칵 쏟아질 것 같았다.

"안녕하세요. 김지우라고 합니다. 조금 전에 전화드렸던."

"아, 반가워요. 김재희 씨 따님 맞죠? 시륜이한테 이야기 많이 들었어요."

"말씀 놓으세요. 곧 시아버님 되실지도 모르는데."

그와 동시에 나래와 세륜의 눈이 두 배로 커졌다. 그리고 덕분에 눈물이 쏙 들어갔다.

곧 들린 것은 훈민의 커다란 목청이었다.

"야! 미쳤냐? 어디서 그런 막말을 지껄여. 젠장, 이 병원으로 나 데리고 온 거 누구야. 야, 박하. 빨리 가자."

"안 돼, 신훈민. 너 일주일간 입원 조치야."

"이까짓 거 가지고 입원은 무슨. 통원치료 해도 돼. 뭐 해, 박하. 빨리 나 부축해."

나래는 이도 저도 못하는 상태로 어정쩡하게 서 있었다. 여기는 병원이었으니 의사의 말을 듣는 게 당연했다.

"나 의사야. 내 말 들어."

"너 내과 의사잖아. 외과 의사 아니잖아."

"내가 내과인 건 어떻게 알았어? 그래도 나한테 관심이 있었구나?"

"야, 내가 머리에 총 맞았냐? 너 왼쪽 가슴에 떡하니 달려 있구만. 순환기 내과 레지던트 김지우."

훈민과 지우의 실랑이가 이어질 동안 세륜과 나래는 의사의 이야기를 듣고 있었다. 환자가 원한다면 입원까지는 하지 않아도 되지만 꼭 통원치료를 받으라는 이야기에 세륜이 고개를 끄덕였다.

아마 훈민이라면 실밥만 빼고 통원치료를 계속 받지 않을 것이라는 것은 아버지인 세륜이 가장 잘 알고 있었다.

하지만 누구도 그의 똥고집을 말리지는 못했고 결국 통원치료를 하는 것으로 결정되었다.

"연주회 때문에 이민 가봐야겠구나. 나래가 좀 수고해주거라."

"걱정 마세요, 아저씨."

"아버지, 가세요."

"오냐. 집에 좀 들어오고 그래. 녀석, 독립하더니 오지도 않고. 내 전화하마."

세륜이 사라지자 훈민이 나래의 어깨에 팔을 걸쳤다. 아무래도 걷는 게 힘들 거라 생각돼서 나래는 열심히 그를 부축했다.

"어이구, 웬수야. 너 총은 폼으로 달고 다니냐? 그러게 무식하게 왜 덤벼."

"그러게. 순간 눈 뒤집히는데 제정신이 아니었나 봐."

"우선 너네 집으로 가자. 너 좀 쉬어야 돼."

"배고파 죽겠다."

"집에 뭐 있어? 시켜서라도 먹자."

역시나 그의 집 냉장고에 들어 있는 건 술과 물뿐이었다. 말이 간단하게지 중국음식을 여러 개 시켜 바닥을 낸 두 사람은 부른 배를 움켜쥐고 침대에 기대어 있었다. 배가 너무나 불러 움직이기조차 힘들었다.

"너 오늘 꿰맸는데 이렇게 기름진 거 먹어도 되는 거냐?"

"뭐, 어때. 배 속에 들어가면 다 그게 그거야."

"그런가? 아, 배불러. 움직이기도 싫다."

"배부르니까 우리 운동하자."

운동이라니. 처음엔 이게 무슨 말인가 싶었다. 하지만 순식간에 그의 의중을 읽어낸 나래가 있는 힘껏 그의 뒤통수를 갈겼다.

"너 오늘 칼 맞고 그런 말이 하고 싶냐?"

"어, 하고 싶어. 너 오늘따라 무지하게 예뻐 보인다."

"세수도 안 한 얼굴이 잘도 예뻐 보이겠다."

"이리 올라와 봐."

"미친놈. 너 허벅지 찔렸거든? 그만해라."

나래는 말도 안 된다며 혀를 끌끌 차며 자리에서 일어나려고 했다. 어쨌든 빈 그릇들은 치워서 밖으로 내놔야 했다. 하지만 순식간에 훈민의 힘에 의해 그의 허벅지 위로 올라앉게 되었다.

"야! 너 다리!"

"바로 무릎 위라서 괜찮아. 나 흥분한 거 안 보여?"

아무리 발정난 개라도 그건 안 된다고 말하며 나래는 급히 훈민의 집에서 빠져나왔다. 어쨌거나 다행히 생명에 지장이 있는 것은 아니었다. 덕분에 훈민은 일주일이나 휴가를 가질 수 있었다.

계속 압발 사건은 진척도 없었고 훈민을 찌른 범인에 대한 조사가 들어갔다. 그 남자는 심각한 스토커였다. 여자는 무서워서 신고를 하지 못했고 변을 당했다. 다행히 생명에 이상이 없었고 남자를 신고하는 것으로 마무리 지었다. 훈민은 절대 합의할 수 없다 난리를 피워댔지만 결국엔 민 반장이 나서 일단락되었다.

"이야, 신 형사 없으니까 우리 수사 5팀이 조용하네."

"그러게요."

훈민이 없으니 제일 편한 사람은 누구보다도 나래였다. 옆에서 뭐라 쫑알거리는 사람도 없었고 여직원들의 눈초리를 더 이상 받지 않아도 되었으니까.

"박 형사는 좋아 보이네? 파트너가 없는데도."

"더 편한데요?"

장 형사가 나래의 말에 크게 웃었다. 확실히 그동안 혈기왕성한 훈민 때문에 필요 없는 곳까지 끌려가 기력을 소진하고는 했었다. 이제는 그런 인물이 없어서 자신의 방식대로 일을 처리할 수 있으니 얼마나 편하겠는가? 민 반장까지도 이제는 웃고 있었다.

"그래도 두 사람 실과 바늘이라서 계속 붙어 다닐 줄 알았는데. 우리 박 형사는 신 형사가 별로 마음에 들지 않나 봐?"

"사실 친구로 두기에도 썩 좋은 성격은 아니죠. 부모님들과 어릴 때부터의 인연 때문에 아직도 이렇게 붙어 있긴 하지만. 뭐, 설마 평생 붙어 있겠어요? 서로 결혼하고 나면 아무래도 좀 멀어지겠죠."

"처음엔 두 사람 사귀는 줄 알았잖아."

"맞아. 두 사람 외형적으로는 잘 어울려서 사귀는 줄 알았지."

대학을 다닐 때에도 그랬다. 훈민은 학생도 아닌 주제에 자주 놀러 와 교수님들까지도 그런 줄 알았다.

"어이, 박 형사. 손님 오셨어."

장 형사의 말에 고개를 돌렸을 때 어색하게 웃으며 서 있는 성민이 보였다. 나래는 떨떠름한 표정으로 성민을 맞이했다.

"그렇게 싫은 내색 안 해도 돼. 나도 일 때문에 왔으니까."

나래는 고개를 끄덕였다. 성민에게는 7년 전부터 따라다니던 스토커가 있었는데 이제는 위험수위를 넘어서서 신고를 하러 왔다고 했다. 그렇지 않아도 일이 쌓이고 쌓였는데 성민까지 신고를 하러 오니 나래는 절로 한숨을 새어 나왔다.

"요즘 스토커 풍년이네."

"뭐?"

"아냐, 여기저기 스토커들이 많이 보여서. 그 여자 인상착의는?"

"키는 너 정도? 머리카락은 허리까지 오는 편이고. 청순한 스타일? 외모는 정말 그렇게 안 생겼는데 말이지."

"요즘 스토커들의 왜 이렇게 말썽이야. 그리고 외모가 다가 아니라니까. 이름 같은 건 몰라? 편지나, 녹음된 음성 가지고 있지?"

성민이 고개를 끄덕이며 상자를 내밀었다. 깔끔하고 정확한 성격답게 그동안 당해왔던 것을 꾸준히 모아 놓은 모양이었다.

"어?"

"그래, 내 방에도 들어왔더라. 네가 사주었던 인형 그렇게 만들어놨어."

손바닥만 한 사자 인형이었는데 성민과 사귀었을 때 그와 닮았다며 나래가 사주었던 것이었다. 목이 완전히 나가떨어져 없는 것을 보고 나래가 어이없다는 듯 한숨을 내쉬었다. 혈서로 쓰인 '사랑한다.'만 빼곡한 편지를 국과수로 넘기기로 했다.

"잡히면 어떻게 되는 거야?"

"우선 접근금지 될 거고, 오빠가 더 강력한 것을 원하면 수감될 수도 있고."

"나보다 어린 것 같던데."

"어떻게 알아?"

"나한테 오빠라고 하더라고. 날 알게 된 지도 아주 오래된 것 같아. 그 여자 너하고 내가 사귀었던 걸 알고 있거든."

스토킹을 당한 지 7년 되었다면 서로가 알고 있을 가능성도 있었다. 하지만 이 사자 인형은 그녀가 18살 때 그에게 사주었던 것이었다. 그렇다면 대체 언제부터 성민을 보고 있었단 말인가? 괜히 좋지 않은 예감에 등골이 오싹해졌다.

그때였다. 저 문 쪽 밖에서부터 시끄러운 소리가 들리기 시작하더니 문을 열고 등장한 사람은 다름 아닌 훈민이었다. 이제 쉬기 시작한 지 5일째였다. 아직도 쉴 수 있는 날이 이틀이나 더 남았는데 그가 나타난 것이었다.

"우리 신 형사는 열정이 남달라?"

"좀이 쑤셔서 말이죠. 집에 붙어 있는 것도 할 짓이 못되고. 그나저나 박하는 이 신훈민 님이 그렇게 몸 져 누워 있는데 코빼기도 안 보……. 어? 장성민?"

"인마, 선배 이름을 그렇게 막 불러도 되냐?"

"선배는 무슨. 나이도 겨우 한 살 많으면서 남자가 쪼잔하게."

훈민이 다리를 절뚝이며 나래의 옆자리에 앉았다. 물론 거기가 자신의 자리이니 앉았지만 성민의 눈썹이 휘어졌다.

"여기 내 자리야. 왜 그렇게 불만 많은 얼굴로 쳐다봐?"

"너 다리는 왜 절어?"

"아, 칼 빵 한 대 맞았거든. 뭐, 좀 아파도 일은 해야지 않겠어? 국민들 세금으로 나도 먹고사는데. 거기다 밀려 있는 일이 이렇게 많아서."

훈민이 씩 웃으며 옆에 가득 쌓여 있는 서류더미를 팡팡 두드렸다. 나래는 못 말린다는 얼굴로 웃었다.

그때 훈민이 나래의 모니터를 한번 보더니 성민에게로 눈길을 돌렸다.

"스토커? 내가 맡을게."

"뭐?"

"신훈민, 네가? 너 나 싫어하잖아."

"어. 싫어하니까 내가 빨리 잡아서 그쪽 덜 볼라고. 넘겨줘, 자료."

한 번씩은 그가 진담을 말하는 건지, 농담을 말하는 건지 헷갈렸다. 나래가 가만히 앉아만 있자 훈민이 직접 자료를 가지고 갔다.

그제야 나래가 정신을 차린 듯 훈민을 쳐다보았다.

"너 다리 괜찮아?"

"응."

"실은?"

"아직. 내일 풀러 갈 건데?"

"아이고, 우리 신 형사 돌아와서 박 형사 파라다이스가 끝났구만?"

반장의 말에 훈민의 고개가 돌아갔다.

"파라다이스요?"

"박 형사가 편해하더라고. 이 기회에 파트너 체인지 좀 해볼까?"

그 말에 훈민이 픽 웃었다.

"앤 제 옆에 있어야 돼요. 파트너 바꿨다간 피해만 끼칠걸요? 둔해가지고 어떻게 경찰이 됐는지 모르겠다니까요."

나래가 입을 쩍 벌렸다. 이 길로 들어선 게 다 훈민 때문이었다. 그런데 저 무슨 망발이란 말인가? 훈민이 씩 웃으며 자료들을 정리하기 시작했다.

"이 여자 사진 같은 거 찍어놓은 적 없어?"

"사진?"

"얼굴 본 적은 있을 거 아냐."

"늘 모자를 쓰고 있어서. 아니면 마스크나 선글라스?"

"어디서 본 느낌 없어? 스토커는 아는 사람들이 90%인데."

"모르겠다."

분명 두 사람은 피해자와 상담자로서 이야기를 나누고 있었다. 그런데 저 기 싸움은 뭐란 말인가?

나래는 왠지 머리가 아파져서 사무실에서 빠져나왔다. 어차피 성민의 일은 훈민이 가져갔으니 지금은 압발에 대한 증거가 잡히면 하나씩 풀어갈 수 있음이 틀림없었다. 물론 잡기 어려운 놈이었지만.

그녀가 답답할 때면 늘 찾는 곳은 옥상이었다. 사람들도 없었고, 우선 하늘과 가까이 맞닿아 있는 느낌이 들어 좋아했다. 하지만 여지없이 방해하는 남자가 있었으니 다름 아닌 훈민이었다.

"넌 그새를 못 참고 방해를 하냐?"

"무슨 방해?"

그러고 보니 훈민은 담배를 피우지 않았다. 여기저기 널려 있는 담배꽁초들을 더러운 것인 양 발로 치워내면서 화단에 턱 하니 걸터앉았다. 그녀가 기억하기로 그는 고등학생 때부터 술을 마시기 시작했다. 하지만 남들 다 한다는 담배는 피우지 않았다. 뭐, 담배야 그녀도 냄새조차 맡기 싫어하지만.

그리고 그는 움직이는 걸 좋아했지만 땀이 다른 남자들만큼 많은 편도 아니었다. 늘 그를 지나칠 때면 은은한 비누 향이 났다. 갓 샤워를 하고 나온 사람처럼. 나래가 그의 옆에 걸터앉았다. 그리고 고개를 들어 하늘을 봤다.

"너 무슨 향수 써?"

"향수? 그런 걸 사봤어야 쓰지."

"그럼 비누는?"

"비누? 어머니가 대충 가져다 놓으시는 거."

"그래? 늘 같은 냄새가 나는데."

"나한테 무슨 냄새 나냐?"

그가 팔을 들어 자신의 냄새를 맡고 있었다. 하지만 전혀 느끼지 못하는 것인지 고개를 갸우뚱거리며 하늘을 보고 있는 그녀를 쳐다보았다. 나래는 시선을 느끼지 못하는 것인지 그가 가까이 다가오는 것도 알아채지 못하고 있었다. 거의 5센티미터를 남겨놓은 순간 나래가 고개를 돌렸다.

"또 뭐야. 그새를 못 참고."

"5일이나 됐어."

"야, 28년을 안 했었거든?"

"원래 한 번 하고 나면 계속 하고 싶어지는 게 사람 심리야."

나래가 한숨을 길게 내쉬었다. 하여간 남자가 말로도 절대 지지 않으려고 했다.

“여기 서입니다. 소문나면 힘들어.”

“뭐가 힘들어?”

“나 28살이거든? 대한민국에 살고 있는 여자라고. 아무리 이 세상이 평등화됐다고 해도 소문나면 여자만 손해야.”

“괜찮아. 내가 들어올 때 문 잠갔어.”

나래가 지독한 놈이라는 얼굴로 훈민을 쳐다보았다. 그는 씩 웃으며 그녀의 뒤통수를 붙잡고 움직이지 못하게 만들었다.

“너 이는 닦았냐?”

그녀의 말이 끝남과 동시에 그가 입술을 부딪쳐 왔다. 늘 생각하는 거지만 그는 키스를 잘했다. 뭐가 잘하는 것인지 그녀도 잘 몰랐지만 아무튼 그렇게 느꼈다. 그래서 그게 두려웠다. 여기에 길들여져서 버리지 못하면 어쩌나. 나래가 입을 열지 않자 훈민이 뒤통수를 쥐고 있던 손에서 힘을 놓았다. 그러자 두 사람의 틈이 벌어졌다.

“싫어?”

“싫어. 아무리 우리가 이렇게 됐다고는 해도 일하는 곳에선 아닌 것 같아.”

거짓말이었다. 그와 하는 키스는 좋았다. 장소가 여기라 싫은 게 아니었다. 그런데 입술은 자연스럽게 거짓말을 내뱉고 있었다. 거짓말은 못하는 편이라고 생각했는데 꼭 그런 것만도 아닌 모양이었다.

“여기가 아니라면 괜찮은 거다?”

"그런 게 아니잖아!"

"그럼 뭐가 문제야?"

"이런 거……."

나래는 이제야 깨달았다. 이런 스킨십은 친구들끼리 하는 게 아니었다. 사랑하는 사람들, 연인들끼리 하는 것이었다. 아니, 사실 알고 있었으면서 관계를 똑똑히 정의하려 하지 않았었다. 이 관계가 끝이 나면 친구로도 남지 못하지 않는 게 두려워서. 정말 그는 잃고 싶은 사람이 아니었다.

그녀는 그를 멍하니 쳐다보았다. 이렇게까지 신훈민이 그녀에게 중요한 사람이라는 것을 예전에는 미처 몰랐다. 그는 영문을 모르겠다는 얼굴로 인상을 찌푸리고 있을 뿐이었다. 그는 정말 뭐가 문제인지 모르는 것일까? 나래는 속이 답답해져 왔다.

"아무튼 우린…… 아니야."

"대체 뭐가 마음에 안 든다는 거야? 이대로 좋잖아. 난 너랑 자는 거 좋아. 너도 좋잖아. 그냥 서로 좋으면 된 거 아니야?"

드디어 그가 화를 내기 시작했다. 나래는 말없이 그를 쳐다만 보았다. 훈민은 결국 나무를 발로 뻥뻥 걷어차며 화풀이를 하고 있었다.

"친구라서? 우리가 친구라서 그런 짓 못 한다는 거냐?"

"그것보단 조금 너 고차원적인 문제 같아."

"대체 뭐가 고차원적인 문제라는 거야. 난 머리 나빠서 그렇게 말하면 못 알아듣겠으니까 그냥 까놓고 말해."

"나도 정리가 안 돼서 뭐라 말을 못 하겠어."

"됐어. 내가 너한테 손 안 대면 되는 거겠네."

그가 화를 내기를 바라고 있던 건 아니었다. 다만, 잘못된 관계를 좀 더 바로잡아야겠다고 생각했을 뿐이었다. 어이가 없고 화가 나기도 해서 나래는 그만 울컥 눈물을 쏟아내고 말았다.

7장. 속마음

사무실 사람들도 두 사람 사이에 흐르는 묘한 기운을 느낀 것인지 평소 같은 장난, 예를 들어 '둘 부부싸움 했어?'같은 말도 하지 않았다. 이번엔 정말 싸웠다고 느낀 모양이었다. 이런 식으로 불편한 느낌은 이제껏 훈민을 알아오면서 처음이었다. 오전에 하늘과 약속을 정했는데 차마 훈민에게 같이 가자는 말을 못하고 그녀 혼자 약속장소로 향했다.

패밀리 레스토랑은 역시 가득 퍼다 놓고 먹는 게 좋다며 하늘은 열심히 음식을 나르기 시작했다. 무려 다섯 접시나 퍼온 하늘은 그제야 만족한 얼굴로 그녀의 앞에 앉았다.

"훈민이는?"

"말 안 했어."

"왜?"

"좀 삐쳤나 봐."

차마 하늘에게 그동안 있었던 이야기를 할 수 없었다. 이건 정말 죽을 때까지 무덤으로 가져가야 할 문제였다. 왠지 모르게 속이 답답한 게 꼭 체한 느낌이라 나래는 앞에 있는 음식도 먹는 둥 마는 둥 했다.

"너희 아직도 유치하게 싸우고 놀아? 어떻게 변하질 않아."

"그러게."

"이번 주 내 결혼식인데 정말 이렇게 나올 거야?"

친한 친구의 결혼식인데 언제까지 이럴 수도 없었다. 아무래도 하늘과 헤어지고 사무실에 가면 어떻게든 붙잡고 말이라도 걸어봐야 할 것 같았다.

결혼을 앞둔 하늘은 무척이나 예뻐 보였다. 사실 우석이 죽고 사랑이라는 일에 회의적이던 하늘이 걱정되었던 것도 사실이었다. 하지만 이렇게 결혼할 사람을 만나고 행복해하는 하늘은 정말 반짝반짝 빛나 보여 나래는 주책맞게 눈물이 다 나올 것 같았다.

식사 후 하늘에게 청첩장을 받고 경찰서로 터벅터벅 걸어가는데 나래는 마음이 싱숭생숭했다. 이렇게까지 오랫동안 서로 이야기를 하지 않아본 적은 없었다. 어쨌거나 그와는 가장 오래된 관계를 지닌 친구였으니까. 뭐가 어찌 되었건. 그래서 말을 걸려고 하면 늘 교묘하게 빠져나가기 일쑤였다. 대체 훈민은 어떻게 하고 싶은 걸까?

'쪼잔한 놈. 한번 삐치니까 오래가네.'

사무실로 들어가기 전 안을 보자 훈민이 보이지 않았다. 결국 오늘 잠복근무는 혼자 해야겠다고 생각하며 나래는 바로 주차장으로 향했다. 인사를 건네 오는 순경들에게 고개를 숙이며 주차장으로 빠져나왔다. 차는 왜 이리 구석에 둔 건지 이젠 별것도 아닌 게 다 짜증을 일으켰다.

"아이, 누가 오면 어떻게 해요."

"안 와. 여기까지 누가 와?"

나래가 고개를 살짝 기울이며 목소리의 주인공을 보았다. 순경 중에 제일 예쁘다고 소문난 김보미와 경찰서 내의 자타공인 바람둥이 이성재 경위였다.

"이런 데서 부비지 말고 모텔 가서 하지?"

"아, 깜짝이야! 박 형사!"

보미는 부끄러운지 꾸벅 인사를 한 뒤 얼굴을 가리며 건물 안쪽으로 사라졌다. 나래는 성재를 보며 고개를 내저었다. 사실 성재는 훈민과 거의 쌍을 이루는 경찰서 내의 킹카였다. 더군다나 훈민과는 출발점부터 달랐다.

경찰대학 시절에 무슨 일이 있었는지는 몰랐지만 그는 경찰대학을 차석으로 들어갔던 경험까지 있었다. 중간에 때려치우고 다시 간부시험을 봐서 들어오기는 했지만. 뭐, 머리 좋은 남자를 좋아하는 여직원들은 성재를 더 좋아했었다. 와일드한 면이 매력이라며 훈민을 추종하는 여직원들도 많았지만. 두 사람은 다른 매력으로 자웅을 겨루고 있었다.

"그래가지고 장가 어떻게 가려고 그래요?"

"그거야 뭐, 나 좋다는 여자 많은데 뭐가 문제야. 박 형사도 이제 좀 넘어와 보라니까. 어렸을 때부터 신 형사만 보고 자라서 괜히 눈만 높아진 거 아니야."

"퍽이나. 그리고 누가 신입을 그렇게 꼬드기래요?"

"어디 가?"

하여간 화제를 돌리는 데는 선수다. 나래가 못 말리겠다는 얼굴로 고개를 저었다.

"잠복이요. 그놈의 압발이 진짜 사람 말라 죽이겠네."

"잘생긴 파트너는?"

삐쳐서 며칠째 말도 하지 않는다고 말할 순 없는 노릇 아닌가. 어쨌거나 두 사람은 어른이었다. 게다가 요즘은 어딜 그렇게 혼자 다니는지 얼굴도 제대로 보지 못했다. 나래는 그저 어깨를 으쓱하는 것으로 대화를 마무리했다.

"그런데 그 소문 들었어?"

"무슨 소문이요?"

"서장님 딸, 이번에 행시 특채 경정으로 온다는 소문 돌던데. 지금 임 경정 자리 비었잖아."

"머리 좋네."

"미인이라는 소문이야. 거기다 서장님이 신 형사 노리는 거 뻔히 알잖아."

나래는 잘생겨도 문제라고 생각됐다. 물론 훈민이 인기도 많았고, 운도 좋았다. 그래서 특진을 하고 나름 열혈 형사라고 인정도 받고 있었으니까. 새삼스레 확인하는 훈민의 인기에 나래는 놀라워하면서도 은근히 자랑스럽기도 했다. 저도 모르게 웃음이 나왔는지 성재가 그녀의 볼을 쭉 잡아 늘렸다.

"그래도 친구가 인기 많다고 하니까 기분 좋은가 봐?"

"못난 것보단 낫죠."

어쨌거나 성재는 처음부터 친하게 지냈던 그녀의 선배였다. 성재는 수사 1팀에 있어서 요즘 말을 자주 나눌 기회가 없었다. 하지만 그녀가 처음 경찰서에 들어왔을 때 바로 직속 선배라 적응할 수 있게 도움을 주었었다. 그리고 여전히 성재를 잘 따르고 있었다.

"시골에 계신 어머니도 걱정해야죠. 언제까지 그렇게 가볍게 놀 거예요?"

"이봐, 난 언제나 진지해. 가만 오래가지 못할 뿐. 압구정으로 가? 잘됐네. 나 가다가 좀 내려줘. 선보기로 했거든."

"세상에. 방금 전까지 그런 짓 하고선 선보러 간대?"

"어머니 부탁이라서. 어머니 연세도 계신데 나도 그만 혈압 좀 오르게 해야 하지 않겠어? 아직 깊은 사이도 아니고. 그럼 가지, 박 형사."

나래는 픽 웃으며 차에 올라탔다. 성재는 재미있는 선배였고 가끔가다 하나씩 던져주는 힌트들은 도움이 되곤 했다. 좀 더 가르쳐달라고 하면 그렇게 쉽게 공짜로는 안 된다며 튕기기는 했지만.

성재를 내려다주고 나서 피해자의 집골목 앞으로 차를 막 세웠을 때였다. 그녀의 휴대폰이 미친 듯 울리기 시작했다. 액정에 뜨는 이름을 확인하며 나래는 피식 웃었다. 그럼 그렇지. 얼마 못 간다고 생각했다.

"뭐냐, 신훈민."

–너 어디야?

"어디긴, 잠복하러 나왔지."

–왜 혼자 갔어.

"누가 하도 날 씹는 바람에 혼자 왔지. 그리고 너 사무실에도 없더만."

–야, 박하.

"왜?"

–미, 미안하다.

순간 나래는 놀라서 휴대폰을 떨어뜨릴 뻔했다. 그가 미안하다는 말을 하는 것은 무척이나 드문 일이었다. 훈민은 누구보다도 자존심이 센 남자였다.

"갑자기 왜 그래, 무섭다."

–정말 곰곰이 생각해봤는데, 어쨌거나 우리가 그렇게까지 나쁜 짓을 하는 건 아닌 것 같아.

그럼 그렇지. 나래의 이마에 굵은 핏줄이 섰다. 하지만 이내 웃고 말았다. 그래, 이게 신훈민다웠다.

"신훈민."

–왜.

"우리 평생 친구 하자."

그렇게 말해놓고 따뜻한 말을 기대했던 건 아니었다. 그런데

대뜸 하는 말이,

–뭔 개소리야.

"뭐?"

–이미 몸 다 섞은 주제에 무슨 친구는 친구야. 난 그런 거 못 해.

"그럼 뭐, 어쩌자고."

신경질적인 나래의 말투에 반응하듯 그의 목소리도 거칠어졌다.

–사귀면 되잖아.

순간 나래는 어안이 벙벙해졌다.

사귄다?

사귄다의 뜻을 훈민이 알고 있는 것일까?

아무리 이름이 훈민정음의 훈민이면 뭘 하나. 어렸을 때부터 그의 국어 실력은 최하였는데.

나래가 피식 웃으며 말하려는 순간 무엇인가가 쿵 하며 차 앞 유리에 떨어졌다. 그것도 그녀의 바로 앞에. 너무 놀라서 단말마의 비명까지 지르고 휴대폰까지 떨어뜨린 나래는 가슴을 부여잡았다. 차에서 내리려고 하다가 안 되겠다고 판단한 뒤 차 문이 제대로 잠겼는지 확인하고 앞을 보았다. 앞 유리를 가득 덮은 시뻘건 게 무엇인가 싶었는데 뻔했다. 그건 분명 피였다.

결국 훈민이 도착할 때까지 나래는 계속 그 자리에 앉아 있을 뿐이었다. 5분도 채 되지 않는 시간이었지만 꼭 5시간처럼 느껴졌다. 옆에서 쾅쾅 문을 쳐대는 훈민을 보고서야 나래가 정신을 차린 듯 문을 열었다.

"박하, 괜찮아?"

몇 번이나 정신을 차리기 위해 고개를 내젓던 나래가 차에서 내렸다. 차에 떨어진 게 무엇인가 했더니 다름 아닌 죽어 있는 고양이였다. 그것도 목이 반쯤 잘린. 아직 고양이 사체가 따뜻한 것을 보니 죽인 지 얼마 되지 않은 모양이었다. 차 앞 유리는 고양이 피로 낭자해서 앞도 잘 보이지 않을 정도였다.

"누가 이딴 짓을 한 거야. 설마 그 압발?"

나래는 고개를 내저었다.

압발이 먼저 경찰 앞에 몸을 드러낼 리는 없었다. 아니면 난 들키지 않을 자신 있다고 말하는 일종의 장난질?

아무리 머리를 굴려봐도 이런 잔인한 짓을 할 사람은 없었다. 웬 정신 나간 놈도 고양이를 잡아다 이런 짓을 하지는 않을 것이다.

진짜 정신 나간 놈이라면 문 열라고 행패를 부렸어야 했다. 아니, 요즘 동물 학대가 얼마나 많던가. 철없는 어린아이들의 장난일 수도 있다.

"이거……."

훈민의 눈빛이 순간 반짝였지만 나래는 여전히 정신이 없어 그걸 보지 못했다.

"박하! 어이, 정신 좀 차려! 괜찮은 거냐? 어?"

"그만 흔들어. 골도 흔들린다."

나래의 말에 훈민은 잡고 있던 어깨를 놓았다. 그럼에도 안심이 되지 않는지 손바닥을 그녀의 앞에서 왔다 갔다 흔들었다. 나래는 신경질적으로 그의 손을 쳐냈다.

"걱정돼서 그런 건데 너 신경질적이다? 그날이냐?"

"너 죽을래?"

물론 그는 그녀의 마법의 날짜를 알고 있었다. 개코를 가진 건지, 단지 감이 좋은 건지. 어쨌거나 그는 잘 알아차렸다. 처음엔 민망했지만 이미 10년 이상 그런 반응인데 새삼스러울 것도 없었다.

고양이 사체를 치우고 있는 그를 보고 있자 생각났다. 그의 몸은 아직 정상이 아니었다.

"야! 너 어떻게 왔어? 설마 뛰어왔어?"

"미쳤냐? 이 다리로 뛰어오게?"

그가 그렇게 말하며 고갯짓으로 뒤를 가리켰다. 거기엔 바이크 한 대가 있었다. 나래의 눈이 휘둥그레 커졌다. 훈민은 우석이 죽고 나서 바이크는 쳐다보지도 않았다. 결국 훈민의 바이크도 그녀가 처리해야 했었다. 나래는 가슴이 지끈거리는 것을 느꼈다. 그렇게 악을 지르고 휴대폰까지 놓쳤으니 그가 놀라서 오토바이를 타고 왔을지도 모른다고 생각됐다.

"너…… 우석이 죽고 나서 바이크 한 번도 타지 않았잖아."

"급한데 어쩌라고. 차는 없고. 저것도 잡혀온 놈 거 그냥 타고 온 거다. 그러게 왜 혼자 잠복 나가서 사람 놀라게 만들어!"

그가 소리를 버럭 질렀다. 뭐, 훈민이 소리를 지르는 것은 늘 봐오던 일이기에 그녀는 괜히 귀를 후비며 차에 들어가 와이퍼를

작동시키기 시작했다. 워셔액이 나오자 그래도 피가 굳지는 않았던 것인지 천천히 지워지기 시작했다.

"바이크…… 타도 괜찮아?"

"안 괜찮아. 그러니까 앞으론 절대 혼자 다니지 마."

"너 아픈데 데리고 나갈 순 없잖아. 원래는 너도 내일모레까지 쉬는 날이었고. 그리고 너 나한테 말도 안 걸었잖아. 피하기만 하고."

"그거야 뭐……. 야, 밑에 애들은 폼으로 데리고 있냐?"

"걔네들도 피곤한데 쉬어야 할 거 아니야."

훈민이 답답하다는 듯 길게 한숨을 내쉬었다. 그 이후로도 몇 번이나 한숨을 내쉬더니 그제야 숨통이 트이는 모양이었다.

"넌 무슨 강철로 만들어졌냐? 잠도 못 자서 다크서클이 턱 밑까지 내려와 있네. 야, 넌 여자가 됐으면 좀 분도 발라보고 그래. 그리고 그 나이에 이게 뭐냐? 하다못해 정음이도 얼굴에 붓칠 하더라."

"화장할 시간이 어딨어? 밥 먹을 시간도 없는데. 그리고 정음이도 나이가 몇인데. 화장하는 게 당연하지. 그리고 너 뭘 모르는 모양인데 내가 꾸며봐. 나 좋다고 따라다니는 남자들 때문에 골치 아프다, 아파."

다소 오버이긴 했지만 그녀도 학창시절엔 꽤 인기가 많았었다. 예쁘장한 외모에 공부도 썩 잘했으니까. 거기다 성격도 나쁜 편이 아니었다. 그녀는 학교 내 학생회장까지 맡을 정도로 성실하고 열정적이었다. 뭐, 역시나 그는 비웃고 있었지만.

경찰서로 돌아가는 길은 뻥 뚫려 있었다. 그럼에도 불구하고 이 무슨 머피의 법칙인지 신호등에 계속해서 걸리고 있었다. 이번에 또 막히려나 싶었는데 다행히 파란불이었다. 하지만 그녀는 그의 발언에 차를 멈추고 말았다.

"그나저나 너 왜 대답 안 해? 사귀자니까."

정말 다행이었다. 새벽이라서 뒤에 따라오는 차가 없다는 게. 나래는 다시 차를 출발시키며 그를 노려보았다.

"너 미쳤니? 돌았어? 정신이 나갔구나?"

"그럼 넌 말이 된다고 생각하냐? 이미 볼 꼴 못 볼 꼴 다 봤는데 친구는 무슨 개 풀 뜯어먹는 소리."

물론 그건 그의 말이 맞다. 그녀도 머리로는 그렇게 생각하고 있었다. 하지만 마음이 그렇지 않은데 어쩌라는 건지.

"하지만 우리가 이성적으로 사랑이라는 것을 하는 것도 아니고……."

"야, 나이가 몇인데 사랑 타령이야. 이렇게 저렇게 맞으면 사귀는 거지. 너 장성민이 좋아서 사귄 거냐? 걔 조건 보고 사귄 거잖아."

"야! 뭐, 조건이 좋긴 했지만…… 그래도 좋아하는 마음 정도는 그땐 있었어."

그래, 그 당시엔 좋아하는 감정쯤은 있었다. 그랬으니 꽤 오랜 시간 사귈 수 있었던 것이다. 그리고 이 나이에 누군가를 사귄다는 건 자연히 조건을 보게 된다. 쉽게 누군가가 좋아서 만날 수 있는 나이는 아니었다. 그렇다 해서 그녀는 꼭 결혼할 마음은 없었다. 하지만 이 나이에 만나는 남자들은 결혼을 조건으로 사귀는 사람들이 대부분이었다.

"그래, 사귄다고 쳐. 사귀는데 거기서 더 이상은 아니라면? 난 진짜 너하고는 계속 쭉 지내고 싶은데 어색해지면 어쩌냐고."

"야, 넌 쿨이라는 단어도 모르냐? 하여간 공부만 잘하는 것들은 실용성이 없어. 소 쿨. 몰라? 더 이상 싫증나면 안 하면 되는 거지, 뭐가 문제야. 하여간 학창시절에 나 좀 공부했어요, 하는 애들하고는 말이 안 통해. 어쨌거나 사귀는 거야. 어쨌거나 우린 지금 서로 좋잖아. 그게 뭐가 됐든."

그렇게 말한 훈민이 창밖으로 시선을 던졌다. 기분 좋게 사귀자는 말은 아니었지만 나래는 자꾸 입꼬리가 올라가려는 걸 애써 참아내었다.

다행히 화해를 한 두 사람은 오래간만에 사람다운 복장을 하고 하늘이 결혼하는 예식장으로 향했다. 갑자기 결혼식 날을 잡아 이 예식장도 겨우 구한 것이라고 했다. 사실 부모님 힘을 빌려도 되겠지만 그렇게까지 하고 싶지 않다고 했던 하늘은 예물예단도 최소한으로 줄였다고 했다. 축의금은 쌀로 대신해 기부를 한다고 해서 내심 놀란 것도 사실이었다.

나래는 오븐렌지와 전기밥통을 선물했고 훈민은 에어컨을 보냈다. 친한 친구가 밥통을 사주어야 잘 산다는 미신 때문에 준비했지만 왠지 너무 약소한 것 같아 오븐렌지도 준비를 했다. 그리고 고민도 하지 않고 에어컨을 고르는 훈민을 보며 나래는 박수를 쳐주었다.

하늘은 결혼식에 들어가는 허례허식은 다 필요 없다며 오히려 두 사람이 모은 돈으로 집을 사겠다고 선언했다. 그래서 조금이라도 힘이 되라고 가전제품을 골라주었는데 마음 같아서는 냉장고도 사주고 싶었다. 훈민은 무슨 살림 차려줄 일 있냐고 타박을 하며 그녀를 말렸다. 셰프인 지형이 냉장고는 이미 있다고 말을 하지 않았더라면 정말 그 자리에서 카드를 긁을 뻔했다.

"축하드려요, 아버님, 어머님."

"축하드립니다."

"그래, 나래 왔구나. 훈민이도."

세 사람 모두 고등학교 때부터 친하게 지내 부모님도 모두 아는 사이였다. 그러다 나래는 순간 등줄기로 식은땀이 흘러내리는 것 같은 착각을 했다.

처음 훈민과 사고를 치고 갔던 산부인과에서 보았던 의사는 다름 아닌 하늘의 오빠인 푸른이었다. 하늘과 푸른은 나이 차이가 꽤 많이 나 사실 친하게 지낼 시간이 없었었다. 물론 푸른은 나래와 훈민을 꽤 귀여워했었다.

그때 멀쑥한 정장을 입고 웃고 있는 푸른과 눈이 마주쳤다. 언제부터 보고 있었던 것일까? 설마 하늘에게 말을 한 것은 아니겠지? 하긴, 하늘에게 말을 했으면 진작 난리가 났을 것이다.

"형님, 오랜만입니다."

훈민이 재빨리 손을 뻗으며 푸른에게 악수를 청했다. 푸른은 의미심장한 미소를 지으며 훈민의 손을 잡았다.

"너흰 언제 국수 먹여줄 거냐?"

"네?"

나래의 입이 쩍 벌어졌다. 뒤를 돌아보자 다행히 하늘의 부모님은 다른 손님들을 맞이하느라 정신이 없어 보였다. 나래가 재빨리 앞으로 걸어가 이를 꽉 물고 속삭였다.

"히포크라테스 선서."

"자식들, 좋으면서 뭘."

"오빠!"

"이래서 남녀 사이에 친구는 없다니까. 내 진즉 그럴 줄 알았지. 그만 가봐, 하늘이 너희 목 빠지게 기다리고 있더라."

푸른과 나래의 대화를 듣고 있던 훈민이 고개를 살짝 갸웃거렸다. 나래는 한숨을 내쉬며 고개를 숙이고 신부대기실로 향하기 위해 발걸음을 옮겼다. 하지만 몇 발자국 가지 못하고 훈민에게 잡혀 멈춰 섰다.

"형님이 어떻게 알아?"

"사후피임약 받으러 갔는데 거기에 떡 앉아 있었어."

"뭐?"

"나도 푸른 오빠 결혼하고 몇 년 만에 봤으니 못 알아봤지."

"하늘이한테는 말 안 하셨대?"

"너 그러길 기대한 모양이다?"

훈민이 괜히 헛기침을 하며 시선을 피했다. 나래는 훈민의 옆구리를 꾹 찌르고 신부대기실로 들어섰다. 새하얀 웨딩드레스를 입고 친구들 틈에 파묻혀 축하를 받고 있는 하늘은 정말 어느 때

보다도 훨씬 예뻐 보였다.

"이야, 옷이 날개라더니."

훈민의 말에 모두의 고개가 돌아왔다. 그리고 나래는 놓치지 않았다. 여자애들의 눈빛이 반짝반짝 빛나고 있는 것을. 새삼 느끼게 된다. 학창시절 훈민의 인기를 잠시 간과하고 있었다. 모두가 우르르 훈민의 곁으로 다가왔다. 나래는 그 사이를 피해 하늘의 곁으로 걸어갔다.

"진짜 예쁘다, 하늘아."

"고마워. 그나저나 신훈민 인기는 여전하네. 오늘 주인공 나 아니니?"

하늘이 장난스럽게 하는 말을 훈민이 들은 모양이었다. 여자애들을 밀치고 앞으로 걸어와 하늘을 위아래로 쭉 훑었다.

"왜? 남한테 간다니까 아까워?"

"나 네 신랑한테 칼 맞고 싶은 생각 없다. 와, 요즘 기술이 좋긴 좋아, 화장기술이?"

"오늘 기분 좋은 날이니까 내가 참을게."

하늘이 환히 웃으며 훈민을 향해 주먹을 들어 보였다. 사진을 찍자는 말에 그때부터 정신이 없어졌다. 하늘과 둘이 찍고, 또 훈민과 셋이 찍고 다른 여자애들과 모두 서서 찍었다. 그제야 애들은 나래가 눈에 들어온 모양이었다. 그래도 고등학교 시절 학생회장도 했고 두루두루 친하게 지냈는데 역시 잘난 남자를 이기는 건 불가능한 모양이었다.

"세상에, 나래 너 여전하다."

"그나저나 뭐 하고 사는 거야. 동창회도 좀 나오고 그래."
"너희 아직도 붙어 다니는 거야?"
말은 그렇게 하고 있어도 죄다 관심은 훈민에게 가 있는 게 눈에 보였다. 그녀가 동창회를 나간다면 분명 훈민도 데려올 거라고 다들 생각하는 모양이었다. 10년 전엔 모두가 교복을 입은 어린 아이들 같았는데 지금은 다들 결혼적령기를 맞이한 숙녀들이었다. 매력적인 남자를 보면 당연히 촉이 세워질 것이다.
"훈민이 만나는 여자는 있니?"
"경찰 됐다며?"
나래는 여기저기서 쏟아지는 질문 때문에 그저 웃을 수밖에 없었다. 다들 차마 훈민에게 다가가 물어보지는 못하고 있는 것 같았다. 10년이 지났다고는 하지만 다들 얼굴이 고스란히 남아 있었다. 얼굴에 투자를 해 더 예뻐진 애들도 있었고 이른 결혼을 한 친구들도 있었다.
"나래 넌 사귀는 사람 없어?"
"경찰서에 괜찮은 사람 많지 않아?"
너희가 와서 봐보렴, 그곳이 바로 동물원이란다, 라고 말해주고 싶었다. 처음 하늘이 경찰서에 왔을 때 그 말을 했었다. 죄다 유인원밖에 없다고.
처음엔 형사인지 조폭인지 분간이 되지 않을 정도로 거칠게 생긴 남자들이 많다고 생각했지만, 지금은 정이 들어서 그런지 그럭저럭 밖에 내놓아도 귀여운 얼굴들 아닌가 싶기도 했다. 물론 이 말을 들은 훈민은 고개를 저었다. 이래서 잘생긴 놈들은 안 된다며 나래는 핀잔을 주었다.

"소개 좀 어떻게 안 될까?"

"그러고 보니 우리 사무실에도 2명이 솔로이긴 한데."

"정말? 나 솔로 5년 차야. 어떻게 소개 좀 해줘."

"나도."

다들 결혼을 하고 싶어 하는 나이가 된 것 같았다. 그러고 보니 그녀도 대학시절 딱 한 번 소개팅을 해봤었다. 그때 훈민이 와서 장난을 치는 바람에 다 망쳤지만, 그 뒤로는 딱히 누군가를 만난다거나, 또 누군가를 상대를 소개해 준다는 것도 생각해보지 못했다.

"방금 전까지 훈민이만 보더니 갑자기 왜 이래?"

"솔직히 훈민이는 다가가기 좀 그렇잖아."

"웬만하게 생기지 않으면 쳐다보지도 않을 것 같고."

"그러고 보니 훈민이 여자 친구는 한 번도 못 본 것 같지 않아?"

그래, 생각해보니 딱히 훈민은 누군가를 사귄 적이 없는 것 같았다. 그냥 누가 다가오면 막지도 않았고 잡지도 않았다. 늘 따라다니는 여자들이 많아 은연중 훈민이 여자 친구를 많이 사귀었다고 착각을 하고 있었다.

여자애들이 수군거리는 소리에 고개를 돌려 훈민을 바라보았다. 같은 반이었던 남자애들과 섞여 이야기를 하고 있는 훈민은 그중에서도 군계일학이었다.

대화에 집중을 하는지 살짝 인상을 찌푸린 채 고개를 끄덕이며 누군가의 말에 귀를 기울이는 훈민을 보고 있으니 새삼스레 가슴 한구석이 간질거렸다.

왠지 모르게 심장이 평소보다 조금 빨리 뛰는 것 같기도 하고 숨도 가빠지는 느낌이 들었다. 손등으로 볼을 누르자 열기가 느껴졌다.

갑자기 왜 이러는 걸까. 그냥 여기가 더워서, 그리고 하늘의 결혼식에 조금 들떠서 그런 거라고 생각하며 고개를 돌렸지만 자꾸 나래의 시선은 저도 모르게 훈민을 찾았다. 나래는 마음을 다잡기 위해 고개를 빨리 저었다.

'오늘 저 놈이 간만에 깔끔하게 입어서 그래. 그래, 그래서 그런 거야.'

가슴에 손을 올려 꾹 눌렀다. 하지만 심장은 쉴 새 없이 뛰어대고 있었다.

나래는 하늘의 부케를 받았다. 옆에서 6개월 안에 결혼해야 한다고 훈민이 빈정대고 있었지만 나래는 부케가 예뻐 그 말은 살포시 무시해주었다.

뷔페홀로 자리를 옮겨 막 크림 새우 하나를 입에 가지고 갔을 때 휴대폰이 울렸다. 불길한 느낌에 액정을 확인하니 역시나 동료의 전화였다.

사체가 발견되었다. 그것도 경찰서에서 200m도 떨어지지 않은 일반 주택에서. 범인의 행동 범위가 가까워지고 있다고 생각하면서도 왠지 도저히 감이 잡히지 않아 경찰서 내의 사람들은 거의 패닉 상태가 되었다. 서로 신경이 예민해져서 별것 아닌 일에 짜증까지 내고 있었다. 거기다 자질구레한 일까지 떠맡게 되면서 사람들의 스트레스는 극에 달했다.

이 와중에 팀장으로서 발령받아 온 사람은 성재의 말처럼 여자였다. 그것도 젊디젊은 데다 경찰서장을 아버지로 두고 있는.

어쨌거나 나래는 자리에서 일어나 있었지만 머릿속은 풀리지 않는 일들로 가득했다. 그저 의례적으로 고개를 숙이고 악수를 한 뒤 자리에 앉으려 했다.

"박하얀나래 씨?"

"네?"

막 서류로 가던 손이 멈추었다. 고개를 들고 본 경정의 얼굴은 생각보다 훨씬 미인이었다. 요즘은 예쁜 것들이 공부도 잘한다더니 사실인 모양이었다.

"이름이 독특하네요. 나래가 날개란 뜻이던가요?"

"그렇…… 습니다."

"일이 바쁜 건 알겠지만 상관 얼굴쯤은 쳐다봐주는 게 예의죠."

얼굴은 웃고 있었지만 눈은 매서웠다. 나래는 고개를 숙이며 죄송하다는 말로 일관했다. 꼬투리를 잡혀봤자 더 피곤해질 거라는 건 그녀도 잘 알고 있었다.

"심연아라고 합니다. 잘 부탁합니다."

"잘 부탁드립니다."

나래는 정중히 고개까지 숙인 뒤 인사를 마쳤다. 연아가 옆으로 걸어가자 그제야 숨을 내쉬며 자리에 앉았다. 벌써 2년째인데도 불구하고 압발에 대한 물증은 단 하나도 확보하지 못했다.

물증뿐이겠는가. 심증도 마찬가지였다. 대체 머리가 얼마나 좋은 놈인 건지 2년이 넘도록 단서 하나 남기지 않고 교묘히, 그것도 사람을 놀리듯 빠져나가는 것인가. 이젠 화가 치밀어 오르고 있었다.

"아, 씨. 젠장. 신발, 욕 나오네. 미친 놈. 미친 새끼. 아, 죽일 놈."

그녀가 욕을 하는 건 흔치 않은 일이었다. 하지만 민 반장은 그녀가 욕을 해도 전혀 이상한 상황이 아니라는 것을 잘 알고 있는 모양인지 어깨를 두드려 주기까지 했다.

"욕이라도 더 해야지 어쩌겠어. 잡히는 건 없고."

"무슨 일인가요?"

"아, 팀장님. 압발에 대해서 이야기 들어보셨을 거라 생각합니다. 그놈 때문에 저희 팀이 계속 골머리를 썩고 있어서요. 오죽하면 우리 팀의 단 한 명 남은 교양인인 박 형사까지 욕을 하겠습니까."

어쨌거나 나래는 일류대 졸업생이었다. 거기다 어떠한 상황에서도 침착했다. 비록 체력적으로 남자들보다 조금 떨어지고 잠이 많다는 것이 유일한 단점이랄까?

"그 자료 저도 좀 볼 수 있겠죠?"

"그렇습니다."

"그럼 박 형사님이 자료 좀 가지고 제 방으로 오시겠습니까?"

나래는 얼떨결에 고개를 끄덕였다. 그냥 간단히 컴퓨터로 보면 될 걸 가지고 또 왜 가지고 오라 마라야! 일이 얼마나 많은데! 속으로 구시렁댔지만 상관의 명령이니 거절할 수도 없었다. 이래서 사람들은 억울하면 출세를 하라고 하나 보다.

"그나저나 신 형사는 혼자 뭐가 그렇게 바빠서 이렇게 안 보여?"

민 반장의 말에 자료를 챙기던 나래가 비어 있는 훈민의 자리를 보았다. 혼자서 어딜 그렇게 돌아다니는 건지 훈민은 정말 얼굴 보기가 바빴다. 또 혼자서 압발에 대한 물증을 잡아보겠다고 발품을 팔고 다니는 모양이었다. 증거조차 남기지 않는 놈의 행적을 대체 어떻게 찾으려고.

나래를 한숨을 내쉬며 이것저것 문서로 된 자료들을 챙겨 팀장실로 향했다. 호람이 쓰던 때보다 팀장실은 훨씬 더 깔끔했다. 하긴, 이제 발령받아 왔기 때문에 물건이란 게 있으면 그게 더 이상한 상황이었다. 거기다 여자라 그런지 꽤 아기자기한 물건들도 많이 보였다.

"선배님이 모아놓으신 자료 좀 볼까요?"

"네?"

"저보다 직위는 낮지만 선배님 아니십니까. 그리고 법대 68회 졸업생 맞으시죠?"

"그걸 어떻게……."

"저 70회 졸업생이에요."

뭐랄까, 연아가 지금 하는 말은 뭔가 가시가 돋친 것 같았다.

절로 나래의 눈이 가늘어졌다. 정확히 왜 이렇게 연아가 자신에게 적대감을 드러내는 것인지 이해를 할 수가 없었기 때문이었다.

“제가…… 마음에 들지 않으신가 봐요?”

“뭐, 꼭 그런 건 아니지만. 우선은 뭐, 그렇다고 해두죠.”

나래는 저도 모르게 허, 라고 헛웃음 소리를 냈다.

“혹시 신훈민 좋아하세요?”

“뭐라구요?”

이번엔 연아가 신경질적인 반응을 냈다. 나래는 자신이 잘못 짚었다 생각했다. 이제껏 이런 식으로 여자에게 불이익을 당하면 꼭 거기엔 훈민이 껴 있었기 때문에 이번에도 그럴 거라 생각했었다. 하지만 연아의 반응을 보니 전혀 아닌 모양이었다.

“하하, 아닌가 보네요.”

“신훈민이라는 사람이 유명하긴 한가 보네요. 선배님까지 그렇게 말씀하시고.”

아무래도 서장이 정말 훈민을 사위로 점찍은 것은 분명한 듯했다. 연아가 저렇게 말하는 것을 보니. 나래는 그저 어깨를 들썩였다.

“필요한 게 더 있으시면 호출하십시오. 일이 밀려서 그만 나가보겠습니다.”

깍듯이 인사를 하고 돌아섰을 때 뒤에서 연아의 목소리가 들렸다.

“저 선배 엄청 좋아했었어요. 동경했었다는 말이에요.”

나래의 몸이 다시 돌아갔다.

"선배 3학년 때 사시 1차 합격했잖아요. 교수님들 얼마나 선배 자랑스러워했는지 모르죠? 그리고 꿈이 검사였다면서요. 저도 1학년에 갓 들어와서 그런 선배를 보고 제 롤 모델(Role model)로 삼았어요. 그런데 그깟 신훈민 때문에 검사를 포기해요?"

순간 어안이 벙벙해진 나래는 무슨 말을 어떻게 해야 할지 몰랐다. 이렇게 잘난 후배가 있는 것도 몰랐고, 그런 후배가 자신을 모델로 삼고 있을 줄이야. 그리고 이제껏 무려 신훈민을 보고 '그깟' 이라고 표현한 여자가 있었던가? 그녀가 아는 한 단 한 명도 없었다.

"뭔가 착각하신 것 같습니다. 전 검사가 되고 싶은 마음이 없었는데."

"네?"

"하하, 사실은 법대도 성적이 좋게 나와서 들어간 거였습니다. 피 보는 건 도저히 자신이 없어서 의대는 못 갔는데, 여기서도 피를 보긴 하네. 이럴 줄 알았으면 그냥 의대 갈 걸 그랬나요? 그리고 뭘 착각하나 본데 저 신훈민 때문에 경찰 된 거 아닙니다."

"거짓말 마세요! 두 사람이 술 마시면서 내기 건 거 제가 다 봤어요. 그리고 직접 들었다고요."

"내기였을 뿐이지만. 제가 어렸을 때 굉장히 좋아했던 아저씨가 경찰이었거든요. 그 아저씨가 제 롤 모델이었습니다. 뭐, 저도 사시 봐서 경정으로 오면 좋았겠지만 거기까진 제 머리가 안 되네요. 이만하면 해명이 잘되겠죠? 그럼 이만 못난 선배는 나가보겠습니다, 심연아 경정님."

훈민의 작은아버지가 경찰이었다. 무서워했지만 정복이 굉장히 잘 어울려 어려서부터 멋있다는 생각을 했었다. 어쩌면 그래서 훈민이 말도 안 되는 내기를 걸었을 때도 그다지 거부감이 없었을지도 모른다.

연아의 앞에서는 마음 넓은 선배인 척했지만 나래는 빠져나오자마자 벽을 차며 괜한 화풀이를 했다. 계속 뻥뻥 벽을 차봤자 자신의 발만 아프다는 것을 깨닫고는 그 무식한 짓을 중단했다. 그녀는 스스로 지금 왜 이렇게 화가 나는지 알지 못했다. 하지만 눈앞에 훈민이 보였을 때 그 이유를 알 수 있었다.

"야, 박하. 너 드디어 돌았냐? 왜 괜한 벽에다 발길질을 하고 있……."

"모든 게 신훈민 너 때문이야!"

갑작스런 나래의 신경질에 훈민이 놀란 기색이 역력했다. 평소엔 귀찮아서 잘 뜨지도 않는 눈을 동그랗게 뜨고 있었다. 그건 새로웠다. 늘 반쯤 감긴 눈만 보다가 온전히 뜨고 있는 건 오랜만이었다.

중학교 2학년 때던가? 뭐, 그때쯤이면 공부하기 싫어지고 으레 잠이 많아지는 시기였다. 그때부터 그의 눈은 게슴츠레해졌다.

"뭐가 모든 게 나 때문이야?"

"넌 내 인생의 태클이야. 아악! 짜증 나! 야! 신 경장."

"뭐?"

"높임말 써야지. 상관이 말하는데."

순식간에 그의 잘생긴 미간이 구겨졌다. 하지만 사실은 사실이니까 더 이상 반박할 여지가 없는 것 같았다. 더군다나 여긴 경찰서였다.

"왜 그러십니까, 박 경사님?"

"나 오늘 되는 일 하나도 없으니까 술 사도록."

"그거라면 오케입니다, 박 경사님."

그가 장난스럽게 웃으며 요즘 유행하는 OK 손동작을 해 보였다.

그때였다. 갑자기 여순경이 뛰어오면서 숨이 차 그런지 말을 제대로 잇지 못하고 있었다. 하지만 곧 그 순경의 입에서 나오는 말을 듣는 순간 두 사람의 얼굴이 하얗게 질렸다.

"민 반장님께서 칼에 찔리셨대요!"

이건 말도 안 되는 일이다. 백주대낮에 형사가 길거리에서 칼에 찔렸다니. 대한민국에서 이런 일이 과연 있을 수 있단 말인가? 두 사람은 정신없이 복도를 뛰기 시작했다.

병원으로 가는 도중에도 믿을 수가 없어서 나래는 괜히 막히는 차들만 원망하고 있었다. 훈민 역시 신경이 곤두서서 계속 끼어드는 차를 향해 창문까지 열고는 욕을 퍼붓고 있었다.

우여곡절 끝에 병원에 도착했을 때 주차도 하는 둥 마는 둥 건물 안으로 뛰어 들어갔다. 막 반장의 수술이 끝난 참이었다.

"어때요? 괜찮은 겁니까?"

"다행히 생명엔 지장이 없습니다. 다만 완치까지 2개월 이상의 시간이 걸리실 겁니다. 요양도 좀 하셔야 할 겁니다."

"알겠습니다."

입원실로 옮겨지는 과정에서도 훈민은 계속 욕설을 내뱉고 있었다. 뒤늦게 소식을 듣고 온 가족들을 보기도 민망해져서 나래는 입원실에서 나올 수밖에 없었다. 경찰들조차 보호가 되고 있지 않는데 누가 누굴 보호하겠다는 건지.

이젠 모두가 서서히 지쳐가고 있었다. 물증은 잡히지 않고 범인은 더더욱 날뛰고, 언론은 무능력한 경찰이라는 타이틀로 연일 기사를 쏟아내고 있었다.

자극적인 기사가 연달아 쏟아져 나오고 결국 민 반장의 일도 신문에 실렸다. 현장 부근에 가서 범인의 행적수사를 해도 나오는 것이 없었다.

거기다 왜 하필 그 구역의 CCTV가 그날 고장이 났다는 말인가. 차라리 터미널 밖이었으면 자동차들의 블랙박스를 무슨 일이 있어도 찾아냈을 것이다.

"그러니까 터미널에서 입구 쪽으로 나오시는데 누구와 부딪치시고 그대로 쓰러지셨단 말씀이신가요?"

"그때 제가 공중전화로 통화 중이라 스치듯 봐서 자세히 기억이……."

목격자는 휴가를 나온 군인이었다. 잘 생각이 나지 않는지 고개를 갸웃거리며 기억을 떠올리려 하는 듯했다. 훈민은 답답한지 몇 번이나 머리를 헝클며 얼굴을 쓸어내리고 있었다. 훈민은 민 반장의 사건이 있던 뒤부터 혼자 다니던 일을 자제했다. 그 이유는 나래와 늘 같이 붙어 다니기 위해서였다. 혼자서는 위험하다는 판단을 내린 듯했다.

반장의 가슴을 찌른 칼은 압발이 쓰던 칼과 똑같은 길이와 크기였다. 만약 증거를 찾지 못했더라도 반장을, 그것도 백주대낮에 길거리에서 찌를 정도라면 압발밖에 없다고 모두들 생각했을 것이다. 지문은 역시 남기지 않았고, 또다시 수사는 미궁으로 빠졌다.

경찰서로 자리를 옮기고 나자 흥분이 조금은 가라앉은 듯했다. 사무실 분위기는 참담했다. 누구하나 말을 꺼낼 상황이 되질 못했다. 얼마 전 훈민이 다친 것도 그렇고 이제 반장까지 당했으니 사기가 꺾기는 것도 당연했다.

"아, 씨발! 심증도 없고 물증도 없고! 대체 어쩌라는 거야. 거기다 검사라는 새끼는 계속 물증 찾고 지랄이야! 씨발!"

훈민이 수화기를 부서질 듯 내려놓았다. 어째 통화 중에 잘 참는다 했다. 나래는 고개를 내저으며 서류를 읽고 있었다. 더 이상 참을 수가 없던지 훈민이 들고 있던 서류를 집어 던졌다.

"어차피 서류 따위로 안 된다는 거 알면서 이 새끼는 왜 만날 서류 타령이야. 이래서 공부만 존나게 하는 새끼들이 싫다니까!"

"때론 그 공부한 새끼들이 필요한 법이죠."

문을 열고 들어오는 사람은 다름 아닌 심 경정이었다. 훈민이 욕을 입으로 구겨 넣으며 자리에 털썩 주저앉았다.

"안 그런가요, 신 경장님?"

"네, 지당하신 말씀이십니다."

역시나, 삐딱한 말투를 내뱉는 훈민을 보는 연아의 눈썹이 치켜 올라갔다.

"심증도, 물증도 없으면 뭘 해야 할까요? 발로 뛰어야죠."

"씸연아, 경정님!"

결코 의도하진 않았겠지만 흥분으로 인해 말투가 억세져서 센 발음이 튀어나왔다. 그건 평소 범죄자들에게서 자주 듣던 욕설이었다.

장 형사가 먼저 웃음을 터트렸다. 그리고 나래 역시 웃음이 튀어나오는 것을 참지 못했다. 사무실에 있는 사람들 모두가 그러했다. 물론 연아의 얼굴이 벌겋게 변한 것은 말할 필요도 없었다. 그럼에도 불구하고 훈민은 화가 머리끝까지 차올라 혼자 사태를 인식하지 못하고 있었다.

"누군 발로 안 뜁니까? 못 뛰어서 그렇습니까? 위에서 앉아서 일하시는 분들한테는 발이 닳도록 뛰는 아랫사람들이 안 보이십니까? 젠장! 안 그래도 일 안 풀려서 뒤지겠는 사람한테. 이론은 지겹게 설명하지 않아도 잘 압니다! 정 그러시면 경정님께서 직접 수사 지휘하시든가요. 뭐부터 할까요? 말씀만 하시죠?"

누가 봐도 삐딱한 학생처럼 구는 훈민은 감정적이었다. 물론 나래가 그런 그를 이해하지 못하는 것도 아니었다. 민 반장은 그에게 있어 스승이자 마찬가지였으니까. 제일 처음 서에 들어왔을 때도 민 반장이 훈민을 데리고 다니며 모든 것을 가르쳤었다. 하나부터 열까지.

"신 경장!"

"반장님이 죽을 뻔했습니다! 그 범인한테 칼 맞았단 말입니다. 그것도 심장 바로 아래로! 뭘 의미하시는지 모르겠습니까? 그 미친놈! 지금 경찰 데리고 놀고 있습니다. 얼마든지 죽일 수 있다는 일종의 경고라는 거 모르시겠습니까? 이 상황에서 제정신으로 어떻게 일을 합니까? 우린 감정도 없는 사람입니까? 전 사람도 아닙니까? 아, 씨!"

더 길게 욕설을 뱉지 못하자 훈민이 걸쳐두었던 트레이닝복을 집어 들고 사무실에서 나가버렸다. 나래도 자리에서 일어나며 연아를 보았다.

"신 경장 말처럼 우리도 인간입니다. 아버지 같은 분이 돌아가실 뻔하셨는데 제정신일 수가 없죠. 가져오신 서류의 누락 부분은 없습니다. 먼저 퇴근하겠습니다."

나래가 훈민을 찾기 위해 사무실을 빠져나왔다. 어찌나 걸음이 빠른지 그의 뒷모습은 보이지도 않았다.

하지만 어디에 가 있는지는 잘 알 수 있었다. 경찰서에서 그리 멀지 않은 곳에 있는 순창 아줌마 포장마차였다.

뜨끈뜨끈한 어묵 국물을 앞에 두고 소주를 맥주잔에 따라 벌컥벌컥 들이켜는 모습이 보는 나래의 속을 뜨끈하게 만들었다. 나래가 훈민의 앞에 털썩 앉았다. 훈민은 눈길 한 번만 주고는 계속해서 술을 마시고 있었다.

결국 나래가 훈민의 손목을 잡아 멈추게 만들었다.

"오늘 무슨 일 있나 봐? 미남 형사가 이렇게 심각하게 술만 마시는 건 처음이네."

"오늘 좀 안 좋은 일이 있었거든요. 이모, 저도 술 한 병 주세요."

나래의 앞에도 초록색의 병이 놓였다. 술을 한 잔 들이켜자 정신이 번쩍 들었다. 거기다 속도 후끈해졌다. 생각해보니 오늘 하루 종일 먹은 것이 하나도 없었다. 나래는 서둘러 어묵 국물을 떠먹었다.

"너 목숨 여러 개냐? 경정한테 그렇게 쏟아붓고 가면 어쩌냐?"

"왜? 자른다던?"

"잘리는 건 또 무섭나 보지?"

"압발 잡기 전에는 절대 안 잘려."

"그 새끼 잡으면?"

"잡으면 내 손에 바로 죽는 거지. 그 뒤는 생각 안 해봤어."

그렇게 말한 훈민이 소주를 다시 들이켰다. 답답한 마음에 나래도 소주를 반 모금 마시고 잔을 내려두었다.

"그런데 혼자서 어딜 그렇게 다녔던 거야?"

"사무실에 있어봤자 뭐 나오는 거 아니잖아. 범행 장소 계속 둘러보면서……."

"너 나 똑바로 봐. 뭐 숨기는 거 있지?"

"숨기긴 뭘 숨겨!"

당황하며 소리를 치는 것을 보니 뭔가 있긴 있는 모양이었다. 하지만 훈민이 끝까지 말을 하려고 하지 않아 나래는 대답을 듣는 것을 포기했다.

어느새 술병은 5병으로 늘어 있었다. 딱히 술을 많이 마시려고 했던 건 아니었다. 긴장을 좀 풀기 위해 딱 한 병만 마시고 집에 가서 자려고 했다. 그런데 오늘은 이상하게 술이 잘 받는 날이었는지 주량에 가까워졌는데도 불구하고 많이 취한 느낌이 아니었다. 게다가 훈민은 벌써 혼자서 3병째를 비우고 있었다.

"와, 기분 더럽게 먹어도 안 취하네."

"그러게."

"야, 박하."

"왜."

"그 압발, 진짜 이상해."

"뭐가?"

"의학 지식도 모자라서 법까지 능통해."

"그래서?"

"법의학자인가 생각했어."

은연중 그녀도 생각했던 문제였다. 뭐, 법관이건 의사들이건 자기들이 죄다 잘난 줄 아니 입 밖으로 꺼낼 수는 없었지만. 그리고 자기 동기들 중에 그런 엄청난 범인이 있다는 건 절대 인정하지 못할 건 틀림없었다. 그래서 그쪽으로는 제대로 된 수사도 할 수 없었다. 늘 그 점을 훈민은 아니꼽게 생각했다.

"검찰은 고귀하고 경찰은 무식하다? 아, 젠장. 나도 머리 좋았으면 사시 봤지. 누가 안 보고 싶어서 안 봤나. 더러워서 공부하려니까. 야, 박하! 너 취했냐? 일어나."

그녀도 술이 꽤 센 편이었다. 하지만 오늘은 빈속에다 이렇게 급하게 술을 먹었으니 취기가 올라오는 것도 당연한 일이었다. 방금 전까지만 해도 취하지 않았다고 생각했는데 마지막 한 잔을 마시니 급 취기가 훅 올라왔다.

"하하하, 그래서 공부하게?"

"너 미쳤냐? 취했어? 왜 이래?"

"우와! 신훈민이, 공부 가르쳐서 겨우 경찰 만들어놨더니만 이제 검찰까지 되어보시겠다고 그러시네?"

"말이 그렇다는 거지. 야, 조용히 좀 해. 쪽팔린다. 넌 무슨 계집애가 그렇게 제어를 못할 정도로 마셔! 너 어디 가서는 그러지 말아라. 알았냐?"

훈민은 계산을 마친 다음 거리로 나가 택시를 잡았다. 그리고 택시에 구겨 넣듯 그녀를 집어넣었다. 그리고 옆자리에 앉았다.

"아저씨, 논……."

"기사님! 헤리티지 오피스텔이요!"

완전 취했나 했더니 그것도 아닌 모양이었다. 그래도 이 꼴로는 집에 들어갈 수 없었는지 먼저 그의 집 주소를 외치는 것을 보니.

하지만 그건 완벽한 착각이었다. 그녀는 완전히 취해서 결국 택시를 세운 다음 길거리에 반쯤 누워 속을 게워내기 시작했다. 참 가지가지 한다며 훈민은 결국 그녀의 뒤에 쪼그려 앉아서 등을 두드려 주었다.

"그러게 이기지도 못할 것을 왜 이렇게 마셔서, 진짜. 박하! 좀 괜찮냐?"

"우욱. 야, 너도 토해봤을 거 아……. 우욱. 말 걸지 마. 더 쏠…… 우욱."

속이 불편한지 나래는 미간에 인상을 가득 쓰고 있었다. 훈민은 검지로 그녀의 미간을 꾸욱 눌렀다.

"주름 생긴다, 안 그래도 험한데. 주름까지 생기면 누가 데려가겠냐. 어?"

"말 걸지 말, 우욱. 더러워서 시집 안 가면 될 거 아……. 우웩."

"야, 내장까지 토하겠다. 진짜. 아, 더러워서 정말. 조금만 기다려. 물 좀 사올 테니까."

나래는 고개를 끄덕이며 옆에 있는 가로수를 부여잡았다. 무엇인가라도 잡아야 조금 안정이 될 것 같았다. 세상이 빙글빙글 돌고, 땅은 울렁거리는 것 같다.

얼마 후 급하게 뛰어온 티가 역력히 나는 훈민은 나래의 입에 미친 듯 물을 부었다.

"야, 헹궈."

"무식한 놈. 좀 살살 다뤄라. 나 이래 봬도 여자다."

"어쭈? 이제 정신 좀 차리나 본데? 야, 이 정도면 살살 하는 거지. 그리고 여자는 무슨."

"뭐? 와, 너 웃긴다. 여자도 아닌 애랑 이 짓, 저 짓 다 하냐? 너 이리 와."

"뭐? 왜?"

"키스 한 번 하자. 너 오늘따라 무지하게 새끈해 보이는데?"

훈민이 기겁을 하며 고개를 뒤로 내뺐다. 물론 그녀도 전혀 그러고 싶진 않았다. 그런데 여자는 무슨이라며 무시하는 그의 말투에 열이 확 솟구친 것이었다.

"농담이다, 농담. 기겁하기는. 비켜봐. 나 좀 들어가서 누워야겠으니까."

정말 취하긴 취한 모양이었다. 큰 목소리로 노래까지 불러대는 것을 보니. 훈민은 그의 그녀의 입을 겨우 막고 집 안으로 들어왔다.

"야, 신훈민정음아."

"왜 우리 동생까지 부르고 난리야. 목소리 좀 낮춰라. 하여간, 술주정은."

"야! 신훈민이."

"또 왜?"

"너 나 좋아하지? 그것도 엄청나게."

훈민은 말없이 나래를 쳐다보았다. 더 이상은 못 봐주겠다는 얼굴이어서 나래가 손사래를 쳤다.

"하하하, 나도 너 많이 좋아한다고."

"야, 너 취했다. 자라."

"야! 좋아한다고! 넌 왜 내 대답에 말을 안 해?"

"너 앞으로 어디 가서 술 마시지 마라."

훈민이 나래를 짐짝 던지듯 침대에 눕히고는 냉장고 문을 열어 물을 마시기 시작했다. 나래가 작은 키가 아닌 데다 인사불성이었으니 집까지 끌고 오는 데 힘들 만도 했다.

"자식, 잘생기긴 더럽게 잘생겼어요."

"어, 나도 알아."

"거기다 왕자병까지 있어."

"어, 나 왕자야."

"피, 유치해."

나래는 갑갑한지 몸을 뒤틀며 단추를 두세 개 풀어냈다.

"야, 신훈민이. 너 그거 알아?"

"또 뭘 알아."

"나 고등학교 때 너 때문에 잠도 못 잘 정도로 아팠다. 자식, 누가 그렇게 잘생기래? 괜히 사람 마음 흔들리게. 인마, 이 누님이 널 좀 좋아하셨다, 이 말씀이다."

"알아."

"알아?"

벌떡 일어났지만 어지러워 나래는 다시 눕고 말았다. 훈민이 절대 모를 거라고 생각했는데 어떻게 알게 된 것일까?

왠지 이상하게 웃음이 흘러나왔다.

"또 하나 알려줄까?"

"그만하고 자."

"나 요즘 이상하게 눈이 자꾸 돌아간다."

"뭐?"

"나도 모르게 정신 차리고 보면 널 보고 있더라."

"박하."

훈민의 목소리는 중저음에 듣기 좋은 보이스를 가지고 있었다.

나래는 눈을 감고 그의 허벅지를 툭툭 때렸다.

"노래 좀 불러봐. 너 목소리 좋잖아."

"진짜 취했어? 내일 기억할 거야?"

"노래 불러봐. 너 잘 부르는 김연우 노래."

훈민이 침대에 걸터앉아 그녀의 머리를 허벅지에 올려두었다. 그리고 머리카락을 쓸어 올려주며 천천히 노래를 부르기 시작했다. 그의 노래를 들으며 나래는 점점 깊은 잠 속으로 빠져들었다.

8장. 관계 정의

문제는 그 뒤였다. 그녀가 눈을 뜨고 있어났을 때 훈민은 집에 없었다. 숙취 때문에 아려오는 머리를 붙잡고 겨우 샤워를 마친 뒤 집을 나섰다. 그렇게 술을 마시지 않기로 결심을 했는데 어젠 정말 실수였다. 어떻게 훈민의 집으로 와서 거기서 눈을 떴는지 기억도 나지 않았다.

경찰서로 향하는 도중 그녀는 더 이상 쓰려오는 속을 참지 못하고 오렌지 주스 1.5리터짜리를 사들고 마시며 걷기 시작했다. 술 많이 마시고 나면 이게 제일 좋다고 했던 훈민의 말 때문에 사긴 했는데 정말 의외로 효과가 있는 것 같았다. 정신이 서서히 돌아오는 것을 보니. 거기다 미식거리는 속도 상큼한 게 들어가니 서서히 가라앉는 것 같았다.

사무실에 들어서자 훈민이 얼굴을 구긴 채 책상 앞에 앉아 타자를 치고 있는 모습이 보였다. 어찌나 내려치는 소리가 큰지 키보드가 곧 부서질 태세였다.

"무슨 일이에요?"

분위기를 감지한 나래가 장 형사에게 물었다. 장 형사도 소곤대는 소리로 말했다.

"심 경정이 무려 새벽 6시부터 전화해서 압구정 사건 빠짐없이 조사해서 뉴스 콘퍼런스(News conference) 준비할 거 제출하라고 했거든. 신 형사 완전 저기압이니까 건드리지 말자고, 피 보기 전에. 피곤해서 안 되겠네. 숙직실 가서 좀 잘 테니까 좀 깨워. 나 찾는 손님 있을 거야."

"네, 수고하셨어요."

장 형사가 사무실을 빠져나가자 조용해졌다. 모두들 나가고 없는 것인지 훈민 혼자 열을 내며 키보드를 계속해서 부술 듯 두드리고 있었다. 나래는 주춤주춤 자리에 앉으며 모니터를 켜며 서류들을 살폈다. 어찌나 서류가 많이 쌓여 있는지 그 방대한 양에 기절이라도 하고 싶을 정도였다.

역시 든 자리는 몰라도 난 자리는 안다더니, 민 반장의 부재를 이제야 실감하는 중이었다. 어제는 너무 경황이 없어 아무것도 모르고 있었지만.

반장 바로 밑의 위치는 바로 나래였으니 이런 일이 당연했지만 아직은 경험이 부족해서 그런 건지 버거운 것은 틀림없었다. 절로 그녀의 미간에 깊은 주름이 생겼다.

얼마나 그러고 있었던 것인지 이제 목이 결려왔다. 탁, 하는 소리에 고개를 들어보니 언제 들어왔는지 성재가 캔 커피를 내려놓고 웃고 있었다. 눈웃음을 살살 치니 여자들이 그렇게 넘어가지, 라고 생각하며 커피를 따서 한 번에 들이켰다.

"고마워요. 안 그래도 목말랐는데."

"5팀은 조용하네?"

"어제 무슨 일 있었는지 뻔히 알면서 뭘 물어요. 안 그래도 초상집 같구만. 1팀은 마약범죄자들 잡았다면서요? 그것도 선배가."

"소문 벌써 났어?"

"히로뽕, 몰핀, 메사돈계, 코카인까지 쓸었다고 소문 자자하던데요."

성재가 히죽 웃었다. 저런 성재의 면이 좋기도 하면서 얄밉기도 해서 괜히 성재의 팔뚝을 꼬집었다. 그러자 성재는 얼마든 꼬집으라는 듯 팔을 더 밀어서 내어주었다. 그런 성재의 모습에 나래가 픽 웃고 말았다.

"그놈들이 내가 선보러 간 호텔에 딱 있더라고. 그래서 기회는 이때다, 하고 잡았지."

"참, 선은 어떻게 됐어요?"

"불규칙한 생활을 하는 형사 싫다고 딱 잘라 거절하더라고. 거기다 그 사시미 들고 설치는 살벌한 광경을 봤는데 시집오고 싶겠어?"

"선배 얼굴을 보고도?"

서류 정리하던 나래가 놀란 표정으로 성재를 보았다. 팔짱을 낀 채 그는 어깨를 으쓱이고 있었다. 웬만한 여자들이 성재 얼굴을 보고 거절하긴 힘들 거라고 생각했었다. 대체 어떤 간 큰 여자인지 얼굴이 한번 보고 싶을 정도였다.

"그나저나 여긴 무슨 일?"

"우리 후배 일 잘하나 보러 왔지. 그런데 신 형사 무슨 일 있어? 얼굴 완전 구겨져서 나가던데?"

나래가 고개를 돌려 시계를 보았다. 오후 1시 30분. 아무래도 연아에게 자료를 넘기러 간 모양이었다. 서류 자료 정리 따윈 딱 질색하는 훈민이 용케도 참았다 싶었다. 나래가 피식 웃자 성재가 얼굴을 가까이 들이밀며 궁금해하는 표정을 지었다.

"심 경정님 있잖아요."

"오, 그 미모의 심 경정."

"또, 또 버릇 나온다."

성재가 바람둥이가 된 일화는 많았다. 다 그것이 소문이라 문제였지만.

뭐, 보아하니 타고난 것이 그러했다. 막 이 경찰서에 발령을 받아 첫 잠복을 나갔는데 길을 지나가던 점쟁이가 성재의 얼굴을 보자마자 여자 많이 울리겠다 하지 않았던가. 그때 성재는 웃으면서 지나갔지만 나래는 그 점쟁이가 무척이나 용하다고 생각됐다.

"근데 선배 참 이상해요."

"뭐가?"

"왜 나한테는 작업 안 걸었어요?"

"내가 너한텐 작업 안 걸었던가? 내가 그런 적도 있었어?"

오히려 성재가 놀란 모양이었다. 그런데 성재가 이러고 있을 시간이 있나? 평소 같으면 시간 나면 술이나 사달라 졸랐을 것이고 바로 바람처럼 범인들을 잡으러 돌아다녔을 것이다. 그녀가 알고 있는 성재는 이리 친히 사무실까지 등장해줄 위인은 아니었다.

아니, 호람이 있을 때 성재는 절대 5팀에 나타나지 않았었다. 두 사람이 경찰대학 동기였고, 중간에 일이 있어 사이가 나쁘다는 건 짐작했었지만 이 정도일 줄은 몰랐다. 나래가 눈을 흘기며 말했다.

"무슨 꿍꿍이예요?"

"꿍꿍이 같은 거 없는데?"

"그러니까 더 수상한데?"

"난 내가 박 형사를 안 꼬드겼다는데 더 놀란 사람이야. 이거 왜 이래?"

"그런데 임 경정님 가시고 나니까 선배님 저희 사무실 오시네요?"

그 말에 성재가 쓰게 웃었다. 대체 대학시절 두 사람 사이에 무슨 일이 있었던 건지 궁금했지만 성재의 표정이 워낙 좋지 않아 차마 물어볼 수가 없었다.

그때 문이 벌컥 열리며 훈민이 들어왔다. 장난스럽게 나래의 볼을 꼬집고 있던 성재가 그 손을 탁 놓으면서 훈민의 곁으로 다가가 앉았다. 나래는 오늘 그의 기분이 장난이 아니라는 것을 알고 손사래를 쳤다. 하지만 이미 성재는 훈민의 앞에 다다르고 있었다. 그래도 성재야 워낙에 유들유들한 성격의 인물이니 잘 빠져나갈 거라고 생각했다.

"미남훈민?"

"제가 그렇게 부르지 말랬잖습니까."

"미남은 미남이니까. 내가 틀린 말 한 것도 아닌데 왜 그래? 아이구, 웬 인상을 이리 쓰고 있어? 잘생긴 얼굴에 주름 생기게. 펴, 좀."

성재가 검지로 훈민의 미간을 꾹꾹 누르고 있었다. 아무래도 상황판단을 제대로 하고 있지 않은 것 같았다. 훈민의 얼굴은 오늘 누구 하나만 걸려봐라, 라는 얼굴이었다. 그런데 외의로 훈민은 잘 참아내고 있었다.

"그만 좀 떨어지시죠?"

훈민이 성재의 팔을 툭 치며 말했다. 성재는 픽 웃으면서 편하게 자세를 고쳐 앉았다. 나래는 더 이상 덤 앤 더머 같은 둘의 대화에 신경 쓰지 않기로 했다. 지금 해야 할 일들이 산더미처럼 쌓여 있었다.

"그러지 말고 소개팅 좀 해주라!"

결국 참다못한 성재가 버럭 소리를 질렀다. 덕분에 열심히 타자를 치고 있던 나래의 손도 동작을 멈췄다.

"소개팅할 시간에 잠을 더 자겠습니다."

"야, 신훈민이. 너 많이 컸다? 선배 말 개떡으로 알아듣네? 솔직히 우리도 즐기면서 살아야 할 거 아니냐. 언제까지 이렇게 살 거야? 결혼은 안 할 거야? 떡두꺼비 같은 아들도 한 번 안아봐야지. 안 그래?"

"선배나 하십시오. 지금 누가 누구를 걱정하는 거야, 대체."

"너 설마 만나는 여자 있는 거냐?"

자리에서 일어나려던 훈민이 동작을 딱 멈췄다. 당연한 말이겠지만 멍한 훈민의 표정을 보니 '없어요.'라는 대답이 나올 것 같았다.

"아, 모르셨구나? 저 요즘 섹시한 나이스 바디와 만나고 있는데."

"뭐? 그게 진짜야? 박 형사?"

성재의 눈초리가 나래에게로 꽂혔다. 예상치 못한 대답에 나래는 얼떨떨한 얼굴로 고개를 흔들었다.

"저도 몰라요. 그걸 왜 저한테 물어보세요?"

"두 사람 태어났을 때부터 붙어 다녔잖아. 뭐? 나이스 바디? 불어, 어떤 여자야?"

"진짜 몰라요."

그때였다. 전화가 걸려왔다. 심하게 부패가 진행된 사체가 원룸에서 발견됐다는 전화였다. 나래와 훈민은 이때가 기회다 싶어 성재를 남겨두고 재빨리 사무실을 빠져나왔다.

사건 현장으로 가니 이미 폴리스 라인이 쳐져 있었다. 훈민이 파출소 순경을 쳐다보며 물었다.

"현장 도착 시간 몇 시야?"

"13시 41분입니다."

"사체는?"

"안에 있습니다."

"검식반 애들은?"

"아직 도착 안 했습니다."

"뭘 제대로 해놓은 게 없구먼. 물품 다 조사하고 최초 현장 출입자 누구야?"

"원룸 주인하고 옆집 사람입니다."

훈민이 뒤돌아보자 거기엔 60대쯤으로 보이는 여자와 대학생으로 보이는 남자가 서 있었다. 이런 일이 처음이라서인지 두 사람 다 잔뜩 긴장한 얼굴이었다. 훈민은 두 사람이 서 있는 복도로 나갔다.

"수사 5팀 신훈민 경장입니다. 처음 어떻게 발견하셨나요?"

"아니, 이 총각이 옆집 사는데 자꾸 이상한 냄새가 난다잖아. 그래서 이 집 주인한테 전화해보니 전화도 안 받고. 그래서 와서 보니 이렇게 됐더라고."

"언제쯤부터 냄새가 나던가요?"

"그러고 보니 한 2, 3일 됐나? 사실 저도 요즘 논문 때문에 바빠서 집에 있을 시간이 없었거든요."

"왔다 갔다 하면서 보신 적 있으십니까?"

"아, 맞다. 제가 한 일주일 전인가? 아침에 일찍 나가는데 그때 들어오는 걸 본 적이 있어요. 6시 좀 되기 전 시간이었는데. 그리고 나이는 한 스물두세 살쯤? 대학생 같던데. 그런데 요즘 봄인데 이렇게 빨리 부패할 수도 있나?"

"옷차림 살펴보십시오."

훈민이 말했다. 대학생은 자신의 반팔, 반바지의 옷차림을 보며 이제야 이해한 듯 고개를 끄덕였다.

"이상고온의 날씨가 계속되는 데다 문도 꽉 닫아두었으니 부패 정도가 심했겠죠. 협조 감사합니다. 앞으로도 수사에 협조해 주십시오."

제법 친절하게 말한 훈민이 머리를 북북 긁으며 다시 방 안으로 들어왔다. 나래는 그런 훈민을 보고 고개를 절레절레 저었다. 집에 있는 지문은 제대로 조사를 해봐야겠지만 죄다 여자의 신분증에 찍혀 있는 것과 일치할 것 같았다. 대부분이 여자 손 크기였으니까.

범인은 또 실마리를 주지 않은 채 잠적했다. 남긴 흔적이 있다면 왼쪽 가슴, 정확히 말하자면 왼쪽 쇄골 위에 십자가 무늬를 새겨 넣은 것 정도? 전에 발견된 시체에서도 발견된 바로 그 상처였다.

원룸을 빠져나와 훈민은 차에 타자마자 들고 있던 수첩을 내동댕이쳤다. 뭐 하나 제대로 되는 게 없자 그의 화가 폭발한 것이었다.

"개새끼. 대체 원하는 게 뭐야! 별 거지 같은 게 사람 꼭지 돌게 하네."

"야."

"이 집 경찰서에서 겨우 세 블록 떨어져 있어. CCTV에 잡히지조차 않았어. 개 같은 새끼. 아, 젠장. 욕 나와."

"안 그래도 계속 욕하고 있거든?"

"아, 욕 나오는데 어쩌라고."

괜히 죄 없는 창문을 주먹으로 두드리며 계속해서 욕을 지껄이는데 그의 휴대폰 벨이 울리기 시작했다.

"누구세요?"

당연히 목소리가 고울 리가 없었다. 하지만 곧 바로 그의 목소리가 잦아들었다.

"뭐야, 김지우? 무슨 개 소리야. 뭐?"

무슨 소리를 들었는지 그는 휴대폰을 팽개친 채 거칠게 핸들을 돌리기 시작했다. 뭣 모르고 있던 나래는 생명의 위협을 느껴 재빨리 안전벨트를 맸다.

곧 도착한 곳은 얼마 전 훈민이 치료를 했던 대학 병원이었다. 그가 차를 세우자마자 뛰어나가자 나래도 재빨리 뒤따라 뛰기 시작했다.

응급실에 도착했을 땐 세륜이 침대에 걸터앉아 있었다.

"대체 무슨 일이야!"

"어떻게 알고 왔어?"

의외의 출연에 놀란 듯 세륜이 눈을 크게 뜨며 물었다. 훈민이 고갯짓으로 옆에 서 있는 지우를 가리켰다. 세륜은 붕대를 감고 있는 왼쪽 팔목을 들며 말했다.

"연락할 필요 없다니까. 그냥 가볍게 다친 거야."

"뭐 하다가?"

"피아노 소리가 조금 이상하기에 조율 좀 하다가 줄을 잘못

건드리는 바람에. 그나저나 별것도 아닌 일에 여긴 왜 왔어?"

"피아니스트 맞아? 손은 소중히 다뤄야 할 거 아니야. 그리고 김지우, 너 왜 거짓말해? 저게 어딜 봐서 피아노를 못 치게 될 손이야?"

"뭐, 상처가 생긴 곳으로 균이 들어가고 그러다 보면 염증을 일으키고 또 그러다 보면……."

"안 그래도 살인사건 일어나서 정신없는데 자꾸 이럴래? 내가 너한테 관심 없다잖아, 싫다잖아. 그리고 말했지. 나 요즘에 만나는 나이스 바디 있다고."

나래의 눈이 번쩍 커졌다. 요즘 훈민이 만나고 있는 사람은 다름 아닌 자신이었다. 그런데 어딜 봐서 사람들에게 나이스 바디라고 소개를 하는 걸까.

나래는 괜히 찔려 자신의 몸을 한번 훑어보았다. 키만 컸지 들어가야 할 곳은 나오고 나와야 할 곳은 없었다. 훈민도 가슴 없다고 놀리지 않았던가.

"거짓말."

"진짜야."

"그럼 왜 안 보여주는데?"

"훈민이 너 만나는 여자 생겼냐?"

이제는 세륜끼지 끼어들었다. 나래는 머리를 절레절레 흔들었다.

"아, 몰라. 별것도 아닌데 바쁜 사람 오라 가라야. 나 갈 거야."

"아저씨, 죄송해요. 방금 전에도 현장에 다녀오는 길이거든요. 일이 하나도 안 풀리는 데다 오늘 저 녀석 새벽부터 나가서 시달렸거든요. 연주회에는 지장 없으신 거죠?"

"나래야, 네가 저 녀석 좀 잘 보살펴줘. 덩치만 컸지 애 아니냐, 애."

나래는 웃으며 고개를 끄덕였다. 확실히 그는 말만 장남이지 하는 짓은 영락없는 어린애였다. 훈민이 짜증을 내며 나가자 나래도 인사를 하고 그의 뒤를 좇아 나왔다.

"야, 말이라도 하고 데리고 왔어야지. 그래도 다행이다. 아저씨 많이 다치신 거 아니라서. 그나저나 요즘 만나는 여자가 나이스 바디라고? 대체 어딜 봐서?"

"알긴 아나 보네."

"뭐? 죽을래?"

"괜찮아. 어쨌든 지금 내 눈엔 충분히 섹시해 보이니까."

훈민이 장난스럽게 웃으며 위아래로 시선을 쭉 훑었다. 나래는 그대로 주먹을 날려 그의 배를 쳤다. 훈민이 윽, 소리를 내며 허리를 굽혔다.

"야, 네 주먹은 살인에 가깝다니까."

"시끄럽다."

"오늘 어때? 뜬금없는 잠복만 아니라면."

뜬금없는 잠복만 아니라면, 이라니. 오늘도 잠복을 해야 하는데. 나래는 그가 그녀의 긴장을 풀어주기 위해 그런 말을 하고 있다는 것을 잘 알고 있었다. 그녀는 손을 뻗어 그의 머리를 쓰다듬어주었다. 그는 기겁을 하며 나래의 손길을 피했다. 그는 그녀가 이렇게 머리를 쓰다듬어주는 것을 언젠가부터 별로 좋아하지 않았다. 아니, 확실히 싫어했다.

"넌 왜 내 손을 피하냐?"

"내가 언제."

"그랬잖아."

"헛소리 말고 타."

그가 차에 올라타며 시동을 걸었다. 나래도 조수석에 타며 안전벨트를 매고 몸을 쭉 폈다. 요즘 계속 좁은 차 안에만 있었더니 온몸이 좀 쑤시는 것 같았다. 아무래도 내일 몸이나 좀 풀어야겠다고 생각하며 목을 좌우로 움직였다.

"하여튼 넌 너무 밝히는 것 같아. 우리 사귀는 거라면서. 그러면 데이트다운 데이트를 해야지."

"어른들의 데이트는 다 그런 거야."

"웃기고 있다."

"그래서 뭘 하고 싶은 건데?"

나래는 눈을 깜빡이며 생각했다. 남자 친구를 사귀면 제일 먼저 뭘 하고 싶어 했더라……. 하지만 그녀의 독수공방도 어언 7년을 넘어가고 있었다. 제대로 기억나는 거라곤 하나도 없었다. 연애가 이렇게 어려운 거였던가?

"나중에 생각나면 말해. 난 그냥 내 방에서 하는 데이트가 제일 좋긴 하다만."

"하여간 색골, 변태."

"원래 이 나이 또래 남자들 머리통은 죄다 이런 생각뿐이거든."

나래는 스스로가 이상하다고 생각했다. 이런 말을 하는 훈민이 정말 미워 보이지 않고 귀여워 보이는 것을 보니.

민 반장은 다행히 빠른 회복을 보였고 훈민은 그 사실에 안도를 하며 열심히 현장을 뛰어다니고 있는 중이었다. 조만간 데이트 코스를 짜온다더니 그건 아무래도 수사 뒤로 미뤄야 할 것 같았다.

"어? 임 경정님?"

"잘 지냈지?"

오랜만에 보는 호람의 모습에 나래가 반가워하며 인사를 했다. 호람이 반갑게 인사를 받아주며 그녀에게 악수를 청해왔다. 나래는 호람의 손을 잡고 반갑게 흔들었다.

"여긴 웬일이세요?"

"사직서 내고 서장님께 잠깐 들렀어."

"사직서요?"

나래가 두 눈을 크게 뜨고 믿기지 않는 얼굴로 호람을 바라보았다. 호람은 젊고 유능한 경찰이었다. 게다가 미래도 촉망받는 사람이었는데 갑자기 사직서를 냈다는 게 믿기지 않았다.

"선배, 사직서는 왜……."

"못다 한 공부 좀 할까 하고."

"공부요?"

"유학 가고 싶었거든. 범죄 심리에 대해서 조금 더 공부하려고."

호람의 말에 고개를 끄덕였지만 여전히 호람의 사표는 아까웠다. 나래의 표정에서 답을 읽었는지 호람은 고개를 저으며 그녀의 어깨를 한 번 두드렸다.

"그럼 언제 가세요?"

"다음 달 초."

다음 달 초면 겨우 10일 정도만 남아 있었다. 호람은 오늘 바쁜 일이 있어 가봐야겠다며 조만간 얼굴을 보자고 말하며 차에 올라탔다. 나래는 고개를 끄덕이고 호람의 차가 사라질 때까지 보고 사무실로 들어왔다.

"박 형사, 임 경정님 봤어? 방금 내려가셨는데."

"네. 그런데 사표 내셨다면서요?"

"갑자기 그랬다고 하더라고. 딱 봐도 학자 타입이잖아. 신 형사는?"

"그래도 좋은 분이셨는데. 약속 있다고 3시간 쯤 후에 들어온대요."

"요즘 잠잠하다 싶더니 또 밖으로 다니나 보네."

"뭐 하나라도 잡기 전엔 그러려나 봐요."

"나도 현장 나갔다 올게, 좀도둑 하나가 기승을 부린다네."

"다녀오세요."

장 형사가 나가고 나자 오후 내내 밀린 서류를 정리하고 나래는 체력단련실로 내려갔다. 이것저것 정신이 복잡할 때는 운동을 하고 푹 쉬는 게 좋았다. 실컷 땀을 흘리고 난 뒤, 나래는 자리에 앉아 명상을 하기 위해 눈을 감았다.

얼마나 그렇게 앉아 있었을까? 저도 모르게 눈을 뜨는데 마침 체력단련실 안으로 심 경정이 들어오고 있었다. 나래는 자리에서 일어서며 거수경례를 하고 다시 자리에 앉았다. 다시 눈을 감으려고 하는데 바로 앞으로 연아가 자리를 잡고 앉았다.

"하실 말씀이라도 있으십니까?"

"없습니다."

"저 명상 좀 해도 될까요?"

"그러세요."

나래는 다시 눈을 감기는 했지만 계속되는 끈적하고 노골적인 시선에 도무지 정신을 집중할 수가 없었다. 할 말도 없다면서 대체 왜 저렇게 사람 불편하게 쳐다보고 있는 걸까. 하지만 이어지는 연아의 말에 나래의 두 눈이 번쩍 뜨였다.

"신 경장님, 체포영장 발부됐어요."

연아가 말하고 있는 신 경장이라면 다름 아닌 훈민일 것이다. 그녀가 아는 신 경장은 바로 신훈민이었으니까. 나래의 눈이 풍선처럼 부풀어 오르자 연아가 고개를 끄덕였다.

"그게 지금 말이 된다고 생각하십니까?"

"어젯밤 신고가 들어왔어요. 술집들 뒤 봐준다면서 금품 받았다고. 거기다 오늘 오후 신 경장님 집에서 마약에 총기까지 발견됐어요."

더 이상 생각할 것도 없었다. 나래는 자리에서 일어나 뛰기 시작했다. 그녀가 알고 있는 훈민은 그런 사람이 아니었다. 술집에서 금품이라니.

훈민이 늘 단속을 나갈 때면 그녀와 함께 나갔다. 그리고 보기 싫다며 차에서도 잘 나가지 않았던 사람이 무슨 수로 금품을 받는단 말인가?

더군다나 훈민의 집에는 그녀도 잘 갔었다. 휑하니 침대와 옷장밖에 없는데 대체 마약과 총은 어디서 나왔단 말인가? 생각은 점점 하고 싶지 않은 쪽으로 빠졌다. 그래, 훈민이 혼자서 현장을 다닌다면서 사람들도 저 망나니 고삐 좀 잡고 다니라고 아우성이었었다.

하지만 그건 절대 아니었다. 훈민이 대체 뭐가 모자라서 그런 짓을 한단 말인가. 도무지 이해할 수 없는 얼굴로 수사팀 문을 열고 들어섰을 때 사무실 안은 초상집 분위기였다. 모두의 시선이 나래에게로 쏠렸다.

하루아침에 이런 사건이 일어난 것도 황당한데 그 대상이 그 누구도 아닌 다름 아닌 훈민이라니. 이건 도무지 말이 안 되는 일이었다.

"박 형사, 어떻게 된 거야? 사실이야?"

"박 형사님, 신 형사님이 그러셨을 리 없죠?"

"다들 그렇게 신훈민을 몰라? 어떻게든지 압발 잡으려고 발악하는 녀석이야. 돈 따위 관심에도 없어. 아버지가 그렇게 세계적으로 유명한 피아니스트인데 돈 따위가 궁할 것 같아? 생각이 있는 거야, 없는 거야!"

"네? 피아니스트요?"

나래는 얼굴을 감싸 쥐었다. 뒤에서 들린 목소리는 다름 아닌 사회부 기자라며 매일같이 안방처럼 드나들던 박이정 기자였다. 그때 나래의 눈에 띈 건 다름 아닌 탁자였다. 거기엔 훈민의 집에서 나온 증거품들이 줄줄이 나열되어 있었다.

"신 형사는요? 연락됩니까?"

"안 됩니다. 박 형사님 어제 같이 잠복 섰다 하지 않으셨습니까?"

"그 녀석은 전화받더니 약속 있다고 나만 경찰서에 내려주고 갔어. 분명 3시간 내로 온다고 했었는데."

후배인 김 형사는 입술을 깨물며 길게 한숨을 내쉬었다. 까칠하기는 해도 훈민을 많이 따랐으니 마음이 심란하긴 매한가지 일 것이다.

"답답해 미치겠네. 대체 어떻게 된 거야. 반장님도 지금 병원에 계셔서 안 그래도 난장판인데. 아, 저 벌떼 같은 기자 놈들은 어떻게 알고 또 몰려온 거야. 박 기자님도 나가요. 정신 사나우니까."

장 형사가 서둘러 기자들을 모두 쳐냈다. 말도 안 된다고 생각했는데 이게 바로 현실이었다. 나래는 망연자실한 얼굴로 의자에 털썩 주저앉았다.

절대 훈민이 그럴 사람이 아니었다. 그런데 이 많은 증거품들은 뭐란 말인가? 거기다 증인은 또 어떻게……. 머리가 복잡해져서 터지기 일보 직전이었다.

"어떻게 된 거야? 신 형사 집에서 나온 물건들이라고?"

문을 벌컥 열며 들어온 사람은 다름 아닌 경찰서장이었다. 그리고 그 뒤로는 말끔하게 정복을 차려입은 연아도 들어오고 있었다. 한눈에도 부녀지간임이 확실히 드러났다. 나래는 자리에서 일어나며 고개를 숙였다.

"히로뽕? 이거면 몇 명이 한꺼번에 할 수 있는 줄 알아? 자그마치 5천 명이야! 5천 명! 그런데 이 엄청난 양을 일개 형사 한 명이 할 수 있었을 거라고 생각해? 뒤를 철저히 조사해. 그리고 신 형사 어디 갔어? 억울하면 나타나야 할 거 아니야!"

나래는 입술을 질끈 깨물었다. 서장에게 묻고 싶었다. 자신이 지금 쫓기고 있는 상황이라면 억울하다고 하더라도 나타날 수 있을지. 이 상황에서 제일 울화통이 터지는 사람은 나래였다. 하지만 휴대폰에 전화는 물론 그 흔한 문자 메시지도 오지 않았다.

그때였다. 김 순경이 나래에게 손을 뻗었다.

"뭐야?"

"윗선 지시입니다. 휴대폰 압수처리 하시겠다고."

"지금 신훈민 그 개새끼 제일 잡고 싶은 사람이 나야! 그런데 뭘 압수해?"

답답한 듯 나래가 가슴을 치며 주위를 둘러보았다. 모두들 고개를 좌우로 내젓고 있었다. 손가락에 힘이 풀리는 게 이제 정말 훈민이 결과적으로는 뇌물, 총기로도 모자라 마약 소지범이라는 것이었다. 결국 휴대폰까지 내어주고서 나래는 자리로 돌아가 앉았다.

"밀조공장 알아내시고 용의자 연고지, 사용차량 모두 조사하세요."

연아가 그 말을 끝으로 사무실에서 나갔다. 나래를 뺀 몇몇 형사들이 조사를 하기 위해 나갔고 나래는 자리에 앉아 고개를 숙였다. 할 일이 산더미 같았지만 같이 일하던 동료가 쫓기고 있다는데 팀원들이 일이 손에 잡힐 리가 없었다.

장 형사는 계속해서 담배를 피워대고 있었고 다른 사람들 역시 마찬가지였다. 거기다 꼭 이런 날은 자질구레한 일들이 많이 터지곤 했다. 폭력 사건으로 끌려온 사람들은 40대의 남자 둘이었는데 낮술을 마시다 시비가 붙은 모양이었다.

"서로 잘한 것 없잖습니까. 어차피 쌍방 과실이니까 적절히 사과하고 끝냅시다. 쫌!"

어느새 장 형사의 언성이 높아졌다. 나래는 한숨을 내쉬며 계속 서류를 정리하고 있었지만 모니터가 눈에 잘 들어오지도 않았다. 거기다 기자일 게 분명한데도 불구하고 걸려오는 전화를 받아야만 했으니 사람들의 신경이 가시처럼 곤두서는 것도 당연했다.

"여보세요! 박하얀나래 같은 사람 없다니까요! 도대체 몇 번을 말……."

"인마, 그거 내 전화다."

김 형사가 무안한 듯 머리를 긁적거리고 있었고 나래는 책상에 걸터앉으며 수화기를 건네받았다.

"네, 전화 바꿨습니다."

-나야, 조용히 하고 전화 받아.

일순 나래의 눈이 커졌지만 헛기침을 하며 허벅지를 탁 내리쳤다.

"어머, 봉팔아! 너 너무 오랜만이다. 갑자기 웬일이야?"

-봉팔이? 하고 많은 이름 중에 체육 선생 이름이냐? 어쨌거나 그건 나중에 따지기로 하고 어때?

"나야 너무 잘 지내고 있어서 문제지. 지금 어떤 쥐새끼 때문에 머리 터지기 일보 직전이다. 신훈민 그놈이 또 사고를 쳤지 뭐야."

-쥐새끼? 가지가지 한다, 너. 아무튼 좀 나와라.

"그러니? 서울까지 왔으면 당연히 만나야지. 섬에서 오기가 그리 쉽니? 그래, 지금 어디야?"

-우리 잘 가던 놀이터 있지? 거기에 있을테니까 30분 뒤에 나와.

"그래, 거기서 보자. 너무 오랜만이다. 내가 나중에 다시 전화할게. 번호는 안 바뀌었지? 어쨌거나 내일 봐."

나래가 전화를 끊자 장 형사가 웃고 있었다. 나래는 장 형사를 쳐다보면서 자리로 돌아가 앉았다.

"뭐가 그렇게 웃겨요?"

"요즘에도 그런 이름이 있어?"

"이름이 뭐가 어때서요. 이래 봬도 얘가 엄청 잘생겼거든요. 신훈민 절로 가라 할 정도였죠? 아마?"

"정말? 그 정도야?"

"신 형사님만큼 잘생긴 사람이 또 있어요?"

나래는 대충 고개를 끄덕이며 주위를 정리했다. 그래도 수사는 계속되어야 했고 그녀도 감시대상임이 분명했지만 인원이 부족했다.

"짝꿍이라고 하나 있는 게 저딴 거에 걸려서 혼자 나가야 되네. 좀 누구 붙여주든가."

"야, 일손도 모자란데 누굴 붙여줘? 정 뭣하면 옆방 가서 한 명 빌려달라고 해."

"행여나 옆방에서 잘도 빌려주겠네?"

"잘 다녀와. 참, 박 형사, 신 형사한테 연락 오면 나한테도 좀 연락 달라고 해, 몰래. 적어도 잡아가진 않을 테니까."

장 형사가 주위 눈치를 보며 속삭였다. 나래는 픽 웃으며 문을 벌컥 열었다.

"휴대폰도 빼앗긴 사람한테 무슨 연락이 와요. 와도 장 형사님한테 먼저 오겠네."

"그런가?"

"어쨌거나 다녀올게요."

문을 닫자마자 거짓말처럼 나래의 얼굴이 굳어졌다. 이것저것 궁금해하는 기자들을 뿌리치며 경찰서를 빠져나온 나래는 지하철로 향했다. 미행하는 사람은 없는지 철저히 확인하며 붐비는 사람들 틈으로 뛰어들었다.

밖을 보니 지하철에 타지 못해 괜히 땅에 화풀이를 하는 박이정 기자가 보였다. 픽 웃음이 튀어나왔지만 이내 얼굴에서 웃음기가 사라졌다. 머릿속이 복잡해져서 정리가 하나도 되지 않았다. 이대로 눈을 감으면 눈물이 흘러나올 것 같았다.

지하철에서 내리자마자 뛰기 시작했다. 숨이 턱턱 막혀왔지만 놀이터를 향해서 끊임없이 뛰었다. 이미 해는 져서 어둑어둑했고 놀이터에는 아무것도 없었다.

산 위에 있는 놀이터라 원래도 인적이 드문 곳이기는 했었다. 그래서 고등학생 시절에 마음 놓고 여기서 술을 마신 적도 있었다. 그러고 보니 그녀가 했던 추억 구석구석에는 모두 훈민이 박혀 있었다.

소풍을 가도, 여행을 가도 늘 훈민과 함께였다. 그리고 속이 왜 이렇게 답답한지도 알 것 같았다. 아니라고 스스로를 세뇌시키고 있었을 뿐 이미 그녀는 그에게 빠져 있었다. 예전 같았으면 그렇게 깨닫고 충격을 받았을 만도 하지만 오늘 닥친 일이 워낙에 커서 조금의 데미지도 주지 못했다.

스스로 참 둔한 것 같아 그녀가 머리를 긁적이며 고개를 들어 올렸을 때 희미한 불빛이 보였다. 그쪽으로 걸어가자 또다시 불빛이 사라졌다.

그리고 순식간에 누군가가 그녀의 입을 막았다. 반항을 하려고 했지만 익숙한 향기에 행동과 숨을 급히 멈췄다. 손이 풀어지자 나래는 그의 어깨를 내리쳤다.

"윽! 야, 너 진짜 아프다니까."

"너 도대체 어떻게 된 거야!"

"집에 가서 씻고 옷 좀 갈아입으려고 했지. 그런데 애들이 우리 집에서 막 나오는 거야. 뭔가 낌새를 채고 도망쳤다가 지금 이 신세."

"너 누구한테 원한 산 일 있냐? 갑자기 어떻게 된 거야?"

"원한 산 일이 한두 가지여야 말이지. 나도 미치겠다. 이리 와, 한번 안아보자."

하루 만에 보는 것인데도 불구하고 그의 피부가 까칠한 것이 스트레스가 상당했던 것 같았다. 나래는 아무 말 없이 그의 품에 안겼다.

"속 터져 죽는 줄 알았어. 휴대폰도 빼앗겼지. 너 연락도 안 되지. 그나저나 너 간 크다. 어떻게 경찰서로 전화할 생각을 다 했어?"

"인간이 의외로 허술하잖아. 그 점을 노렸지. 그런데 봉팔이가 뭐냐? 봉팔이가?"

"그럼 어쩌라고! 생각나는 이름이 없는데."

결국 눈물을 글썽이던 나래가 울고 말았다. 당황한 훈민은 어찌할 줄을 모르며 안고 있던 팔을 풀어 번쩍 위로 들었다. 어렸을 때부터 그녀가 울면 그는 늘 어찌할 줄을 몰라 했다. 그는 우는 그녀에게 유독 약했다.

"야, 왜 울고 그래?"

"억울해서! 억울해서 운다, 왜!"

"야, 소리 좀 그만 질러. 이러다 나 잡혀가겠다."

"그나저나 그게 왜 너네 집에서 나온 거야!"

훈민이 답답한 듯 고개를 저었다.

"그거야 나도 모르지. 그걸 알면 내가 왜 이러고 있어."

"앞으로 어떻게 할 건데?"

"너도 압발에 대해서 좀 압박해줘. 나는 나대로 뒤쫓을 테니까."

"이 상태로? 너 그게 가능하다고 생각해? 그리고 어떻게 압박을 줘."

"증거 발견이라고 기자한테 슬쩍 흘려. 그럼 기자들이 알아서 기사 써댈 거야."

"증거 잡았어?"

훈민이 씩 웃으며 어깨를 들썩였다. 그 행동은 그가 자신 있을 때 하는 것이었다. 분명 그동안 훈민이 혼자 밖으로 다닌 것과 관계가 있음이 틀림없었다.

"심증이지만 거의 확실한 것 같아."

"어떻게?"

"거의 10년 전으로 거슬러 올라갔었거든. 그나저나 우리 박하 충격 좀 덜 받아야 할 텐데."

"왜?"

"너한테 고양이 던진 인간하고 아버지한테 보낸 협박편지, 고양이 사체 기억해? 동일범 같아."

나래의 얼굴이 커졌다. 그럼 범인이 세륜과 연관되어 있다는 의미? 심장이 거칠게 뛰기 시작했다.

"당분간 모르는 척해. 기사 좀 흘리면 녀석이 뭔가 반응을 보일 거야."

나래는 그의 어깨를 탁탁 쳤다. 힘내라는 격려의 의미로.

"앞으로 어떻게 연락해?"

"일주일에 한 번 여기서, 이 시간에."

"일주일이나?"

"너무 자주 만나도 의심받아. 너 미행 붙을지도 모르겠는데. 내가 여기 없으면 저 나무 밑을 파. 거기에 내가 쪽지를 남겨놓을게."

훈민이 커다란 나무를 가리켰다. 그 나무는 두 사람이 어렸을 때부터 자주 올라타던 나무였다. 나래는 고개를 끄덕였지만 훈민이 지금 쫓기고 있다는 사실을 사람들이 안다면 그때부터가 큰일일 거라 생각했다. 더군다나 이제 곧 이 사건은 언론을 통해 나갈 것은 틀림없었다.

훈민의 얼굴이 점점 가까워오는가 싶더니 이내 입을 맞추었다. 짧지만 강렬한 입맞춤에 나래는 숨을 쉬는 것도 잊어버렸다.

"미안, 연인이 되어서 이렇게 몰래 데이트나 하고. 나중에 멋지게 하자. 이만 가볼게."

순식간에 그가 어둠 속으로 사라졌다.

나래는 심장이 쿵 하고 내려앉는 느낌을 받았다. 늘 가까이 있다고 생각했는데 이제 그는 너무 멀리 가버린 것 같았다.

더군다나 압발에 대해서는 아무것도 건진 게 없는데 어떻게 압박해 나간단 말인가? 훈민이 비리에 연루된 사건도 역시 압발과 관계가 있는 건가?

훈민의 말이라면 그렇다는 말인데.

역시 압발은 가까운 사람임이 틀림없었다. 그렇다 해서 경찰서에 있는 사람들을 생각할 수는 없었다. 모두 좋은 사람들인 데다 착한 사람들이었다.

나래는 그 자리에 주저앉아서 하염없이 훈민이 사라진 쪽을 바라보았다. 마음이 휑하니 뚫린 것 같았다. 그리고 그녀는 그제야 깨달았다. 이미 이토록 그를 걱정하고 있는 것은 친구로서의 마음이 아니었다. 그리고 그냥 그에게 빠져 있는 것도 아니었다. 그녀는 그를 사랑하고 있었다.

경찰서로 돌아오니 기자들이 들러붙었다. 나래는 굳은 얼굴로 자리에서 멈춰 섰다.

"작은 실마리지만 유류품을 발견했습니다."

"드디어 증거가 잡힌 겁니까?"

"발견 장소가 어딥니까?"

"죄송합니다, 아직 내부에서 문제를 조율중입니다. 곧, 진행사항 알려드리겠습니다."

훈민의 말대로였다. 그녀가 아주 조금의 말을 흘리자 기자들은 대서특필을 쏟아내기 시작했다. 이제는 압발이 훈민의 말처럼 움직임을 보일 것을 기다려야 했다. 나래는 자리에서 일어나 빨리 걷기 시작했다.

나래가 차를 몰고 향한 곳은 다름 아닌 훈민에게 돈을 건네주었다는 술집이었다. 들어가자마자 웨이터며 여자들이 이상한 눈으로 나래를 훑었지만 그녀는 콧방귀도 뀌지 않은 채 안으로 성큼 성큼 들어갔다. 장담하건대 여기는 그녀도, 그도 단 한 번도 온 적이 없던 곳이었다.

"여기 황미숙 씨 계시죠?"

"어떻게 오셨습니까?"

덩치가 굉장히 크고 사납게 생긴 남자가 그녀를 내려 보며 말했다. 꼭 상품가치를 매기는 눈 같아 나래의 마음도 편치 못했다.

"일 좀 보러 왔는데요."

"지금 안 계십니다."

"서에서 왔다고. 빨리 문 열어, 이 새끼야."

더 이상 인내를 참지 못한 나래의 말투가 거칠어지고 눈매가 치켜 올라갔다. 잠시 주춤하던 남자가 무언가 눈치를 보내자 사람들이 후다닥 뛰기 시작했다.

그때 문이 열리며 사진 속의 주인공이 나왔다. 나래는 삐딱한 자세로 화려한 차림의 여자를 향해 고개를 숙이며 인사했다.

"황미숙 씨?"

"그런데?"

화려한 의상에 짙은 화장은 딱 보기에도 술집 여자라는 것을 그대로 알려주고 있었다. 생각보다 훨씬 젊어 보이는 외모에 나래가 고개를 갸웃거렸다. 이 정도 규모의 술집을 운영하는 거라면 적어도 40대 중반쯤은 될 거라 생각했었는데 그녀는 이제 30대 초, 중반쯤 되어 보이는 외모였다.

"박하얀나래 형사라고 합니다. 황미숙 씨와 이야기 좀 하고 싶은데요."

"혼자 왔어?"

"그렇습니다."

"호호, 요즘 경찰들은 도대체 무슨 배짱인가 몰라. 얼굴은 마음에 드네. 들어와요."

미숙이 붉은색의 치맛자락을 날리며 먼저 방 안으로 들어갔다. 나래는 숨을 크게 내쉬며 주위 사람들을 한 번씩 살피고 미숙이 들어간 방으로 발걸음을 옮겼다.

전형적인 고급 술집다운 분위기에 나래는 못마땅한 얼굴로 미숙을 바라보며 반대편에 자리를 잡고 앉았다. 원래 이러는 것인지 그와 동시에 웨이터들이 들어와 갖가지 안주와 술을 놓기 시작했다.

"형사님이 직접 찾아와 주셨으니 제가 한 잔 권해야죠."

"누가 이딴 대접 받고 싶다고 했습니까? 제 질문에 진실만을 말씀하셔야 할 겁니다. 신훈민 형사와 개인적으로 만난 적 있습니까?"

"오, 그 미남 형사님? 당연히 있죠."

"만나서 무슨 말씀을 나누셨는데요?"

나래의 눈이 날카롭게 변했다. 미숙은 여전히 옅은 웃음을 지으며 잔에 술을 따르고 있었다. 나래는 손을 낼 생각도 없는 듯 팔짱만 낀 채 비스듬히 앉아 노려보고만 있을 뿐이었다.

"그동안 신 형사에게 건네준 돈이 얼맙니까?"

"아마 1, 2억은 될 거예요."

"아, 그래서 신 형사가 월세에 살고 있구나. 난 한 10억은 될 줄 알았는데요."

"아무리 물장사라지만 그렇게 큰돈이 있을 리 없죠."

"왜요. 대충 건너 건너 들어보니까 국회의원부터 재계 인사들까지 안 끼고 계신 분들이 없으시던데."

그 말에 이제껏 웃음기를 머금고 있던 미숙의 입술이 굳었다. 대체 일개 형사가 어떻게 그런 것까지 아느냐는 눈빛이었다. 나래는 머리를 긁적이며 앞에 있는 파인애플을 하나 집어 들어 입으로 넣었다.

"이거 아주 다네, 달아. 왜요? 대통령은 고객명의에 넣지 못하셨나 봐요? 아니, 서울 시장 때는 여기 자주 오셨었나? 그랬을지도 모르겠네."

"이봐요! 박 형사님!"

"누굽니까, 사주한 사람이?"

나래의 목소리에서 장난기가 모두 빠지자 미숙의 두 눈동자가 흔들렸다. 나래는 작은 과도 하나를 들어 탁자 위에 꽂았다.

"우리 둘 중 누구 목 한쪽이 날아가기 전에 말하시죠? 어떤 멍청한 사람이 뇌물에 수표를 넣습니까? 세탁한 돈을 넣어야지. 그거 함정이라는 거 유치원생들도 알겠습니다. 대체 누가 사주한 겁니까?"

하지만 끝내 미숙은 끝까지 입을 열지 않았다. 술집 여자치고 입이 정말 무거웠다. 대체 어떻게 술집 여자를 구워삶은 걸까? 나래는 피곤함에 거칠게 미간을 주무르고, 무거운 발걸음으로 터벅터벅 다리를 옮겼다. 늘 훈민과 함께하던 길이 이렇게 길었다는 것을 나래는 처음으로 깨달았다.

훈민의 집은 말 그대로 초토화되어 있었다. 정하는 쓰러져 병원에 입원한 상태였고 세륜 역시 모든 공연을 취소하고 정하의 곁을 지키고 있었다. 그건 정음 역시 마찬가지였다. 거기다 기자들이 몰려들어 집은 도저히 들어갈 수 없는 상황이었다. 정하가 입원한 병원을 찾은 나래가 입원실로 들어서자 정음이 그녀의 앞으로 뛰어왔다.

"언니, 어떻게 된 거야? 오빠는? 오빠는 괜찮은 거야?"

나래는 정음을 보며 웃었다. 정음은 훈민과 굉장히 많이 닮아 있었다. 지금 훈민은 밥도 제대로 먹지 못하고 숨어서 압발의 정체를 찾으려 발버둥 치고 있다는 것도 알 수 있었다. 하지만 지금 그를 위해 할 수 있는 일이라고는 아무것도 없었다.

검사는 훈민을 찾아내라며 계속 짜증을 부리고 있었고 민 반장은 병원에 누워 서류를 훑고 있었다. 결국 장 형사가 검사 앞에서 후배들을 바라보며 수사를 제대로 하고 있냐고 소리치곤 있는 욕 없는 욕을 다 해가며 검사 입을 닥치게 만들었다. 장 형사의 살벌한 기세에 눌린 검사는 괜히 거드름만 피우면 급히 자리를 떠났다.

"그 녀석…… 밥이나 잘 먹고 있는지."

"걱정 마세요, 아저씨. 훈민이 녀석 밥 제때 못 먹으면 장난 아니잖아요."

"내가 용돈을 넉넉하게 주지 않아서 그랬을까?"

나래는 픽 웃고 말았다. 세륜이 이렇게 말을 한다는 것은 훈민이 절대 그런 일을 할 사람이 아니라는 것을 잘 알고 있었기 때문이었다. 그리고 지금 세륜이 나래의 긴장을 풀어주려 한다는 것은 정음도 잘 알 수 있었다.

"언니는 제대로 먹고 다니긴 하는 거야? 잠도 못 잤지? 얼굴 파리해서 쓰러질 것처럼 보여."

"동료가 그렇게 됐는데 밥이 쉽게 넘어가겠냐?"

"언니 알잖아, 오빠 식탐. 절대 굶진 않을 거야."

"아저씨가 맛있는 것 좀 사주랴? 그나저나 우리 나래 며느리로 맞으려면 이놈이 깨끗하기라도 해야 할 텐데. 은우가 절대 못 주겠다 그러겠군. 은우도 그 녀석 사건 신문에 난 거 봤을 거 아니냐."

세륜이 고개를 좌우로 흔들며 자리에서 일어섰다. 그럴 정신이 없을 텐데도 세륜은 나래를 배려해주고 있었다. 나래도 덩달아서 일어서며 손을 흔들었다.

"아주머니 곁에 계세요. 저도 바로 서로 가야 해요. 일이 밀려 있어서요."

"그래도 우리 미래 며느리 이렇게 보내면 되겠어?"

"하하, 걱정 마세요. 잘 풀릴 거예요. 제가 범인 꼭 찾아서 훈민이 억울함 풀어줄게요."

"우리 며느리만 믿는다."

툭하면 며느리라고 했던 세륜을 늘 피했었지만 이번만은 그럴 수가 없었다. 말은 그렇게 하고 있어도 아들을 걱정하고 있는 모습이 고스란히 드러났기 때문이었다.

서로 돌아왔을 때 민 반장이 자리에 앉아 있었다.

"반장님!"

"왔어?"

"그 몸으로 어떻게!"

"숨 쉴 만하면 좋아진 거지. 언제 우리가 그렇게 여유 있었나? 일하자고."

나래가 장 형사를 쳐다보았다. 장 형사도 어깨를 으쓱하며 민 반장의 고집에는 졌다는 투였다. 모두들 위에서 명령이 떨어져 훈민을 찾으러 나가 사무실에는 민 반장과 나래, 장 형사밖에 없었다.

"그나저나 박 형사."

"네?"

"봉팔이는 뭐야?"

"네?"

"전화 받을 때 그러더만."

아차 싶었다. 워낙 경황이 없어 뭐라 했는지 기억도 나질 않았다.

"이름이 좀 특이하죠? 얼굴하고 매치 정말 안 된다니까. 어렸을 때 이름 그렇게 안 지어주면 단명한다고 해서 그렇게 지었대요."

"그래?"

장 형사가 머리를 긁적이며 자리에서 일어났다. 수사 진척 상황 때문에 잠시 자리를 비우겠다고 말하며 장 형사가 사무실을 나가자 나래는 한숨을 내쉬었다. 그땐 의심도 하지 않더니 역시 형사의 감이라 그런지 되짚은 모양이었다.

"신 형사였지?"

민 방장의 말에 나래가 눈동자를 돌리다 이내 실토하고 말았다.

"네."

"그 녀석 밥은 잘 먹고 있대?"

"얼굴이 쭉 빠진 게 제대로 먹지도 못했나 봐요."

"신 형사 앞으로 온 편지가 하나 있더라고."

나래가 자리에서 일어나 민 반장의 앞으로 재빨리 걸어갔다. 건네주는 편지를 보고 나서 나래가 탁자를 내리쳤다. 훈민의 말대로 정말 압발이 움직였다. 재빨리 재킷을 집어 들고 문을 벌컥 열었다.

"박 형사!"

"네."

"설마 가려는 건 아니지?"

"제가 호출 때리면 기동대 데리고 나타나 주실 거죠?"

민 반장이 피식 웃으며 손을 흔들었다. 그리고 권총을 던져주는 것도 잊지 않았다. 나래는 그때부터 뛰기 시작했다. 바보 같은 신훈민한테 감쪽같이 속은 것이었다. 대체 그 바보 멍청이 혼자서 뭘 해보겠다고.

차에 올라탄 나래는 그때부터 온갖 신호를 무시하고 달리기 시작했다. 11시까지 남은 시간은 단 49분이었다. 그때까지 적힌 장소에 도착하려면 신호는 무시할 수밖에 없었다. 압발 자식이 얼마나 머리가 좋은지는 몰라도 이렇게까지 대범할 수까지 있다니. 현 경찰에 대한 명백한 도전이었다. 더 이상의 살인은 하지 않을 테니 신훈민 혼자서 폐교로 오라? 나래는 압발이 제법 깜찍하다고 생각했다.

9장. 대치

훈민은 목장갑을 끼며 하수도 밑으로 들어갔다. 지름이 1.5m 정도 되는 제법 큰 하수구라 이동하는 데는 별 무리가 없었다. 하지만 발밑으로 흐르는 물은 악취가 심해 제대로 숨을 쉬기도 힘들었다. 거기다 설상가상으로 하수구의 크기도 점점 줄어들고 있었다. 폐교 근처로 들어가 잠시 지상을 살폈다.

현재 시간은 22시 39분. 아직 아무것도 보이지 않았다. 온갖 구정물을 뒤집어쓰고 본관과 별관 사이의 돌담으로 올라온 훈민은 오른쪽으로 조심스레 발걸음을 옮기기 시작했다.

별관 옥상에 있는 물 저장 탱크는 오랜 기간 동안 쓰지 않아 물이 썩은 채 고여 있어야 정상이었다. 하지만 물은 꼭 방금 전에 사용이라도 한 것처럼 깨끗했다. 정화장치가 되어 있는 건가 생각하다 지금은 그런 생각을 할 때가 아니라는 것을 깨닫고 수도를 틀어 물을 계속 흘려보냈다.

아까 본 게 헛것이 아니라면 범인은 지하로 내려갔음이 틀림없었다. 그리고 이 물은 그곳으로 흘러들어갈 것이다. 그 때문에 하수도 밑으로 내려가 물길 통로를 지하로 옮겨놓지 않았던가.

제대로 숨을 쉴 수 없을 만큼 비릿한 물 냄새가 올라왔지만 훈민은 크게 숨을 참으며 본관 쪽으로 조심히 걷기 시작했다. 하수도에서 올라와 막 건물 안으로 들어가려 작은 손전등을 주머니에서 꺼내 주위를 살폈지만 아무것도 보이지 않았다.

그때였다. 헤드라이트가 비추었다. 그리고 차에서 내린 사람은 다름 아닌 나래였다.

"저 멍청한 게! 여기가 어디라……."

그 순간 뒤에서 무언가가 훈민의 머리를 스쳤다. 눈앞이 뿌옇게 흐려졌다. 나래에게 뭐라고 알려줘야 하는데 온몸이 마취를 당하기라도 한 듯 움직이지 않았다. 그리고 더 이상 아무것도 보이지 않았다. 젠장, 범인을 샌님이라 생각하며 너무 우습게 보았다. 사람을 10명 가까이나 죽인 놈이었는데.

아무래도 뒤통수를 맞았는지 따끔거리면서 아파왔다. 뭔가 축축한 느낌이 드는 게 피가 났던 것 같기도 하고. 원래 두피는 약해서 조금의 충격에도 쉽게 찢어지곤 하니 심한 상태는 아닐 거라고 추측했다. 그렇지 않고서야 이렇게 정신을 차리지 못했을 테니.

눈을 뜨려고 했지만 시야가 흐릿해 뭐가 들어오는 것도 없었다. 손을 들어 올리고 싶었지만 그럴 수가 없었다. 두 손과 발은 묶여 있었다. 게다가 이 불편하기 짝이 없는 어린이용 의자는 절로 욕이 튀어나오게끔 했다.

"젠장, 오늘 일진 더럽네."

아침부터 편의점에서 라면을 먹다 옆 사람이 쳐서 손등에 뜨거운 국물을 붓지를 않나, 길을 가는데 길고양이들이 울며 쫓아오질 않나. 게다가 여기저기 가도 경찰들만 눈에 보여 숨어 다니는 것도 고역이었다. 겨우 여기까지 왔는데 웬 미친놈한테 뒤통수를 맞질 않나. 거기다 나래는!

훈민의 눈이 번쩍 뜨였다. 그러다 이내 주위에 들어오는 풍경에 한숨을 내쉬었다. 여기는 학교 도서관쯤 되는 것 같았다. 묵은 책 냄새가 느껴지고 얼마나 오래됐는지 주위가 온통 곰팡이로 물들어 있었다. 거기다 이 의자는 어린이들에게나 맞는 거라 다리가 저려와 이젠 발목 쪽으론 감각마저도 없어질 지경이었다.

"정신이 좀 드나?"

바로 옆에서 들리는 소리에 훈민은 고개를 돌리려다 인상을 썼다. 목 근육이 자연스럽게 움직이질 않았다. 아무래도 맞을 때 타격이 큰 모양이었다.

아니, 누구였는지 짐작을 하고 있었음에도 어쩌면 속으로는 믿고 싶지 않았을지도 모른다. 막상 얼굴을 보자 허탈하고, 실망과 분노 여러 가지의 감정들이 뒤섞였다.

"아, 젠장. 아파 뒤지겠네."

"이런, 그런 예쁜 얼굴에 그런 말투는 어울리지 않는다니까."

"이제 어쩔 생각입니까?"

"글쎄. 어떻게 해야 할까?"

그가 들고 있는 칼이 불빛에 반사돼 번쩍했다. 아직도 시야가 흐릿해서 구분이 잘되진 않았지만 저 칼은 저번 현장에서 발견했던 칼이었다.

절로 미간이 좁혀졌다. 왠지 어이가 없고, 황당함에 절로 쓴웃음이 튀어나왔다. 언제 저것들을 가지고 온 것일까? 분명 경찰서 물품보관소에 있어야 하는 것들이었다.

정신을 차리고 눈에 초점을 맞추어야 했다. 하지만 아직도 주위가 흐릿했다. 하지만 당황함을 들키지 않으려 침착한 목소리로 말했다.

"목적이 뭡니까?"

"애당초 그런 게 있었으면 내가 이런 일을 벌였겠어?"

낮고 음산한 목소리로 그가 웃었다. 훈민은 숨을 낮게 내쉬며 고개를 오른쪽으로 기울였다. 하지만 아직도 둔탁한 통증 때문에 절로 악 소리가 나왔다.

"나래는?"

"오, 우리 박 형사, 지금쯤 지하에 있을 거야."

그는 말투도 완전히 바뀌었다. 예전의 그를 도저히 떠올리지 못할 만큼 비열하고, 비겁한 놈으로 보일 뿐이었다.

"지하?"

"유인했던 건 아닌데 거기로 들어가더라고. 머리가 좋긴 좋은 모양이야. 안 그래? 친구가 틀어놓은 물탱크 때문에 고생 좀 할 거야? 그나저나 저체온증으로 죽지나 않으면 다행이겠군."

"이 미친 새끼! 나래한테 고양이 시체 던진 것도 너였지! 우리 아버지한테 그딴 것들 보내고 기분이 좋았어?"

훈민은 몸을 버둥거렸다. 나래 때문에 이젠 몸의 통증마저 느껴지지 않았다. 하지만 로프로 꽉 묶여 있는 몸은 조금의 미동도 하지 못했다. 괜히 저장탱크에 있는 물을 틀어놨다고 생각했다.

"아, 그 고양이? 박 형사가 워낙에 겁을 먹지 않기에 한번 던져본 것뿐이지. 좀 효과가 미비해서 실망이었어. 그나저나 난 우리 신훈민 군이 이렇게 똑똑한 줄은 몰랐지. 내가 어떻게 지하에 숨어 있다는 건 알았을까? 날 위해 물을 틀어놨을 텐데 이제 절친한 친구가 죽게 생겼네."

"나래에게 무슨 일 생기면 나한테 죽을 줄 알아!"

"그렇게 묶여 있는 몸으로? 봐봐, 지금 네가 뭘 할 수 있지? 그렇게 앉아서 서서히 친구가 죽어가는 것을 느끼는 거?"

"네 걱정이나 해. 내가 할 수 있는 건 많으니까."

"둔한 건 네 아비나 너나 똑같지."

"목적이 뭐야."

"난 신세륜이 미치도록 싫거든."

훈민의 눈이 절로 커졌다. 사실 아버지에게 원한이 있는 게 아닐까 의심만 했었다. 그렇다면 이제껏 정말 세륜 때문에 이렇게 모든 일이 벌여졌단 말인가?

그가 피식 웃으며 맞은편 의자에 걸터앉았다. 훈민과 마주 보는 그의 눈엔 살기가 가득했다. 지금 당장이라도 숨을 끊어놓고 싶다는 표정. 그 반짝이는 눈은 분명 그렇게 말하고 있었다.

"정말 많이 닮았군, 똑같아. 네가 내 손에 죽었다는 걸 신세륜이 알면 어떻게 될까? 반쯤은 미치겠지? 다시는 피아노에 손도 대지 못할 거고."

그래, 세륜은 피아노 조율도 능숙하게 할 수 있는 사람이었다. 아주 조금의 소리에 이상이 생겨도 바로 피아노를 확인하는 사람이었다. 피아노 줄이 끊기기 직전이었다면 그 전에 알아차리지 못할 리가 없었다.

"피아노 줄 끊어놓은 것도 너였나?"

그가 어깨를 으쓱했다.

"천재들은 몰라. 밑에 있는 평범한 사람들은 그 천재들 때문에 어떤 고통을 받으며 살아야 하는지. 신세륜 아들이라고 해서 난 특별한 걸 기대했었지. 너무 평범해서 실망이었지만. 그런데 말이야, 딸은 굉장한 재능을 가지고 있더군."

"정음이한테 손가락 하나도 대지 못할 거야. 그 전에 내가 널 감방에 처 넣을 테니까. 두고 봐, 사형대까지 끌고 가주지. 반장님은 왜 찔렀어?"

"민 반장? 그래, 민 반장도 내가 찔렀지. 네가 하도 내 뒤를 캐고 다녀서 경고를 준 거야. 민 반장 과다 출혈로 죽을 줄 알았는데. 인간 생명이 꽤 질기긴 한가 봐? 죽지 않아서 조금 실망은 했어."

사람이 죽는다는 것을 아무렇지 말하다니. 훈민은 절로 고개가 숙여졌다. 그의 뒷조사를 한 건 정말 우연한 촉이었다. 그리고 조심스럽게 뒤를 캐고 다녔다고 생각했는데 그것도 아닌 모양이었다. 하지만 화가 난다 해도 이렇게 묶여 있는 이 상황에서 그가 할 수 있는 일은 아무것도 없었다. 이렇게 무기력하게 죽어가기만을 기다려야 하는 건가? 나래는?

"난 말이야, 사람이 피를 흘리는 건 그다지 좋지 않아. 지저분하잖아. 새빨갛고, 찐득하고. 왠지 더러운 느낌이랄까?"

"하, 그럼 네 몸에 있는 피도 다 뽑아내지그래?"

"크큭, 아직 내 몸의 피는 못 봤으니까."

"아, 그래서 시체들 몸에서 피를 그렇게 다 뽑아놓은 건가?"

"그러는 편이 자르기에도 수월하더라고."

훈민의 어깨가 비틀거리자 그가 가까이 다가왔다.

"젠장."

"이런, 어깨가 빠진 건가? 오, 미안. 난 정형외과는 전공이 아니라서 어떻게 맞춰줄 수가 없네."

"미친놈."

"훈민정음? 완벽한 한국인도 아니면서 그런 이름을 지어?"

확실히 완벽한 한민족은 아니었다. 할아버지의 어머니가 독일인이었으니. 하지만 지금 대한민국에 살고 있는 사람이라고 해봤자 단일민족은 아니다. 침략과 약탈로 많은 피가 섞였을 것이다. 거기다 김수로왕의 부인도 인도 여자였다고 하지 않았던가? 그리고 얼마 전에는 낙동강 유역에서 발견된 유골 중에서 백인일 확률이 95%인 것이 있다고 학계가 술렁였던 것을 훈민도 신문을 통해 봤었다.

"그러면서 잘났다고 이 나라에서 살고 있지. 천재로 이름까지 휘날리며."

"외국인을 그렇게 싫어하는 줄은 몰랐군. 대체 내 아버지에게 그러는 이유가 뭐야?"

"경찰로서 묻는 건가? 아들로서 묻는 건가?"

"아버지라고 했잖아!"

훈민의 목소리 톤이 이제는 거칠다 못해 신경질적으로 변해 있었다. 훈민 스스로도 느끼고 있었다. 지금 여유 따윈 하나도 없었다. 어떻게 해서든 여기서 나가 나래를 구해야 했다. 머리가 좋은 놈이라는 것을 알았을 때 이런 식의 만남은 좋지 않다는 것을 예상했어야 했었다.

"난 그가 싫어. 아니, 네가 싫어서 그가 싫어진 거야."

그가 돌아섰다. 그리고 팔의 밧줄이 풀리기까지는 얼마 남지 않았다. 뒷주머니에 항상 면도칼을 집어넣고 다닌 게 천만다행이었다. 이럴 때 도움이 되다니.

하지만 이걸론 어떻게 위협을 가할 수도 없었다.

더군다나 저 미친놈이 총을 어디다 숨겨놨는지도 모르는 상황이었다.

"그랬군. 아버지에게 보낸 고양이 사체가 한 마리씩 늘어났던 건 당신이 예고를 했던 거야. 사람이 죽을 때마다 한 마리씩 더 늘어났어."

묻고 싶은 건 한두 가지가 아니었다. 하지만 나래 때문에 한시라도 지체할 수 없었다. 요즘 날씨가 아무리 덥다지만 밤엔 추워

진다. 그리고 지하실은 거의 물로 가득 차고 있을 텐데.

"크큭."

훈민이 웃자 예리한 칼날을 다듬고 있던 그가 물었다.

"뭐가 그렇게 웃기지?"

"내 손에 넌 이제 곧 죽을 거니까요."

훈민이 자리에서 일어남과 동시에 등을 지고 있던 그가 몸을 돌렸다.

나래는 스스로가 무모하다고 생각했다. 이런 식으로 감정적으로 나올 일이 아니었다. 이런저런 후회가 스쳐 지나갔다. 범인이 먼저 알아차렸는지 나갈 수 있는 길목을 모두 차단해버렸다. 거기다 문도 철문이라 깰 수 있는 게 아니었다. 이곳으로 들어왔던 건 작은 불빛이 비치고 있었고 물 흐르는 소리가 들렸기 때문이었다. 속았다.

발목 밑으로 흐르던 물이 이제는 허벅지까지 올라왔다. 이곳은 지하 벙커처럼 되어 있어 물이 넘치면 빠져나갈 곳이 없었다. 이런 식으로 가다간 이곳에서 익사할지도 몰랐다. 아니면 그 전에 저체온으로 죽든지.

약 20분 전 문을 열고 들어왔던 곳에서 이상한 소리가 났을 때는 이미 늦은 뒤였다. 그 범인이 문을 닫아버린 뒤였으니까. 빠져나갈 구멍이 없었다. 철문으로 나 있는 작은 창문 때문에 겨우 한 줄기 들어오는 빛으로 지금은 앞이 보이고 있었지만 이제 그 빛도 보지 못할지도 몰랐다.

“젠장, 젠장. 미친놈. 미친 새끼. 나가기만 해봐. 죽여버릴 거야.”

이렇게 욕을 한다고 해서 나아질 상황 같은 건 전혀 없었다. 추위에 온몸이 덜덜 떨려오기 시작했다. 분함에 주먹을 내리쳐도 느껴지는 건 차가운 물의 감촉뿐이었다. 물이 튀기며 그녀의 얼굴을 적셨다.

비릿한 냄새. 이건 그냥 물비린내가 아니었다. 그녀가 고개를 돌렸을 때 눈에 들어온 건 눈조차 감지 못하고 죽은 시체였다. 얼마나 오래된 건지는 모르지만 거의 미라 상태로 변해 있는. 절로 악 소리가 흘러나왔다. 이 미끈거리는 느낌은 물과 섞인 피라는 것도 서서히 느끼고 있었다.

이곳에 있다가는 미쳐버릴지도 몰랐다. 어떻게 해서든 빠져나가야만 했다. 다리를 움직였을 때 무엇인가가 발에 걸려 넘어지고 말았다.

두 번 생각할 것도 없었다. 지금 발에 치이는 것, 눈에 보이는 건 모두 시체였으니까. 어떻게 죽였는지는 모르겠지만 시체들은 대중없이 물 위에서 책걸상들과 함께 물 위에 둥둥 떠다니고 있었다.

나래는 책상 하나를 놓고는 겨우 중심을 잡아 위로 올라갔다. 분명 천장 위는 공간이 있을 것이라 생각했다. 보통 지하와 지상 사이엔 많은 선들이 필요해 공간이 넓었으므로 팔꿈치 정도라면 천장 벽을 부술 수 있을 거라 생각했다. 하지만 팔꿈치까지는 닿지 않았다. 재빨리 책상에서 내려와 의자 하나를 책상 위에 올렸다. 겨우 아슬아슬하게 섰지만 팔꿈치를 올리기엔 중심이 제대로 잡히지 않았다.

나래는 생각을 해내기 위해 애를 썼다. 아버지 서재에서 보았던 많은 도면 서류들. 무엇인가가 번뜩 머리를 스쳐 지나갔다. 책상 위치를 조명등 바로 아래로 옮겼다. 그리고 위로 올라가 조명등을 떼어내자 작은 구멍들이 보였다. 손으로도 쉽게 뜯어낼 수 있는 합판이었다. 그녀가 조립식으로 되어 있는 합판을 뜯어내고 천장 위로 올라왔을 때였다. 탕, 하는 총성 소리가 들려왔다.

가까스로 그의 손을 붙잡았을 때 훈민은 왼쪽 어깨를 불에 덴 듯한 뜨거움을 느껴야만 했다. 간발의 차이였지만 총알이 스치고 지나간 게 틀림없었다. 조금만 늦었더라도 머리를 맞을 수도 있을 상황이었다. 그것도 다름 아닌 자신의 총에.

너무 안일했다는 것은 알고 있었다. 그렇게 민 반장이 뒤를 조심하라고 일렀었는데. 하지만 훈민에게 지금 왼쪽 어깨의 아픔 따위는 아무것도 아니었다.

계속 몸싸움이 벌어지는 순간에도 바로 밑에 있을 나래가 걱정되어 견딜 수가 없었다. 어떻게든 놈을 제압하고 내려가야 했다.

입안이 비릿한 게 느껴졌다. 그가 오른쪽 주먹을 날렸고 훈민은 보기 좋게 왼쪽 뺨을 내어주었다. 하지만 다행히도 총은 이미 훈민이 쥐고 있었다. 하지만 그는 총 대신 칼을 들고 있었다. 그것도 유류품으로 나왔던 15센티미터가량 되는 가죽 끈으로 이어진 그 칼을.

"하, 하하. 완전 속았네. 우리 다 미쳤었어. 엘리트를 그대로 믿었었군. 그럴 리 없다고 생각하면서. 아니, 당연히 경찰 일에 목숨을 걸 거라고 생각하면서."

"여전히 힘이 펄펄 나는군. 그때 내가 괜히 삼계탕을 사 먹였나 봐."

호람이 비릿하게 웃으며 말했다.

"당신이 왜 이런 짓을 했는지 모르겠어. 내 아버지가 싫다고? 사실 내가 싫은 게 아니었나?"

훈민의 눈동자가 흔들렸다. 훈민은 나래가 그랬던 것처럼 알게 모르게 호람을 동경하고, 존경하고 있었을지도 몰랐다.

어쩌면 정말 그래서 믿기 싫었던 것일까? 닮고 싶어 하는 사람이 그런 끔찍한 일을 저질렀다는 것이 싫어서 애써 외면하려고 했는지도 몰랐다.

"언제였는지 알고 있지? 18살에 마지막 콩쿠르에 나갔었잖아. 네 옆엔 아버지가 계시더군. 세계적으로 유명한 피아니스트가. 심판진들도 꽤 긴장하지 않았겠어? 세계적인 피아니스트의 아들이 대회에 나왔는데 말이야. 그거 아나? 내 동생은 노력 하나로 그 콩쿠르에 나갔어. 우승이면 오스트리아로 가는 티켓도 거머쥘 수 있었지. 그런데 겨우 국내파인 네가 아버지의 후광을 업고 우승을 했어."

"우리 아버진 그렇게 비열하신 분이 아니야. 그리고 피아노는 좋아서 쳤던 것뿐이었어. 그리고 그만뒀어."

"그래, 천재들은 그렇게 말하지. 그땐 그게 쉬웠어요. 이젠 지겨워져서 그만하고 다른 걸 해요. 다들 그러지 않나요?"

호람이 어깨를 으쓱이며 가볍게 말을 이었다. 훈민은 여전히 총을 겨눈 채 그를 노려보고 있었다. 이미 왼쪽 어깨의 상처는 잊은 지 오래였다. 피가 계속 흐르는 느낌이 나는 게 다행히도 총알이 박히진 않은 듯싶었다. 이젠 아픈 것조차도 느껴지지 않았다. 아니, 지금은 그런 것에 신경 쓸 여유조차 없었다.

"천재가 아니었으니까 그만둔 거야. 아니, 그렇다 칩시다. 대체 왜 그 많은 사람들을 죽였습니까? 그 사람들이 무슨 죄가 있어서!"

"몰라서 묻나? 다 남을 짓밟고 올라갔어. 그래놓고 다 자기가 잘나서 그런 줄 알지. 그게 재수 없더군."

"당신…… 미쳤군."

훈민의 눈빛이 흐려졌다. 호람은 그게 마음에 들지 않은 모양이었다. 훨씬 위협적인 자세로 언제든지 겨냥할 수 있는 자세를 취하고 있었다.

"이 일에 박 형사까지 끌어들인 이유가 뭡니까?"

"아, 그건 계획이 좀 틀어졌지. 원래는 박 형사를 먼저 잡을 예정이었거든. 그런데 우리 신 형사가 너무 똑똑해서 물탱크를 움직였더군. 아마 박 형사는 지금쯤 지하에 갇혀 시체들과 뒤엉켜 있을 거야. 미쳤을지도 모르지. 하긴, 시체가 하나둘도 아니고. 거기다 요즘 내가 사냥을 좀 많이 했거든. 피도 많이 흐르고 있을 거야."

하나의 죄책감도 없는 얼굴 표정. 이젠 어이가 없어 웃음이 다

나올 지경이었다. 누가 미친 건지도 정확하지가 않았다.

"박 형사를 죽이고…… 절 죽일 작정이었습니까?"

"아니. 신 형사가 소꿉친구인 박 형사를 너무나 사랑한다는 것을 잘 알고 있지. 원래 계획은 자네를 묶어두고 박 형사를 천천히 죽여가려고 했었어."

"당신 미쳤어? 박 형사가 당신을 얼마나 존경했는지, 동경했는지 알고 있잖아!"

"그래, 그렇게 만든 거였지. 아, 그거 아나? 이성재 경위 알지?"

"이 형사?"

"나와 동기지. 그 친구도 제법 똑똑해. 내가 의대를 다니다 때려치우고 1년 뒤에 경찰학교에 들어갔지. 성재 녀석 여자 친구도 내가 죽였지. 이 칼로."

호람의 눈빛은 섬뜩했다. 단 한 번도 그가 냉정하다고 느낀 적이 없었다. 이래서 살인자들이 연기를 잘한다는 건가? 절로 한숨이 새어 나왔다.

"그랬더니 그 녀석이 학교를 그만두더군. 그런데 이런, 또 경찰이 되었지 뭔가. 꽤 당황하기도 했어. 하지만 앞에선 동기인 척, 뒤로는 즐겼지. 그 녀석도 내 뒤를 캐고 다니느라 꽤 힘들었을걸?"

"당신 미쳤어, 돌았어. 그걸 알고 지금 이러는 건가?"

이미 목소리가 사정없이 떨리는 것도 알고 있었다. 앞에 있는 호람이 무서운 것은 아니었다. 그저 이제껏 바보같이 당하고 있던 사람들이 불쌍해서, 스스로가 억울해서 그런 것뿐이었다. 뒤를 그렇게 오랫동안 밟지 않고 그냥 잡아야 했었다. 오히려 시간을 끌어 다른 희생자가 더 나왔다는 생각에 미쳐버릴 것 같았다.

"그래, 미쳤는지도."

"결론은 이거였나? 당신은 내게 죽음을 당하길 원했어."

입안에 씁쓸함이 감돌았다. 찢겨진 곳에서 계속 나는 피 때문에 역겨움이 더해지고 있었다. 거기다 저번에 길거리에서 칼에 찔렸던 허벅지까지 욱신거리고 아파왔다. 어깨는 말할 것도 없었다.

그 순간 훈민의 눈이 커졌다. 호람이 들고 있던 칼을 그대로 떨어뜨렸다. 딱딱한 콘크리트 바닥에 떨어진 칼은 정적이 감도는 이곳에 커다란 소리를 내며 무기로서의 힘을 잃었다.

"미안하지만 난 당신을 죽이지 않아."

"왜? 그렇게 압발을 죽이고 싶어 했잖아. 나만 잡으면 뼈 마디마디를 부러뜨리며 죽인다고 하지 않았나? 뼈 마디마디가 부러진다. 내 동생이 그렇게 됐지. 손가락 마디마디 신경이 다 끊어져서 움직일 수 없어."

이제껏 칼을 노려보고 있던 훈민의 고개가 올라갔다. 정확히 기억났다. 그 대회에서 우승 트로피를 받았을 때 원망에 찬 눈으로 바라보고 있던 여자가. 큰 눈에 눈물이 그렁그렁해서 잊혀지지 않는 얼굴을 하고 있었다.

"임…… 이람이 당신 동생이었던가?"

"이름까지 기억해주시니 영광이군."

"그 당시의 난 그냥 좋아서…… 피아노가 좋았을 뿐이야. 그래서 즐기면서 쳤던 것뿐이라고. 난!"

"그래! 즐겨서 쳤던 것뿐이겠지. 하지만 너 때문에 내 동생은 피아니스트로서도 여자로서도 모든 걸 다 잃어야 했어."

호람의 말에 훈민이 입술을 질끈 깨물었다. 알고 싶지 않은 사실을 듣는 건 꽤나 큰 충격으로 다가왔다.

"뭐?"

"홀에서 나오던 길에 남자들에게 짓밟혔지. 몇 놈인지 기억도 나지 않아. 물론 다 쓸어버렸지, 남김없이. 다들 몸 한 군데씩은 병신이 됐어. 손 못 쓰는 놈, 다리 못 쓰는 놈, 눈 못 쓰는 놈. 그 정도면 감지덕지지 않나?"

"임 경정, 설마 그 마약도 당신과 관련이 있는 건가? 그래서……."

"맞아. 마약 청정국? 웃기지 말라 그래. 이미 그런 건 다 끝났어. 뭐, 내 직위를 이용해서 쉽게 풀어주긴 했었지. 그런데 그거 아나? 원래 잘 사시는 분들이 더 썩어 있다는 거. 뭐, 그 자제분들이야 워낙 유명하시지. 좀 먹였어. 다들 유학시절 대마 좀 해본 모양인지 혹하더군. 덕분에 다들 정신병원 수감 중이시고. 내 동생을 욕보이려 주도했던 놈이 미국 놈이었지. 우리나라에 와서 투자금은 있는 대로 회수하고 세금도 뱉어놓고 가지 않는 악랄한 놈이었어. 그 자식은 친절히 내가 죽여주었지."

"미쳤어? 제정신이야?"

훈민이 들고 있던 총에 힘을 줬다. 하지만 거기서 더 이상 움직일 수가 없었다. 창문으로 들어와 호람의 머리에 총구를 겨누고 있는 사람은 다름 아닌 나래였다. 그녀에게선 비릿한 피 냄새가 진동하고 있었다. 그럼에도 불구하고 훈민과 호람은 서로의 감정에 빠져 그것조차 알아차리지 못하고 있었다.

철컥하는 소리와 함께 잠금장치가 풀렸다. 나래의 눈에선 눈물이 흘러나오고 있었지만 손은 떨리지 않았다.

"숨죽이고 들어올 줄도 알았네. 내가 그래도 후배 하나는 잘 키워놨군."

"미쳤어요."

"글쎄. 내가 미쳤다고는 생각 안 해봤는데."

"이렇게까지 한 이유가 결국은 신훈민에게 복수하기 위해섭니까? 여동생 복수를 하기 위해 그 많은 여자들에게 폭행을 했습니까? 그럼 그 여자들의 복수는 누가 해야 합니까? 똑같은 악순환이 계속될 뿐인데요."

"당겨."

발걸음을 옮기려던 훈민이 멈춰 섰다. 순식간에 호람이 나래의 팔을 움켜쥐었기 때문이었다. 하지만 여전히 총구는 호람의 머리를 겨누고 있었다.

"그래서 그때 경찰서에 들렀었어요? 사표를 냈다고 하면서 경찰서에 들러 마약을 빼돌렸던 겁니까? 그걸 모두 훈민이에게 덮어씌우려고?"

"총 잡가! 미쳤어요? 선배! 그거 놔요!"

"그래도 아직은 선배던가?"

"씨발. 끝까지 말 안 듣네! 야, 박하. 총 꽉 잡고 있어!"

그와 동시에 훈민의 호람을 덮쳤다. 순간적인 반동에 의해 세 사람이 넘어지며 탕- 하는 소리와 함께 나래의 손끝에서 끈적한 무엇인가가 느껴지고 있었다. 기분이 나빴다. 피라면 지겹도록 봤는데 이번엔 정말 유난히 기분이 나빴다.

머리를 흔들며 일어나는 사람은 다름 아닌 호람이었다. 그의 몸에도 피가 묻어 있었다. 하지만 나래의 시선은 훈민의 배로 고정되어 있었다. 훈민은 입술을 질끈 깨물며 배를 꾹 누르고 있었다.

"안 돼, 이건 아니야."

밖은 온통 번쩍거리고 있었다. 민 반장이 나래의 호출을 받고 기동대를 끌고 출동한 게 틀림없었다.

"신훈민!"

"아, 진짜. 끝까지 운도 없어. 총! 총 잡아! 빨리!"

정신을 차린 나래가 자신의 총과 훈민의 총을 잡아 탄환을 빼고 주머니 속에 집어넣었다. 무엇에 찍혔는지는 모르지만 호람은 여전히 머리를 쥐어 감싼 채 정신을 차리지 못하고 제대로 움직이지 못하고 있었다.

"훈민아! 신훈민!"

나래가 훈민의 어깨를 쥐어뜯듯 흔들고 있었다. 그의 몸이 힘없이 흔들거리고 있었다.

"졸라 아프다."

"조금만 기다려! 이제 반장님 오시면……."

"우리 아…… 많이 하지도 못했는데."

"뭐?"

"죽기 전에 많이 안아봤어야 하는 건데…… 악! 씨발. 졸라 아파. 아깝다."

"넌 지금 이 상황에 그런 말이 나와?"

어떻게 다리에 맞은 거라면 묶어서 출혈이라도 막아보겠지만 지금은 그의 배를 누르는 것밖에 할 수 없었다.

"아, 그만 눌러. 아파!"

신경질적인 목소리가 점차 잦아들고 있었다. 나래가 고개를 흔들었다.

"울어도 너 졸라…… 아, 예쁘네. 그래도 이 오빠가 너 많이 사…… 아악! 나……. 나……."

나래의 팔을 잡고 비명을 질러대던 훈민의 손이 힘없이 떨어졌다.

그 순간 문을 걷어차는 소리가 들리며 경찰들이 들이닥쳤다. 순식간에 상황을 파악한 민 반장이 호람의 앞에 가서 섰다. 그리고 뒤따라오던 장 형사가 소리치고 있었다.

"구급대원 뭐 해? 빨리! 신 형사 죽겠어!"

피범벅이 되어 있는 두 사람을 먼저 발견한 건 장 형사였다. 처음부터 구급차를 불러왔던 건지 순식간에 훈민이 들것에 실려 나갔다. 그때 뒤에서 신음 소리가 들렸다.

"으……."

호람의 신음 소리에 아직 경황이 없는 몇몇 순경들이 다가갔다.

"수사과장님!"

"어떻게 여기……."

사람들이 말 걸 틈도 없이 멍한 상태로 앉아 있던 나래가 자리에서 일어나 사람들을 밀쳐내고 겨우 일어나있는 호람의 얼굴을 갈겼다.

"미친 새끼. 네가 그러고도 인간이야! 너만 죽으면 됐잖아! 그 많은 사람들 다 죽이고 폭행해서 어쩌자는 거야? 복수? 그래서 경찰이 됐어? 위에서 지시하면서 헛다리짚는 우리보고 완전 코미디였겠다? 그러면서 바로 옆에서 사람을 죽여? 신 형사 잘못되면 너 내 손에 죽을 줄 알아!"

악에 받쳐 마구잡이로 날뛰는 나래를 장 형사가 뒤에서 붙잡았다. 상황판단이 끝난 민 반장이 호람의 손목에 수갑을 채웠다. 나래는 분이 풀리지 않는지 악을 써대며 계속 호람에게 덤벼들 기세였다.

"결국엔 이렇게 잡힐 거! 왜 그렇게 죽였어? 왜! 차라리 혼자 죽지 그랬어!"

막 교실에서 빠져나가려던 호람이 걸음을 멈추었다. 다른 사람들 모두가 쇼크에 가까운 충격을 받은 듯했다. 설마 경찰서 최고의 엘리트 수사반장인 호람이 범인일 거라고는 생각도 하지 못한 모양이었다.

그래, 나래 역시 꿈도 꾸지 못했다. 그리고 그렇게 오래전부터 호람이 범행을 저질러 왔다는 것도 여전히 믿기 힘들었다. 경찰서 내의 거의 모든 사람들이 호람을 좋아했었다. 권위적이지 않고,

엘리트 의식에도 물들지 않았던 호람은 정말 존경할 만한 사람이라고 생각했었다. 그런데 그 모든 게 연극이었다.

그때 우당탕 소리와 함께 성재가 나타났다. 반쯤은 정신이 나가 있는 얼굴로 성재가 호람의 앞으로 걸어가 거칠게 멱살을 쥐었다.

"임호람! 이 미친 새끼! 너!"

"너에겐 할 말 없다."

"그럼…… 안전핀을 뽑았던 게 너였나?"

"그러니까 날 건드리지 말았어야지."

"내가 언제 널 건드렸다고! 대체 뭣 때문에!"

"넌 내 자릴 빼앗으려고 했어. 내 1등 자리를 말이야."

그때였다. 장 형사의 품에 거의 실신한 듯 기대어 서 있던 나래가 낮은 소리로 웃고 있었다. 모두의 시선에 나래에게로 돌아갔다.

"크큭, 너무 웃겨서 이거 코미디도 아니고. 남을 모두 짓밟고 올라가서 죽였다면서요. 엘리트들을. 그럼 자기가 먼저 죽어야 하는 거 아닌가? 1등 자리를 빼앗길까 겁이나 이 형사님 여자 친구를 죽여요? 와, 무서운 사람이네. 씨발."

나래와 호람의 눈빛이 부딪쳤다. 순간 호람의 눈빛이 흔들린 것을 보고도 나래는 믿지 못했다. 이제껏 살인광처럼 섬뜩하게 빛나던 눈빛이 아니었다. 잔뜩 후회로 젖은 눈빛을 보며 나래를 고개를 흔들었다.

"어쩌면 난…… 신 형사가 멈춰주기를 바라고 있었는지도 모르지."

모든 것이 훈민 때문에 시작됐다고 말했다. 그런데 멈춰주기를 바라고 있었다고? 이제 와 후회라도 한다는 것인가? 나래는 끝까지 호람에게서 눈을 떼지 않았다. 주춤주춤 물러나는 경찰들을 보면서 나래는 털썩 주저앉고 말았다.

10장. 결혼해요

병원에 도착해서도 나래는 거의 넋이 나간 상태였다. 훈민이 수술실로 들어가 수술 중이라는 불판이 계속 켜져 있는 동안, 이제 막 오스트리아에서 귀국한 세륜이 도착했다.

수술 중이란 소리에 세륜이 다리에 힘이 풀린 듯 털썩 주저앉았다. 정하와 정음이 세륜을 일으켜 세우려 했지만 역부족처럼 보였다.

"훈민이는 어떤 상태입니까?"

"다행히 총알이 장기는 피해갔다더군요. 하지만 출혈이 심해서……."

박 반장이 말을 잇지 못했다. 나래는 여전히 온몸이 피투성이였다. 은우와 소연이 도착해 나래의 앞으로 다가와 섰다.

"나래야!"

"괜찮은 거니?"

나래는 그저 반사적으로 고개만 끄덕일 뿐 자신의 손에 묻어 있는 훈민의 피만 보고 있었다. 경호원들 밖으로는 기자들이 수많은 플래시를 터트리고 있었다. 여기저기서 고함을 서슴없이 내질렀다.

"범인은 정말 현직 경찰에게 원한이 있어 그런 일을 저질렀던 겁니까?"

"신세륜 씨, 신세륜 씨 때문에 일어난 일입니까? 아들이 중간에 희생될 뻔했던 겁니까?"

기자들은 피해자들은 안중에도 없었다. 어떻게든 자극적인 기사를 써서 판매부수와 클릭 양을 늘리려고만 할 뿐이었다. 세륜은 고개를 흔들며 생각을 다잡으려는 것처럼 보였다. 은우가 세륜을 향해 걸어갈 때 나래는 눈앞이 뿌옇게 변하는 것을 느끼며 그대로 쓰러졌다.

나래가 눈을 떴을 때 보인 건 새하얀 천장이었다. 왼쪽으로 고개를 돌렸을 땐 커다란 팩에 들어 있는 링거액이 천천히 떨어지고 있었다. 무엇인가가 생각난 듯 벌떡 몸을 일으켰을 때 머리가 지끈거리며 아파와 다시 누울 수밖에 없었다.

"나래아! 괜찮니? 정신이 들어?"

"엄마?"

"탈수에 장염 증세래. 도대체 어떻게 된 거니?"

"시체가……. 지하실인 것 같아. 과학실인 것 같기도 하고. 포

르말린 병들이 둥둥 떠다니고 있었거든."

"거기가 시체보관소였던 것 같아."

장 형사가 소파에서 일어나며 말했다. 나래는 고개를 끄덕였다. 그래, 이렇게 한가하게 누워 있을 때가 아니었다.

"신 형사 얘긴 왜 안 물어? 제일 먼저 물어볼 것 같더니."

"신 형사요?"

"이거 또 왜 이래? 또 재미없게 기억상실 그런 건 아니겠지?"

"빨리 퇴원시켜달라고 난리겠죠, 뭐."

장 형사의 눈이 동그랗게 떠졌다. 대체 어떻게 알고 있느냐는 눈빛이었다.

"빙고!"

나래가 픽 웃었다. 훈민은 어려서부터 병원을 죽도록 싫어했다. 주사를 맞으러 가도 늘 그녀가 먼저 맞게끔 했다. 알코올 냄새만 맡아도 소름이 돋는다나 뭐라나.

나래가 천천히 물을 머금은 솜처럼 무거운 몸을 일으켰을 때 문이 벌컥 열리며 여전히 말간 얼굴의 훈민이 들어왔다.

"야, 박하. 넌 다친 데도 없으면서 왜 입원하고 그러냐?"

잔뜩 걱정하고 있는 얼굴을 하고 있으면서 말투는 투박스럽기 그지없었다. 하지만 이미 오랜 시간을 알아왔던 나래는 그의 진심을 알고 있었다.

"정신적 충격도 몰라?"

"하여간, 쏴대기는."

훈민이 배를 움켜쥐고 절뚝거리며 걸어와 침대에 걸터앉았다. 나래는 쭉 펴고 있던 다리를 오므렸다. 그가 조금 더 편하게 쉴 수 있게 만들어주려고 하는 배려임을 훈민도 잘 알고 있었다.

"저 잠깐 사건 때문에 박 형사와 이야기 좀 하고 싶은데, 자리 좀 비켜주실 수 있겠습니까?"

"아, 그래? 알았어."

"무슨 일인데. 일 문제면 나도 알아야 하……. 알았어. 나갈게, 나간다고."

훈민이 노려보자 장 형사가 짐들을 챙겨 들고 소연과 병실에서 나갔다. 나래는 잔뜩 찌푸린 얼굴로 훈민을 쳐다보았다.

"어디 좀 보자, 우리 호박. 살아남아서 보니까 더 예뻐진 것 같네."

"뭐? 호박?"

마음에 들지 않는 변명인 듯 나래의 미간이 주름이 잡혔다. 훈민은 손을 뻗어 나래의 미간을 꾹꾹 눌렀다.

"안 그래도 호박인데 주름 생기면 누가 데려가냐?"

"어이고, 너한테 책임지란 말 안 할 테니 걱정 말지?"

"야, 너 나랑 이 짓 저 짓 다 해놓고 거부하는 거야?"

"뭐?"

기가 막힌 얼굴로 나래가 훈민을 쳐다보았다. 훈민은 불편한 몸짓으로 나래를 가까이 끌어당겨 안았다.

"걱정 많이 했지? 그래도 안 죽고 살아났잖냐. 좀 봐주라."

"몸 함부로 굴리지 말랬지! 왜 총을 맞아! 총을 맞긴!"

"그래도 살인범 잡았잖냐. 비록 충격적인 결과이긴 해도."

"그래, 너무 충격적이었어."

나래의 눈에서 눈물이 흘러나왔다. 처음 발령을 받았을 때부터 따뜻이 대해주던 호람이었다. 그런데 그 모든 것이 연기였다. 너무 어이없고 화가 나서 이젠 아무것도 생각이 나질 않았다.

"어떻게⋯⋯ 선배가 그런 짓을⋯⋯."

"다 이 오라버니가 너무 잘나서 그⋯⋯. 윽!"

"넌 이 순간에도 농담이 하고 싶어?"

나래가 그의 배를 푹 쳤다. 수술한 부위가 아픈 것은 당연했다. 물론 피가 터질 정도로 때린 것은 아니었지만 훈민은 엄살을 부리고 있었다.

"알아, 다 알아. 네가 호람 선배 좋아했던 것도 알고, 존경했던 것도 알아. 하지만 결국 다 연출이었어. 계획적이고 가짜였다고, 바보야."

"알아. 나도 알아. 그래서 아픈 거야. 제대로 뒤통수 맞았다는 생각에."

나래가 신경질적으로 눈물을 닦아내었다. 훈민은 나래의 두 손을 잡고 자신을 쳐다보게 만들었다. 커다랗고 맑은 눈동자에 훈민의 모습이 그대로 비쳤다.

"나래야."

이렇게 진지한 모습으로, 목소리로 그가 그녀의 이름을 부른 적은 한 번도 없었다. 놀라움에 나래의 눈이 커졌다.

"우리 결혼하자."

살짝 그녀의 커다란 눈동자가 흔들렸다. 하지만 단 1초의 망설임도 없이 그녀의 입에서 목소리가 흘러나왔다.

"싫어."

그녀의 거부에 그는 꽤 충격을 먹은 얼굴이었다. 당연히 나래가 예스를 할 것이라 생각한 모양이었다. 하지만 그녀는 도로 침대에 누우며 콧방귀를 뀌고 있었다. 훈민은 아픈 배를 부여잡고 그녀의 팔을 잡아 일으켜 세웠다.

"대체 싫다는 이유가 뭐야?"

"넌 너무 무책임해."

"뭐가 무책임한데?"

"너 막 행동하다 죽을 뻔했어. 그거 알기나 해?"

"안 죽었잖아!"

어렸을 때부터 훈민은 생각 없음 정신으로 똘똘 뭉쳐 있었다. 무조건 결심하면 하고 본다. 결과가 어떻게 되든. 그래서 고등학교 때도 폭력사건에 연루되어 퇴학당할 뻔한 걸 겨우 학생회장이었던 그녀가 증거를 찾아내어 막았었다. 그놈의 미운정이 뭔지. 어린 학생들이 다른 학교 학생들에게 돈을 빼앗기는 모습을 보고 마구잡이로 싸움을 일으켰던 게 문제였다. 물론 지난 세월 동안 정이 많이 든 것도 사실이었다.

훈민과 나래의 눈빛이 부딪쳤다. 하지만 그녀의 눈빛은 단호했다.

결국 훈민이 먼저 백기를 들었다.

"그럼 앞으로 내가 어떻게 했으면 좋겠는데?"

"그거야, 좀 더 사귀어보고."

"그럼 결혼을 나랑 안 할 수 있다는 뜻?"

"그렇지."

너무나 당연하게 나래가 고개를 끄덕이자 훈민은 더운지 손바닥으로 연신 부채질을 했다. 기가 막혀 말도 제대로 나오지 않는다는 표정이었다. 거기다 열이 받아서 귀까지 빨갛게 달아올라 있었다.

"너 나랑 이 짓, 저 짓 다 해놓고 나랑 결혼은 안 할 수도 있다?"

"이 짓, 저 짓이라니?"

"나 너 머리부터 발끝까지 물고 빨고 다 했거든? 그리고 너 나한테 안기는 거 좋아하잖아. 키스 한 번으로도 확 가면……. 읍!"

나래가 재빨리 두 손으로 훈민의 입을 막았다. 아프다고는 하지만 힘은 훈민이 더 셌다. 훈민은 가볍게 그녀의 손을 거둬 치웠다.

"짜잖아!"

"너 어디 가서 그런 말 하기만 해."

"왜? 혼삿길 막힐까 봐 겁나냐?"

"너 진짜 왜 이래? 너 나랑 결혼이 그렇게 하고 싶어?"

"그래!"

"왜! 도대체 왜!"

"사랑하니까."

이제껏 화난 표정이었던 나래의 얼굴이 순식간에 굳었다. 그의 입에서 사랑한다는 말을 들은 것은 처음이었다. 그러나 그는 너무나 아무렇지도 않게 사랑한다는 말을 내뱉고 있었다. 어쩌면 무의식적으로 그가 사랑한다는 말을 안 할 것이라고 생각했었는지도 모르겠다. 갑자기 얼이 빠진 듯한 나래의 얼굴에 그가 손을 들어 그녀 앞에서 왔다 갔다 했다. 나래는 팔을 들어 그의 손을 쳐냈다.

"아! 계집애가 손만 매워서."

"사랑한단 말이 그렇게 쉽게 나와?"

"사랑하니까 사랑한단 말이 나오지!"

"그런데도 그렇게 무식하게 호람 선배한테 덤벼들었어? 죽으면 어쩔 뻔했어."

"오, 박하, 내가 죽을까 봐 걱정했구나?"

그녀의 커다란 눈에 다시 눈물이 고였다. 그리고 이내 볼을 타고 흘러내렸다. 훈민은 당황한 얼굴로 두 손을 번쩍 들었다.

"야! 울면 어쩌자고!"

옛날부터 그랬다. 그는 그녀의 눈물에 약했다. 훈민은 환자복 소매로 조심스럽게 그녀의 눈물을 닦아주었다. 그럼에도 불구하고 나래의 눈물은 멈추지 않았다. 훈민은 기다란 손가락으로 그녀의 얼굴을 닦아주고 있었다. 나래가 손을 올려 그의 손을 잡았다.

"진짜 죽었으면 저승길 가서 끌고 오려고 했어."

"뭐? 하하! 하긴 너라면 그럴 만하다."

"앞으로 생각 없이 행동하는 것부터 고쳐."

"알았어."

"앞으로 다른 여자 쳐다보는 것도 안 돼."

"나도 눈이 있는데 어떻게 안 쳐다봐?"

나래가 바로 훈민을 노려보았다. 그는 포기했다는 얼굴로 결국 고개를 끄덕였다.

"시시껄렁하게 농담하는 것도 안 돼."

"알았어."

"일할 때는 신중하게, 성심성의껏 해."

"야, 박하, 우리가 얼마 만에 이렇게 마주 보는 것인 줄 알아? 우린 대화가 필요하다고. 이런 대화 말고 사랑의 대화."

나래의 얼굴이 어이없음으로 굳어졌다.

"너 왜 이렇게 느끼해졌어?"

"느끼해지긴. 나 원래 부드러운 남자였어. 몰랐구나?"

결국 나래가 피식 웃고 말았다. 훈민은 팔을 벌려 그녀의 어깨를 감싸 안았다.

"그나저나 보고 싶어 죽는 줄 알았네. 나 없이 잘하고 있나 걱정은 어찌나 되던지. 원래 공부 잘하는 애들이 판단력이 약하잖냐."

"죽을래?"

"어쨌건 보기 좋아서 다행이다. 그런데 살이 좀 빠진 것 같네."

"넌 어떻게 된 게 찐 것 같다? 잘 먹고 다녔나 봐?"

"이 오빠가 좀 잘생겼잖냐. 식당 아주머니들이 어찌나 잘 챙겨 주시는지. 고기는 제대로 먹고 다녔지."

그의 잘난 척에 그녀는 어깨를 밀며 자리에 누웠다. 얼마 만에 생긴 휴가인지 이제 좀 제대로 자고 싶었다. 훈민은 그녀의 옆으로 자리를 잡고 누웠다.

"좁아. 네 방 가서 자."

"누가 자자고 했냐? 대화 좀 하자는 거지."

"무슨 대화."

"그냥 이런저런. 그나저나 너 고등학교 때 진짜 좋아했던 사람이 누구야?"

그의 질문에 그녀의 등이 잠시 움찔했다. 훈민은 그것을 놓치지 않았다.

"너 19살 생일날 술 엄청 먹고 뻗어서 장난 아니었던 거 알지?"

그가 말끝을 살짝 올렸다. 그때 분명 물어봤다. 술 먹고 실수한 거 없냐고. 훈민은 없다고 말했다. 하지만 지금 이런 말을 한다는 건 무슨 일이 있었음이 틀림없었다.

"너 뭐야? 무슨 말이 하고 싶은 거야?"

"너 그때 나한테 키스했었어."

그 말에 그녀의 몸이 스프링처럼 벌떡 일으켜졌다. 훈민은 배가 당기는지 살짝 잡으며 몸을 일으켜 세웠다. 나래의 눈이 튀어나올 듯 커져 있었다. 훈민은 여전히 생글거리며 웃고 있었다.

"뭐야, 신빙성이 없어."

"진짜야!"

"근데 그때 왜 말 안 했어?"

"그땐 내가 널 안 좋아했거든."

그가 어깨를 으쓱했다. 그럼 대체 그는 언제부터 그녀를 좋아했다는 건가? 지금은 사랑한다는 말을 아무렇지도 않게 툭툭 내뱉으면서.

"그럼 언제부터 날 좋아했는데?"

"언제였더라? 너 소개팅하고 있는데 내가 우연히 그 카페를 들어갔었지, 아마?"

"그럼 그때 그래서!"

"아, 그건 그냥 진짜 장난이었어."

그때 훈민은 나래의 앞으로 가서 장난질을 좀 쳤었다. 친구까지 끌어당겨서 세 다리로도 모자라냐고 난리를 쳐댔었다. 우린 형님, 아우 하며 잘 지내기로 했는데 한 남자를 더 사귄다면 더는 못 참겠다고 사극 흉내를 내가면서.

"그럼? 참, 그나저나 김지우 씨는 어떻게 아는 거야?"

"진짜 별 사이 아니야. 그냥……. 고등학교 때 만났는데. 걔가 피아노 배운다고 교수님한테 와서. 그리고 나 피아노 그만둔 뒤에 만나지 않을 줄 알았는데. 너 그때 사생대회 나갔었잖아. 나도 학교 땡땡이 치고 같이 따라가고. 말로는 대학교 구경이나 해본다고 했는데 가서 대학생 누나는커녕 그림 그리는 너 보느라고 시간 다 보냈다. 김지우가 그때 그거 보고 계속 협박했고. 걔 너 좀 좋아하는 모양이더라?"

"뭐? 그럼 너……."

"야, 그래도 시작은 네가 먼저 했거든? 어쨌거나 그날 이후로 괜히 네가 하는 게 신경 쓰이는 거야. 화장을 하는 거라든가, 치마를 입은 거, 웃는 거 하나하나."

"너 꽤 오래전부터 날 좋아했구나?"

"박하, 네가 먼저였잖아."

왠지 할 말이 없어졌다. 나래는 괜히 헛기침을 하며 시선을 굴렸다.

"그때야 뭐, 네가 우리 학교에서 키도 제일 크고 잘생겼었잖아. 다른 여자애들이 좋아하는 거랑 비슷한 거야. 그냥 연예인 좋아하는 뭐, 그런 느낌."

"마음 아팠다면서."

훈민의 얼굴이 어느덧 진지해졌다. 덕분에 나래의 얼굴도 심각해졌다.

"그런데 왜 내가 사귀자고 했을 때 거절했던 거야?"

"널 잃을까 봐 두려웠던 거겠지. 사귀다 헤어지면 친구도 되지 못하니까. 옆에 있지도 못할까 봐 두려웠을 거야."

그녀가 머뭇머뭇 그의 시선을 다시 피했다. 훈민은 손을 뻗어 그녀의 매끄러운 턱 선을 쓸어내렸다.

"차라리 널 사랑한다는 걸 깨닫지 않았더라면, 했던 적도 있었어. 난 누군가를 사랑하면 안 될 사람이라고 생각했었거든. 그래서 경찰을 택한 거였어. 형사 생활을 하면 내 목숨도 위협받을 테니, 책임질 누군가를 만들지 않을 수 있다고 생각했었거든. 그럼 맡을 일만 하면서 내 멋대로 할 수 있다고 생각했어. 그래서 이번이 마지막이었던 거야. 내 목숨, 걸 수 있었던 건. 이젠 네가 있으니까 그렇게 하진 못하겠지. 생각이라는 걸 하면서 살아야 할 거야. 그러니까 이번 한 번만 봐줘."

그의 눈이 진실을 이야기하고 있었다. 결국 그녀는 고개를 끄덕일 수밖에 없었다. 훈민이 나래를 끌어안았다. 그리고 안도의 한숨을 내쉬었다.

"우리 나래 마음 하나 얻기가 이렇게 힘들어서야. 10년은 폭삭 늙은 것 같다."

"알면 앞으로 잘해."

"잘할게. 정말 좋은 사람이 될게."

순식간에 훈민의 그녀의 입술을 집어삼켰다. 수술한 지 이제 겨우 하루 지났건만 훈민의 손은 거침이 없었다.

"너 안 아파?"

"그냥 스쳐 지나간 거야."

"반장님이 너 총알이 장기 피해갔다고, 출혈 심하다고 그러셨는데."

"아니야, 진짜 그냥 옆구리 스쳐 지나간 거야. 그리고 안 된다고 말하지 마. 죽을 거 같으니까. 맛만 볼게. 나도 지금 하고 싶어도 못해. 피스톤질 하다가 실밥 터질 일 있냐?"

그의 손이 단호하게 그녀의 다리를 벌리자 나래는 어쩔 수 없다는 듯 힘을 뺐다.

하루하루가 사건의 연속이었다. 나래는 오전 일찍 구속영장을 들고 황미숙을 찾아갔다. 미숙은 호람이 경찰대학 시절 때부터 알고 지내왔었고 그를 사랑해 살인을 도왔으며 알리바이까지 만들어준 혐의를 받고 있었다. 경찰서로 향하는 차 안에서 미숙은 그저 고개만 돌린 채 초점 없는 눈으로 하늘을 바라보고 있었다.

"그런 사람이라는 걸 알고도 사랑했습니까?"

미숙은 말이 없었다. 어차피 나래는 그녀의 사랑을 이해하고 싶지도 않아 김 형사에게 미숙을 넘겼다.

"박 형사님."

"네."

"신 형사님껜 죄송하다고 말씀드려주세요."

경찰서 건물 안으로 들어서기 전 미숙이 나래를 보고 말했다. 화장기 없는 미숙의 얼굴은 어딘가 아파 보이기도 하고, 후회에 가득 차 있어 보이는 것 같기도 했다. 나래는 고개를 끄덕인 채 대기 중인 경찰 버스에 올라탔다.

과학실이었던 지하에서 토막 난 시신들을 인양하는 작업이 이루어졌다. 나래는 역한 피 냄새 때문에 몇 번이나 인상을 찌푸려야 했다. 거기다 경찰청은 경찰청대로 경찰서는 경찰서대로 난리가 났다.

현직 경찰이 저지른 믿을 수 없는 만행에 온 세상이 경악했다. 그리고 그 경찰과 함께 일해왔던 사람들에게 향해지는 원망과, 동정의 눈초리들은 절로 고개를 숙이게 만들었다. 경찰서 내의 사람들도 모두 충격으로 제정신을 차리기 힘들었다.

"박하얀나래 씨, 임호람 씨가 신훈민 씨에게 건넨 편지를 보셨다는 게 사실입니까?"

"임호람 씨와 평소에 친분이 있다고 들었는데 눈치채지 못했습니까?"

플래시가 터지는 소리와 번쩍번쩍한 조명 때문에 눈을 제대로 뜨기도 힘들었다. 또한 피해 여성들의 유가족들의 울음소리가 원한처럼 들려왔다.

"인혜야, 안 된다. 아이고, 우리 딸!"

"지수야! 지수야!"

과학실로 내려가기 위해 유가족들과 기자들 틈을 피해가던 나래가 누군가에 의해 멱살을 잡혔다.

"그딴 살인자 놈과 일을 해? 너도 공범 아니야?"

"이것 놓으세요! 똑같은 사람으로 몰아가지 말란 말입니다!"

"니들끼리 다 짠 거지? 그렇지?"

"경찰을 뭐로 보고 그러십니까! 박 형사, 그러기에 나오지 말랬잖아!"

장 형사가 나래를 보호하며 과학실 쪽으로 향하고 있었다. 사람들의 불만 섞인 고함 소리가 폐교를 들썩이게 했다. 눈물 소리, 기자들의 질문, 원망스런 눈, 동정의 손길. 나래는 주위를 둘러보다 막 경찰차에서 내리는 훈민을 보았다.

"신훈민 씨, 임호람 씨가 신훈민 씨 때문에 사람들을 죽였다는 게 사실입니까?"

"임호람 씨의 여동생을 알고 계십니까?"

"몇 번인가 편지 같은 것이 왔다고 들었습니다. 언제부터입니까?"

"지금 신 형사는 수술을 마친 지 얼마 되지 않은 상태입니다. 그러니 가급적 접촉을 피해주십시오."

훈민은 입술을 질끈 깨물며 기자들을 피해가고 있었다. 훈민이 나타난 시점부터 사건 현장은 아수라장으로 변했다. 나래에게 붙었던 기자들이 훈민의 곁에 벌떼처럼 몰려들었다. 간신히 폴리스 라인 안으로 들어와 몇 번이나 머리를 헝클던 나래의 어깨를 민 반장이 두드렸다.

"반장님."

"좀 힘들 거다."

"알아요."

"신 형사 저 자식도 병원에서 절대 안 빼준다는 걸 이렇게 나왔으니. 에효, 서장님하고 저놈 고집 알잖냐."

훈민은 배가 아린지 상처 부위를 꾹 누르며 폴리스 라인 안으로 들어왔다.

나래는 훈민을 보고 픽 웃었다.

"뭘 보고 웃어, 인마."

"그냥 병원에 있지 그랬어."

"어떻게 그래. 이거라도 끝내놓고 누워 있어야 마음이 편하지. 그리고 잊었어? 나 피해자야."

지하실로 들어서자 어느새 핏물은 다 빠져 있었다. 시체들도 모두 인양된 후였고 과학 도구 몇몇 개들만 바닥을 굴러다니고 있었다. 그리고 한가운데 나래가 밟고 올라왔던 책상과 의자는 그대로 있었다.

"박 형사가 저거 밟고 천장 뚫고 올라왔던 거야? 머리 좋은데?"

"뭐, 설계사 아버지를 둔 덕분이죠. 실은 건축에 조금 관심이 있기도 했었고."

"참, 신 형사, 자네가 저번에 피해자 원룸에서 유류품 발견한 거 있지?"

훈민이 나래가 뚫어놓은 천장을 계속 쳐다보고 있을 때 박 형사가 말했다. 훈민은 계속 말하라는 듯 고개를 끄덕였다.

"임 경정 DNA가 발견됐다더군. 워낙 신 형사가 가져온 것들이 방대해서 빠져 있던 모양이야. 그거 어제 감식 들어갔던 모양이야."

"제가 그동안 너무 괴롭혔나 봐요. 그나저나 저 이제 뜬 건가요?"

"앞으로 신 형사가 맡기면 바로 감식 들어가겠군. 이거, 신 형사한테 좀 맡겨야겠는데? 역시 동물적 감각은 신 형사를 따라갈 수 없다니까."

장 형사가 어깨를 으쓱하며 훈민의 배를 가볍게 쳤다. 그러자 훈민이 한쪽 무릎을 꿇고 말았다. 덕분에 장 형사의 까만 얼굴이 하얗게 변했다.

"신 형사! 괜찮아?"

"진짜 무식하게 힘만 세서, 저 아직 환자인 거 잊지 마십쇼. 갑시다."

"어딜?"

"서요."

거기 있던 사람들 모두 아무 말도 하지 못했다. 지금 서로 가서 훈민이 누구를 만나려고 하는지 잘 알고 있었기 때문이었다.

취조실로 들어섰을 때 훈민은 얼굴을 한 번 매만지며 의자에 걸터앉았다. 호람의 눈빛은 여전했다. 마치 날카로운 흑표범 같았다.

"수갑 차고 앉아 있어도 여전하네요. 미남은 어딜 가지 않는지."

"영광이군. 스타 검사에 스타 형사까지. 일개 살인자인 날 만나러 와주다니."

"일개 살인자? 하, 지나가던 쥐새끼가 웃겠네. 스타입니다, 스타! 대한민국에 다신 이런 살인자가 나오기도 힘들 겁니다. 재빠른 쥐새끼처럼 잘도 빠져나가시더니. 뭐, 긴말 필요 있겠습니까? 사형입니다. 판결문 보지 않아도 뻔하죠."

그의 말에 호람이 픽 웃었다. 사형 따위 우습다는 투였다. 어차피 사람을 한 명 죽일 때부터 그런 것은 각오했었을지도 몰랐다. 아니, 어쩌면 평생 들키지 않을 거란 자신이 있었을까? 하긴, 엘리트 경찰을 그 누가 의심했겠는가. 훈민이니 가능했다.

"박하 과외 선생으로 왔던 것도 계획적이었죠?"

호람은 아무 말도 하지 않았다. 그건 훈민의 질문에 대한 답이었다. 나래는 앞이 아찔해지는 것을 느꼈다. 이미 그녀를 가르치고 있을 때부터 호람은 살인을 저지른 살인마였다.

"나래에게서 임이람을 봤습니까?"

그 말에 호람이 테이블을 주먹으로 쾅 소리가 나게 내리쳤다. 훈민은 눈 하나 깜빡하지 않고 호람을 노려보고 있었다.

"차라리 날 괴롭히지 그랬습니까? 난 얼마든지 상대해줄 수 있었는데."

"재미없잖아. 힘이 비등한 남자를 대하는 건."

"비등? 당신은 내 주먹 한 방에 그냥 나가떨어졌을걸?"

훈민의 얼굴에서도, 목소리에서도 웃음기라는 건 찾아볼 수 없었다. 나래 역시 저런 훈민의 모습은 처음 보았다.

"그래, 이런 개인적인 것들을 차치하고. 임이람과는 이복남매더군. 임이람을 사랑했던 걸 들킬 수는 없었겠지. 어쨌건 패륜이잖아. 엄연히 피가 반반 섞여 있는데. 첩의 자식이라고 괄시받는 게 싫어서 늘 톱을 차지하려고 애를 썼더군. 뭐, 타고난 머리가 있으니 그건 쉬웠겠지. 16살에 처음 본가에 들어가 임이람을 보는 순간 사랑에 빠지고. 뭐, 사춘기 시절이었으니 감정의 흔들림이 더 컸겠지. 거기다 검정고시를 치르고 바로 의대 진학. 본과 2년까지 마치고 자퇴한 뒤 모든 걸 다 계획하고 경찰대학을 들어갔지. 그때 임이람이 피아노 콩쿠르에서 2위를 하고 남자들에게 폭행을 당한 뒤였어."

이제껏 자조적인 미소를 짓고 있던 호람의 얼굴이 난폭하게 변했다. 하지만 수갑에 묶여 있어 몸을 움직일 수가 없다는 것쯤은 호람도, 훈민도 잘 알고 있었다. 그럼에도 불구하고 호람은 있는 대로 몸부림을 쳤다.

"아주 오래전에, 그 콩쿠르에 나가기 전에 임이람을 만난 적이 있어. 장관들 앞에서 피아노 연주를 하는 거였지. 임이람이 피아노를 쳤었어. 그리고 난 바이올린을. 그때 쳤던 곡이 뭔 줄 알아?"

호람은 아무 말 없이 훈민을 노려보고 있었다.

"쇼팽의 즉흥환상곡. 장관들 앞에 갔는데 피아니스트가 둘이었어. 그때 내 몸이 안 좋았거든. 태어나서 처음으로 엄청 지독한 감기에 걸렸었어. 맞아, 내 대타가 임이람이었지. 그녀는 녹턴 말고 즉흥환상곡이 치고 싶다고 말하더군. 그래서 내가 쳐보라고 했어. 내게 묻더군. 그럼 넌 뭘 할 거냐고."

"그래서?"

"바이올린을 하겠다고 했어. 피아노는 가지고 다닐 수가 없으니까 바이올린은 늘 지니고 다녔었거든. 그땐 싸움박질 말고 할 줄 아는 게 연주밖에 없었어."

훈민이 픽 웃었다. 그 당시를 회상하고 있는 듯했다.

"말 그대로 자유롭고 즉흥적인 느낌을 가진 곡이지. 자유롭고 싶다더군. 부모님으로부터, 그리고……."

"나로부터?"

훈민은 아무 말도 하지 않았다. 이람은 처음부터 자신을 여자로 보고 있던 호람을 느낀 모양이었다. 그렇다 해서 그런 말까지 훈민에겐 하지 않았었지만 지금에 와서 생각해보니 아귀가 딱딱 맞아떨어졌다.

훈민은 한참이나 그대로 호람을 보고 있었다. 호람은 생각에 계속 잠겨 있는 듯했다. 훈민이 헛기침을 하자 호람의 시선이 따라 올라왔다.

"쌍꺼풀 없는 큰 눈에 단발머리……. 임이람 트레이드 마크였지."

"그랬지."

"그리고 살아남은 피해자들……. 지금 생각해보니 쌍꺼풀 없는 큰 눈에 단발머리였어. 잊지 못한 건가, 계속?"

호람이 살짝 고개를 끄덕였다. 훈민은 길게 한숨을 내쉬었다.

"시체들에게 남겨놓은 십자가 모양은 뭐야? 그거 때문에 교회고 나발이고 안 뒤진 곳이 없어."

"이람이 어깨에…… 내가 냈던 상처."

"상처?"

"어릴 때, 그냥 모든 게 인정이 되지 않으니까 밀친 적이 있었거든. 못에 박힌 상처였는데 그게 십자가 모양이 됐지."

"별거 아니었는데 우리 다들 새됐군."

훈민이 손을 탁 치며 몸을 의자에 완전히 기대고 앉았다. 그런 훈민을 보며 호람이 한쪽 입술을 끌어 올렸다.

"당신 호적이 복잡해서 임이람과 이복남매라고 상상 못했어. 그것만 꼼꼼하게 알아봤어도 당신을 조금 더 빨리 막을 수 있었을 텐데."

"그거 아나?"

"뭘?"

"이람이가 네 이야기를 계속하더군. 네 연주는 굉장하다면서.

뭐, 사춘기인 이람이에게 넌 관심의 대상이 되었겠지. 연주 잘하겠다. 세계적인 연주가인 아버지를 가지고 있겠다. 잘생겼겠다. 매너도 좋았다며?"

"뭐, 그땐 내가 매너가 좀 좋았지."

두 사람은 어느새 편안하게 이야기를 나누고 있었다. 그걸 밖에서 지켜보고 있던 나래는 코웃음을 쳤다. 지금 훈민이 뭐 때문에 저 방에 들어갔는지 이해를 하지 못하고 있었다. 저건 무슨 자화자찬 수준을 넘어섰다.

"신 형사, 알고 보니 왕자병도 있었군."

"장난해요? 지금 저런 말이나 하고 있을 때가 아니잖아요."

"박 형사 눈에는 안 보여?"

"뭐가요?"

"신 형사는 지금 임호람의 죄책감을 끌어내려고 하는 거야."

나래는 장 형사의 얼굴에서 시선을 떼고 훈민의 옆모습을 바라보았다. 편하게 이야기를 하고 있었지만 그의 눈은 긴장으로 가득 차 있었다. 그 모습을 보고 있던 나래의 손바닥에도 땀이 고였다.

취조실에서 나와 병원으로 향하는 길에 훈민은 몇 번이나 배 쪽으로 손을 가져갔다. 이마에 땀이 송골송골 맺힌 걸로 봐서 꽤나 아픈 것 같았다. 나래에게 어깨동무를 한 채 절뚝이며 걷는 폼이 꽤나 딱해 보였다. 웬만해선 그가 엄살 피우지 않는다는 것을 나래는 잘 알고 있었다.

"많이 아픈가 보다?"

"말 걸지 마."

나래는 눈을 흘기며 그를 보았다. 정말 많이 아픈 모양이었다. 그렇지 않아도 하얀 얼굴이 파랗게 질려 있었다.

병원으로 오자마자 의사에게 한소리 듣고 침대에 누워 진통제를 맞으니 한결 안색이 밝아졌다.

"실은 조금 충격이었던 것 같아. 호람 선배가 여동생을 좋아했었다니."

"난 그 범생이가 밖에서 낳아온 자식이라는 거에 더 놀랐다."

잠든 줄 알았는데 아닌 모양이었다.

"사형…… 이겠지?"

"당연하지. 몇이나 죽였는데, 사형 아니면 뭐겠냐? 다만, 유가족들에게 사죄를 했으면…… 하고 있어."

"너…… 책임감 느끼는 거야? 임이람 때문에 선배가 그렇게 돼서. 그 임이람이 널 좋아해서."

"느끼지 않는다면 거짓말이겠지. 그땐 뭐, 나도 임이람한테 좀 관심이 있었거든."

"뭐?"

순식간에 나래의 눈초리가 올라갔다.

"아, 뭐. 그땐 너 좋아했던 것도 아니고. 그리고 예쁘니까."

"장난해?"

"걱정 마. 그래도 여잔 나한테 박하얀나래밖에 없다니까."

훈민이 손을 뻗으며 나래를 가까이 잡아당겨 입을 맞추었다.

처음엔 그를 밀어내려고 하던 나래도 따뜻한 키스에 입을 살짝 벌렸다. 훈민은 그 틈을 놓치지 않고 파고들어왔다. 그와 동시에 뒤에서 경악에 찬 소리가 들렸다.

"어머나!"

"세상에!"

나래가 재빨리 훈민을 밀쳐내며 자리에서 일어났다. 덕분에 배에 진통이 온 훈민이 신음 소리를 내뱉으며 인상을 구겼다. 문을 열고 들어선 사람들은 경찰서 식구들과 정하, 소연이었다. 그러니까 정확히 말하자면 정하와 소연을 뺀 나머지 사람들은 훈민의 열렬한 팬들이었다.

"세상에! 박 경사님! 어떻게 이러실 수 있어요? 친구라면서욧!"

"아니, 그게 그러니까……."

"내가 덮쳤어."

"네?"

미간을 구기고 있던 훈민이 폭탄을 내뱉었다.

"왜, 우리 수사팀 회식 날, 내가 박 형사한테 술 엄청 먹였잖아. 기억나지? 그날 덮쳤어. 그러니 결혼할 일만 남은 거지. 아줌마, 아니 장모님, 저한테 나래 주실 거죠? 제가 정말 잘하겠습니다."

능글맞게 웃으며 훈민이 소연을 쳐다보았다. 소연은 이러지도 저러지도 못하고 나래만 쳐다볼 뿐이었다. 나래의 얼굴은 똥이라도 밟은 듯 엄청 구겨져 있었다.

"어머, 세상에. 덮치다니. 그럼 우리 곧 손주 보는 거니?"
정하의 말에 훈민이 픽 웃었다.
"제가 좀 닦달했거든요. 조만간 좋은 소식 있을 겁니다. 하하."
나래의 얼굴은 이미 홍당무처럼 붉어져 있었다. 좋아서 어쩔 줄 모르는 정하와 당황한 채 말도 하지 못하는 소연을 보며 나래는 그냥 웃을 수밖에 없었다. 그리고 이내 여직원들의 경악 소리가 병원을 크게 울렸다. 훈민이 나래를 끌어당겨 진하게 입맞춤을 했기 때문이었다.
훈민이 씩 웃으며 공표했다.
"우리 결혼합니다."

11장. 허락해주세요

누군가가 그랬다. 결혼이라는 것은 인륜지대사답게 어려운 것이라고.

그건 확실했다. 은우는 도무지 마음에 들지 않는 얼굴로 훈민을 보려고 하지도 않았다. 태어났을 때부터 봐온 훈민을 자식처럼 예뻐하긴 했지만 그래도 딸의 안전에 문제가 생긴 뒤로 그가 곱게 보이지 않는 모양이었다.

훈민이 결혼을 선언한 날 뒤부터 나래는 은우에게 빠짐없이 행선지를 밝혀야 했다. 수사 때문이 아닌 외박은 절대 되지 않았고, 2시간에 한 번씩 전화를 해야 했다. 만약 그녀가 바빠 전화를 하지 못하면 은우에게 곧바로 전화가 걸려왔다.

애초에 경찰이라는 일이 쉽지 않다는 걸 알고 있던 은우는 나래가 경찰이 되겠다고 했을 때 반대를 하지는 않았지만 찬성을 하지도 않았었다.

그리고 '임호람' 사건 이후로 더더욱 마음에 들지 않는지 직접적으로 말하는 건 아니었지만 그녀가 수사팀에서 나와 평범한 팀으로 옮기기를 원하고 있었다.

세륜과 정하 역시 평소 같으면 능청스럽게 애들 서로 좋아하는데 허락 좀 해주지, 라고 말을 했겠지만 정말 위험한 상황이었기 때문에 그렇게 하지 못하고 있었다. 오늘 역시 출근을 하는데 은우가 직접 경찰서 앞까지 데려다 주었다.

은우는 정말 그녀가 팀을 옮기기 전까지 말을 하지 않기로 작정한 모양이었다. 결국 차에서 내린 나래가 인사를 하기도 전에 출발하고 말았다. 그 모습을 허탈하게 보고 있는데 훈민이 주차를 하고 다가와 그녀의 옆으로 섰다.

"아저씨 여전하셔?"

나래가 힘없이 고개를 끄덕였다. 훈민은 후, 소리를 내며 거칠게 머리카락을 쓸어 올렸다. 그 뒤로 제대로 된 데이트도 하지 못해 훈민은 지금 욕구불만이 최고조로 이른 상태였다. 훈민도 독립을 그만두고 다시 본가로 들어왔다.

두 사람은 밖에서 하지 못하는 데이트 대신 서로 창문을 열고 마주 보며 대화를 하는 게 고작이었다. 잠깐 방으로 건너오라고 해도 훈민은 은우에게 더 이상 찍힐 수 없다며 그것도 거절했다.

그녀는 이 일이 좋았다. 그렇게 위험한 것은 정말 어쩌다 한 번 있는 일이었고, 다음부터는 조심하겠다고 말을 했지만 은우는 믿지 않았다. 은우가 맞았다. 형사라는 직업을 가지고 있으면서 늘 운이 좋기만을 바랄 수는 없었다.

"나가자."

"어딜?"

"장성민 스토커 잡혔어."

그 말에 나래가 고개를 돌려 훈민을 보았다. 빨리 성민을 치워버린다고 하더니 이제야 범인의 꼬투리를 잡은 모양이었다.

하긴, 그동안 워낙 정신이 없어서 제대로 수사도 하지 못했을 것이다. 성민의 스토커 건에 대해서는 그녀도 완전히 잊고 있었다.

"거기 앞에 유명 커플."

뒤에서 들리는 소리에 훈민과 나래가 돌아섰다. 거기엔 성재가 씁쓸하게 웃으며 서서 두 사람을 바라보고 있었다. 한 달 사이에 살이 훌쩍 빠진 성재는 오늘도 늘 그렇듯 웃고 있었지만 힘이 없어 보였다.

"선배……."

"뭘 그렇게 불쌍하게 봐? 나 괜찮아."

"좀 씻고 다니십쇼, 그게 뭡니까? 면도는 언제 하고 안 한 거야."

나래는 눈을 질끈 감았다. 지금 성재가 제대로 면도를 할 정신이 어디 있겠는가. 하지만 성재는 의외로 훈민의 장난을 잘 받아주고 있었다.

"그러게, 이 잘생긴 얼굴이 묻히면 안 되는데 말이야."

"어디 가시는 길이에요?"

"휴가. 생각도 좀 정리하고, 그러려고."

"지금은 그게 좋겠어요."

나래는 성재가 지금 딱 적절한 타이밍에 휴가를 냈다고 생각했다. 성재 역시 지금 자신이 정신을 쉬어줘야 할 때라는 것을 알고 있었다.

"두 사람 결혼한다면서?"

"아직 멀었어요."

훈민이 잔뜩 불만에 가득한 말투로 대답하자 성재의 눈이 살짝 커졌다.

"왜?"

"아저씨가 계속 침묵 중이시거든요."

성재가 나래를 바라보았다. 나래는 어설프게 웃으며 고개를 끄덕이곤 괜히 콧등을 쓸어내렸다. 결혼의 결자 만 나와도 은우는 자리를 피하고 있었다.

사실 훈민이 싫다는 게 아니라 아직 나래를 품에서 보내고 싶지 않은 마음이 큰 것이었다. 그걸 알고 있어 나래도 은우에게 별다른 말을 하지 않았다.

하지만 훈민은 그게 불만인 모양이었다. 어떻게든 빨리 결혼해서 같이 살자고 하루에도 몇 번이나 그녀에게 졸라대고 있었다. 그런 훈민의 모습을 보고 하늘은 놀라서 기겁을 했다. 아니, 어떻게 둘이 사귀고 있었으면서 말 한마디 하지 않은 거냐고 분개했었다. 그러면서 훈민이 결혼을 조른다는 게 눈으로 보고 있으면서도 믿기지 않는다며 고개를 절레절레 흔들었다.

"애라도 확 만들어."

"선배님!"

"오, 그런 좋은 방법이."

훈민의 반응에 나래가 잡아먹을 듯 노려보았다. 어쨌거나 현재 훈민은 결혼하고 싶다고 애원하고 있었으므로 을이었다. 갑에게 꼬리를 내리는 수밖에 없었다.

"저 요즘 행선지 꼬박꼬박 말하고 다니잖습니까. 그리고 이제 잠복 외에 외박도 철저히 체크하십니다."

"잔머리가 좀 부족하네. 점심시간은 뒀다 뭐에 써?"

"선배님, 자꾸 좋은 거 가르치십니다?"

나래의 목소리에서 살기를 느낀 모양이었다. 성재는 재빨리 손목시계를 확인했다.

"이런, 비행기 시간 맞춰야 하는데. 먼저 갈게."

"잘 쉬다 오세요."

성재가 고개를 끄덕이며 차에 올라탔다. 성재의 차가 사라지자 두 사람도 차에 올라타 성민이 기다리고 있다는 장소로 향했다.

성민의 집 근처에 있는 카페로 들어서자 아직 오지 않은 모양인지 모습이 보이지 않았다. 그때 옆으로 들어오는 여자를 보고 훈민이 재빨리 붙잡아 세웠다.

"조민지 씨."

"네."

"전화드렸던 신훈민 형사입니다."

그때부터 민지가 무릎을 꿇고 앉아 울기 시작했다. 정말 성민이 좋아서 그런 것뿐이었다면서 악의는 없다고 말했다. 훈민은 말없이 나래를 바라보았다. 어쨌거나 현재 성민은 스토커에 대해서 고소를 한 상황이었고 같이 경찰서로 갈 수밖에 없었다. 하지만 성민이 오면 조금 더 대화를 해보기로 하고 자리를 잡고 앉았다.

민지를 가운데에 두고 두 사람이 양옆으로 앉았다. 민지는 불안한 듯 고개를 숙이고서 계속 다리를 떨고 있었다. 그때 카페 문이 열리며 성민의 모습이 드러났다.

"조민지?"

"아는 사람이야?"

"대학 후배야."

성민은 도저히 믿기지 않는 다는 얼굴로 민지를 바라보고 있었다. 하지만 민지는 고개를 들지 못하고 계속 죄송하다는 말만 되풀이 중이었다.

"스토커는 거의 주변 사람들이라더니……. 민지야, 나는 네가 연구하고 논문 열심히 쓰고 그래서……. 아니, 도대체 그 사자 인형은 왜 그런 거야? 내가 나래하고 사귀었다는 거 알고 있었던 거야?"

그 마지막 말에 훈민의 인상이 잔뜩 찌푸려졌다. 어쨌거나 현 여자 친구의 옛 남자 친구를 보는 일은 유쾌하지 못한 일이었기 때문이었다. 훈민의 손에 힘이 가득 들어가는 것을 보고 나래는 저도 모르게 코웃음을 쳤다.

"선배님 일기장도 그렇고, 최근에 보시던 책에도 이분 사진이 들어 있고…… 모를 수가 없잖아요."

그 말에 훈민이 나래를 바라보다 다시 성민을 찢어질 듯 노려보았다. 성민은 그런 훈민의 시선을 피하며 이마를 긁적였다.

"그래, 날 좋아해준 건 고마워. 하지만 넌 과했어. 알고 있지?"

"네, 죄송해요."

"고소는 취하할게."

드디어 민지가 고개를 들어 성민을 바라보았다. 성민은 착잡한 얼굴로 몇 번이나 얼굴을 문지르더니 생각을 정리하는 듯했다. 몇 번이나 입술을 열었다 닫는 성민을 보며 민지는 떨리는 다리를 가만히 두지 못하고 있었다.

"뭐라고 말을 해야 할지 모르겠는데, 아마 난 널 평생 여자로 보게 될 일은 없을 거야."

"선…… 배님."

민지의 목소리에서도 이미 그걸 알고 있었다는 듯한 체념이 느껴졌다.

"넌 첫눈에 반해야 시작되는 타입이라서."

그 말에 훈민이 싸늘한 눈빛으로 그녀를 바라보았다. 나래는 대체 왜 그런 눈빛으로 보냐는 듯 어깨를 들썩였다.

"앞으로 얼굴 보는 것도 솔직히 말해서 싫다."

민지는 다시 고개를 끄덕였다. 쉴 새 없이 흘러내리는 눈물에 나래는 주머니에서 손수건을 꺼내 민지에게 건네주었다.

"아주 오래 시간이 흐른 뒤에, 그때 그런 일이 있었지, 라고 떠올리며 웃을 수 있을 때쯤이면 볼 수 있을지도 모르겠어."

"네."

"미안하다, 민지야."

"네?"

"좋아해주지 못해서."

민지가 고개를 재빨리 내저었다.

"두 사람은 이제 그만 좀 일어서줄래? 내가 알아서 할게."

"하지만!"

"그래, 오빠. 우린 이만 일어날게."

나래가 자리에서 일어나며 재빨리 훈민의 어깨를 끌어 올렸다. 왠지 모르겠지만 훈민은 잔뜩 불만이 쌓인 표정이었다. 카페에서 나온 두 사람은 차에 올라탔다.

"그 툭 튀어나온 입술은 뭐야?"

"그러니까 얌전히 교실에만 있지 뭣하러 돌아다녀서 장성민 눈에 띈 거야."

"뭐? 너 지금 질투해?"

"어쨌거나 네 첫 남자 친구잖아, 저 녀석이."

이런 식으로 질투를 하는 훈민이 참 재미있기도 하고, 우습기도 했다. 저도 모르게 웃음이 나오는데 훈민의 입술이 더 앞으로 튀어나왔다.

"난 네 그 수많은 여자 친구들한테 질투 안 하는데?"

"내가 언제 여자 친구가 있었어!"

"옆에 있던 여자들 많았잖아."

"사귄 건 아니었거든?"

"사귀지도 않으면서 옆에 두는 게 더 나쁜 거거든?"

"어쨌든 난 사귄 적도 없었고, 앞으로도 사귈 생각도 없어."

의외이기는 했다. 훈민이 정말 누군가를 사귀어본 적이 없다는 것은. 물론 그녀도 그가 처음이라면 좋았겠지만 시간을 과거로 돌릴 수는 없는 노릇이었다.

"이제라도 타이밍이 맞아서 다행이잖아. 우리 그때 사귀었으면 지금 이렇게 못 사귈 수도 있어."

묘하게 설득되는지 훈민의 입술이 점점 들어갔다. 나래는 착한 아이를 쓰다듬듯 그의 머리를 쓰다듬어주었다. 하지만 훈민이 재빨리 그녀의 손을 잡아 내렸다.

"그러고 보니 너 내가 쓰다듬어주는 거 싫어하더라?"

"싫은 게 아니라."

"그럼?"

"네가 만지면 자꾸 서니까 피한 거지."

순식간에 나래의 눈이 동그랗게 커졌다. 그리고 시선이 자연스럽게 그의 다리 사이로 향했다.

잠깐, 훈민이 언제부터 머리를 쓰다듬어주는 것을 피했더라…….

그녀의 기억 속에서도 꽤 됐다. 그때가 20살 때였을까, 21살 때였을까? 어쨌거나 아직 성민을 사귀고 있던 때였다.

"신훈민, 정말 엉큼하다."

"내가 뭘?"

"뭐야. 20살부터 나 좋아했어?"

"아, 몰라. 저리 가."

귀엽다는 듯 볼을 꼬집자 훈민이 투덜거렸다. 그렇게 오랜 기간 좋아해주었는데 알아차리지 못한 게 괜히 미안해졌다. 아니, 솔직히 훈민이 전혀 티도 내지 않았고 또 언질도 해주지 않았으니 알아차릴 수가 없었다.

"둔녀야, 너는."

"남들한테 물어봐. 다 몰랐다고 할걸?"

"누가 귀찮게 그냥 친구를 매일매일 데리러 가겠냐?"

"그거야…… 우린 좀 특수한 친구 관계였으니까?"

"친구라는 단어 앞으로 금지야, 듣기도 징글징글해."

친구 사이가 무척이나 길어서 훈민은 그것이 불만인 듯했다. 나래는 고개를 끄덕이며 앞을 바라보았다. 이 길은 경찰서로 가는 길이 아니었다.

"어디 가?"

"밥 먹으러."

"뭐 먹을까? 내가 맛있는 거 사줄게."

"장어?"

"그거 먹고 허벅지 찌르시려구요?"

훈민은 아무 말도 하지 않았다. 하지만 손을 뻗어 그녀의 허벅지를 꽉 잡아왔다. 하긴, 계속 욕구불만인 상태였는데 더 이상 건

들면 안 될 것 같아 나래는 웃으며 그의 손을 잡아주었다.

그런데 장어를 먹자더니 왜 명동으로 온 건지 이해가 가지 않았다. 금요일 저녁의 명동 거리는 사람들로 가득했다. 오랜만에 활기찬 거리를 보는 것 같아 나래는 주위를 두리번거렸다.

"가만, 너 그럼 나 경찰시험 보라고 한 것도 계획적이었어?"

"그거야 뭐, 너 어릴 때 우리 작은아버지 보고 멋있다고 했잖아. 그리고 부부경찰, 얼마나 멋지냐?"

"와, 무서운 놈."

"무서운 게 아니라 플랜맨이라고 불러줘."

절로 웃음이 나왔다. 그때 뽑기 과자를 만들고 있는 상인과 그 앞에 쪼그리고 앉아 조각을 맞추고 있는 아이들을 보았다. 초등학교를 다니던 시절 집에서 뽑기를 만들어 먹겠다며 동생들을 옆에 두고 국자를 몇 개나 태워먹었었다.

결국 두 사람이 성공하지 못하자 그걸 보고 있던 세륜이 다가와 만들어주었다. 하지만 요리에 소질 없는 세륜 역시 실패했다. 결국 완성을 시켜준 사람은 은우였다. 은우를 빼고 나머지 네 사람은 부엌 구석에 앉아 열심히 뽑기 조각을 맞추었었다.

옛 생각에 저도 모르게 웃음이 지어져 옆에 있는 훈민을 부르기 위해 팔꿈치를 움직였다. 이상하다, 이쯤이면 닿아야 하는데 닿질 않았다. 고개를 돌리니 훈민이 없었다. 뽑기를 보고 있다 훈민을 놓친 모양이었다.

주머니에서 휴대폰을 꺼내려고 하는데 훈민의 점퍼에 넣어두었던 것을 깜박했다. 여기에서 훈민을 어떻게 찾아야 할까. 그냥 차로 가서 기다려야 하나 고민을 하는데 웅성거리며 사람들이 모여들기 시작했다.

"박하!"

그 목소리에 나래가 고개를 돌리자 낮은 화단 위에 올라가 있는 훈민이 보였다. 손에는 커다란 안개다발을 들고 있었다. 대체 저건 몇 송이인 걸까? 꽃다발은 훈민의 몸을 가릴 만큼 커서 나래의 입이 쩍 벌어졌다. 사람들은 나래가 박하라는 것을 알았는지 알아서 길을 터주었다.

"비록 우리가 사귄 지는 얼마 안 됐지만 알고 지내온 건 28년이잖아."

나래가 고개를 끄덕였다. 훈민이 앞으로 걸어와 그녀의 손에 안개다발을 안겨주었다.

"장미꽃으로 하려고 했는데 몇 송이를 해야 할지 감이 안 잡히더라. 그래서 안개로 했어."

"신훈민."

"나 지금 청혼하는 거야."

그 말에 옆에서 박수가 터져 나오기 시작했다. 이런 식의 프러포즈를 받을 거라고 전혀 예상을 하지 못했다. 병원에서도 사람들에게 무작정 공표를 했었다. 그리고 그냥 자연히 은우의 허락이 떨어지면 결혼을 할 거라고 생각했다. 생각해보니 여자인 자신은 무척이나 무덤덤한데 로맨틱한 사람은 훈민이었다. 훈민은 두 손을 입 앞으로 모으더니 소리쳤다.

"사랑합니다."

귀가 쩌렁쩌렁 울릴 만큼 큰 소리였다. 설마…….

"사랑합니다."

훈민은 분명 고등학교 시절 지우와 했다던 내기 벌칙을 수행하고 있었다.

"사랑합니다."

정확히 세 번을 외친 훈민이 그녀의 앞에서 한쪽 무릎을 꿇고 앉았다. 주머니에서 반지를 꺼내 든 훈민이 나래의 손을 잡았다.

"결혼해주세요."

아직 은우의 허락이 떨어지지 않았다. 하지만 세륜과 정하, 소연이 합세해 이미 결혼이야기가 진행 중이었다. 훈민은 더 이상 못 참겠다며 그녀의 손을 잡고 은우의 사무실로 무작정 향했다.

소장실에 앉아 도면을 살피고 있던 은우는 갑작스런 두 사람의 등장에 놀란 모양이었다. 우선 앉으라고 말한 뒤 직접 나가 커피를 가지고 들어왔다.

"아저, 아니, 아버님, 저희 허락해주십시오."

은우가 사리에 앉기도 전에 훈민이 크게 소리쳤다. 잠시 주춤하던 은우가 자리에 앉으며 커피 잔을 내려놓았다.

"훈민아."

"네, 아버님."

훈민은 마치 군대에 처음 들어와 허리를 꼿꼿이 펴고 마치 선임을 대하듯 은우를 마주하고 있었다. 그런 훈민의 모습에 은우가 고개를 저으며 웃었다.

"난 조금 이르다고 생각한다."

"네?"

"두 사람 친구로 오래 지내왔지만 친구였던 사이가 더 길고, 그러니 조금 더 사귀어봐도 된다고 생각을 하는데."

"더 사귀어도 제 생각엔 변함없습니다."

훈민이 단호하게 말했다. 은우는 그런 훈민을 호기심 가득한 눈으로 바라보았다. 마치 '오호, 요놈 봐라.' 하는 눈빛이었다.

"저 평생 여자라고는 박하밖에 없었습니다."

"뭐?"

"그건 박하가 제일 잘 알고 있는 사실입니다."

은우의 시선이 나래에게로 돌아왔다. 나래는 웃음을 참으며 고개를 끄덕였다. 하지만 은우는 여전히 놀란 모양이었다. 어쩌면 은우도 은연중 훈민에게 여자들이 많았다고 생각하고 있을지도 모른다 생각했다.

워낙 러브레터도 많이 받았었고, 집 앞에 찾아오는 여자들도 많았었기 때문이었다. 콩쿠르 우승자라며 신문에 떡하니 박힌 훈민의 증명사진 때문에 한때 인기는 더 올라갔었다. 정말 그때 훈민의 집 앞엔 여학생들로 붐벼 한동안 훈민은 뒷문으로 다녀야 했을 정도였다.

"아버지로의 욕심으론 나래를 더 품에 두고 싶은 거야."

"아빠."

"너희가 결혼을 하고 싶다는 것에 많이 놀랐었다. 아니, 어쩌면 은연중 그런 생각을 하고 있었을지도 모르지. 두 사람이 제법 잘 어울린다고 생각했었거든. 세륜이와 정하 씨라면 나래의 좋은 시부모님이 되어줄 거라고 생각했고. 그런데 훈민이 네가 꽤 충동적인 성격 아니냐."

은우의 말에 훈민이 찔린 듯 입술을 꾹 다물었다.

"이젠 박하부터 생각하기로 했습니다."

"그 마음 변치 않을 자신은?"

"영원히 변치 않겠습니다. 한 번만 믿어주십시오."

이건 꼭 청탁을 하는 정치인을 보는 것 같았다. 이렇게까지 훈민이 저자세로 나올 필요는 없었는데 역시 은우가 무서운 모양이었다.

"나래 눈에서 눈물 나는 날엔 나보다 세륜이가 가만히 있지 않을 거야."

"그럴 리 절대 없습니다. 제가 울면 모를까."

"뭐?"

"저는 첫사랑도 박하고, 마지막 사랑도 분명히 박하일 텐데 박하는 그게 아니거든요. 무려 4년이나 사귄 첫사랑이 있는데 아직도 안부를 물으며 연락하고 있답니다. 아저 아니, 아버님이 혼 좀 내주십시오."

이런 박쥐 같은 녀석. 재빨리 은우에게 붙는 훈민을 보고 나래가 두 주먹을 불끈 쥐었다.

"아직도 연락을 해?"

"아냐, 일이 좀 있어서 경찰서에 왔었어요. 그리고 그 문제 해결해준 사람도 훈민이야. 걔 괜히 장난치는 거라니까."

은우가 조용히 미소를 지었다. 이미 훈민이 장난을 치고 있는 것을 알고 있는 모양이었다. 훈민은 커피를 마시며 마치 소원을 성취한 사람처럼 웃고 있었다.

"그래서, 우리 나래 언제 데려갈 건가?"

"내일이라도 당장……."

그 말에 은우의 눈이 살짝 커지자 훈민의 목소리가 줄어들었다.

"데리고 가고 싶지만 안 되겠죠?"

"길일도 잡고 그러려면 좀 바빠지겠군."

"길일이요?"

"그럼 아무 날이나 잡아서 나래 보낼 줄 알았어?"

"저, 사주 그런 거 안 믿는데요."

"내가 믿어."

거짓말이었다. 은우는 종교도 없었고 점이나 사주에도 전혀 관심이 없는 사람이었다. 딱 보니 훈민을 놀려주기 위해 하는 말이었는데, 훈민은 순진한 건지 눈치가 없는 건지 거기에 홀딱 넘어가고 있었다. 그만큼 훈민이 자신에게 빠져 있다는 것이 좋아 나래도 은우를 말리지 않았다.

"다음 달."

"뭐?"

"다음 달까지는 나래 저 주십시오. 더 이상은 못 참습니다."

"못 참으면?"

"네?"

기세 좋게 말해놓고 훈민은 대답을 하지 못하고 있었다. 이제 나래가 끝을 내주어야 할 차례가 왔다.

"아빠, 저 결혼할게요."

에필로그 1

결혼을 준비하기 전에 이러다 죽는 게 아닌가 싶었다. 사실 정말 훈민이 은우에게 허락을 받을 때까지만 해도 다음 달은 무슨, 이런 생각을 했었다. 하지만 훈민은 정말 다음 달로 장소를 잡았다며 빨리 휴가 날짜를 잡아내라고 난리였다.

두 사람은 예전에 훈민이 살고 있던 오피스텔로 들어가기로 했다. 거창한 아파트를 마련할 정도로 돈을 가지고 있지도 않았고 소박하게 살며 돈을 모아 이사를 가기로 결정했다.

오피스텔인지라 다행히 가구는 침대와 작은 소파, 책상만 필요했다. 하늘은 두 사람에게 전기렌지와 밥통, 커피머신을 선물해주었다. 훈민은 아무리 봐도 손해 보는 장사라며 고개를 저었다. 그러자 하늘은 다음에 이사를 가면 꼭 에어컨을 사주겠다고 약속했다.

집안의 첫째들이 결혼을 하는 거라 사람들이 많지 않을까 생각했다. 거기다 훈민이 결혼식으로 장소를 잡은 곳은 교외에 있는 세륜의 작은 별장이었다. 어차피 축의금도 받지 않을 거고, 초대한 손님들만 모시고 조촐히 올리자는 세륜의 의견에 은우가 동의했다. 그래서 지형이 초대한 손님의 숫자에 맞추어 코스 요리를 만들어주기로 했다.

"음식은 제 선물입니다."

"가만, 그럼 우리가 더 손해잖아. 코스 요리 돈이 얼마인 줄 알아, 신훈민?"

"부자가 그 정도 좀 해주라. 지형 씨 레스토랑 장난 아니라고 소문 다 났더구먼. 지형 씨, 고맙습니다. 선물은 받는 게 예의잖아요. 고맙게 잘 받겠습니다."

훈민의 넉살에 하늘이 졌다는 듯 고개를 저었다. 나래는 너무 과한 선물이라며 신혼여행에서 돌아올 때 선물을 기대하라고 했다.

주례가 없는 결혼식이라 훈민과 나래는 세륜과 은우에게 축사를 부탁했다. 세륜과 은우는 흔쾌히 허락을 하며 준비하겠다고 말해주었다.

결혼식 당일이 되었는데 나래는 온몸을 두드려 맞기라도 한 듯 근육통에 시달리고 있었다. 휴가를 총 10일을 내었다. 별장에서 결혼을 하기로 했으니 테이블이며 이것저것 정리하는 데 시간이 조금 걸릴 거라고 생각했다. 그래서 결혼식 3일 전부터 일을 쉴 요량이었다. 하지만 갑자기 거대 조직폭력의 보스가 잡히며 수사에 들어가느라 결혼식 전날에 가까스로 휴가가 잡힌 두 사람은 어제 부랴부랴 세팅을 마쳤다.

화려한 것을 좋아하지 않는 나래의 취향에 맞춰 정하는 심플한 엠파이어 웨딩드레스를 선물해주었다. 면사포도 페이스 베일이라 얼굴을 가리고 있었지만 식장에 들어가 결혼반지를 교환하고 훈민이 걷어주면 되는 거라면서 정하와 소연은 무척이나 만족해했었다.

사실 이렇게까지 갖춰 입어 결혼을 하고 싶지 않고 그저 심플한 흰 원피스를 입고 싶었지만 모두가 반대를 했다. 특히 정하와 소연을 이길 자신이 없어 나래는 결국 골라주는 드레스를 입을 수밖에 없었다.

"이야, 우리 박 형사 오늘 보니 더 예쁘네."

"고맙습니다, 반장님."

"내가 아들을 낳아서 며느리로 삼았어야 했는데."

"반장님, 신 형사가 노려봅니다."

장 형사가 훈민의 표정을 보고 장난을 치고 있었다. 하여간 사귀는 것을 완전히 인정하고 나서부터 훈민은 질투라는 것을 숨기지 않았다. 정말 신훈민이 맞나 몇 번이나 의심이 가곤 했었다.

"그럼 이따 보자고."

간이 천막으로 만들어놓은 신부대기실에서 경찰서 사람들이 빠져나가자 그제야 훈민이 들어왔다. 같이 숍에서 메이크업을 받고 왔는데 훈민은 새삼 그녀의 모습이 새로운 듯 보였다.

"왜? 예뻐?"

"진짜 예뻐. 감격스럽다."

훈민이 저런 말을 할 줄은 전혀 상상도 하지 못했다. 나래가 전혀 의외라는 얼굴을 하자 훈민은 쑥스러운지 픽 웃으며 그녀의 곁으로 가까이 다가왔다.

"오늘이 오긴 왔네."

믿기지 않는 목소리로 훈민은 그녀를 만지고 싶은지 몇 번이나 손을 들어 올렸다가 포기했다. 베일로 얼굴을 가리고 있어 어차피 만질 수도 없었고 덕분에 애가 타는 듯했다. 그런 훈민을 보는 것도 재미있었다. 나래는 손을 들어 올려 살짝 삐뚤어진 훈민의 보타이를 다시 만져주었다.

"신랑님, 준비하실게요."

헬퍼가 다가와 말하자 훈민이 고개를 끄덕이고 돌아섰다. 그러다 멈춰 서고 살짝 고개를 돌려 나래를 바라보았다.

"나한테 잘 걸어와야 된다."

"뭐?"

"괜히 야외로 잡았어. 어디로든 도망칠 수 있는데."

"야, 신훈민."

"조금 이따 보자."

하여간 못 말린다고 생각하며 고개를 내저으며 헬퍼의 도움을 받고 자리에서 일어났다. 그때 은우가 안으로 들어서며 나래를 보고 미소 지었다.

"예쁘구나."

"아빠."

"세륜이 녀석 입이 찢어졌다. 드디어 법적인 며느리가 됐다면서."

사실 신혼여행을 다녀와 혼인신고를 할 생각이었다. 하지만 훈민이 어제 급하게 혼인신고서를 제출하고 왔다. 도망갈 곳을 완전히 차단해야 한다고 하면서.

은우가 나래의 오른쪽에 서서 팔짱을 낄 수 있게 만들어주었다. 나래는 은우에게 팔짱을 끼면서 이제야 정말 결혼한다는 것이 실감이 났다. 왠지 모를 여러 감정들이 머릿속을 지나가기 시작했다. 유난히 나래를 예뻐하던 은우는 말 그대로 딸을 보내기 아쉬워하고 있었다.

"아빠."

"그래."

"잘 살게요."

은우가 고개를 끄덕였다. 나래는 천천히 걸어가 버진로드 앞에 섰다. '신랑 입장'소리와 함께 훈민이 박수를 치고 있는 양 사이드의 사람들을 향해 고개를 숙이고 있었다. 덕분에 사람들의 웃음소리가 크게 들려왔다. 은우 역시 훈민의 능청스런 모습이 재미있는지 입술을 가리며 살짝 웃고 있었다. 나래는 그런 은우를 보며 안개꽃으로 만든 부케를 꽉 쥐었다.

"신부 입장."

사회자의 목소리에 은우와 나래가 서로를 마주 보며 웃었다.

그리고 막 발자국을 떼려고 할 때였다. 웅성거리는 소리와 함께 커다란 웃음소리가 터져 나오기 시작했다. 고개를 돌리자 훈민이 씩씩한 걸음으로 걸어와 그녀와 은우 바로 앞에 섰기 때문이었다. 그런 훈민의 모습에 나래는 눈물이 쏙 들어가는 경험을 했다.

"아버님, 이제 딸을 저에게 넘기시지요."

"아직 한 발자국도 안 걸었다. 가서 기다려."

"네?"

결국 세 사람은 동시에 걷기 시작했다. 장인과 신부는 서로를 마주 보며 행복하게 걷고, 신랑은 그 옆에 서서 초조한 얼굴로 쭈뼛대며 걷기 시작했다. 차마 장인에게서 신부를 빼앗아 오지 못하는 신랑의 얼굴엔 불만이 떠올랐지만 이내 눈이 마주치자 언제 그랬냐는 듯 환히 웃었다.

"우리 딸 잘 부탁하네."

"행복하게 해주겠습니다, 장인어른."

은우가 나래를 향해 고개를 끄덕였다. 훈민에게 그녀의 손을 건네며 은우가 힘을 빼자 나래는 재빨리 힘을 주어 다시 잡았다. 손을 놓고 자리에 가서 앉으려던 은우가 살짝 놀란 눈을 하고 나래를 바라보았다. 입술을 꾹 다문 채 눈물을 글썽이는 나래를 보며 은우가 가볍게 안아주었다.

"우리 딸, 행복하거라."

나래가 고개를 끄덕이자 은우가 자리로 걸어가 앉았다. 훈민은 나래의 앞으로 손을 내밀었다. 나래는 훈민을 보고 입술을 끌어올려 웃었다. 이날 이때껏 함께해왔던 훈민과 앞으로 남은 생을 또 함께하기 위해 이 자리에 서 있는 것이었다. 나래는 활짝 웃으며 평생을 함께할 훈민의 손을 잡았다.

에필로그 2

훈민은 은근히 무엇인가를 같이하는 것을 좋아했다. 나래는 사실 다시 복귀를 해 쉬는 날도 거의 없다가 세 달 만에 겨우 쉬게 되어 늦잠을 자고 싶었다. 어젯밤 침대에서 그렇게 괴롭힌 것도 모자라 훈민은 아침부터 그녀를 깨워댔다.

잠에서 깨지도 못해 식탁에 앉아서도 꾸벅꾸벅 조는 그녀의 옆에 앉아 밥을 떠먹이고, 씻겨주기까지 했다. 그리고 그녀를 이끌고 한강으로 나왔다.

언제 준비했는지 돗자리까지 깔아두고 그녀가 푹신하게 누울 수 있게 에어매트까지 가지고 왔다. 그래, 집에서 자는 것보다 이게 낫겠다 싶어 나래가 그 위로 누웠다. 아침부터 부산을 떨던 훈민은 직접 샌드위치와 김밥까지 만들어 앞으로 대령했다.

"웬일이야?"

"뭐가?"

"하루 종일 집에서 안 내보낼 것 같았던 사람이."

"넌 날 너무 색마로 보는 경향이 있어."

나래가 크게 웃음을 터트렸다. 그리고 주변에 사람이 없는지 재빨리 둘러보았다. 다행히 이 부부의 19만담을 들을 사람들은 주위에 없었다.

가을의 선선한 바람이 코끝을 간질였다. 훈민은 고개를 숙여 그녀의 이마에 입을 맞추었다. 공공장소에서의 스킨십은 평소 피하는 편이었지만 이 정도쯤은 용납해줄 수 있다고 생각해 나래가 눈을 감았다. 그러자 기다렸다는 듯 훈민이 입을 맞추어왔다. 나래가 재빨리 눈을 뜨자 다행히 입맞춤 정도에서 끝이 났지만 훈민은 그것만으로는 모자라다는 눈빛을 하고 있었다. 그럼 대체 애초에 왜 여기까지 데리고 나온 걸까?

"이걸 진짜 한입에 확 잡아먹어버려?"

"신훈민."

"어쩔 땐 정말 한입에 꿀꺽하고 싶다니까."

"아예 씹어먹어라."

"집에 갈까? 아니, 급한데 저기 호텔이라도……."

그 말에 나래는 눈을 질끈 감으며 마치 에어매트와 한몸이 된 것처럼 딱 달라붙었다. 그런 그녀를 보고 훈민이 픽 웃었다.

"그러니까 평소에 체력단련 좀 해. 어젯밤에도 내가 많이 봐준 거다, 너."

"그게 봐준 거야? 나 정말 이러다 쓰러지겠다."

"쉬는 날 아니면 손도 못 대게 하잖아. 너 정말 욕구불만으로 기절하는 남편 보고 싶냐?"

"욕구불만으로 기절했다는 사람 아직 보지 못했습니다."

정말 그 누구도 이런 훈민을 상상도 하지 못할 것이다. 여전히 훈민은 그녀가 아닌 다른 사람들 앞에서는 침묵을 고수했다. 나래는 훈민이 왜 그러는지 28년 만에 깨달았다. 그는 예상 외로 낯을 가리는 사람이었다.

"햄 샌드위치 먹을 거야, 에그 샌드위치 먹을 거야?"

"둘 섞은 건 없어?"

"당연히 있지."

훈민이 샌드위치 하나를 집어 그녀의 입으로 가져다주었다. 마요네즈의 고소한 맛에 밥을 먹은 지 얼마 되지 않았지만 식욕이 돌았다. 하지만 이상하게 햄 냄새가 역하게 느껴졌다.

"햄 상한 거 아니야?"

"내가 오늘 아침에 사온 건데."

훈민이 그럴 리 없다며 냄새를 맡고 한 입 씹어 넘겼다.

"괜찮은데."

"아니야, 냄새가 확실…… 욱."

이거 예감이 이상했다. 생리는 3주 전에 했다. 그럼 생리전증후군인가? 그래, 그녀는 한 번씩 생리를 하기 전 속이 느글거리고는 했다. 하지만 더 이상한 느낌이 드는 건 괜한 여자의 촉인 걸까?

분명 신혼을 즐기고 아이는 3년 후 쯤 갖자고 말을 했었다. 정말 느낌이 이상했다. 나래가 불신에 가득 찬 눈으로 훈민을 바라보았다. 피임을 담당하고 있는 사람은 훈민이었다. 훈민은 늘 콘돔을 구비했었다.

"신훈민, 나 지금 느낌이 조금 안 좋아."

"이건 신의 계시야. 그 질긴 콘돔을 뚫고 나온 거잖아?"

"뭐?"

훈민이 손을 뻗어 그녀의 배에 가져다 대었다. 그래, 불길한 예감은 늘 맞는 법이었다. 훈민이 고개를 숙여 그녀의 배에 대고 말했다.

"아가야, 무럭무럭 자라거라. 아빠는 기대하고 있다."

신훈민 수사일지 1

나래의 기분이 좋지 않은 건 훈민도 잘 알고 있었다. 계속 그가 권하는 술을 나래는 무슨 정신이었는지 열심히 받아 마셨다. 그렇게까지 취한 나래를 보는 건 훈민도 처음이라 놀라웠지만 말릴 생각은 하지 않았다. 이제 슬슬 친구 관계도 정리해야 될 때가 생각했기 때문이었다.

두 사람이 친구 관계를 정리해야 한다고 생각한 건 얼마 되지 않았다. 사실 그는 다른 사람들이 몰라서 그렇지 인내심이 꽤 질긴 편이었다. 나래가 그의 인생에 있어 특별하다고 생각했던 건 언제부터였을까? 아마, 18살 그 여름이지 않았나 생각했다.

워낙 어려서부터 진정한 친구란 단 하나만 있으면 성공이란 마음을 가지고 살아왔었다. 이미 그의 곁에는 나래가 있었고 그래서 딱히 다른 친구들과 깊게 사귀어야 한다는 생각은 해보지 않았다.

하지만 고등학교에 들어와 만나게 된 우석은 스스럼없이 다가왔다. 늘 그에게 접근하던 녀석들은 무언가 바라는 것들이 많았다. 예를 들어 그의 아버지의 명예 때문에 혹은, 나래를 소개받고 싶다면서 접근하던 녀석들이 대부분이었다. 그래서 사실 친구란 존재에 대해 회의적이었는지도 모른다.

제대로 된 친구를 또 한 명 얻게 되었다는 생각도 아주 잠시였다. 18살의 여름, 그 찬란한 나이에 우석은 짧은 생을 마감했다. 그때 그는 처음으로 정신도 차리지 못할 만큼 아팠고, 무려 일주일이나 넘게 몸져누웠다. 그때 나래는 아무 말도 하지 않고 그의 곁에 있어주었다. 정말 어설픈 위로의 말 한마디도 하지 않는 나래가 왠지 야속하기도 하고, 섭섭하기도 했다. 하지만 그녀는 끝까지 아무 말도 하지 않았다.

그리고 아주 나중에야 알게 되었다. 그가 마음껏 울 수 있도록 그녀가 자리를 끝까지 지켜주었다는 것을. 아마, 그때부터였을 것이다. 그녀가 친구와는 조금 다른 성질을 가지고 있다는 것을 느끼게 된 것이.

나래와 있으면 즐거웠고, 그에겐 늘 웃음을 안겨주었다. 사실 술을 마구잡이로 먹인 건 조금 잘못했다. 하지만 그녀의 주사가 입을 맞추어 오는 거라는 건 그도 30년 가까이를 살면서 처음 안 일이었다. 마구잡이로 입을 맞춰오는데 거절할 이유가 없었다. 오히려 고마운 일이었지.

어쨌거나 나래는 제법 고집스럽고, 보수적인 기질이 있어 생각을 쉽게 바꾸려 들지 않을 것이라는 건 그도 잘 알고 있었다. 그래서 우선 몸으로는 밀어붙였는데 마음을 어떻게 되돌리느냐, 그게 쉽지 않았다. 어쨌거나 나래는 한번 정한 건 바꾸려 하지 않는 고집스런 난공불락의 여자였다.

뭐, 그래도 어쩔 수 없는 거 아닌가. 이미 사고는 쳤고, 그는 이미 그녀를 원하고 있는데. 그리고 나래가 정말 싫다면 그도 받아주지 않았을 것이다. 나래가 10년 전 그로 인해 마음을 다쳤다는 걸 알고 있다. 그땐 그가 알아차리지 못했고, 지금은 그녀가 알아차리지 못하고 있다. 되돌리면 그만이었다.

"우리 잤어? 진짜 잤어?"

나래가 도무지 믿기지 않는 얼굴을 하고 물었다. 훈민은 고개를 끄덕이며 어깨를 한 번 들썩였다. 이미 일어난 일인데 왜 저렇게 믿지 못하고 시간을 돌렸으면 하는 얼굴을 하고 있는 걸까? 하긴, 정말 시간을 돌리고 싶은 건 바로 자신이었다.

그때로 돌아가면 모든 게 좋을 텐데.

하지만 시간이라는 건 되돌릴 수 없기에 의미 있는 일이라 누군가가 그랬다. 그러니 그때마다 최선을 다하라고. 그는 지금 최선을 다하고 있는 걸까? 그래, 그녀의 마음을 얻어내기 위해 최선을 다하고 있었다.

신훈민 수사일지 2

아아, 짝사랑은 괴롭다.

누구나 그렇게 생각한다. 그래서 그도 똑같이 괴로운 것이었다. 요즘 나래만 보면 손이 멋대로 나가는 건 그녀가 예쁘기 때문이었다. 한번 안기 시작한 뒤로 멈춰지지 않는 건 그의 사랑이라는 것이 끝이 보이지 않게 커졌다는 증거였다.

스스로 그런 생각을 하는 게 오글거리고 말도 안 된다고 생각했지만 사랑이라는 건 얼마든지 사람을 변하게 만드는 것이었다. 아무리 제멋대로에 안하무인이라지만 사랑이라는 것이 어떤 것인지는 그도 잘 알고 있었다. 그렇게 사랑을 받고 자랐는데 모른다는 건 말이 되지 않았다.

이마에 깊은 주름을 만들고 생각에 빠져 있는 나래를 물끄러미 바라보았다. 나래가 남자 친구라는 것을 처음 사귀었을 때 그의 마음이 어땠던가? 오래되어 기억이 자세히 나지는 않지만 유쾌한 감정은 아니었다. 아니, 오히려 다시는 느끼고 싶지 않은 감정이었지. 그리고 다신 보고 싶지 않은 광경이기도 했다.

그냥 기생오라비처럼 생긴 장성민이 싫었다. 그리고 장성민을 보고 웃는 나래도 싫었고. 그래서 장성민을 보면 으르렁거리곤 했지만 정작 나래는 별로 신경을 쓰는 눈치가 아니었다. 보란 듯이 고백해오는 여자애들을 거절하지 않았다. 그렇다고 사귄 것도 아니었지만 역시나 그래도 나래는 반응이 없었다.

어느 날 그것도 시시해져 관두려고 할 때 나래는 성민과 헤어졌다고 말했다. 왜 헤어졌냐고 묻지 않았다. 말을 하지 않았던 이유는 기분이 좋은 걸 들킬까 봐였다. 그녀의 헤어짐에 왜 기분이 좋은지 그때는 몰랐지만 지금은 확실히 알 수 있었다.

"넌 날 친구라고 생각은 하는 거야?"

나래의 질문을 잘못됐다.

"넌 날 어떻게 생각하는 거야?"

이렇게 물었어야 옳았다. 그럼 정말 솔직하게 설명을 해주었을 텐데. 나래는 똑똑한 것 같지만 늘 중요 포인트는 놓치곤 했다. 뭐, 그런 그녀가 귀여운 걸 보니 눈에 콩깍지가 아무래도 단단히 낀 모양이었다.

10년 전 그때쯤, 지우는 정말 우연히 알게 되었다. 취미로 피아노를 배운다며 교수에게 찾아오는 학생이라니. 집에 돈이 조금 있나 보구나, 생각하고 말았다. 그런데 어느 날 지우가 그를 보고 피식 웃었다.

"재 좋아하는구나?"

그가 라흐마니노프를 연습한다는 것을 알고 나래가 연습실에 같이 왔을 때였다. 지우의 말에 훈민이 웃기지도 않는다는 말을 한다는 듯 픽 웃었다.

"뭐?"

"어쩌지? 나는 신훈민이 좋은데."

"평생 널 좋아할 일은 없을 거다. 박하도."

"눈치 없긴. 그럼 내기해."

"내기?"

"10년 뒤에 네 말이 틀렸다면 명동에서 박하를 사랑한다고 세 번 외치기."

이 무슨 유치한 장난인가 싶어 훈민은 자리를 벅차고 일어났다. 물론, 10년 뒤 그 내기에서 진 사람은 바로 훈민이었고 지우는 승리의 미소를 지으며 그를 내려다보았다. 그래, 이런 내기쯤이야 얼마든 들어줄 수 있었다. 그의 사랑의 마음은 '진심'이었으니까.

신훈민 수사일지 3

나래는 보면 볼수록 사랑스럽다.

문제는 하루 종일 아무것도 하지 않고 계속 보고 싶다는 점이었다. 그것만으로도 시간이 모자랄 것 같았다. 이 무슨 중증이란 말인가. 하지만 나래는 일이 워낙에 바빠 그를 볼 겨를도 없는 것처럼 보였다.

신혼여행을 마치고 다시 일선으로 복귀하자마자 성매매 · 성폭행 근절을 위한 단속이 시작되면서 나래는 무척이나 바빠졌다. 우선 형사 중 여자의 비율이 크지 않아 나래가 꽤 많은 일들을 맡았기 때문이었다.

말 그대로 신혼이었다. 이제 슬슬 쌀쌀한 바람도 불어오고 결혼을 한 지도 100일이 넘어가는데 두 사람이 같이 집에 들어가서 잠을 잔 건 30일도 되지 않는 것 같았다. 이건 결혼을 하기 전보다

더한 게 아닌가 싶은 생각에 절로 인상이 써지고 눈은 계속해서 나래를 쫓았다.

"신 형사."

"네."

"마누라가 그렇게 예뻐도 사람은 좀 보고 말하지?"

그 말에 훈민이 고개를 돌려 민 반장을 보았다. 민 반장은 그런 그를 보고 허허 웃었다.

"예전엔 어떻게 그렇게 참았나 몰라."

"손에 넣기 위해 무슨 짓인들 못하겠어요."

"저러다 박 형사 쓰러지겠어. 나가서 밥 좀 먹이고 집에 가서 좀 쉬어."

"정말이요?"

말은 그렇게 하면서도 훈민은 자리에서 일어나 퇴근 준비를 서두르고 있었다. 그런 훈민을 보며 민 반장은 재미있다는 듯 웃고 있었다. 방금 전 성매매 업자 신문을 하고 돌아온 나래는 정신이 없어 보였다. 훈민은 재빨리 모니터를 껐고 나래가 뭐 하는 짓이냐는 듯 그를 올려보았다.

"나 지금 바빠."

"퇴근명령 떨어졌어."

하지만 나래는 인상을 찌푸리며 다시 모니터를 켜려고 했다. 훈민이 재빨리 나래의 팔을 제지시켰다.

"진짜 퇴근 명령 내렸으니까 들어가. 내일 좀 푹 쉬고."

민 반장의 말에 나래가 고개를 돌렸다.

"반장님."

"다크서클이 턱밑까지 내려왔어. 지금 3일째 밤새우는 거지? 집에 가서 신랑한테 맛있는 것 좀 해달라고 해."

"정말 그래도 되나요?"

"그래, 내일 푹 쉬고 모레 활기찬 모습으로 보자고."

하여간 신랑 말은 귓등으로도 안 들으면서 민 반장의 말엔 칼같이 반응했다. 이거 아무래도 오늘 집에 돌아가서 신랑 말 잘 듣기 세뇌를 시켜야 할 모양이었다. 그리고 앞으로는 몸 생각도 좀 하면서 일하는 것도 가르쳐야 할 것 같았다.

아니다. 확실히 나래를 쉬게 하는 법을 깨우쳤다. 기다려라, 아이들아. 아빠가 오늘 힘 좀 써줄게. 마음이 급해졌다. 오늘 집에 가서 할 일이 많았다. 그리고 저절로 나래를 이끄는 훈민의 발걸음이 빨라졌다.

-마침-

작가 후기

령후입니다.

그동안 잘 지내셨나요? 2014년은 벌써 반년이나 지났고, 참 많은 일들이 일어났습니다. 마음이 아팠던 일들이 많아 떠올리는 게 아픈 한 해가 될 테지요.

그런저런 일들이 겹치다 보니 저도 요즘은 무기력해지고, 현재에 불안해지는 것일지도 모르겠습니다. 작가님들과 세월호를 잊지 않게 위해 단편집을 내고, 저는 또 한참을 쉬었었습니다. 그런데 그 휴식이 죄스러워지는 나날입니다.

처음 이 글을 썼을 때쯤의 저는 참 행복해했었던 것 같습니다. 즐겁게 써내려갔고, 또 즐겁게 작업을 했었습니다. 정신없이 써내려가면서 혼자 웃기도 했었던 것 같습니다.

극 중 등장하는 6월 우석의 죽음 그 즈음은 실제로 제 친구가 하늘나라로 떠났던 날이기도 합니다. 저는 훈민이나 나래처럼 그 친구와 많이 친하지 못했었습니다. 그런데 그때 그 친구가 죽었을 때 그날이 선명히 기억이 납니다. 정말 하늘은 구름 한 점 없이 맑았고, 해는 무척이나 쨍쨍했습니다. 어떻게 10년 이상이 지났는데도 지금까지 그날이 그렇게 생생한지 모르겠습니다.

그런데 제가 살아가면서 그 친구를 많이 잊게 되었습니다. 어떤 해에는 기일도 잊고 다른 사람들과 술을 마시고 웃고 떠들기도 했었습니다. 잊혀지는 건 당연한 것일까요? 이 글을 쓸 때도 잊기 싫어 어쩌면 썼을지도 모르겠습니다. 실제로 그 친구의 죽음은 제게 많은 것을 남겼고, 그래서 제 성격도 그때를 기점으로 참 많이 바뀌었습니다. 그래서 이 글을 쓰면서 누구보다 훈민이에게 전 많이 기대고, 또 대입을 했던 것도 같습니다. 그래서 더 잊기 힘든 글이 되었고, 또 되겠지요.

『거짓말』에서 『너를 열다』로 제목이 바뀌며 많은 것들을 잘라내고, 또 많은 것들을 집어넣었습니다. 읽기 편한 내용은 아니지만 재미있게 봐주셨으면 좋겠습니다.

이 책이 나올 수 있게 많은 도움을 주신 YM북스 출판사 관계자 및 사장님께 고맙다는 인사드립니다. 특히 김은지 팀장님, 의도치 않게 엮인 저와의 인연으로 큰 고생하셨어요. 앞으로도 잘 부탁드릴게요.

제 마음의 고향 기억의 습작과, 오아시스를 찾다, 그리고 로망띠끄의 많은 가족분들도, 우리 식구들도 모두 고맙습니다. 앞으로도 잘 부탁드립니다. 늘 행복하세요.

–여름의 시작에서 령후 올림.